BRUCE STERLING

HOLY FIRE

圣火

[美]布鲁斯·斯特林 著
刘文元　乔丽 译

1

米娅·齐曼想知道，在临终病榻前应该穿什么衣服。

网络上的建议是：简单、真挚的就好。米娅是一位94岁的美国加利福尼亚州医疗经济学家。而那位即将亡故的马丁·沃肖是她大学时期的恋人，那已是74年前的事了。米娅猜测，届时应该会听到一番事先备好的声明，很可能提及遗产赠予事宜。他们可能会在攀谈中回顾沃肖先生的一生，以营造出生命终章应有的体面且令人宽慰的氛围。而他不会要求她见证自己真正大限来临的那一幕。

分手多年的恋人在一方临终前久别重逢，这不合礼节，但21世纪末，社交秩序井然，条理分明。通过无休无止的实况报道、专家委员会研究报告、坊间证言、伦理公约、听证会宣誓、政策手册等一系列程序，此类窘境得到了详尽的讨论。人类生存有关的方方面面的问题，都能从睿智、老练且思虑审慎的决策建议中找到答案。

米娅尽可能多地研读相关材料。她花了一下午时间重新熟悉马丁·沃肖的财务和医疗记录。她已经有50多年没见过马丁了，不过在某种程度上，她曾在档案中关注过他的公共事业。这些档案使他的生活经历一览无遗。而它们存在的目的即是如此。

米娅想好到时要穿什么了：黑色平底鞋、长筒袜、反应式紧身裤，以及红灰相间、长袖高领的及膝真丝裙。另外，再戴一顶帽子似乎更加得体。不能戴手套。虽然网络建议戴，但手套会让她的气场显得过于孤冷。

米娅做了血液过滤术、皮肤酶促保养、深度按摩，洗了个矿泉浴，又做了个美甲。接着，她将头发洗净、涂上护发精油、吹蓬、做发型，然后喷上发胶。她在晚餐中增加了饱和脂肪酸的含量。最后，她钻进高压氧帐篷中沉沉睡去。

翌日——11月19日——上午，米娅去旧金山城区寻摸一顶像样的帽子，那帽子要十分合宜才行。这是一个阴冷的秋日，雾霭从海湾那边悄悄上岸，围住高耸的办公大楼，通过爬满藤叶的墙壁渗进屋内。她从一家商店逛到另一家商店，花了很长时间，却依然没能找到心仪的商品。

在市场街上，有条狗慢跑着穿过人群，紧跟在她身后。她在一个门廊柱后面的阴影中停下，向它招手。

那条狗踟蹰片刻，然后凑过去，闻了闻她的手指。

"你是米娅·齐曼吗？"狗问道。

"对，我是。"米娅答道。从她身边经过的行人步履匆忙、目光坚毅、表情严肃，他们穿着干净的鞋子，在红砖铺就的人行道上前行。在米娅目不转睛的注视下，那条狗一屁股蹲在她的脚边。

"我从你的家门口一直跟到这儿。"狗炫耀似的说，并且有节奏地喘着粗气，"走得太远了。"它身穿格子毛线衫和合身的犬类长裤，头戴一顶黑色针织无檐便帽。

狗的前爪上戴着狗爪套，能略微做出抓握动作，看上去像是浣熊爪子。浅黄褐色的皮毛又短又干净，一双大眼睛甚是迷人。它说话的声音是从植入喉咙的扬声器里发出来的。

一声尖锐的车喇叭声响起，催促慢吞吞的行人赶紧让路，瞬间打破旧金山市中心的安静。"我确实走得挺远。"米娅说,"你真聪明,竟然能找到我。好棒的狗狗。"

听到表扬,它高兴得摇起尾巴:"我迷路了,还饿得很。"

"别担心,漂亮的狗狗。"它身上散发着古龙水的香味。"你叫什么名字?"

"柏拉图。"它羞怯地说。

"真是个好听的狗名。你为什么跟着我?"

这段开场白有些复杂,它的语库太小,难以应付,不过,它毕竟是条狗,便迅速恢复愉快的语气,岔开了话题。"我跟马丁·沃肖住在一起!他对我非常好!喂我好吃的。而且,马丁还是很好闻。只是不再……像以前那么好闻。现在……"它看上去很悲伤,"不再像以前那样……"

"是马丁叫你跟着我的吗?"

它略作思忖。"他经常说起你。他想见你。你应该过来跟他聊聊。他再也高兴不起来了。"它嗅了嗅路面,然后抬起头,满怀期待地望着她,"可以给我点儿零食吗?"

"我身上从来不带零食,柏拉图。"

"不开心。"柏拉图说。

"马丁还好吗?他感觉如何?"

小狗眼周的毛皮皱起,闪过一丝忧虑的神情。真奇怪,狗学会说话后,脸上的表情竟也丰富起来。"不好,"它吞吞吐吐地回答说,"马丁闻起来不开心。在家里感觉很糟糕。马丁让我很难过。"它哀伤地号叫起来。

旧金山市民彬彬有礼又见多识广,都很有包容力。他们十分反感有人在公共场所把小狗欺负得簌簌落泪。米娅能感觉到路人投来的苛责目光。

"好啦,"米娅安慰道,"冷静一下。我跟你回家。咱们立刻就去见马丁。"

它呜咽着,悲痛得说不出话。

"领我去马丁·沃肖家。"她命令道。

"哦,好的。"它面露喜色,精神世界恢复了秩序,"我能做到。那很容易。"

柏拉图蹦蹦跳跳地在前面带路,登上有轨电车。它付了"两人"的车票钱,三站之后,他们下了车。马丁·沃肖选择住在市场街北部的诺布山街区,这里矗立着大量的抗震高楼,它们始建于21世纪60年代,他的公寓就在其中一栋里。大楼外墙上镶着五颜六色的瓷砖,拼成的图案栩栩如生,飘窗和阳台如涟漪般向外微凸,按照那个时代的标准,这种风格算是相当花哨了。

大楼内部死一般地静寂。大厅里有一个室内小果园,里面摆放着一些便携式双色花盆。花盆里栽种的橙子树和鳄梨树散发着馥郁芬芳。成群的雀科小鸟在枝头卖力地叽喳直叫。

米娅跟随小狗走进一个贴满壁画的电梯。上十楼,出电梯,只见脚下的地面铺着卵石。这栋建筑的内部照明,以超现实主义手法模仿了北加州的日照风格。居民挂出洗好的衣服,把晾干的任务交给楼内的微风和灯光。米娅在大型蓝花楹盆栽中间穿行而过,路过街边的自动贩卖店时,买了一包收缩塑料膜包装的犬类零食。小狗连忙感激地挑了一块骨头形状的糖果。

马丁公寓外墙石板层上攀附的紫藤花盛放着,芳香四溢。厚重的公寓门被狗爪轻轻一碰就打开了。

"米娅·齐曼来啦!"小狗对着空气兴冲冲地宣布。起居室的干净整洁程度堪比一些奇怪的老式旅馆，里面安放了一些棕榈树盆栽、一个红木电视柜、几盏高大的黄铜落地灯，以及一张带有玻璃罩的柚木桌子，桌面上摆着的玻璃器皿和装有什锦坚果的密封罐全都一尘不染，仿佛从未被人触碰过。桌上还有两只戴着控制颈圈的大耗子，正趴在碗里吃东西。

"我帮你拿外套吧？"小狗说。

米娅双肩一耸，抖下那件棕黄色的华达呢大衣，递给小狗。她里面穿的是平常购物时的装束：西裤和长袖衬衫。现在这个场合，这身便装应该可以。那条狗铆足力气将衣帽架拖过来。

米娅把手提袋挂在架上："马丁在哪儿？"

它把她带到卧室。在那张窄小的床上，一个套着日式花纹睡衣的垂死之人斜躺在枕头上。他看上去像是睡着了，也可能是不省人事了。他松弛的脸上满是皱纹，稀疏的头发乱糟糟的，毫无生气。

一看见他，米娅险些立刻转身就跑。她想逃离这个房间、逃离这栋大楼、逃离这座城市，那股冲动如此强烈而原始，其程度丝毫不逊于她这些年来产生过的任何一次情绪冲动。

米娅怔怔地站在原地。死亡之气扑面而来，在这一严酷的现实面前，她先前听取的所有建议和所做的准备全都变得毫无意义。她站在那里，等待与他有关的记忆——随便什么记忆都行——涌上心头。她终于认出了他的样子，那张垂死的脸庞清晰了起来。

她已经有50多年没见过马丁了。他们分手也已有70多年之久。但此时，马丁·沃肖就躺在眼前，羸弱之躯气若游丝。

小狗用凉凉的鼻子戳了戳沃肖的手。沃肖略微动了动。"开开窗户。"他低声说。

它轻轻一拍紧邻地板的按钮。窗帘向一侧卷绕，落地窗打开，从太平洋吹来的潮湿海风涌了进来。

"马丁，我来了。"米娅说。

马丁惊讶地眨眨眼，脸上显得愈加沟壑纵横："你来早了。"

"是的。因为我碰见你的狗了。"

"原来如此。"背部的床面升高，以便使他坐起来，"柏拉图，请给米娅拿把椅子。"

小狗咬住最近的那把椅子的弯曲木腿，费力地从地毯上拽到她跟前，累得气喘吁吁。"谢谢你。"米娅说着坐下。

"柏拉图，"那个将死之人说，"从现在起，请保持安静。别听我们谈话，你也不要说话。你可以把扬声器关了。"

"我可以关吗？好的，马丁。"那条狗趴在铺满地毯的地板上，神情颇为局促。它毛茸茸的长脑袋耷拉在地毯上，然后微微抽搐了一下，仿佛是在做梦。

公寓里一尘不染，物件摆放井然有序。一打眼，米娅就知道马丁已经好几周都没下床了。清洗机一直尽职尽责，而民事支援人员也会不停地前来进行健康检查。病榻虽然很不起眼，但从它轻微的嗡嗡声和偶尔发出的柔和的嘎吱声来判断，里面的配备相当精良。

"你喜欢狗吗，米娅？"

"它是条很俊朗的狗狗。"米娅没有正面回答。

小狗站起来，抖了抖身子，接着便用鼻子漫无目的地在房间里嗅来嗅去。

"我跟柏拉图一起生活了40年，"马丁说，"它是加利福尼亚最年迈的狗之一，是私人拥有的小狗中被改造程度最大的一条——它甚至还被驯养杂志点名赞扬过。"马丁虚弱地笑了笑："那段时间，柏拉图比我还有名。"

"看得出来,你在它身上下了很大功夫。"

"哦,是啊。我做过的手术它都做过。动脉清洗,肾脏、肝脏和肺部更新……我在做每一项延寿手术之前,都会在老伙计柏拉图身上先做一遍。"马丁将他那像打了蜡似的瘦骨嶙峋的双手合在一起,搭在被单上,"当然,在动物身上做延寿手术要比人类更容易,也更便宜。我想我应该是因为需要那种陪伴的感觉吧。如此彻底的医疗过程……谁都不愿独自经历。"

她明白他的意思。这种感觉人皆有之。在医学前沿研究中,总是先拿动物试验,然后才轮到人类。"它看起来不像40岁。对于狗来说,40岁算是非常高龄了。"

马丁拿来一个床头平板。他的指尖在平板触摸屏上轻轻拂过,又用手指捋了捋头发——这个似曾相识的动作让米娅大吃一惊,仿佛又回到了70年前。"狗是一种适应力惊人的动物。哪怕在被改造为后犬类①之后,依然能很好地继续照常生活。特别是在语言技能极大提升的情况下。"

米娅望着在卧室里嗅这嗅那的柏拉图。暂时卸下说话的精神重担后,那条狗看上去更活泼、更自由、更自然,也更像真正的哺乳动物了。

"起初,它说的话全是靠机器生成的。"马丁说着拽过一个枕头。他在触摸屏上划来划去,以调节病榻和从睡衣下伸进他身体里的医疗装置。一番操作后,他的脸上恢复了一些血色。"就是往它大脑里植入了一个助力语言表达的假体。最开始说得结结巴巴,非常……笨拙。过了10年,假体线路才与大脑彻底融合为一体。现在嘛,说话功能已

---

① 对应"后人类"的说法。

经成为它的一部分。有时候,我甚至能听见它自言自语。"

"它一般都说些什么?"

"哦,倒不怎么复杂,也没什么抽象的。就是些日常的话。食物、冷暖、味道之类的。毕竟在本质上,它只是我的老狗伙计。"马丁瞥了一眼柏拉图,毫不掩饰对它的喜爱之情,"我说的对不对,伙计?"那条狗抬起头,一语不发地摇动尾巴。

米娅经历了一个漫长又艰难的世纪。她见证了席卷全球的大瘟疫,以及随之而来的医学的突飞猛进。她饶有兴致地见证了人类在那栋古老的痛苦之屋——肉体——上,又挖出新的地窖,建起城墙和高塔。她从专业角度研究过数百万实验室动物和数十亿人类的死亡统计资料,还调查过数百种延寿技术的不同效果。应用这些技术后出现的可怕的失败案例多如牛毛,成功案例寥寥无几,而她则协助相关人员对其划分等级。她对医学研究占资本投资的比例进行过细致研判,并向全球医疗产业组织的各个机构提出政策建议。她从未摆脱对痛苦和死亡的原始恐惧,但她已经基本上不会再让这种恐惧影响自己的行为。

马丁快要死了。实际上,他同时患有阿尔茨海默病、局部脊髓麻痹、肝损伤和肾炎,这些疾病通过一系列复杂过程致使身体代谢下降,最终反映在他的医疗记录上时,这些感受被简单地概括为"不堪忍受"。当然,米娅仔细读过他的预后分析报告,可是,医学分析不过是一堆术语的罗列。与之截然不同的是,死亡,绝不仅仅是个词汇。死亡是一种切实的经历,它会揪住你,然后在你的每根神经纤维里打上它的原始印记。

她一打眼就看得出来,马丁命不久矣。他快死了,然而,在这个时候,他非但不谈即将到来的死亡这一残酷事实,反而老生常谈地跟她唠叨起那条狗来,因为离它而去是他此生最大的遗憾。人被责任和义务逼迫着活下去。存活于世是为了尽到对爱人、家属以及所有依赖你的活物（譬如一条狗）的义务。现在是哪一年？2095年？马丁已经96岁了，他最好的朋友就是这条狗。

马丁·沃肖曾经爱过她。这也是他为什么安排这次见面，为什么在断联五十多年后突然对她提出这项情感上的请求。这番行为是对它的责任、对自己的愤怒和懊悔，以及对她的礼貌这几种因素的综合产物，不过，米娅对当前情况心知肚明，正如她明白这个时代的绝大多数事情，甚至明白得有些过头了。

"你用过什么助记手段吗？"

"用过。我服用过助记药物。是比较温和的那种。需要的时候就服一点儿。"

"它们确实有帮助。帮助过我。不过，当然了，如果你用得太狠就会上瘾。"他微微一笑，"我现在用量就挺狠。当你没什么可失去的时候，这种上瘾的感觉会令你愉悦。你要来一片助记贴吗？"他递给她一块贴满助记贴的簿子。这簿子是全新的，原厂密封，有着全息式底衬。

米娅剥下一片，查看品牌名和剂量，然后贴到脖子上。她这么做权当讨他欢心。

"你肯定会以为，过了这么些年，他们终于找到一种可以打开你灵魂的助记方法，让它像文件柜一样展露无遗。"他把手伸进一个床头柜，从中掏出一张镶框照片，"好像所有的记忆都待在原位、井井有条，都能够编入索引，并且意味隽永。但那样对大脑的要求就太高了。事实上，记忆会紧紧地压缩在一起，会变得模糊不清。它们会变成护根[①]，失去色彩。而细节则会像肥料一样渐渐流失。"他把照片拿给她看，

---

① 用以保护植物根基，改善土质或防止杂草生长。——编者注

上面是一个年轻女孩，身穿高领外套，涂着口红，画着眼线，栗红色的头发被风吹得蓬乱，在阳光下眯缝着眼，笑得有些勉强。她的微笑中有一丝戒备。

不消说，那个年轻女孩正是她。

马丁凝视照片，助记贴的药效像通灵神毯一般将他紧紧包裹，然后，他抬头看着她："你还记得咱俩的事吗？已经过去太久了。"

"我记得，"她回答道，这基本上算是真话，"要不然我就不会来了。"

"我这一生过得还算体面。21世纪的30年代、40年代……对于世界上大多数人来说，那些年份十分糟糕、黑暗且可怕，但我却过得很不错。那段时间，我工作勤恳，我也知道那很重要。我拥有了梦寐以求的生活：有工作，有自己的一席之地，以及一些真知灼见，而且还有机会表达见解……或许我并不开心，但我忙得很，这在生命中是很重要的。工作虽然繁重，可我很乐意投入其中。"

他对着照片端详，沉思良久："但是，22岁的那7个月，你这张照片就是那年拍摄的……好吧，我得承认，我们在一起的最后2个月挺糟心，可是其中的5个月，前5个月，我们彼此相爱，我们风华正茂，一切都是新鲜的。我对此欣喜若狂。那是我一生中最快乐的时光。我现在渐渐明白这一点了。"

此时此刻，最明智的做法似乎就是沉默不语。

"我结过4次婚。每一段婚姻都不比大多数人差，但我从未真正地喜欢过那种生活。我想我的心思应该不在那上面吧。当你想许诺忠诚于一个人时，结婚似乎永远都是一个不错的主意。"

他把照片正面朝上，放在床上。"如果这让你感到强人所难，我很抱歉。"他说，"但我将不久于人世，从这个角度来说，就当是赠予我一项极大的特权吧。能够让你亲自来到我身边，米娅，能够当面把这些话讲给你听,而我们之间既没有傲慢和怨恨,也卸下了自私的伪装,对彼此别无所求,在这样的状态下讲述,我真的备感宽慰。"

"我明白。"她停顿片刻,朝照片伸出手,"我可以看看吗?"

他应允了。相框玻璃后面的照片有些卷曲,但看上去很新。这是他从这些年一直保存在某处的电子档案库中找出,又重新打印的。照片中的年轻女孩站在校园中,身后是加州的棕榈树和沾满雨水污迹的大理石栏杆。她看起来天真无邪,满脸兴奋,还有一种年轻人特有的雄心勃勃之貌。

米娅死死地盯着照片,内心某处本该对那个女孩产生强烈的认同感,可此时,她的心中却虚空一片。这张照片像是她祖母的:祖母和那个女孩的眼睛颜色一样,颧骨大体相同,下巴也长得差不太多。

助记贴开始起作用了。她感觉不到药物带来的眩晕感或刺痛感,但一些诡秘的画面正缓慢涌进脑海。她觉得自己快要扑通一声跌落进照片里了。

他的声音让她回过神来:"你跟那个男人的婚姻幸福吗?"

"是的。我很幸福。"她小心翼翼地撕下那张药效耗尽的助记贴,"我们早就分开了,不过那段婚姻倒是持续了很多年,丹尼尔和我还在一起时,我的生活充实且真实。我们有一个孩子。"

"真为你感到高兴。"他又笑了,这次的笑容令她甚为熟悉,"你气色真好,米娅,样貌几乎没变。"

"我很幸运。而且我一直谨小慎微。"

他悲伤地望向窗外。"你遇见我这事儿就不太幸运,"他说,"但你对我小心谨慎是对的。"

"你不必非得这么说。我毫不后悔咱俩有过一段。"她极不情愿地把照片还给他,仿佛交出人质一般,"我知道,我们分手时闹得很不愉快,但我一直关注着你的工作。你很聪明,又富有创造力,敢于直言不讳地表达想法。你说过的话我并不都赞同,可我始终为你感到骄傲。我也为自己先于世人了解你而感到自豪。"这是实话。她年纪太大了,就连被人们称作"电影"的东西都有印象。电影,以印着或明或暗图案的长长的塑料薄片作为载体。关于电影的记忆,以及电影这种形式和内容带给人的感觉,使她泛起强烈的怀旧之情,心中像是被锋利的碎玻璃划过一样。

他的态度很坚持。"你跟我分手是对的。我后来才意识到,我们分道扬镳,跟欧洲,或是跟改变我们的人生轨迹完全无关。我当时只想吵赢你,想说服你跟我去另一个大陆,让你成为我生活的奴隶。"他笑了笑,"我就没变过。我从未变得更好。从我20岁之后。不,从我5岁之后,我就一直是那个样!"

米娅抹了抹眼泪:"你怎么没说几句就聊起这个了,马丁。"

"我很抱歉。可我时日无多了。我已经跟其他人见过最后一面了。而你永远都是我最难以面对的那个人。"他从床边抽屉里拿出一张纸巾递给她。

她用纸巾轻轻擦拭双眼。与此同时,他身体后仰,双肩陷入枕头里。睡衣的脖颈位置顺势敞开,露出胸膛上的血液滤清网,"很抱歉我已事先做好准备,却没给你准备的时间,米娅。这么做对你不公平,但没办法,我骨子里就是个剧作家。惹你不高兴了,真对不起。如果你愿意,现在就可以走。能见到你,我就已经很高兴了。"

"我已经老了,马丁。"她扬起下巴,"不管我们对照片中的年轻女孩印象深刻还是模糊,我跟她都判若两人了。你想这么谢幕,随你便,但我不会走。我不是那种愚蠢且冷漠的人。"

"我打算今晚就死。"

"这样啊。这么快吗？"

"是的。后事都客气地交代好了，安排得非常妥帖。"

米娅郑重地点点头："我尊重并钦佩你的决定。我常常在想，我将来也会像你一样结束此生。"

他放松下来："你真好，这次没有跟我争辩，让我可以安心地走。"

"哦，不。当然不会，我永远都不会那么做。"她伸出手，轻轻地放到他冰凉的手背上，"你还需要什么吗？"

"还有一些身后事的细节，你懂的。"

"细节。当然了。"

"遗物。遗产赠予。"他对着空气指了指，"我有一项遗产要赠予你，米娅，我觉得那很适合你，是我的记忆宫殿。"那是一座虚拟世界中的城堡。"我想让你拥有我的宫殿。如果你需要的话，它可以提供庇护。它能扩展，还很智能。虽然挺老了，但它运行稳定。某些宫殿会给人造成很多麻烦，但我的宫殿不会提出任何索求。它里面很不错。我一直悉心维护。我已经把它清理干净了，但还有几样东西我不忍删掉，那些东西对我很重要。或许对你也是。里面有给你的纪念品。"

"你干吗需要那么大的宫殿？"

"说来话长。"

米娅点头示意他继续，然后等他再次开口。

"说来话长是因为我活得太久了。21世纪60年代，在那次大规模的网络调查中，他们揪住了我财务造假的尾巴，你知道吧。"此时，他正在助记药的汪洋中徜徉，他很享受这个告罪的机会，"当时我已经不做导演了，但我还在积极地参与制片工作。在合法范围内进行的投资使我损失惨重，这些事我基本都忘干净了。我不想再次被揪住，于是就在21世纪60年代之后采取了一项重大措施：建造真正属于自己的大宫殿，税务部门的触角永远都伸不到的那种。从那以后，我就一直保存着它。那片空间对我很有用。可我现在用不着了。我花在肝脏和胸腺上的钱，政府连一毛钱的税都不免除。我还得了老年痴呆，那只是其中一项预后并发症而已。"

他皱了皱眉。"我讨厌他们表现得异常公正的样子。你觉得呢？这个世界满是司法公正，可与此同时，很多龌龊之事依然时有发生……他们不禁止酒精，甚至连毒品都不禁，但当你去做体检的时候，他们抽你的血、剪你的发、验你的DNA，不管你对自己的身体做过什么，哪怕是最轻微的痕迹，他们都会追踪到，并录入你的医疗档案，然后在网络上散布得到处都是。假如你活得像个节制的圣徒，那么，他们就会想方设法地治疗你。但如果你按我的方式生活96年……你看过我的医疗记录吧，米娅？我以前经常大量饮酒。"他哈哈大笑，"不喝酒，活着还有什么意思？"

米娅心想，不喝酒，就不必经受肝硬化、溃疡和神经累积损伤的折磨。

"这项政治制度，这项全球性的政治制度，就像在老奶奶的领导下运转似的。那个小老太太看似智慧又和蔼，一手端着一盘饼干，一手却握着刽子手的斧头。"

米娅沉默不语。她有98%的概率会得到官方治疗。她确信马丁完全明白这一点，这对她至关重要。这项制度确实是在政府的领导下运转的，全是为了……为了让像她那样的人受益。

"马丁，跟我说说那个宫殿吧。我该怎么进去？"

他抓住她的手，让她掌心朝上，保持不动。然后，他用指尖在她的掌心比画出一个触摸屏的手势。米娅此时正沉浸在回忆中。数十年前，这对爱人肌肤相亲时，那股年轻、强劲、热辣的情欲会席卷整个身体。可现在，马丁满是皱纹的手握住她的手腕，那股激情之火已然逝去，她只能感受到残存的最后一丝余温。

他松开她的手："你能记住这个触屏手势吗？"

"我会记住的。助记药会帮我记住。"她决定不去神经质地揉搓被他抓握的位置，"我喜欢那些用手势操作的老式系统，我以前经常用。"

他把平板递给她："拿着。给记忆宫殿设置你的拇指指纹。不，米娅，用左手。左手更好，因为很少有人用左手指纹记录档案。"

她迟疑了："这跟我用哪只手有什么关系？"

"我刚刚把一座堡垒的钥匙交给了你。你和我应该保护好自己的隐私，不是吗？我们都清楚如今的生活是什么样。像咱们这种人，比当今政府要年长得多。我们都记得政府有过靠不住的时候。"

她把左手拇指放在平板上："谢谢你，马丁。我相信你的宫殿是个极好的馈赠。"

"比你想象的还要好。它还能在另一件事上帮到你。"

"什么事？"

"我的狗。"

她默不作声。

"你不想收留可怜的柏拉图。"他悲哀地说。

她没有回应。

他叹了口气。"看来我应该把它卖掉的，"他说，"但这个想法太可怕了。就像卖掉自己的孩子一样。我没有孩子……可它跟着我吃了不少苦，身上又做了那么多改造……我考虑过所有认识的人，可是，在为数不多的尚在人世的朋友中，我不相信有任何一个……任何一个人能好好照料它。"

"为什么选我呢？时隔这么久，你已经不了解我了。"

"我当然了解你，"他咕哝道，"我知道你过得小心谨慎……和你分开，是我犯过的最大的错误，也可以说是我做过的最正确的事。不管是哪种，我都感到极其遗憾。"他仰起头，对她劝说道："柏拉图对人没有过多要求。无论你给它什么，它都会感激不尽。但它需要有人收留。我不知道在我死后它会怎么办。我不知道它能不能接受。它非常聪明，思考会令它痛苦不已。"

"马丁，我很荣幸你选择让我收留它，但我有些承受不起。你不能要求我这样做。"

"我知道这个要求有点过分，但那座宫殿会帮到你，那里面有一些有用的资源。你能试着收养它一段时间吗？它不仅仅是只动物。我也从未让它养尊处优过。你可以试着先养一阵子，可以吗？"他停顿片刻，"米娅，我的确了解你。我看过你的记录，我对你的了解可能比你想象的还要多。我没有忘记你，一直都没有。我现在觉得柏拉图或许会对你有所帮助。"

她一语不发。她心跳加快，节奏也很怪，左耳还有轻微的耳鸣。每次产生这种反应都是在提醒她：自己确实老了。

"它不是怪物，只是非常特别，被改造得非常先进罢了。它值很多钱。如果你受不了它，完全可以把它卖掉。"

"我办不到！我不会收留它！"

"我知道了。你确定了？"长久的沉默，二人心中满是亲密又酸楚的情绪，"我还是老样子，你看出来了吧？咱俩70年没见了，却像只隔了一天似的。我一点都没变。你也是。"

"马丁，我得跟你说实话。是因为……"她瞥了一眼柏拉图，后者正安静地趴在墙角，细长的脑袋搭在交叉的前爪上。紧接着，那些实话便情不自禁地倾泻而出，"因为我什么宠物都没养。这些年从没养过。

我的生活已经大不一样。我现在一个人住。我曾经有过家庭,有过一个丈夫和一个女儿,但他们已经在我的生命中消失了,而且我跟他们从不联系。我有自己的事业,马丁,我有一份不错的工作,跟医学研究管理相关。那是我的职责,因为那就是我的本职工作。我坐在屏幕前,分析经济问题,同时,我还研究拨款资助程序,权衡不同研究项目的结果。我是个公职人员。"

她急促地吸了口气:"我喜欢在公园里散步,每晚都会读新闻,而且我每次投票都没落下。有时候我会看一些老电影。但也就仅此而已,再无其他,我就是这么生活的。你无法忍受我这种人,过去和现在都忍受不了。"她坦然地哭了起来。

他怜悯地望着她:"有个动物做伴,对改善你的情况会有所帮助。它就帮助过我。我们亏欠这些动物,你知道吧。我们踩在动物的背上,才得以爬上人类延年益寿的高墙。我们得感激它们。"

"养宠物不会帮到我。我不需要任何牵绊。"

"冒一下险吧。稍微改变一下既有的生活。人总得时不时地冒个险。如果你不冒险,就算不得活着。"

"不,我不冒险。我知道你认为这可能对我有好处,但你错了,这对我并无好处。我不能收养它。我不是养宠物的那种人。别再要求我收养它了。"

他哈哈大笑:"我简直不敢相信你刚刚说的话。咱们最后一次吵架的时候,你也是这么说的——原原本本,一字不差!"接着他摇了摇头:"好吧,好吧……我总是对你提一些过分要求,对不对?我真傻,刚刚不该跟你提那个要求的。对于那些尚有时日的人,我总是咸吃萝卜淡操心。你不喜欢冒险,我是知道的。你总是行事小心,而且你比我更明智、更聪明。咱俩谈过恋爱,算你倒霉。"

又是一阵长久的沉默，仿佛是在即将上演的死亡哑剧的大幕上掀开了一角。

他收回思绪："告诉我你原谅我了。"

"我确实原谅你了，马丁。我什么事都原谅你。很遗憾，我不适合你。我永远都达不到你对我的要求。我也从未用行动满足过你对我的要求。请原谅我，都是我不好。"

他接受了她的道歉。他苍白的脸上泛起红晕，她看得出来，他积郁已久的心结终于解开了。他把想跟她说的话都说完了。他已经收拾好行囊，可以安心上路了。

"走吧，亲爱的，"他轻声说，"你曾经是我的挚爱。不要忘记我。"

她往门口走的过程中，那条狗并没有抬头去看她。她木然地取下手提袋和大衣，然后离开了马丁的公寓。她乘电梯下楼，进到外面阴冷的秋日中，重回小心翼翼却又极度真实的生活之中。她钻进目之所及的第一辆出租车，这车往家的方向驶去。

————————

米娅回到公寓时，梅赛德丝正在打扫她的卫生间。梅赛德丝穿着整洁的民事支援人员制服：淡蓝色外套（上面配有红色肩章）、宽松长裤，以及素净的泡沫底鞋子。梅赛德丝所在的民事支援小组有十五名老年妇女，她每周过来打扫两次房间，通常是在米娅不在家的时候。梅赛德丝管自己的民事支援工作叫"家政服务"，因为这几个字听起来比"社工""卫生督查"或"警探"更亲切。梅赛德丝拿着拖把和病菌取样设备来到前厅，刚好碰见米娅进屋。

"你这是怎么了？"梅赛德丝惊讶地问，同时将拖把和那桶凝胶物放在地上,"你这会儿不是应该在上班吗?"

"刚刚发生了一件糟糕的事情。一个朋友今晚就要死了。"

梅赛德丝立刻专业地切换到同情的神色。她接过米娅的外套:"坐下吧,米娅。我给你弄一杯酊剂。"

"我不想喝酊剂,"米娅疲惫地说,在上漆的瓦楞硬纸板做成的餐桌前坐下,"他让我用了一张助记贴。药效还没过。感觉糟透了。"

"什么类型的?"梅赛德丝一边问道,一边扯下发网,塞进外套里。

"脑啡肽宁[①],二百五十微克。"

"哦,这点儿剂量可以忽略不计。"梅赛德丝揉了揉她的满头黑发,"来一杯酊剂吧。"

"我要喝矿泉水。"

梅赛德丝把米娅的制酊机推到桌子一边,然后坐在厨房凳上。她往机器里倒了半升蒸馏水,又有条不紊地挑选状似晶片的矿物质补剂,并将其压碎。这台制酊机是米娅迄今为止买过的最精致、最昂贵的厨房用具。米娅不觉得自己是个占有欲强、金钱至上的人,但她却为酊剂破了例。另外,平心而论,她还喜欢漂亮衣服。像那种20世纪出产的用硬纸板包装的老式游戏和光盘,她也破例买过。对于年代久远的纸质收藏品,米娅基本上没有任何抵抗力。

"我最好还是说出来吧,"米娅说,"如果我不说出来,今晚肯定会失眠。三天后我得去做体检,今晚失眠的话,健康记录上准会体现出来。"

梅赛德丝笑容满面地抬头看着她:"你可以跟我说!你当然可以跟我聊聊。"

---

① 作者杜撰的一种药物。

"你必须得把谈话内容放进档案里吗?"

梅赛德丝的表情由喜转忧。"我当然得放进档案里啦。如果不在档案上更新,那么我就不够诚实。"她往矿泉水中加入一种能嘶嘶冒泡的东西,"米娅,咱俩认识已经15年了。你可以信任我。民事支援者很高兴听客户说话。我们工作的目的不就是这个吗?"

米娅身体前倾,将胳膊肘支在桌上。"我跟他是70年前认识的,"她说,"那会儿他是我男朋友。今天,他一个劲儿地跟我说,我们一点儿都没变。可是,我们肯定变了啊。我们变得彼此都认不出来了。他老得一塌糊涂。而我呢——70年前,我还是个年轻姑娘。我曾经是个女孩,是他的女朋友。可我已经不是女孩了。现如今,我只是个曾经是女人的人。"

"这种说法真是奇怪。"

"但这是真的。我现在没跟他在一起,我已经很久没跟任何人在一起了。我没有情人。我谁都不爱。我不照顾任何人,不亲吻任何人,也不拥抱任何人。我不哄任何人开心。我没有家人。我既没有热潮红[①],也没有月经。我是个不再有性生活的人。我是个不再有女人味儿的人。我是个干瘪的老太婆。我是个在21世纪末期用高科技手段维生的干瘪老太婆。"

"我觉得你看起来就是女人。"

"只是因为我穿得像个女人。但那全是精心准备、故意展现出来的。"

"我明白你的意思,"梅赛德丝承认道,"我65岁了,那个阶段也基本过去了。我倒没觉得有什么遗憾。要有女人味儿(这是做女人真正困难的一点),是朋友就绝不会把这个要求强加于你的。"

[①] 皮肤的灼热阵感,多见于更年期女性。

"跟他在一起令我身心俱疲，"米娅说，"他倒是表现得彬彬有礼，可是，哪怕只是待在他身边，我就已经筋疲力尽了。最糟糕的是，我还无法彻底斩断与过往生活的联系。之前的爱情，之前的性经历，都是如此。被精力充沛、长相英俊的大男孩追求，最后故意让他追到手。我依然记得那有多么让人兴奋，多么令我心潮起伏。但助记药却使那种感觉变得十分糟糕。"

"大多数人会说与过去一刀两断对你没好处，你必须接受过去的生活，让它与你融为一体，这样才能放下过去，继续前行。"

这番得体的建议让米娅激动起来："我今天的确不得不接受过去的生活。但我并没有感到更开心。"

"你为他将要离开人世而感到遗憾吗？你感到悲痛吗？"

"我有一点遗憾。"米娅啜了一口矿泉水，"但说不上悲痛。还达不到那种程度。"喝完水后，她感觉好多了。她生命中大多数的愉悦之感都是通过很简单的事物获得的。"我今天哭了。哭可真难受。我已经有五年没哭过了。"她摸了摸肿胀的眼睛，"感觉就跟眼膜损伤似的。"

"他有遗产要赠予你吗？"

"没有。"米娅平静地撒谎道。

"通常都会有点儿遗产馈赠。"梅赛德丝说。

米娅停顿片刻："倒是有一个，但我拒绝了。他有一条后犬类的狗。"

"我就知道，"梅赛德丝说，"他们临终前担心的要么是宠物，要么是房子。如果他们英年早逝，担心的就是孩子。人们只有在想让你帮忙处理身后事的情况下，才会在临终前邀请你过去见一面。"

"或许他们只是想让你去收拾屋子，梅赛德丝。"

梅赛德丝耸了耸肩。"我就是收拾屋子的。我视干净整洁如命。"梅赛德丝总是十分耐心，"我看得出来，你心里还有话想说。是什么？"

"没什么了,真的。"

"你有,只是还不想告诉我罢了,米娅。你最好现在就跟我说说,趁你还有这个心情。"

米娅凝视着她:"你不必非得让我一股脑地全吐出来。我已经完全恢复了。我刚才受到了惊吓,但我不会做什么反常的事。"

"你不该这么说,米娅。你现在的情况就很反常。当今世界也是怪异得很。你一个人住,又没有信得过的人劝慰你、开导你。除了工作,你在其他方面都跟社会上大多数人不一样。你会很容易误入歧途。"

"你什么时候见我误入歧途了?"

"米娅,你比我聪明,比我年长,你还比我有钱得多。但世界上像你这种人多的是。我认识很多你这样的人。他们都很脆弱。"

梅赛德丝抬起胳膊,转着圈地指着公寓里的东西:"这些年来,你所声称的生活根本就不正常,而且也不安全。那只是一成不变。一成不变是不正常的。他们不允许你享受任何所谓的正常生活。对于一个94岁的后人类来说,根本就不存在真正意义上的正常。延寿这件事本来就违反自然规律,而且永远不会变得自然,你也不可能让它变得自然。这就是你的现实。也是我的。这就是为什么政府会派我一周过来两次,在你屋里四处瞧瞧,打扫打扫,同时听你倾诉。"

米娅一言不发。

"继续保持原来的生活方式吧。"梅赛德丝说,"对于你今天糟心的遭遇,我很抱歉。朋友的去世会对内心造成重创,程度可能比我们想象的还要深。就连无趣的人也不可能一成不变,而你肯定不是无趣的人。你只是非常谨言慎行,对于情感上的隐私——这种事早就过时了,如今没人需要这方面的隐私——半点儿也不想透露。"

"我会好好考虑你的建议。"

梅赛德丝严肃地看着她。长久地沉默。这番话并没有骗过她。在梅赛德丝眼里，没有哪个女人是完美无瑕的圣女。

"对了，"梅赛德丝终于开口道，"你的卫生间又长了那种恶心的菌斑。你是去哪溜达了吗？"

"我经常走路锻炼身体，"米娅说，"就是在城里四处溜达，从不记录行走路线。"

"以后回家先把鞋放在屋外晾一会儿，好吗？还有，洗澡不要过久。那种粗球孢子菌会让你痛不欲生。"

"行。我会的。"

"我得走了，"梅赛德丝说着站起身，"今天还剩一套公寓要打扫。不过，如果你有需要，就打给我。随时都行。别不好意思。有人给我打电话，对我也有好处。"

"好的，长官。"米娅说。梅赛德丝做了个鬼脸，收起她的物件，然后离开了。

————

马丁·沃肖是在21日下午被下葬的，地点是帕洛阿尔托①的一座年代久远的乱葬岗。那天天气晴朗，这片曾是瘟疫遗址的广阔土地，比以往任何时候都更葱绿、更宁静，或者说，更引人沉思。出席葬礼的人，米娅一个都不认识。也没有人认识她。

这19个出席葬礼的老人基本上可以说是同一种人。混好莱坞的人从不惧怕手术刀。无论出现哪种冻龄手段，那些爱美之人总是对其

---

① 旧金山附近的一座城市。

渴望不已。50年前，这类人是尝试相关医学手段的先驱。现如今，他们已经青春不再、垂垂老矣。他们最开始接受的医疗手段，可以说是二十一世纪三四十年代生物医学领域最前沿的技术，可今天却显得极为过时和原始。现在，他们疲惫不堪、伤痕累累，终于看起来有真正先驱者的样子了。

马丁瘦削的、皱巴巴的尸体上套着一件薄薄的寿衣。几个侍者掀开乳化机的白色铰链式盖子，抓住寿衣，抬起尸体，虔敬且小心地将他从脚到头地浸入沸腾的凝胶里。扫描仪开始工作，生成马丁最后的官方医学影像。轻柔的超声波把尸体震得四分五裂，高速转子转动起来，乳化机那装饰性的底座微微颤动。尸检采样器收集到一点里面的液体，分析其中的基因损伤，查验尸体中寄生菌的数量，搜集所有病毒性感染和朊病毒侵染并对其分类，然后对马丁的死因做了盖棺定论（自行注射神经抑制剂）并公之于众。所有数据很快便被发布到网络上并做了公开存档。

有人——米娅始终不知道是谁——请来一位天主教神父说了几句悼词。那位年轻的神父非常热忱，也是真心来帮忙的。在宗教致幻剂的作用下，他显得激动不已，激情满满，以至于连话都说不利索了。当他那番卓绝激昂的长篇演说落幕之后，便正式为那些凝胶祈求上帝的祝福。随后，这一小撮人三三两两地离开了墓地。

一名丧葬师将马丁的肖像、姓名和生卒日期刻在乳化机乳白色的外壁上。自此，马丁·沃肖（1999—2095）就变成了如米娅手掌般大小的彩色图块，和另外389个死者排在一起，他们都是先于马丁"入驻"了这个装置的人。米娅略作停留，凝视着上面的一排排遗像。那些死者的面庞使这台机器显得甚是友好，充满善意。

在墓地边上，米娅叫了一辆出租车。等待车辆到来的当口，她看到一条淡黄褐色的狗躲在夹竹桃树中间。它没穿衣服,而且也不像是有智慧的样子。她一边等车,一边盯着那条狗,可当她试图靠近时,它却钻入灌木丛里消失了。等那条狗不见踪影后,她才觉得自己有点儿犯傻。黄褐色的大狗其实很常见。

米娅在地铁站口下了车,进入遍布加州的地下管道,到达科伊特塔下面的公共遥现站点后,上到地面。每当她想远离旧金山市区时,电报山总是她的首选。每次外出旅行,她都会定期链接回此站点,以使自己恢复对湾区城市的感官体验。米娅在世界各地的城市都做过遥现,但是,如果没有实地漫步过,那么,她根本就不会爱上那些城市。旧金山是全世界最棒的步行城市之一。当然,这里还有琳琅满目的衣服。所以她才选择住在旧金山。她开始步行前往目的地。

到内河码头时,她走进一家拥挤嘈杂的游客咖啡馆,喝了一杯热咖啡。她闷闷不乐地想到,不知前夫对那天的事会做何感想,对沃肖的葬礼有什么看法。在他们的爱情之路上,马丁·沃肖是丹尼尔唯一真正的劲敌。沃肖一死,丹尼尔心中是否还会残留一丝男人之间的嫉妒?他会不会因此产生一点儿满足感?米娅想知道,前夫心里是否还有她?或者说,他还能清醒地想起任何事或任何人吗?丹尼尔现在在爱达荷州北部一个非常奇怪的地方,根本不可能与他取得联系。米娅本可以打给她身在雅加达[①]的女儿克洛艾,但那并不会使她感到安慰。克洛艾只会挑她衣服的毛病,并滔滔不绝地谈论天堂之轮的转动,以及宗教真实性的话题。

这一天,她竭力不去想工作的事情,她对工作一直保持着新鲜感,而且,她在这方面确实取得了不俗的成绩。她朝渔人码头的方向走了

---

① 印度尼西亚的首都。

很长一段路，终于抵达了目的地：一栋两层楼的铁皮房子。簇叶丛生的树篱上方挂着一块褪色的红木标牌，上面的字迹表明，这里是一个营利性的网点。米娅付款，进门，踏入空荡荡的大楼内部，然后将现金卡塞进一台计时器里。

店主慢吞吞地走过来。他是个身材高瘦的老先生，已经100多岁了，四肢颤颤巍巍，长着一个尖尖的鹰钩鼻，戴着一对大得离谱的助听器，头上戴着一顶走形的渔夫帽。斯图尔特先生那干涩的、皱巴巴的皮肤已经有数十年没有长时间暴露在日光下了，所以那顶渔夫帽基本上就是个装饰。他穿着一件深绿色的短袖衬衫、一条沾满油污的裤子，裤子的皮带环上耷拉着短小的金属链，链子上挂着一些折叠式多功能工具。

米娅已经有37年没来过这个网点了。这栋排房做过彻底翻修：地板和墙壁被敲掉，窗户用砖块堵死，外墙覆上了铜皮，以减少杂散辐射的排放。尽管如此，米娅还是毫不意外地认出了那个店主。他依然守在老地方，干着老本行，穿着跟以前一模一样的衣服。在她的印象里，斯图尔特先生随随便便就能比一栋建筑活得还要久。

斯图尔特的样子看起来也跟以前差不太多，除了鼻子和耳朵在过去的几十年里变得明显肿大之外。在延寿手段上，生长激素疗法和类固醇调节要显得更合理、更低调。不过，这种方法会让男性的鼻子和耳朵肿得厉害。应该是雄性激素和软骨组织进行性骨化导致的。

米娅打量着这个地方。天花板上挂着灰色的吸音隔板，下面耷拉着一些五颜六色的电缆和光纤，看着跟意大利面条似的。一群棕色麻雀在金属椽子上吱喳乱叫，热闹极了。

地板上摆着一堆怪异的网络访问机器。房间最西端是全新的网络连接设备，其中许多看上去像是外观磨损的样机。房间最东端堆满了收藏品，全是过去120年里出现过的虚拟空间操作设备的遗骸。对于那些要么行将退出历史舞台、要么即将问世的网络设备，斯图尔特先生总是情有独钟。

墙上乱糟糟地堆放着一些板条箱和一桶桶的电子零件。清洁机器人老朽不堪，嘎吱作响，正顽强地四处晃悠，一丝不苟地擦掉其他机器上的灰尘。当然，墙上还有一个专门用来存放那些家雀粪便的沙箱。房间内的照明一如既往地糟糕透顶。

"我还以为你们会装上窗户呢。"米娅说。

"快装了。"斯图尔特说道，眼睛眯成一条缝，"这年头谁还用得着窗户啊？网点就是窗户。"

"你们这儿有什么设备可以允许触控手势接入网络？我想访问一座21世纪60年代创建的记忆宫殿。"

"那得看你是怎么设置的。话说回来，一切生命都取决于它的设置。"斯图尔特说。他很喜欢说一些格言似的话："告诉我宫殿的初始参数，以及储存它的硬件设备。"

"这些我都没法告诉你。"

斯图尔特耸耸肩："那你可能要在这里待很长时间。我建议你先试试简单的方法。把一块触控板插入带凹槽的幕帘设备，看看能否依此直接进入宫殿。"

"你觉得这样能行？"

"有可能。如果你想要更多的……"斯图尔特煞有介事地顿了顿，"隐私，可以戴上视觉追踪器试试。"

"隐私收费吗，斯图尔特先生？我对这个很感兴趣。"

"我只收进门费，"斯图尔特说，"这对大多数人来说就已经够贵的了。"有人在最西端的新机器那边对他喊出一长串问题，跟"给树命名"和"图像模糊"有关。斯图尔特像猫头鹰一般,猛地一扭那皮肤粗糙的脖子,"看说明书!"他大喊道,接着再次转向米娅,"那个小毛孩……刚才讲到哪儿了,女士?"

"米娅。"

"什么?"

"没有说明书!"那个年轻小伙大声喊道。

"米娅。米——娅。"米娅一字一顿地说。

"哦,"斯图尔特回应道,敲了敲其中一个助听器,"很高兴你光临本店,马娅。别管那些臭孩子,他们有时会有点儿吵。"

"我试试刚才说的幕帘设备和触控板吧,谢谢。"

"我去给你登记上机。"

老式硬件唯一的优势就是隐私。随着时间的流逝,老式硬件不知不觉地就过时了,变得基本上不可监管。与本世纪早期那些原始、破旧、事故频发的垃圾机器相比,当前的虚拟现实设备要整洁得多,也更结实、更好用。现如今,数据档案的开放程度惊人得高,人们可以自由访问。但与此同时,依然有数百种陈旧过时的数据格式,以及大量死水般陈旧过时的数据,它们只能通过那些早已停产或不再维护的机器进行访问。这些机器只有少数人会使用,他们要么是痴迷于旧时设备的狂热爱好者,要么就是那些几十年前学会使用那些机器、此后并没有与时俱进的老人。

斯图尔特给米娅找到一块磨损严重的触控板、一个虚拟体验设备盒。米娅去了一趟厕所,俯身在带底座的洗脸池和镜子旁,洗了个手。

米娅咔嗒一声掀开设备盒,取出一副轻如羽毛的耳夹,熟练地戴到耳朵上。她轻轻拍了拍小巧的麦克风,让它紧贴上嘴唇的唇角,看上去活像个美人痣。随后,她将假睫毛仔细地粘在眼皮上,每根睫毛都会密切监视她眼球的形状,这样就能追踪她注视的方向。

米娅打开一个小槽的铰链盖,里面装有液体手套,那种热乎乎的液态塑料甚为浓稠,而且很有黏性。她将双手伸进去,浸没到手腕处,泡了一会儿,接着把手抽出来,轻轻甩了甩,好让液体冷却凝固。

手指上的手套收紧、固定,噼啪作响。米娅活动了一会儿指关节,又一下下地攥紧拳头。手套的塑料膜像干泥一样裂开,形成数百个微小薄片。紧接着,她将手浸入第二个小槽,然后抽出。纤细的导电纹路在微小薄片之间形成,那些湿漉漉、亮晶晶的有机电路迅速干燥。

搞定手套之后,米娅从洗脸池下的狭槽里掏出一片腕部扇叶。她用小臂敲敲扇叶,将其激活,随后展开扇叶,绕在左手腕上,扣紧。扇叶料子硬挺起来。她又把第二片腕部扇叶展开,扣紧在右手腕上。这样,在她的手臂末端就有了一对餐盘大小的视觉膜片。

与腕部扇叶下侧的电路接触并相互交织后,塑料手套也被激活了。米娅又活动了一下手指。腕部扇叶迅速测定手套的形状,以便尽可能地熟悉她双手的尺寸、形状和动作。

扇叶不再透明。她的手从视线中消失了。随后,双手的模拟图像再次出现,精妙地映射到腕部扇叶的外表面上。现实世界在扇叶边缘处消失不见,旋即,米娅在那两片天蓝色的圆形扇叶上看到了自己的双手。

米娅将触控板夹在胳膊下,离开厕所,朝为她选好的幕帘设备走去。她进入设备,然后把身后的幕帘合上并封好。幕帘从上到下蓦地一抖,变得紧绷绷的,紧接着,周身的机器苏醒过来。绷紧的幕帘变成了均匀的天蓝色。现实世界消失得更多了。米娅悬空站在一个天蓝色的虚拟世界里。当然,她的脚下和头顶实际上是坚实的地板和天花板,身边还挤放着大量的远程定位器、追踪设备和记录设备。不过,抛开这些因素,这个虚拟世界依然让她产生一种身临其境的沉浸感。

幕帘是用数千根彩色玻璃纤维编织而成的,那是一种细如发丝的光纤扫描线。通过假睫毛给出的信号,不管米娅的视线定格在哪里,幕帘都会亮起,并显示她所看到的影像。无论她想把目光瞥向何方,幕帘总是会先她一步,在极短的时间内亮起,将她看到的影像呈现出来。如此一来,幕帘上的影像就与她看到的实现了同步,并且把她全景式地围绕其中。

米娅胡乱摸索着找到一个插口,插入触控板。幕帘设备识别出这个小装置,顷刻间,她便被一块三百六十度触控显示屏包围起来,仿佛陷入一片烟灰色的虚拟深渊之中。米娅用戴着手套的手指轻触触控屏,几块虚拟显示屏在玻璃似的虚空深处翻滚着来到近前,那上面分别是:一台循环转速计、一块计时器、一个网络选择器。

她选了旧金山一个较大的公共网络入口,屏住呼吸,比画出马丁·沃肖的手势密码。灰色幕帘上如实地显示出她指尖划拉出的潦草线条,那是用虚拟炭笔勾勒出的巨大而清晰的图像字符。

线条渐渐消失。幕帘设备又变成了天蓝色。这以后,一切仿佛静止一般。然而,那个小转速计的读数却表明,网络深处的某个地方正在忙着处理她的请求。于是,米娅便耐心地等待着。

8分钟后,转速计不见了。四面幕帘漆黑一片,又蓦然变成了全景虚拟景象。

米娅发现自己置身于一间建筑师的办公室内。里面有一张仿实木纹理的大桌子、几盏刺目的黄铜灯,地上是用算法模拟生成的大理石地板。椅子鼓鼓囊囊,被垫得又软又厚,仿佛一坐进去就能被裹起来,舒服得不得了。应该是老人椅。椅子是21世纪70年代顶级家具设计师设计制造的那种款式。当时,家具设计师们突然意识到:那些极其年老的人拥有世界上所有的财富,从此时起,直至时间尽头,他们都会把财富牢牢攥在手中。

这间虚拟办公室看上去颇有些讽刺意味:它被设计得类似于土木建筑师的办公室。这里指的是设计现实建筑的土木建筑师,而不是建造虚拟建筑的建筑师,前者由于建筑的是切实可触的实体,所以在设计时就更加自命不凡、固执己见。她周围的墙上挂满了软木公告板、黑板、彩色粉笔、绘图纸和细绳,都非常真实且有触感。房间里没有数字屏幕。不过话说回来,这里的整个虚拟环境本身就是一块数字屏幕。

这台随意挑选的幕帘设备反应很迟钝,与马丁·沃肖精妙的记忆宫殿严重不匹配。墙壁向外隆起,虚拟房间的墙角极其扭曲,看起来让人反胃,十分不舒服。仿真程序似乎无法决定应该如何放置地板。地板轮廓在屏幕的下方边框呈倾斜状,就像一艘进水的小船正在慢慢下沉。

其中一面墙上有一扇仿真窗户,从上面能略微瞥见外面颇具艺术气息的虚拟花园,但是花园植物的形状变形得厉害。在像奶酪一样稠密的诡异阳光下,那些植被仿佛暴露在X射线中似的,树木的模糊剪影忽动忽停,显示出一幅噩梦般的景象。办公室里有一个虚拟盆栽。它那锯齿状的大叶子看起来像华夫饼模具一样僵硬、毫无生气。

米娅在原地转身,细细观察这间虚拟办公室。她左边的墙壁上挂着一幅巨大的镶框蓝图,画的是一座宏伟大厦的平面图,很可能就是这座记忆宫殿的平面图。蓝图上有大量注释,但字迹很小,且非常模糊。看样子,这座巨大的宫殿是精心制作的,但是看上去却令人望而生畏。米娅感觉自己仿佛打开了圣诞礼物的包装,发现里面塞着一整辆蒸汽机车。她收到的这份礼物就像一个重达数吨的燃煤动力虚拟玩偶匣①。

她转身来到房间正中。桌面上放着一张镶框照片。米娅做出抬脚向前的动作，尽力移到虚拟桌子旁，而不是穿过它。她伸出一只手，试图拿起照片。手套的交互界面糟糕透顶，反应极慢，而且还都是重影的。

界面让人很不舒服，但这也不足为怪。毫无疑问，这个虚拟环境正在被加密、解码，然后重新加密，经由卫星和电缆匿名传输，通过不甚匹配的、过时的协议在怪异的机器之中加以仿真，继而根据早已无人使用的图形标准显示出来。这是一个把数据分解、传输、压缩、打包、拆包、解压缩、停止传输、重组的过程。更糟糕的是，记忆宫殿太老了。虚拟建筑不会像实体建筑那样老化，但它们会随着时间流逝而不知不觉地退化，就像它们的主人那样渐渐老去。墙角那张小巧玲珑的桌子已经明显腐烂：从某个特定角度看，它表面的颜色都不见了。

不过，这地方并未彻底死去。一只虚拟壁虎出现了，它偷摸地贴墙爬行，这表明一些确保这里正常运行的子程序——搭建宫殿的代码中最犄角旮旯里的程序——仍能穿过阻尼器发挥作用。

米娅试探性地抓住那张照片，从桌面上拿起来，照片像大出血一样从相框里喷涌而出，飞到幕帘屏幕上，倏地舒展开来，碎裂为数不清的鲜红像素，三百六十度环绕着她，图像中的每个像素都跟拇指指纹一般大。米娅畏缩了一下，把照片放回原处，然后斜着眼，通过腕部扇叶的薄膜端详着它。与投射到幕帘屏幕上乱糟糟且抖动不止的图像相比，把照片投放到触手可及的膜片上，其图像似乎更显逼真。

---

① 玩偶匣：打开匣盖即跳起的玩偶。

相框里是她的数码照片。与马丁·沃肖家里的那张不同,这张照片里的米娅·齐曼十分年轻,她穿着红色的毛巾布质地的浴袍,坐在一张破旧的红布沙发上,读着一本纸质杂志,修长的裸腿搭在咖啡桌上。她的头发湿淋淋的。地板上胡乱地堆满了大学生特有的垃圾:快餐包装袋、音乐磁碟、两只鞋带散开来的休闲鞋。那个年轻的米娅完全没有意识到摄影师的存在。她看上去轻松自在,全神贯注地盯着手中的杂志。

这是马丁保存的另一件小纪念品,是他在死后送给宫殿继承人的礼物。

米娅打开虚拟桌子的一个抽屉。空空如也。她用手一敲,照片便掉了进去,接着,她关上抽屉。

她打开另一个抽屉,里面有剪刀、纸、笔、胶带、别针。她反复尝试,却依然没能牢牢抓住那把虚拟剪刀。她又打开一个抽屉,里面是一盒彩色粉笔。

米娅从盒子里拿出一支淡绿色的粉笔,转身面向挂在对面墙上的黑板。她朝黑板走去——随着她越走越近,黑板剧烈晃动起来——伸出手,戴着手套的手指一拧,虚拟粉笔就伸出来了。

很显然,手上这副廉价的、一剥就掉的手套应付不来,她得用一副好得多的手套才能做好这个动作。粉笔摇摇晃晃地在黑板表面进进出出,就跟道奇森笔下的爱丽丝在镜子里钻进钻出似的[1]。努力练习许久之后,米娅灵光一闪,颤抖着写下几个潦草的字:

马娅到此一游(MAYA WAS HERE)

---

[1] 出自查尔斯·道奇森所著的《爱丽丝镜中奇遇记》。

她又在上面画了一幅土豆鼻子的基尔罗伊①头像，除此之外，她还胡乱地画了几个小女孩基尔罗伊，蜷缩在大人基尔罗伊圆乎乎的头顶上。一不小心，虚拟粉笔掉了下去，咔嗒一声落在地板上，不见踪影。用扇叶徒劳地找了一会儿之后，米娅发现自己出现了严重的晕船症状。于是，她便拔掉触控屏电源，打开幕帘，走到外面。

她把涌上喉头的胆汁咽回去，解开腕部扇叶，放到一边。然后，她剥掉手套，在剥落的过程中，手套碎裂成一块块碎片，她将其丢进回收桶。第一次尝试，能做到这样已经很不错了。如果还想再次进入沃肖的宫殿，她肯定会拿工作中用到的那种最先进的数据手套，当然还得用上质量上乘的视觉追踪器才行。米娅感到很恶心，同时还隐隐有些失望，像是被狠狠地作弄了一把，不禁黯然神伤。

她走在斯图尔特那一排排机器中间的弯曲的过道上，使劲呼吸，努力让头脑清醒。她沿着机房的长边向前走，来到房间另一头的新机器中间，然后又转身往回走。她现在感觉好多了。走路总是能让她感觉好一些。

"跟我去欧洲吧。"一个女人大声说。米娅驻足倾听。

"咱们既没那个时间，也没那么多钱。"一个男人嘟囔道。那两人正坐在过道里的一张毯子上。男人身穿一件大棉袄、一条很脏的紧身裤、一双磨坏的大靴子，他的前额上支着一对亮闪闪的视觉追踪器。那个女人的服饰非常古怪：一件帐篷似的棕色披风，用吊袜带系在一条松垮且打褶的哈伦裤上。他们此前一直在一台CAD②设备上忙活。现在，二人已经摘下操控手套，四肢摊开着躺在他们的毯子上，吃着纸

---

① "基尔罗伊到此一游"（KILROY WAS HERE）是美国流行的军队涂鸦，画中是一个有着长鼻子的男人扒着墙头偷看。"马娅到此一游"是对它的戏谑模仿。

② 计算机辅助设计。

袋里的饼干。

他们看起来脏兮兮的，谈话的声音特别大；脸也很怪：毫无皱纹，弹性十足。他们的动作冒冒失失的，好像正在因为什么事感到很窝火。

他们都是年轻人。

"在斯图加特①，他们只需六天就能用那种高分子聚合布料制成衣服，"女孩说道，"也许六个小时就行。"

"去斯图加特并不是解决办法。至少我们在这儿还有些人脉关系。"

"那老头之所以让咱们待在这里，是因为他喜欢看咱俩瞎折腾！我们需要到有创造力的年轻人群当中，像我们这样的人，要去到处都是这种人的地方。而不是在这么个博物馆一样的地方。"

"哪怕去斯图加特，我们的情况也不会有任何改善。你知道那儿的房租有多贵吗？还有，你是说咱们没有创造力吗？你和我？我们当然得保持创造力，但要按照自己的方式，在自己的地盘上！否则那根本没有意义。"

米娅从他们身边走过，假装没有偷听。他们也没注意到她。她在柜台后面找到斯图尔特先生。后者正拿着一个坏掉的头盔，用多功能工具在其银质的内部结构中鼓捣着什么。

"我用完了。"米娅说。

"很好。"斯图尔特一边漫不经心地回应她，一边将一块视觉追踪镜片塞进头盔的眼睛部位。

"跟我说说那边那俩年轻人呗，画CAD图的那两位。"

斯图尔特盯着她，手中的镜片闪闪发光："你在开玩笑吧？那关你什么事？"

---

① 德国的一座城市。

"我又没问你他们访问哪里的网络，"米娅解释说，"我只是想打听打听他们的私人生活。"

"哦，行吧，没问题。"斯图尔特放下戒备，"那俩孩子都20来岁。总是在做一些小活计，你也知道那个年龄是啥状态。没有时间观念，很多精力白白浪费，充满不切实际的幻想。他们是做服装的。或者说，试图去做一些。"

"这样啊。"

"服装也是给年轻人做的。她负责设计，他负责制作。他俩是个团队。这是年轻人之间的浪漫。怪可爱的。"

"他们叫什么名字？"

"没问过。"

"他们是用什么支付接入网络的钱呢？"

斯图尔特没有回答。这意思再明显不过了。

"谢谢。"米娅说。她走回去，想继续远距离偷听。但那两人已经走了。米娅便迅速走到门口，拔出现金卡。上面的余额已经不剩多少了，因为斯图尔特对生客的收费标准高得离谱。她匆匆走出大楼。

那对男女正背着背包，往山上的公交车站走去。

公交车到站时，米娅也跟着一起上车了。他俩坐到了后排。米娅则坐在旁边的座位上，与他们一条过道之隔。他们未予理会。年轻人不喜欢搭理老人。

"这座城市，"女孩幽怨地说，"无聊得要死。"

"可不是嘛。"男孩回道，打了个哈欠。

"我现在就很无聊。"女孩说。

"别忘了你还在公交车上。"男孩极力克制着自己。他打开背包，在里面翻找着什么。

米娅从手提袋里拿出墨镜，戴上，装出看向过道的样子。车里还有三条狗和两只猫。在车厢前面，有两个衣着光鲜的亚洲人用筷子夹着包装盒里的东西吃。

女孩打开背包，掏出一条响尾蛇，挂到脖子上。那条蛇很漂亮。从高处俯视，满是鳞片的蛇皮犹如棋盘格。触到温暖的人体时，它微微扭动了一下。

"别生气嘛。"男孩说。

"我不会生气的。小蛇君的牙里还没有吸入药水。"

"那你现在别给它吸。每次吵架你都会生气，好像这样就能解决问题似的。"男孩从包里掏出一把搪瓷梳子，焦躁地梳着自己那头凌乱的头发，"话说回来，在斯图加特，带着那条蛇会显得很蠢。斯图加特人不喜欢响尾蛇。"

"我们可以去布拉格。还可以去米兰。"女孩没精打采地摆弄着蛇的响尾，"湾区的生活节奏太慢了。一潭死水。亲爱的，我很痛苦。"她放开手里的蛇，拽起一缕油腻腻的黑头发："我痛苦的时候没法工作。你知道我痛苦的时候没法工作！"

"要是你去了欧洲还感到痛苦，我能怎么办呢？"

"我在欧洲不会感到痛苦的。"

"得了吧。"

"你以为我不清楚自己想要什么，"她生气地说，"你总是这样。"

"你就是不清楚自己想要什么，自始至终都是如此，"他毫不客气地说，"你那捉摸不透的想法让我烦透了。"

"我讨厌你。"女孩大喊道。她把蛇塞回背包里。

"你们应该去欧洲。"米娅大声说。

他们吓了一跳，抬起头来。"什么？"女孩问。

"你应该去。你也是。"米娅心跳停了一下,紧接着加快语速,"虽然你们很年轻,但你们有的是时间。去欧洲待上5个星期,5个月,5年也行。5年根本不算什么。你们应该一起去欧洲,这样心里的郁结就都解开了。"

"你在说什么?"男孩说,"我们让你提建议了吗?"

米娅摘下眼镜,与他们目光相接。

"让她继续说。"女孩立刻打断男孩。

"再晚几年去就没用了,"米娅说,"如果等得太久,你们就会涉世过深。知道得多了之后,去哪里就都没有分别了。"米娅哭了起来。

"呵呵。"男孩嘀咕着站起身,抓住公交车把手,"起来,咱们下车。"

女孩没有动,问道:"为什么?"

"快点儿。她肯定是不知什么病症发作了!那不是咱们的问题。咱们自己的问题还一大堆呢。"

"你们太年轻,还没到面临切实问题的时候,"米娅告诉他,"你们现在可以随便折腾。你们精力充沛,无拘无束。去冒险吧。带她去欧洲吧。"

男孩盯着她:"我看上去像是那种听取在公交车上哭哭啼啼的陌生老太婆建议的人吗?"

"你看上去就是那种人……跟我很久以前认识的一个人很像。"米娅说。她哽咽着,泪腺疼得要命,痛感一直延伸到鼻腔。

"你要是给其他人提建议,随你便。你上次冒险是什么时候?"

米娅擦了一下灼痛的眼睛,又抽了抽鼻子:"我现在就在冒险。"

"拉倒吧。"男孩讥讽道,"说得好像对你这个老太婆来说,戏弄我们就跟冒了天大的险一样!瞧瞧你自己——有救护车全天候为你待命!这世界上所有的好处都让你得着了!给我们还剩下什么?"

他挑衅地瞪着她："你知道吗，女士，虽然我才22岁，但我的生活跟你的一样真实、一样有价值。甚至比你的更加真实！你以为我们年轻，所以就蠢吗？你根本不了解情况——你对我们的生活、我们的处境，或者其他任何方面都一无所知。所以，你凭什么提出建议？你这是在对我们展示优越感。"

"不，她不是。"女孩说。

"你这是在摆出高人一等的派头教育我们。"

"哦，她没有！你瞧，她在哭啊，她那些话是真心的。"

"你为老不尊！"

"别再羞辱这位善良的女士了！她说的每一句话都没错！"

公交车停下了。"我要下车，"男孩大喊道，"我讨厌自己的人生经验被老年人否定。"

"那就赶紧滚蛋。"女孩对他说，然后双臂交叠抱在胸前，重重地靠在椅背上。男孩吓了一跳。他的脸色慢慢阴沉下来。最后，他用一只肩膀挎着背包，靴子重重地踩着台阶，怒气冲冲地下了车。

公交车再次启动。

"真抱歉。"米娅柔声说。

"不用道歉，"女孩说，"我讨厌他！他就是在拖我后腿！他以为他能告诉我应该做什么。"

米娅默不作声。

女孩皱皱眉："我从来没跟任何一个男人上床超过两次，我不想让他们觉得可以随便对我指手画脚！"

米娅抬起头问女孩："你多大了？"

女孩扬起下巴答道："19岁。"

"你叫什么名字？"

"布蕾特。"女孩回答说,她在撒谎,"那你叫什么?"

"马娅。"

布蕾特跨过过道,坐到她旁边,"很高兴认识你,马娅。"

"彼此彼此,布蕾特。"

"我要去欧洲。"布蕾特宣布道,接着又在背包里翻找起来,"可能会去斯图加特。那可是全世界最伟大的艺术之都。你去过斯图加特吗?"

"我去过欧洲几次。那是很多年前的事了。"

"他们重建斯图加特之后,你去过吗?"

"没有。"

"去过印第安纳波利斯[①]吗?"

"我遥现去过一次。印第安纳波利斯如今看起来有点儿瘆人。"

布蕾特从背包里拿出一张纸巾,递给米娅。米娅感激地接了过去,然后擤了擤鼻涕。她的泪腺已经太久不用,这一哭感觉火辣辣地疼。

布蕾特凝视着她,毫不掩饰自己的好奇:"你最近应该没怎么来过这边,对吧,马娅?"

"是的。我最近没来过。"

"要不要跟我待一会儿?也许我可以带你四处看看。这样行吗?"

米娅既惊讶又感动。尽管她没有十分乐意接受这个邀请,但女孩也是一片好意。"好啊,当然行。"

下一站停车后,布蕾特领着她下车了。她们沿着菲尔莫尔街向前走。街边树木繁茂。一只长颈鹿正在慢条斯理地啃食树叶。米娅确信长颈鹿不会伤人。这是她在旧金山市区内见过的最大的动物了。这只动物颇具异域风情。看来有人在市议会里周旋是有效果的。

---

① 美国印第安纳州的首府。

布蕾特起初走得很慢，随后加快了脚步。"你走路可真快，"布蕾特说，"你多大年纪了？"

"快100岁了。"

"你看起来可不像100岁。你肯定非常聪明吧。"

"我只是活得十分小心罢了。"

"你有骨关节炎、尿失禁或其他类似的奇奇怪怪的症状吗？"

"我的迷走神经状态不太好。"米娅说，"我夜里经常抽筋。我还有散光。"她笑了笑。这个话题很有趣。这让她想起从前陌生人礼貌攀谈时会聊起天气情况。

"你有男朋友吗？"

"没有。"

"为什么？"

"我有过一段很长的婚姻。当婚姻结束时，那种生活对我似乎已经不再重要。"

"那什么才是非常重要的呢？"

"责任。"

"听起来可不怎么激动人心。"

"的确不激动人心。但是如果你毫无责任心，那么你就不能把自己照顾好。你会生病，形神俱灭。"这种老生常谈听起来很愚昧、毫无意义，还有些病态，尤其对方还是个年轻人。"当你能够活得很久时，"米娅尽量有分寸地说，"一切都会大不相同。这个世界的整个体系，包括政治、金钱、宗教、文化，所有构成人类世界的部分，它们出现任何改变都是你的责任，它们正是因为你的努力而朝着好的方向发展，这一切都是因为你。所以你必须努力工作，这样我们的政体才能管理好社会。当一个好公民可不容易。那意味着需要大量的自我牺牲。"

"对呃，"布蕾特说，继而哈哈大笑，"我都忘了还有这份责任呢。"

布蕾特带她进入海特街附近的一座购物中心，旧货店林立着。购物中心里人头攒动，有的坐在长椅上，有的在逛街，还有的在咖啡馆里喝着酊剂。有两个穿着粉红色外套的警察坐在自行车上，机警地观察这里的人。米娅发现警察用怀疑的目光盯着自己，这还是这么多年来的第一次。全要拜她的同伴所赐。

"你知道市里有这么个地儿吗？"布蕾特说。

"当然知道。看到那家收藏品店了吗？他们卖老式的视听小物件。我有时候会去那里买纸质的玩意儿。"

"啊，"布蕾特惊叹道，"我以前还在想，究竟什么人会去那种怪里怪气的老店……"

布蕾特钻进一家昏暗的小店，其正门就是个镶了红木框的小洞。店里出售小毯子、毛毡和廉价珠宝。米娅这辈子从未来过这种地方。空气中有一股浓烈得几乎令人窒息的香草香精味儿。墙上长满了浓密的深绿色苔藓。

一只虎斑猫正趴在柜台上睡觉，懒洋洋地将四肢摊开。目之所及，一个人影也没有。布蕾特径直走向摆放在墙角的衣架处，"过来瞧瞧……瞧瞧，全是我设计的衣服。"

"架子上这些都是吗？"

"不，不全都是，"布蕾特说，她在衣架上不假思索地挑选着，"但这件是我设计的，这件也是，还有这件……我的意思是，我负责构思，再由格里夫负责制作出来。"布蕾特突然眉头一紧，显出生气的样子，米娅推测，格里夫应该就是她那个做错事的男朋友。"老伙计基罗加先生，是这家店的老板。我们算是跟他达成了协议，把我们的衣服拿到这里来卖。"

"这些设计都很有意思。"米娅说。这些衣服的风格很古怪。

"你真喜欢?"

"当然喜欢啦。"米娅从衣架上扯下一件红色夹克。衣服料子是一种蓬松的纺纱塑料,触感介于皮革、帆布和某种可食用的明胶糖果之间。夹克的大部分位置都是糖心苹果红色,不过在手肘、衣领和褶边处都有大块的暗蓝色布片。上面还有很多用纽扣扣上的肥大衣兜,衣领里塞着一顶防水的红色雨帽。

"你看它的形保持得多好。"布蕾特炫耀似的说,"而且它甚至连电池都没有。全是裁剪和编织的功劳。再加上衣料纤维的杨氏模量[①]较大。"

"衣服料子是什么?"

"合成橡胶和高分子材料。还有一点儿高耐磨性的织物陶瓷。瞧,这简直就是抗磨损的可全天候穿着的户外服饰,特别适合旅行的时候穿。你试试!"

米娅把胳膊伸进装填衬垫的衣袖里。布蕾特忙着把她的肩部捋平,然后一下子把拉链拉到米娅的下巴处。"好极了!"布蕾特宣布道。但实际上并没有。米娅感觉自己像是被塞进了一个巨大的水果蛋糕里。

米娅走到另一个角落,站在一面穿衣镜前。镜中的她竟然被裹在一件花哨的糖衣似的夹克里,完全变了个人。她现在是姜饼女孩马娅。她戴上墨镜。在昏暗的光线下,她似乎看起来很年轻——一个疲惫、胖乎乎、病恹恹的年轻女人,上身穿着一件可笑的年轻人的夹克。但她下半身却穿着极其整洁、成熟和保守的休闲裤及鞋子。

米娅把手指插进头发里,摇摇头,弄乱发型。

---

① 描述固体材料抵抗变形能力的物理量。杨氏模量越大,材料越不容易发生形变。

"还不错。"她瞅着镜中的自己说道。

布蕾特露出惊讶的神色,然后哈哈大笑。

"多么漂亮的夹克呀。我还需要做什么改进?"

"更好看的鞋子,"布蕾特一脸严肃地告诉她,"一条裙子。长长的耳环。不要手提袋,换成背包。涂上真正的口红,而不是小老太太抹的含有药物成分的唇膏。抹指甲油。戴上发夹和项链。紧身褡脱下。如果你受得了的话,摘掉胸罩。千万不要戴手表。"她停顿片刻:"另外,走路的时候扭一扭。让身体显得轻盈。"

"这改进也忒多了。"

布蕾特耸耸肩:"看起来年轻的最主要的诀窍就在于——穿上你本来用不着穿的东西,做一些你根本无须做的事。"

"你说的这些,我这把老骨头吃不消啊。"米娅说,"我语速特别慢。我也不怎么摆动手臂。我不爱笑。如果我跳舞,身体就会酸痛一个星期。"

"你不必非得跳舞。如果你想的话,我可以让你看上去青春有活力。这方面我还挺擅长。我有这个天分。大家都这么说。"

"我相信你没问题,布蕾特。但我干吗让你拾掇我?"

布蕾特一下子垂头丧气起来。让对方感到沮丧,米娅深感内疚。这就跟在大街上故意扇一个小孩一巴掌似的。"我确实想要那件夹克,"米娅说,"我很喜欢,想从你手里买。"

"真的吗?"

"是的,真喜欢。"

"你能给我大人们专用的钱结算吗?"

"你说什么?"

"我是说长期投资账户里的那种真钱,"布蕾特说,"被认证过的资金。"

"但认证资金只能用于特殊业务的支付。比如延寿、买股票、养老金,等等。"

"不,不是这样。认证资金是现实经济体系中真正流通的钱。格里夫和我这样的年轻人永远都接触不到这种钱。"布蕾特眯起眼睛,她的眼睛呈暖棕色,巩膜洁白无瑕,看起来像是人造的,"你不用给我很多真钱。只要能持有哪怕一点点大人专用的认证资金,我就会很开心了。"

"我很乐意给你一些,"米娅说,"但我没办法做到。我当然在自己的名下有认证资金,可是,它们全跟长期资本投资绑定在一起了,因为本来就该这样。没人会拿这种金融工具用于买衣服、吃饭这种日常小交易的支付。用现金卡有什么不好的?"

"没有认证资金,就没法启动真正的业务。"布蕾特说,"要不然就会遇到各种可怕的税务问题、保险问题、债务问题。这是阻止年轻人崛起的巨大阴谋的一部分。"

"不,不是的,"米娅说,"这是我们确保金融稳定、减少资本市场流动资产的手段。这个话题非常枯燥乏味。布蕾特,我碰巧是个医疗经济学家,在这方面,我知道得还挺多。如果你见过21世纪20年代,或者40年代,甚至60年代的资本市场有多糟糕,你就会理解今天基于具体业务的资本流动限制手段多么有必要了。这些办法确实帮了大忙,让生活变得更稳定了。当今医疗产业的大厦就是建立在稳定的拨款资助程序和资产流动性逐步降低的基础之上。"

布蕾特耸耸肩:"哦,好吧,那就算了……我就知道你不会给我真钱,但我还是得亲口问问。希望没有惹你生气。"

"不,没关系。我没生气。"

布蕾特环顾四周,抿着嘴唇,随即诡秘地笑了:"基罗加先生不在。估计是去做民事支援工作去了。这家小店由他打理,可是每当你需要他的时候,他总是不在……可能他不在店里,而是去外面监视我们这些年轻人,会从政府那里赚到更多的医疗点数吧……这衣服卖你15马克行吗?现金支付?"

米娅从手提袋里掏出她的微型银行,在一张智能卡上刻下15个交易点,递给布蕾特。

布蕾特将卡片小心翼翼地塞进背包口袋,然后捏住夹克蓬松的红色衣袖,撕下上面的一张常人难以注意到的标签,塞到那只熟睡的小猫身下。小猫反射性地喵喵叫了一声。"嗯,太感谢你了,马娅。如果格里夫知道我卖出去了一件,他肯定会很高兴,要是我们还会见面的话。"

"你还会见他吗?"

"哦,他会过来找我。他会甜言蜜语地哄我,跟我道歉,但他这人不怎么样。他很聪明,同时却也很蠢,你明白我的意思吧。他永远不会付诸任何实践。他永远不会行动,不会去任何其他地方。"布蕾特焦躁不安起来,"咱们走吧。"

她们离开购物中心,来到皮尔斯街。一条戴着粉色项圈的京巴警犬从山上蹒跚而下。布蕾特一动不动、面无表情地站在那里,全神贯注地盯着那只小狗,眼神中满是敌意。等它从身边走过时,她才再次迈开步子。

"我今晚就可以走,"布蕾特说道,她那年轻且修长的胳膊在披风下肆意挥动,"只要钻进一架飞往斯图加特的飞机就行。呃,不能是飞往斯图加特的,因为那个航班上肯定人满为患。不过可以是飞往欧洲其他地方的。比如华沙。飞机跟公交车差不多,他们基本上不会查验你有没有付过钱。"

"那样就不诚实了。"米娅轻声说。

"我不会被抓的。只要你有那个胆儿,搭便机简直轻而易举。"

"你父母会怎么想?"

布蕾特发出刺耳的大笑声。"我到斯图加特不会接受医疗检查。到了欧洲,我只会躲在隐蔽处,除非日后回来,否则我绝不接受任何检查。不会有人抓我的。我今晚就可以偷摸溜进一架飞往欧洲的飞机。没人会留意到我。"

她们正在往山上爬,米娅的小腿肚火辣辣地疼。"如果官方记录上没有你,你在欧洲会很难出去做事。"

"经常有人这么四处旅行啊!只要你看上去不是什么重要人物,那么你做什么都不会被抓。"

"格里夫对此怎么看?"

"格里夫就是个死脑筋。"

"好吧,可万一他去欧洲找你怎么办?"

布蕾特看上去若有所思:"你认识的那个男人,你昔日的情人,他以前真的跟格里夫很像吗?"

"也许吧。"

"他后来怎么样了?"

"他们今天上午把他下葬了。"

"哦——"布蕾特说,"原来如此。"她轻抚米娅那装填衬垫的衣服肩部:"我现在理解你为什么哭了。我很抱歉。"

"没关系。"

她们沉默无言地走了一会儿。米娅中途停下来歇了口气。这时,布蕾特开口道:"我敢打赌,你这些年其实一直在默默地爱着他。"

"并不是。事实上,完全不是你想的那样。"

"可你今天去他的葬礼了啊。"

"嗯，没错。"

"所以，我打赌，在你心底某处，自始至终都爱着他。"

"我知道那样听起来会更浪漫一些，"米娅说，"但事情并不是那样。反正对我来说不是。我爱他的程度，还不及我爱后来那个更好的男人的一半，可我现在依然不会偷偷地思念那个人。尽管我做了他50年的妻子。"

"不，不，不，"布蕾特兴高采烈地坚持道，"我敢打赌，你会在类似于除夕夜的日子服用一点儿助记药，喝点儿小酒，然后思念起你过去的男朋友，然后暗自落泪。"

"酒精是一种毒药，"米娅说，"而助记药的危害比它们的好处还要大。不管怎样，年轻姑娘都想当然地认为老女人就是会那么做。但事实上，后人类女性完全不会那样。我们既不伤感也不怀旧。真正年迈的女人，我是说依然身体健康、意志坚强的那种，我们已经跟常人不一样了。我们只是……我们只是早已把过去的事情释怀了。"她停顿了一下："真正年迈的男人也是这样，他们有些人……"

"话虽如此，但你这些年不可能对他是全然冷漠的，否则你绝不会为了他在公交车上哭。"

"哦，天哪，"米娅说，"我不是因为他才哭的。而是因为我们的现状！人类的现状！后人类的现状……如果我刚才是因为后悔失去昔日的爱情而哭泣，那么我应该跟你男朋友一起离开，而不是跟你。"

"你可真逗。"布蕾特立刻戒备地皱起眉头说。她加快脚步，弹性橡胶鞋底与路面摩擦后，吱吱作响。

"我没有要偷走你男朋友的意思，"米娅极其小心地说，"他的确长得很帅，但你要相信我，这压根儿不在我的考虑范围之内。"

她们穿过迪维萨德罗街。"我知道你刚刚为什么会说那番话，"走了半个街区之后，布蕾特闷闷不乐地说，"我敢打赌，如果你给我一些很不错的大人的建议，没准儿再买我一件夹克或别的什么，于是我就回到格里夫身边，我们双双前往欧洲，按照你认为的年轻情侣们应该有的做法去行动，你肯定会自我感觉非常好。"

"你为何这么多疑？"

"我不是多疑，只是没那么天真罢了。我知道你把我当小孩看待，19岁，可不就是小孩嘛。我的确不是很成熟，但我是个女人。事实上，我这种女人非常危险。"

"是吗？"

"是的。"布蕾特昂起头，"因为我拥有不符合自身现状的野心。"

"听起来很危险的样子。"

"而且，如果有必要，我也不介意伤害别人。有时候被伤害、受点儿惊吓，对他们是好事。"布蕾特年轻漂亮的脸蛋上露出一种十分怪异的神情。过了好一会儿，米娅才意识到，原来那是布蕾特试图让自己表现出既邪恶又性感的样子。但她实际上看上去就跟装在篮子里的猫咪一样人畜无害。

"我懂了。"米娅说。

"你很有钱吗，马娅？"

"从某种程度上来说，"米娅说，"算是吧。我很有钱。"

"你是怎么做到的？"

"稳定的收入、低支出、复利，再加上漫长的等待。"米娅大笑道，"用这种方式，即便是无生命物体也能变得富有。"

"就这么简单？"

"说起来容易，做起来难。低支出就是难点之一。要赚钱其实非常容易，但是，你明知道自己有钱，却能忍住不花，这才难呢。"

"你有大房子吗，马娅？"

"我在帕纳赛斯大街有一套公寓。就在医疗中心旁边。其实离这里并不远。"

"公寓里有很多房间吗？"

米娅停顿片刻："你今晚想去我那儿睡，是这意思吗？"

"可以吗，马娅？你能收留我吗？就一宿。我可以睡在地板上，我已经习惯了。主要是，我不想待在格里夫有可能找到我的任何地方。我需要找点时间，自个儿琢磨琢磨事情。求求你答应了吧，这会帮我很大的忙。"

米娅仔细考虑了一下。她能想象到，二人共处一室，对方有可能会伤害到她，但是这种可能性并没有让她退缩。米娅和这个女孩很快熟络起来，相处得非常融洽，如果现在把这种密切关系斩断，她甚至会很迷信地觉得那非常奇怪。假如她与19岁的自己偶遇，她会喜欢那个女孩吗？她会像喜欢自己那样喜欢布蕾特吗？她心里也说不准。但她才19岁啊！一想到拒绝布蕾特的任何请求，米娅就感到心痛。"你饿了吗，布蕾特？"

"有点儿饿。"布蕾特立刻转悲为喜。

————————

"这里简直太干净整洁了吧，"布蕾特一边说，一边踮着脚尖穿过米娅的前厅，"公寓里一直都这样吗？"

米娅正在厨房里忙活。她并不是个生性爱整洁的人，不过在她70多岁的时候，不爱整洁的习惯就离她而去了。她只是改掉了邋遢的毛病，就像孩子会掉牙一样。从那以后，她每次完事后都会洗盘子、铺床、把散乱的物品捡起来归档。这样的生活感觉日子过得更快，也更简单了，从各方面来看都是明智之举。家里乱七八糟的时候，就再也不能让她感到放松、自由和随性。她花了70年的时间才学会如何收拾房间，可一旦掌握了其中的诀窍，就再也回不了头了。

她没办法用三言两语跟布蕾特解释清楚。对于一个年仅19岁的女孩来说，她性格中的这一急剧转变根本就不正常。还是讲个半真半假的解释吧，这样就省去了很多麻烦。"我有个女性民事支援者，一周过来打扫两次。"

"天哪，为了保持干净整洁，你可真是煞费苦心。"布蕾特凝视着一张镶框的纸质印刷品，"这是什么？"

"我的一件纸质收藏品。是一款20世纪电脑游戏的封面。"

"什么？这个长着尖牙、肌肉暴筋的银色大家伙，还有这些战争机器之类的东西，是一款游戏？"

米娅点点头："这是一款虚拟游戏，但它是二维的，运行起来很慢，原本是装在一个玻璃盒子里的。"

"你干吗收藏这种东西？"

"就是喜欢而已。"

布蕾特表示怀疑。

米娅笑了笑："我真的很喜欢！它表面上是超级先进的高科技玩意儿，内里却非常原始、暴力、粗野，是两者的结合体，我很喜欢。它的设计和市场推广成本非常高，因为在当时，如果你花大价钱买个东西，人们会对你刮目相看。但是，它依然看起来既粗制滥造又十分沉闷。原先这款游戏在市面上有上千个拷贝，可现在它已经被人们遗忘了。我喜欢它，因为现如今没几个人对这种过时的低档货感兴趣，但我很有兴趣。每当看到那张图片，猜度着它从何而来，以及有什么含义，嗯，不知怎的，我总感觉它更像是真正的自我。"

"它值很多钱吗？看起来可真丑。"

"那个包装盒还值点儿钱，假如里面还有游戏的话。当年在孩提时代玩过这些游戏的人，还有一些人健在。其中有些人是收藏旧物件的狂热分子，他们的藏品中有古董电脑、磁盘、墨盒、阴极射线管……老式物件应有尽有。他们在网络上都是老熟人，他们会向彼此售卖尚未开封的游戏，而且价格昂贵。但如果仅仅是那张纸质封面的话……不，没人会单独买那张纸，它不值钱。"

"你不玩那些游戏吗？"

"哦，当然不玩。光是启动就特别难，而且，它们做得还很差劲。"

她们晚餐吃的是高纤维意大利宽面，浇上了用块状蛋白煮的汤汁，还吃了绿色的薄片状碳水化合物。"真的很美味，"布蕾特边狼吞虎咽边说道，"真搞不懂为什么有人会抱怨医疗饮食难吃。就你这个做法，吃起来真不错。味道很淡。比用植物和动物做出来的食品强多了。"

"谢谢。"

"我5岁之前只吃婴儿配方奶粉，"布蕾特夸口道，"我小时候壮得跟一匹马似的，从来没生过病。我能做仰卧起坐，做一整天都没事，我可以把那些还在喝牛奶、吃蔬菜的孩子揍得屁滚尿流！啊，喂小孩子吃蔬菜，应该被纳入犯罪。你以前吃过蔬菜吗？"

"有50年没吃过了。我认为现在给小孩子吃蔬菜确实是犯罪。反正在加州是这样。"

"蔬菜真是糟糕透顶。尤其是菠菜。还有玉米也很恶心：在又大又粗的黄色穗轴上长着那么多小种子……"布蕾特打了个哆嗦。

"你吃过鸡蛋吗？鸡蛋是很好的胆固醇摄取来源。"

"真的吗？我不知道。如果我在鸡窝里找见鸡蛋，有可能会吃掉。"布蕾特满足地笑了笑，把空盘子推到一旁，"你真是个好厨子，马娅。真希望我也会做饭。不过我做酊剂更在行。你的浴室很大，对吧？我想洗个澡行吗？"

"当然可以。"

"我用完之后，你可能得消毒。"

"哦。没事，我挺开明的，布蕾特。交给我就好。"

"噢，那就行。"

在布蕾特洗澡的当口，米娅把她脱掉的衣服捡起来，用微波彻彻底底地杀过菌，然后将其洗净晾干。那双软底鞋看上去好像一消毒就会融化或爆裂似的，所以米娅没碰它们。鞋子散发出浓烈刺鼻的臭味。事实上，那绝非简简单单地气味难闻，而是因为布蕾特裸脚穿了很长时间，鞋里温暖又潮湿，从而成为滋生多种奇怪细菌的温床。

布蕾特裹着一条毛巾从浴室里出来。"估计你还得给这条毛巾消个毒。"她愧悔地说，然后把毛巾递给米娅。布蕾特的身体毛发旺盛。腋窝里、阴部、乳头上，都覆盖着又黑又亮的黑色体毛，仿佛穿着一套小码比基尼。这些毛发的遮挡效果惊人的严实。布蕾特裸着身子坐在地毯上，一点儿也不觉得尴尬。她在背包里翻找起来。

"洗澡的感觉真棒，"她说，"水暖设备太好用了。我都已经在帐篷里睡了四周了。"

"帐篷？真够刺激的。"

"是啊，大多数夜晚是在布埃纳维斯塔公园里的树下度过的。确切地说，是在树上，躺在吊床里。你这儿的视野真不错。我们方便的时候用公共厕所，吃的是包装盒里的食物，这是一种超级省钱的过活方式。不过，在这个季节，露宿就太冷了。"

"这样安全吗?"

布蕾特耸耸肩:"这儿可是旧金山啊!一半的人口都是民事支援者。没人找我麻烦。他们能把我怎么着?抢劫吗?我的衣服都搁在服装店里,设计作品都存在虚拟空间里呢。"她从背包口袋里拿出一个小塑料药水瓶,瓶盖是一种有弹性的材料,上面有个小孔。随后,她又掏出那条无精打采的响尾蛇。

她掰开它那已经略微张开的雪白的上下颚,然后把它的尖牙一颗一颗地塞进瓶盖的小孔里。紧接着,她用拇指指腹按压那颗长满鳞片的蛇头。等到尖牙都吸饱瓶中药水之后,她便将响尾蛇塞进背包。然后,她拿出一根金属管,扒开盖子,从管子内拧出一根细长的蜡条,开始小心翼翼地在脚趾缝里涂抹。

"这是足蜡,"她解释说,"里面有活细菌,但不能繁殖。它们只会吃掉鞋里的黏液、汗液之类的,这样身上就不会寄生野生菌群了。"

"很聪明的做法。"

"是啊,要风餐露宿,就得掌握其中的窍门。不能随随便便把东西一扔,就在树下和桥下呼呼大睡。要想做好,里面会涉及很多科学的东西。这是一种技巧。"布蕾特开始在毛茸茸的腋窝里打着圈地涂抹。

"你换洗的衣服都放哪儿了?"

布蕾特满脸惊讶:"我是专业的服装设计师啊!如果我需要新衣服,做一件就好了。"她取出蜂窝网络连接器,翻开镜子般的屏幕,对着它拔起了眉毛。

米娅刷完盘子、放好,问布蕾特:"要吃甜点吗?"

"不用了,谢谢。"

"要不要穿上点儿衣服?我借给你。"

"哦，没事儿，屋里很暖和，我不冷。"

"要不来杯酊剂？"

"你会做热巧克力吗？"

"当然会。做可可饮料很有意思。"米娅搬出她的制酊机，重新配置其中的催化剂和合成剂，更换了用琥珀聚乙烯和合金钢制成的小管、O型密封圈、上釉弹簧夹、渗透滤网，又添加了酿造器、过滤器和半透明的水烟袋。只需按照说明，这些就可以一步一步有条不紊地搞定，同时还不耽误聊天。

布蕾特掏出响尾蛇，用力拍打它的后脑勺。它畏缩了一下，恼怒得嘶嘶直叫，响尾咔嗒作响。布蕾特伸出右前臂。那条蛇立刻缠上去，把两颗尖牙刺进她的肉里。

布蕾特轻轻抚摸着它，让它松开嘴。然后，她在两个小伤口上抹了点儿药膏。伤口上渗出一小股鲜血。"哎哟。"她喊道。

"你为什么让它咬你？"

"哦，那个把这个东西送给我的女孩让我保证过，永远不能告诉任何人，"布蕾特得意地说，"每当我在陌生的地方睡觉时，这么做会让我感到既安全又温暖……这样做确实会让我感觉不错，但实际上对我没什么好处。这是我每次都故意流点儿血的原因。如果你在做不健康的事情之前，不让那东西稍稍弄疼一下，那么你会很容易就上瘾，难以回头。"

"可是，被动物咬一口，有很大的可能性会感染细菌。"

"冷血动物嘴里有喜好温血的令人恶心的细菌？我不这么认为。小蛇君咬得干脆利落，也很干净。它就是待在我背包里的好朋友……有个特别的东西陪在身边，而且还是你的好朋友，那种感觉真好。"布蕾特眨眨眼，艰难地睁开眼皮，笑了笑。

她们喝完热巧克力，布蕾特便沉沉睡去。

米娅给布蕾特盖上毛毯，之后便回到她自己那张窄小的床上。她将高压密封盖推开，把被子扯到下巴处，开始胡思乱想起来。这间小小的卧室空荡荡的，给人一种死寂之感，就像废弃的黄蜂巢中的一个巢房。

她一整天都尽量不去想在海湾附近举办的那场葬礼，但现在身处黑暗和寂静之中，将来也难逃一死的念头涌了上来，这令她百爪挠心。米娅陷入沉思，冷静且异常清晰地审视着自己的结局：随着身体不断衰老，她会经受无穷无尽、各种各样的病痛折磨，这是器官机能退化过程中的自然现象。

以前动手术时的缝合线会钙化，软骨膜会骨化，胆囊、肝脏和大动脉中会出现石子似的矿物质沉积。指甲会变厚，皮肤会变粗糙，头发会稀疏、变白、易断。乳头会变暗，乳房会下垂，体液导管会萎缩，各种腺体会变蔫。进化巧妙地协调繁殖和死亡的产物——泌尿生殖系统会永久失灵。原先丰富且鲜红的骨髓会缩进骨头缝里彻底消失，被厚厚的黄色块状脂肪取而代之，从而令身体行动不便。视网膜和内耳中一系列怪异复杂结构的敏锐度会逐渐丧失。那团自胚胎时期就存在的腺体——大脑，在一生中不知疲倦地向身体各个角落输送它分泌的激素，直至那个像爬行动物似的结构中充满有毒且难以清除的沉积物，使人表现得像个小孩子。

米娅并没有生病，而且肯定不会行将死去，但是，她跟"年轻"早已搭不上边了。她一直在想方设法不让大脑中产生有毒沉积物，然而，反反复复的神经擦洗已经令某些外周神经——比如在下脊柱和双腿内部的长长的神经——严重磨损。她的迷走神经状态尤其糟糕。当然，迷走神经虚弱倒不是什么致命威胁，可紊乱的心跳却让她难受得要命。

米娅的淋巴管已被黏稠的胆汁侵蚀，时常令她产生强烈的不适感。她的左耳经常耳鸣得厉害，右耳则已经有些失聪。她手指和腕部的关节液已经基本上没有黏性。晶状体细胞不会再生了，所以对于晶状体弹性的丧失，以及随之而来的散光，也已经无能为力。

而且，精神压力让这些症状变得更糟了。当你年轻的时候，压力会帮助你成长，它会教会你很多东西。可是，当你变老之后，压力只会让你更加衰老。

今夜，她无法入眠。她已经不再年轻。与年轻姑娘共处同一个屋檐下，尽管时间不长，但一对比，衰老之感就变得愈加强烈。她能感觉到另一个房间的布蕾特的存在。布蕾特强有力的心跳声、毫不费力的呼吸声，宛若一只健壮的野生动物。

米娅从床上爬起来，去看看那个女孩的情况。女孩已经沉入梦乡，将毛毯踹到一旁，安恬得像个婴儿。她四肢大张地躺在花纹地毯上，像个下等婢女似的摊在那里，这种撩人姿态只有在19世纪法国的风俗画中才得以窥见。嫉妒之情如毒烟一般在心中升起。她走回床边，坐下，想到自己因衰老而遭受的痛苦，不禁感到一阵酸楚。

米娅打了一会儿盹儿。凌晨三点，抽筋突然发作。她的左腿抽搐得厉害，小腿肚痉挛不止，变得梆硬。她痛苦不已，第一波抽筋刚过去，第二波便紧接着袭来，这次愈加迅猛强劲，发作位置则挪到了她的脚底板。她的脚趾像鱼钩一样弯曲，完全动弹不得。

米娅疼得大叫一声。她用力捶打抽筋部位，指关节啪啪地捶打着僵硬的肌肉。痛感越来越强烈，身体的生命力骤然消失，旋即复现，并转而开始折磨自己。那是神经元上的钾离子通道和儿茶酚胺[①]通道，

[①] 指去甲肾上腺素、肾上腺素和多巴胺。

以及其他用愚蠢的神经生理学术语称呼的异常所导致的，其症状令她极度疼痛。她被抽筋发作折磨得痛苦不堪。她用力拍打不听使唤的肌肉。突然，她痉挛似的一蹬腿，小腿肌肉松弛了下来，感觉里面像是充满了滚烫的橡胶和鲜血。她急忙按摩那只苍白的、毫无血色的脚，同时抽抽搭搭地哭起来。她试着让脚掌做出抓握动作，抽筋令脚上的跟腱和膝盖处的肌腱嘎吱作响。

她用力掰着脚，痉挛慢慢退去，终于稍稍放松下来。米娅裹着睡袍站起身，一瘸一拐地在房间里踱步。她用双臂支撑，身体斜靠在墙上，一下一下地伸展跟腱。睡意早已退去，变得跟斯图加特一样遥远。左腿感觉就像一根呼呼燃烧的绳子。

这种发作没什么神秘的。她很清楚抽筋的成因：缺钾、下脊椎髓鞘老化，还有应激性组胺①通过特定脊椎部位的躯体传出纤维向身体其他位置扩散（这是一种细胞层面的代谢级联反应）。但这些只不过是诊断结论罢了。事实上，压力过大或运动过度，都会导致抽筋发作，除此之外，每隔五周左右，抽筋还会自行发作。

最本质的真相只有一个，且无法回避：她已经老了。夜间抽筋只是小毛病。当人变得很老时，身体会出现一些奇怪的新毛病，他们就会利用加速更新的、琳琅满目的技术，把能够修复的都修复好，至于那些无法治愈的毛病，除了忍受，别无他法。从某种角度来说，夜间抽筋甚至可以说是个好现象。双腿抽筋，说明她目前仍能行走。有时确实会很疼，但她一直拥有走路的能力，而不是卧床不起。这已经算很幸运的了。她必须得把目光集中到自己幸运的一面。

米娅用睡袍袖子拭掉额头上的汗水，然后一瘸一拐地走进前厅。

---

① 组织受伤或过敏时释放的化学物质。

布蕾特睡得正酣,她一动不动地躺在那里,脑袋枕在胳膊上,神态十分平静。此情此景令米娅有一种似曾相识的感觉。

不一会儿,米娅便回想了起来,心脏像落入网中想挣脱的飞蛾般扑通直跳。当时,克洛艾只有5岁,也可能是6岁。那天晚上,她就是这样凝望着熟睡的女儿。丹尼尔也在她身边。正是在他们的精心呵护下,那个心爱的宝贝才可以安全地酣睡,快乐地成长。

她仿佛看到了人类的生命,她自己的生命在延续。一个夜晚和其他一千个夜晚并没有什么不同,但是,在那个特定时刻,一股极大的喜悦之情喷薄而出,那是一种圣火般的情感。无须交谈,她知道丈夫也有同样的感觉,于是,她便伸出一条胳膊搂着他。那个时刻无法用言语形容,时间似乎也静止了。

此时此刻,她注视着躺在地毯上的那个给自己注射药水的赤裸的陌生女孩,那种神圣的体验再度翻涌出来,无论是过去、现在还是未来,这种感觉始终都不会变。诚然,这个陌生人并非她女儿,本世纪末的这一时刻也不是当年的那个夜晚,但这一切都无关紧要。那股圣火比时间、比任何客观存在都更加真实。她不仅仅是在追忆往昔的幸福时刻,而且,她此刻正沉浸在幸福之中。她整个人即是幸福本身。

这种巨大的喜悦之情散发着炽烈的光芒,挣脱了她死灰般的心底,向外迸发。其中充满了神秘且神圣的意味,比她以往切身体会过的所有感觉都要丰富、鲜活和真实。这种情感将会如影随形,直到她死亡的那一刻,直到她人生的最后关头,才会彻底散去。这是一种比她的自我意识还要宏大的感觉。她能感觉到由此而来的喜悦之火在体内熊熊燃烧、噼啪作响,在它那闪烁着的炽热光芒的照射下,她终于意识到,自己的生命体验竟如此贫瘠。

不管她为了让自己平安活着而多么小心翼翼,都改变不了一个事实：生命真的太短暂了。无论用什么方式活着，生命总是太过短暂。

在静谧中，米娅听见了自己的声音。当那句话传到耳朵里时，她的耳膜甚至能感受到这个决心所带来的强劲冲击力。这是在刹那间做出的决定，十分突然，绝非苦思冥想之后的产物，她甚至都没有察觉。但这个决定绝对不可更改："我不能再这样生活下去了。"

2

无论是在数量、技术细节,还是在成熟度方面,网络提供的医疗建议都是前所未有的。对个人来说,一次延寿方法的重大升级,相当于走到了人生的岔路口,这对他们命运的影响与青春期、建一栋宅邸或参军都不相上下。

医疗产业主宰着全球的经济。生物制药是世界上投资率和技术创新速率最高的行业。生物制药处于一种人为约束着的癫狂状态,其释放出的热量足够驱动整个世界的文化发生偏转。从政府开支角度来看,它已经超过了交通、治安和国防。在曾经被称作私营部门的领域中,生物制药所占的比例比化学合成还要大,几乎和计算产业一样大。与医疗产业相关的各个领域雇用了全球15%的劳动人口。仅仅老年医学研究这一个领域,从事的人数就超过了农业人口。

奖赏就是延长寿命。没人被失败的恶果吓跑。相关研究的涉及面相当广泛,而且是各个层面的。每一种被人类使用的延寿疗法背后,都有无数的实验动物在数百种失败的方案中遭受过极度痛苦的折磨。每一种新的延寿升级方法都得到了医学伦理学家的批准。旧有的以及不太成功的方法则会退出历史舞台,同时带走的还有把赌注都压到它们身上的那些不幸的投资者。

要评判某种升级方法的好坏,可以有上百种方法。只要你一直手握"绩优股",继续存活的概率就会得到保证。如果你选定某种十分出色的、尚在起步阶段的新方法,并自愿参与其中,那么,你很可能会比同代人活得更久。不过,请谨记这一点:新方法在技术上一时的新奇性和有效性,并不能切实保障你一定就能延寿。许多先进的医学方法都会随着时间而折戟沉沙,使用这些方法的人们则会内心饱经煎熬,最后陷入精神崩溃。

医学手段一直在升级,从未停滞不前,并且伴随着器质性的大跃进。21世纪90年代获得批准的任何一个"绩优股",其效用都是21世纪80年代最佳方案的两倍之多(大概来说)。在21世纪60年代和70年代,很少有实质上具备突破性的延寿技术出现。至于21世纪50年代,当时人们称之为"药物"(它们在当年还引起过不小的轰动)的东西,按照今天的标准来看,几乎不具有任何延寿效力。21世纪50年代的医疗技术甚至都达不到一般的保健标准,而且它们还廉价得很。

至于那些21世纪50年代之前出现的传统医学方法,绝大多数都被遗弃在历史的角落里了。它们是危险的、适得其反的,因为它们所基于的生物学观念从根儿上就是错误的。

鉴于这些情况,明智的做法是把升级尽可能久地推迟。等得越久,可选择的方案就越佳。然而,不幸的是,自然的衰老过程不会停止,所以等待的时间过长,你就会面临长期代谢降低导致的身体机能损伤。你迟早得闭上眼睛随便选一个方案。顾名思义,所谓前沿研究,其效果尚属未知,官方也不能保证一定就能成功。因此,当局便宣布,追求长寿是个人选择,是一种基本的自由权益。政府会提供最好的建议,这些建议是在无数次的公开会议上,通过大量优秀专家讨论达成的共识。但是,建议再好,它顶多也就是个建议而已。

如果你是个聪明人或幸运儿,你选择的升级方法从长远来看具有极大潜力,那么你延寿的概率就会更高。你会继续多活一段时间。你选择的方法会很受欢迎,并且一直保持很高的人气。用户群会扩大,你也会因此得到不小的益处。因为,假若你的升级方法出了问题,会有很多专家出面解决。

如果你不那么幸运,或者是个蠢货,你选择的方法短期内效果可能会不错,可时间越久,它隐含的严重缺陷就会暴露得越多。随着时间的流逝,将不会再有人研究和参与你选择的方案,你会被孤立,被放弃。

如果你想再换一种更好的升级方法,但此前选择的方法可能会令这个过程变得复杂、难以操作,那种方法才是最糟糕的。一旦你的存活质量无法挽回地降低,你将别无选择,只能把精力转向如何更体面地死去。

有很多办法可以规避风险。比如你可以一直表现良好:你总是投票,你从不犯罪,你为慈善机构工作,照顾其他公民时,你满脸笑容,同时在心中吟唱喜悦之歌;你加入民事支援队伍,并且在网络委员会任职;你发自内心地、全心全意地致力于提高人类最基本的福祉。如此一来,社会自然想让你一直活下去。你可能会是个行为端正的年迈之人,而且很可能是个女性。政府会欣赏你宝贵的公德精神,于是,他们会对你特别关照。你和当今社会那些掌权者简直就是同一类人。

如果你很注意日常的健康护理,那么,政府就会很赏识你在缓解紧张的医疗资源方面的行为。如此一来,你就客观地证明了自己想坚定地活下去的意愿。你想长寿,并且对此严肃认真,毫不含糊地付出努力,任何人都能在你的公共医疗记录中核实这一点。你有自制力,又深谋远虑。让你继续活下去的成本非常低,因为你的身体状况保持得很好。所以你理应活得更长久。

有些人的健康状况十分糟糕,但他们绝大多数都不是故意的,而是因为他们缺乏远见、粗心大意、没有耐心，且毫无责任感。世界上有大量不注重身体健康的人。早些年，这种人的数量多得惊人，但是那些不注意卫生的人在21世纪的30年代和40年代死得差不多了。幸存下来的都是那种始终谨小慎微且有远见的人。粗心大意的人口数量不断降低。

很久以前，有钱就意味着能够保证身体健康，或者，至少可以获得良好的医疗服务。可现如今，单靠财富几乎什么都保证不了。那些公然毁掉自己健康的人很难保持富有——倒不是因为只有身体健康才能变得富裕，而是因为你若想挣钱和守财，首先要赢得别人的信赖。如果你明目张胆、肆无忌惮地纵酒享乐，那么在这个时代，没人会信任你这种人。因为你是个有信用风险的人，一个糟糕的生意伙伴。你给人们的印象会减分，只能接受廉价的医疗服务。

即便是廉价的疗法也在急剧进步，所以几乎可以肯定的是，你会比以往活得更好。然而，跟社会的中坚分子相比，那些毁掉自己健康的人去世时依然很年轻。如果你想毁掉你的健康，没问题，那是你的权力。一旦你的身体彻底垮掉，政府就会鼓励你去死。

这个体制十分冷酷，但它是由20年前那场毁灭性的全球瘟疫的幸存者制定的。瘟疫过后，一切都变得大不一样，改变之巨大，无异于经历了一场世界大战。经历过那场恐怖的瘟疫，城市荒无人烟，人们大规模死去，人类文明中矫情的那一部分便被彻底地抹除了。有些人死了，有些人还活着。那些采取措施与死亡做斗争的人将会逐步得偿所愿，而那些放纵自己的蠢货则会和之前死去的人葬在一起。

当然，出于道德原因，还有一些人对于"用技术手段延长寿命"这件事持反对意见。他们的决定得到了其他人的尊重，完全可以按自己的意愿去死。

米娅选择的延寿升级疗法被称作"新端粒损耗性细胞脱毒法"（Neo-Telomeric Dissipative Cellular Detoxification），简称NTDCD。这种疗法激进得很，很少有人尝试，而且相当昂贵。米娅对NTDCD相当了解，因为她是一位专业的医疗经济学家。她有资格接受这种升级，是因为她一直行事小心谨慎。NTDCD效果十分显著，而且她现在也想放手一搏，所以才选择了这一疗法。

米娅把她90%的资产置换成了30年周期的抵押款，以支持NTDCD的进一步研究和维护。

NTDCD被认为是一种特别有前景的延寿方法。从医学角度来说，它的操作难度极高。在医疗升级中，最终效果的好坏和操作难度是呈正相关的，这两方面几乎总是紧紧地捆绑在一起。要想获得享用这个昂贵升级方法的资格，你得做出程度惊人的个人牺牲。有资格接受这种疗法的人将会把他们所有的资金再次投入到该疗法的维护和研发上去。如果升级之路大获成功，这一投资也将获得丰厚回报。如果失败，那么，那些捐赠者很可能在资金流回自己手中之前就离开人世了。

失去对所有财产的掌控，可以说代价非常之高，但这还不是最糟糕的部分。要是在从前，失去这么多钱肯定令人痛苦万分，但现在不会那么严重了。因为这个政体自建立伊始，就不是一个自由市场的社会。死于瘟疫的人对自由市场也不怎么感冒。现今的政体就是一个遭受了瘟疫恐慌的计划型组织，手握强权之鞭的是那些笑眯眯的、刚毅的医疗救护人员，以及民事支援者和非常友善的老人。

———————

米娅即将遭受的磨难，每一步都是经过精心规划的。

第一步是停止进食。她的整个消化道都会填满灭菌灰泥。

第二步是停止呼吸。她的肺部会充满一种具有灭菌和供氧作用的液体硅酮。这两步会迅速消灭体内的大部分细菌。

第三步是停止思考。血脑屏障将会从头骨上的毛细血管中被清除干净，脑脊液会被灭菌盐水取代。这将会使她彻底失去意识。

下一步的技术相当先进：运送体液的管道将会停止工作。米娅会像个胎儿似的被浸泡在一个装有凝胶状营养液的大罐子里。她体内的代谢会通过一条重新连接到身上的脐带来维持。所有毛发和皮肤必须除去。在接下来的过程中，血液循环系统和淋巴系统将会暴露在罐子中。红细胞的增殖将会停止，而且血浆会被替换为一种淡黄色液体，这种液体对于除了哺乳动物以外的任何细胞都有毒性。这样，人体内所有的共生微生物都会被消灭殆尽。

等到细菌被彻底消灭后，就会开始绞杀病毒和朊病毒。对潜伏在体内的各种病毒的基因进行标记并将其消灭，大约需要一星期的时间。而消灭那些从未引起过怀疑、在人体内大量增殖的朊病毒，则需要三个星期。在核磁共振的帮助下，这些恶劣蛋白质大部分都会被震得粉碎。

以上步骤都完成后，米娅将会变成一个完全防腐的生命体，一个裹在羊膜内、漂在凝胶中的培养物。

接下来就是DNA修复了。细胞内的修复需要把细胞间的连接彻底松开，以便于药物通过躯体的细胞表面进入细胞内部。失去皮肤覆盖，身体会部分地融化扩散到营养凝胶的间隙中，体积则会膨胀到原来的2.5倍。

正是因此，塑料软管才可以扭扭曲曲地插进躯体里。这个没有皮肤的、膨胀的、像是新生儿般的受术者身上会布满穿孔，就像一个用来展示针灸穴位的乳白色的中国人体模型似的。

股骨骨髓、脊椎、脑室、鼻窦以及其他深层次的部位要做特殊处理。动脉、胆囊和淋巴系统中的有毒物沉积和矿化体沉淀——尤其是松果体中由代谢产生的凝聚沉积物——都会被清除掉。

在基因水平上，米娅的细胞将会被仔细分析，以查明其是否有累积性的增殖差错。癌前细胞和（或）垃圾物堆积严重的细胞会被人工抗体标记，从而成为程序性细胞死亡的靶点。在这个阶段，大约15%的人体细胞会被杀死，然后被迁移性人造吞噬细胞清走。光是这个过程就需要一个多月的时间。

接下来，剩余细胞将会接受新端粒延伸处理。染色体的端粒末端是个遗传时钟。随着细胞在允许的范围内复制的次数逼近海夫利克极限[①]，端粒就会变得越来越短。在这一阶段，新端粒将会被拼接到染色体上，欺骗业已衰老的细胞，制造一种它们还很年轻的假象，并让它们坚信不疑。然后，这些细胞就会在营养液中疯狂地复制，躯体将会恢复此前失去的那15%的体重。

身体漂浮在营养罐内快速生长，与胎儿发育非常相似。可以料想到的是，某些部位肯定会出现发育异常，尤其是在成年人的关节和肌肉组织中。这是浸泡在"回春之泉"里可预料的代价。

复原过程也困难重重。皮肤必须重新长出，共生细菌必须重新温和地引入体内，原先灌入体内的液体必须极其小心地被替换为各种体液。受术者何时恢复意识，或者何时恢复身体拥有知觉所必需的意识状态，并不能完全确定。

---

① 美国生物学家列奥纳多·海夫利克于1961年提出的理论，该理论认为人类体内细胞在分裂40~60次之后即会因自产毒素而消亡，所以40~60次被认为是人类细胞自行分裂、维系身体新陈代谢周期的极限区间。

"我猜你想说的是，NTDCD将会令我非常痛苦。"米娅说。

她的医学顾问罗森菲尔德是一位临床医生，他俩年龄相仿，但他保养得极好，长着一张轮廓分明的脸，留着黑色的分头。罗森菲尔德医生不厌其烦地告诉米娅，他依然全力遵守着70多年前许下的希波克拉底誓言[①]。在罗森菲尔德医生看来，全世界有数亿名医疗技术新手，但是真正意义上的医生并不多。罗森菲尔德医生就是那种传统意义上的、名副其实的医生。他绝对不会允许任何一个由他负责的受术者在没有事先得到充分安慰的情况下，就接受如此彻底的改造。

"'痛苦'这个词，"罗森菲尔德医生说，"是心智机能通俗模式下的遗物之一。我们必须对疼痛在'更高层面的主观体验'和在'基本层面的躯体神经传导次序'之间加以区分。对于一个完全正常的大脑来说，NTDCD疗法中的所有操作都是极度痛苦的，不过，在这个过程中，你的大脑会出现强烈的功能障碍。你听说过科尔萨科夫综合征[②]吗？"

"嗯，听说过。"

"你肯定听过。我们在实际操作时，能识别出科尔萨科夫综合征的三十一个不同亚态……在手术过程中，你将会处于其中的一种失忆模式中。那很像在虚拟世界里，但它实际上是一片广阔的疗愈空间。所谓极端痛苦的状态可能会在某个与记忆相关的前意识[③]处理中枢内闪现，不过，在正常情况下，这些感受都不会被你的大脑记录下来。我们将会用电镜持续地发射扫描你的脑部，但我可以向你保证，无论是

---

① 医生保证遵守医生职业道德的誓言。

② 又称健忘综合征，由俄国神经学家谢尔盖·科尔萨科夫最先发现而得名。科尔萨科夫综合征表现为：选择性认知功能障碍，包括近事遗忘、时间及空间定向障碍，等等。

③ 指能被带到意识区域的未受压抑的记忆和思想。

在治疗期间,还是在治疗之后,任何可能出现的前意识事件都不会被扫描到。"

"所以我能感觉到痛苦,同时却又感觉不到。"

"这也是个语义上的问题。'感觉'是个非常宽泛和不精确的通俗用语。'我'这个词也是如此。或许我们可以说会产生一些感觉,但并没有'我'来承载它们。"罗森菲尔德医生笑了笑,"本体论很迷人,对吧?真希望咱们在讨论的整个过程中都不用援引勒内·笛卡儿。"

"我读过勒内·笛卡儿的东西。"

"那个老伙计对松果体的论述①真有先见之明。"罗森菲尔德医生摊开长着修长手指、保养良好的双手,"NTDCD绝不仅仅是对身体的修缮。这是人类最接近真正回春之术的方法。这套程序很可能会把我们的受术者引上永生之路。"

听到这里,米娅只是微微一笑。这个说法她已经听过、读过太多遍了。每个医疗企业家都喜欢宣称自己的延寿方法会让受术者一直活到将来医学手段会有革命性突破的那一天。

"这种公关说辞有些夸大其词,"罗森菲尔德医生承认道,"不过,瞧瞧相关的数字和增长趋势吧。很显然,延寿技术正在飞速进步。我们迟早会触达增长的稳定期。届时,医学手段会让人的寿命每年延长一岁,也就是说,受术者们将会真正意义上长生不死。"

"某些受术者可能会吧。"米娅说。

"我不是说我们已经达到那个程度,或者说能看到那条终点线了。毫无疑问,我们至少还得研究数十年。但是,在NTDCD的帮助下,某

---

① 在笛卡儿的第一本著作《论人》及大量书信中,都对松果体有所提及。在笛卡儿的哲学论述中,松果体扮演着重要角色,因为它涉及了感知、想象、记忆,而且是身体运动的起因。

些受术者很可能会活着见证那天的到来。"

"我没有要求你做出这样的承诺,医生。不过,如果我看到你们对老鼠和狗做过NTDCD,并且能让它们长生不死的时候,我肯定会相信这在人类身上也能实现。"

"我们已经在果蝇和线虫身上实现了。"罗森菲尔德医生说。

"可我不是果蝇。"米娅说。

"你说得对,"罗森菲尔德医生说,"我同意你的观点。但你是个非常特别的女人,享受着他人少有的特权。迄今为止,只有四十个人做过这种疗法。而且,他们中没有任何人有过你即将接受的临床经历。目前这种形式的疗法只有两年的历史。几乎没有受术者的术后体验记录。所以,术后体验如何,我和你一样好奇。"

米娅连忙点头。

"等你从罐子里出来之后,你的新陈代谢会有巨大的变化,你将会很明显地感觉到它带来的影响。一旦你进入恢复期,你将不再是现在坐在我面前的这个女人。你会发现,你甚至不是自己身体的主人。到时候,你的神经协调能力和肌肉协调能力都会大大降低。"

罗森菲尔德医生打开笔记本:"你已经94岁了。从你的医疗记录上可以看到,在你20岁的时候,你失去了大约12%的神经元和胶质组织。这是很正常也很自然的。但NTDCD跟正常和自然差着十万八千里呢。失去的那些组织你都会恢复——不过,我得提醒你,恢复的不是原本的组织,而是与既有的大脑交融在一起的、尚未有任何记忆的、全新的脑组织。新的脑组织不是开关,你想开就开,想关就关,也不是插座,你想插就插,想拔就拔。它会成为你的一部分。或者说,成为全新的你的一部分。"

"有多危险?"

"就这么说吧,在恢复期间,你需要被长时间的监视,还需要接受心理疏导。"

"最坏的结果是什么?"

"非常好的问题……正如你所知,在NTDCD刚开始应用时,有两名受术者死掉了。分别遭受了急性神经衰竭和身体高级机能终止。最后给他们实施了安乐死。实施安乐死是合乎传统伦理道德的。结局很不幸,但通常来说的确该那样做。你可能会在治疗过程中死亡。而这类情况已经发生过了。"

"除此之外呢?"

"还有严重的精神分裂。人们过去称之为分裂样行为。这是癫痫发作前的征兆。现如今,我们在细胞水平上对这些心理过程了解得十分透彻。如果受术者患有严重的脑创伤、中风、梗死、淀粉样变性,我们绝不允许他们进入老年痴呆状态。就连最严重的神经元活动异常,我们也能干预和避免。"

他向后倚在椅背上:"但还有其他更不易察觉的认知障碍:文化休克[①]、失范[②]、术后情绪低落、一些躁狂抑郁性精神病的迹象。脾性也会像很久以前的人那样执拗、急躁……人类的意识是自然界中最高等、最复杂的代谢功能产物。我们当然可以用干巴巴的医学术语来解释灵魂,但那样却不能全部解释清楚。我们不能像打针一样把人的自我认知注射进体内。到最后,人们必须得找回自己的灵魂。"

"医生,你信教吗?"

"嗯,我信。我是天主教修士。"

[①] 一般指在异国生活或访问时的一种困惑不安的感觉,这里应该是指受术者醒来之后,现实对心智的巨大冲击。

[②] 指社会准则或价值观的崩溃。

"真的？那可真有意思。"

"我不建议你在整个治疗期间使用宗教致幻剂，米娅。如果你想跟你的救世主见面，他会耐心等你。你的时间还多得很。"罗森菲尔德医生笑了笑。

米娅点点头，很识相地什么都没说。

罗森菲尔德医生迟疑了一下："我可以问你一个问题吗？你上次性高潮是什么时候？"

米娅仔细想了想："得有20年了。"

"很明智。我相信那对你的新陈代谢起到过帮助。但是，做完NTDCD之后，你将会再次获得性能力，跟新陈代谢的完全恢复有关。这种事不能说令人不快，毕竟性是令人非常愉悦的，但对你来说却不会容易。事实上，性行为是我们的受术者在康复期间面临的最糟糕的问题。"

"真的？那可真怪。"

"人们在年纪变大之后，不得不接受性欲丧失的现实。我们的老年受术者通常都会觉得，他们可以仅靠个人意志力就能抑制性冲动。那根本毫无根据可言。如果人能够控制性欲，那么人类早在更新世①期间就灭绝了。"他停顿片刻，略作思忖，"当然，你肯定已经绝经了。在让你恢复排卵方面，我们无能为力，因为伦理学家们不赞成这么做。所以你不会恢复生育能力。"

米娅笑了笑："这个嘛，医生，我又不是没年轻过。我结过婚，生过一个孩子。在我年轻时，很多人死于性病。就连避孕都是一件麻烦事。在那个方面，我一直都万分小心。"

---

① 距今约260万年至1万年。

"呃，但你那会儿有很多年的时间来适应青春期。你当年并没有主动清理你整个大脑的边缘系统和内分泌系统。我们要把你的大脑恢复到当时的水平，而大部分脑细胞是不参与思考或推理的。人类的大脑是个腺体，不是计算机。"

罗森菲尔德医生用他那亮闪闪的指尖敲击着桌面："人们不是经过理性决定之后才被生出来的。人们不是因为经过成本收益分析之后才每天早晨从床上爬起来。人们不是因为通过逻辑推导才决定跟别人上床。性是人存在的一个方面，你可不能靠意志力终结你的存在。你将会变成一个外貌、行为、感觉都像是20岁小姑娘的94岁女人。所以，你到时肯定会出现相关的并发症。"

"我直接服用性欲抑制剂不行吗？"

"那倒也是个选择。性欲抑制剂现在非常流行，但我不建议你用。激素对身体发育的影响非常大。年轻人荷尔蒙分泌旺盛，是因为他们需要那么多荷尔蒙。为了促使你新的脑组织发育，你也需要很多荷尔蒙。但作为你的医生，我的建议是，由此而来的性冲动，你最好别强忍。把它当成发育的代价就好了。"

米娅微微一笑："你是在建议我找个情人吗？"

"米娅……"他不疾不徐地把指尖搭在一起，"即便你能找到情人——而且就你的身体状况来说，这可不是件小事——实际上对你也没多大帮助。这个问题并没有那么简单。我们的受术者都是老人，他们有过婚姻，也有过孩子。他们不想再跟别人调情或求爱了。他们不想再找个人生伴侣许下承诺，也不想重新建立家庭。人生的这个方面，他们已经经历过一遍了，他们从中得到了成长，最后又将其抛诸脑后。倒不是因为他们不再有爱他人的能力，而是因为他们在后人类自我实现之追求的驱使下，心智已经达到了高度成熟的状态。他们只是不再有任何欲望去维持一段忠诚且富有激情的性关系了。尽管如此,在治疗之后,性冲动却会变得非常强烈。我们的受术者通常对此感到很苦恼。他们觉得这有失尊严,而且很难融入社会。"

"看得出来,医生,你对这件事的态度非常严肃。"

"我确实很重视这件事。NTDCD是一项重大的技术进步。我这么说,不是因为我本人一直致力于这个项目,而是因为第一批NTDCD受术者的行为对于吸引社会和政府的关注至关重要。请看看这个。"罗森菲尔德医生打开笔记本,给她看屏幕上的内容。

屏幕上开始播放动画。一个裸体的年轻男人出现。他从头到脚都戴满了像是廉价珠宝的装饰。塑料冠冕、耳环、假睫毛、略微粘在身上的胸甲、臂镯、手链、十枚一模一样的戒指。在他的躯干、腹股沟和大腿上贴着一打胶布。膝盖上有搭扣,脚踝上戴着踝环,脚趾上还套着锃亮的趾环。他的头发很短。他正在一间公寓里踱来踱去,动作略显笨拙,还有点呆头呆脑,然后,他又一下一下地抚摸起一只黑猫来。

"这些都是动作追踪装置。"米娅说。

"是的。他身上还有皮肤电反应计、冠状脑电图仪、深部体温计、大便和尿液采样器,另外,每周还要在实验室对他做两次综合测试。"

"我从来没见过一个人身上戴了那么多动作追踪器。他看上去好像是在虚拟世界里似的。"

"确切地说,是这样的。在康复期,肌肉协调是关键因素之一。我们需要随时都能看到四肢完整且精确的状态数据,以便监测颤震[①]、麻痹、抽筋……尤其是在夜里,因为睡眠障碍似乎是更显著的问题之一。你看他戴的那台脑电图仪,那是用来监测他是否会得中风、梗死、癫

---

① 局部或全身出现的不自主节律性运动的现象。

痫发作前征兆,以及神经元或神经胶质异常⋯⋯这个人是奥茨教授,他是我们的明星受术者之一。他已经105岁了。"

"我的天哪。"她盯着屏幕里的人。他可真是个帅气的年轻小伙。

"他一直很配合我们。很抱歉地说,为了配合我们的监视而穿戴那么多设备,受术者必然感到非常不自在。这样会严重妨碍他的事业和社交活动。奥茨教授特别贴心,他为医疗知识的进步和政府利益做出了必要的牺牲。"

米娅看着屏幕。看起来,那位一丝不挂的奥茨教授对于当前的状况不是很满意。米娅小心翼翼地说:"能够如此勇敢地克制自我,我钦佩他这份勇气。"

"奥茨教授一向都非常自律,也非常热心公益。从当前的情况,你应该也能看得出来他是哪种人⋯⋯其实,他以前是一位物理学家。现在嘛,他说他要放弃物理了。他喜欢上搞建筑了。他对建筑特别狂热,就像一个刚入学的学生一样充满渴望。"

米娅凑近屏幕,仔细观察。实际上,虽然奥茨教授很英俊,但他的样子并不是特别像人类。他看上去像是一名天才的专业演员,故意在镜头前扮演一个笨手笨脚的裸体大学生角色。"他喜欢的建筑是现实中的,还是虚拟世界中的?"

"我不能告诉你,"罗森菲尔德惊讶地说,"你可以当面询问教授。当然啦,我们也有自己的NTDCD互助组。大家会定期在网络上见面。他们都很聪明,也很迷人。我得坦白地跟你说,你肯定会痛苦不堪,但至少到时会有一些很棒的人陪你挺过去。"

米娅坐回椅子上:"嗯,一打眼就知道,奥茨教授是个非常出色的年轻人。抱歉,把'年轻'去掉。一位杰出的学者。"

"你不是第一个犯这种错误的人,"罗森菲尔德医生愉快地说,"那些受术者发自内心地认为自己是年轻人。人们一般都会相信眼见为实。"

"真好。我为他感到高兴。这给了我很大的希望。"

"还有一件事。你记得教授的那只猫吗?"罗森菲尔德医生把手伸到桌子下面,拉出一个实验室里用的塑料笼子。笼子里有一张纸质的便溺垫物,还有一只熟睡的啮齿动物。那是一只仓鼠。

"怎么了?"米娅问。

"我们要把即将对你做的一切操作,也在这只小动物身上做一遍。这只仓鼠5岁了。对仓鼠来说,这就算高龄了。不管你经历什么,它也得跟着经历。当然,它不会跟你待在同一个营养罐里,但是,它会成为这个过程的一部分。你要变成后人类了。而它也将变成后啮齿类。等它做完NTDCD之后,我们希望你能帮忙照顾它。"

"我不喜欢宠物。"

"这不是你的'宠物',米娅,而是一个非常重要的同伴,它将会跟你用同样独特的方式存活于世。请你务必答应。我们很清楚这意味着什么。"罗森菲尔德医生用拇指指甲轻轻敲了敲笼子。那只年迈的仓鼠依然打着瞌睡,丝毫没有反应。"在这个过程中,'活下来'和'完全康复'是有本质区别的。我们确实希望你能康复,米娅,我们真的希望你不会有事。而且我们知道它会有助于你康复。从你对待一个和你经历过同样磨难的同伴的方式中,我们可以分析出很多有用的东西。失去原本的人性将会令你非常孤独。你就把它当成你的幸运物和守护动物吧。你要信任它。最后,祝你们两个好运。"

―――――

米娅立下了遗嘱。她禁食了三天。他们把她全身上下的毛发都刮了个干净。他们把她的衣服剥得精光。他们用灰泥填满了她的消化道。接下来,他们开始鼓捣她的肺,然后给她做了全身麻醉。剩下的便是鲜有人体验过的幽秘之境。

————

她醒来时已是来年一月份。她感到非常虚弱和疲惫,头上一根头发也没有。她的皮肤上有些斑点,上面长满了软毛,就像是婴儿的皮肤。她的每根指头上都戴着又凉又硬的指环,头上还套着某种绷得很紧的玩意儿,这令她非常难受。但他们一件都不让她摘下来。最开始的两天里,她大部分时间都用来攥紧拳头,把手指抬到视线范围内,然后缓缓地、陶醉般地抚摸自己的脸庞,此外,她还时不时地舔舐自己的手指和那些冰凉光滑的指环。

她吃下他们给她的糊状食物。因为如果她不吃,他们就会埋怨个不停。

她忘记如何阅读了。

第三天醒来时,她恢复了一点智力,意识也清晰了一些,她发现那些有棱有角的潦草笔画又变成字母和单词了。她打开笔记本电脑,怀着一种万分惊奇的心情阅读起来。笔记本里满是她难以想象的深奥且荒谬的经济学内容和官僚主义风格的胡诌出来的文字。她一整天都在一边看屏幕,一边双脚乱踢、狂笑不止,还时不时揉搓着脑袋上令她发痒的头发茬儿。

那天下午,她从床上慌张地爬起来,在病房里跟跟跄跄地游荡。她往笼子里放了点儿食物和水,但是那只仓鼠几乎每时每刻都在睡觉,一动不动地躺在那里。它粉红的皮肤上长出了一点点毛。有个护士问她有没有给仓鼠取过名字。她一下子也想不出什么合适的称呼，于是就没有给它起名。

到了晚上，她女儿从雅加达打来电话，但是她不想跟任何雅加达的人说话。她让护士们转告克洛艾，说她感觉很好。那晚剩下的时间，她基本上什么话都没说，什么事也没做。她逐渐意识到哪哪都是机器，它们一直在监视着自己，而且其中有些机器还很聪明，几乎都看不见它们躲在何处。

第四天，他们给她换了食物，又硬又难嚼，还有些特别好吃的甜食。她还想多要点儿，但他们不给，于是她生气地噘起嘴。之后，他们给她穿上一件特别好看的用双线缝制的蓝色纯棉连衣裤，把她带到一间（据他们说是）儿童房。里面没有别的年轻人，所以这个房间就全归她了。房间里非常漂亮，色彩鲜艳，灯光像夏天的阳光一样明亮夺目，此外，还有一些机器晃来晃去、四处攀爬。她又是爬又是跳，最后滚到地板上，笑得前仰后合，直到排泄到连衣裤里。于是她让机器停下来，好让她把自个儿弄干净。

随后，她又回到之前的房间，在她的笔记本上看起了时政新闻。她和罗森菲尔德医生就21世纪30年代的美国政治问题进行了长时间的激烈辩论。她对21世纪30年代全球性危机期间的政治产生了浓厚兴趣，只要一想到当时发生的事情，她就会气得大喊大叫。她滔滔不绝地谈论着她最喜欢的21世纪30年代的愚蠢政策和政客，然后发泄了一通怒气。罗森菲尔德医生说她恢复得非常好。他还问她有没有给仓鼠起名字。她不明白他们为什么对这个话题如此热心。她其实不太喜欢那只仓鼠。

到了第五天，他们介绍她与另一位NTDCD受术者认识。那人叫朱丽叶·拉马钱德兰，是个非常漂亮的年轻姑娘，她有113岁了。接受NTDCD疗法之前，朱丽叶已经因为视网膜退化而失明了。她还有一条会说话的后犬类导盲犬。拉马钱德兰女士做了很多年的民事支援者，举止极为优雅。米娅与朱丽叶和导盲犬相处得很好，她们在NTDCD和其他问题上进行了促膝长谈。那条狗的毛都长出来了，朱丽叶则戴着一条漂亮的丝质头巾。那条狗简直就是个话匣子，不过朱丽叶说这是它的过渡阶段，这一阵过去就好了。

朱丽叶一直提到"米娅·齐曼"。每次听到这几个字，她都会哈哈大笑。

"你知道你的名字叫米娅·齐曼吗？"

她看得出来，朱丽叶有些烦躁不安。"行吧，随你怎么叫都行，米娅·齐曼，米娅·齐曼，但是，别反反复复地说这个了。"朱丽叶现在过得并不容易，视力和失去的一切能力都在恢复。她直言不讳地表达着自己的烦恼，除此之外，她还一个劲儿地描述那种对她来说十分特殊的感觉：有东西"碰到我的视网膜上了"。最好还是对可怜的朱丽叶友善一点。她还决定，每当听到有人说出"米娅"这两个字时，她都要努力做出回应。

第六天，当别人叫"米娅"时，她特意回应了一下，从此以后，他们开始对她另眼相看，并且对她的态度也更好了。他们问她是否给仓鼠取好了名字，她说它叫"弗雷德"。他们说这是个男孩名字，她就说这是"弗雷德里卡"的缩写。她把仓鼠从笼子里拿出来，逗弄它，盯着它吃了点儿东西。他们对她的这一表现非常满意。

那只仓鼠看上去像只令人恶心的小老鼠，走起路来摇摇晃晃。它的黑眼珠又圆又亮，四只爪子战战兢兢地蜷缩着。不过，它倒是长出了一些漂亮的棕色软毛。有一天，仓鼠在笼子里癫痫发作了一小会儿，但她决定不告诉任何人。因为这个消息会让他们不安。

第七天，她终于意识到自己以前确实叫"米娅·齐曼"，除此之外，她的身体好像哪里不太对劲。然而，她一点儿也没觉得不舒服。相反地，她感觉好极了。她可以变成任何想成为的人，她很高兴能获得这份优待。不过，当她认真考虑做"米娅·齐曼"这个人时，她的嘴里突然生出一股像是咬到自己舌头的味道。她感到很恐惧，仿佛米娅·齐曼正躲在壁橱里等待夜幕降临。如此一来，米娅·齐曼就可以钻出来，在病房里鬼鬼祟祟地上蹿下跳。

那天下午，她穿上米娅·齐曼的衣服，准备去散个长步。她绕着医院转了五六圈。米娅的衣服做工精良，但可惜不太合身。她不仅变得更瘦、更苗条了，而且还长高了五厘米。她现在走路已经非常娴熟，但是在走路时，臀部会奇怪地扭来扭去。散步的时候，她看到医院周围有很多病恹恹的人。她意识到自己真的很幸运。

到了晚上，她开始在网络上阅读NTDCD互助小组的讨论。那些杰出人士对她的理解能力给予了高度评价，这让她受宠若惊。她觉得自己应该为讨论贡献一些观点，或许她可以写一写有讨论价值的医疗体验，但是不知怎的，她完全不知道怎么打字了。

每次跟互助组的人一起做测试时，她都表现得很好，也很有耐心，虽然那些测试会让她感到很疼。他们还做了其他的一些智力测试，比如下国际象棋、做纵横填字游戏、堆积形状奇怪的积木。跟文字有关的测试都特别难，但一到摞积木时，她简直是个奇才。很显然，她的几何造型能力已经提高了15%左右。能够有这样的成绩，主要是因为她的反应时间缩短了，不过，从脑部扫描的结果来看，还有一部分原因应该归结为新神经元的整合。当她翻阅这份医学预后报告时，她对自己取得的成绩感到非常自豪，同时坚定了一个想法：从现在起，少说话，多看图，发挥她在认知方面的强项，兴许还可以画一些画，或拍些照片，又或者用黏土在现实中或虚拟世界里做一些塑像。在这方面，她仿佛有无限可能。

等他们给了她一些橡皮泥后，她灵光一闪，决定给那只仓鼠捏一个塑像。她手艺精巧，并且付出了很大努力。看到成品时，他们对她感到十分满意，在此之前，她坚决不敢相信他们竟会如此欣喜。他们说她很快就能出院了，之后就可以回到她新近改造的公寓里继续疗养。

有一点她已经怀疑良久，不过，她现在才终于百分百确定：那些看守她的人都是十足的蠢货。要想从他们的掌心逃走，溜到其他地方做点别的事——比在医院里闲逛、跟仓鼠一块儿吃黏糊糊的含药食物还要有趣得多的事——简直太容易。这个想法很有诱惑力。她唯一的遗憾就是互助组里有一个男性真的很帅，她有点儿喜欢上他了，但跟不跟他表白都无所谓。即便她让他吻她，他们也只是在医学伦理的严格标准范围内行事。他甚至连她的胸部都不会碰一下。

现在，她每次听见"米娅"都会回应了。她甚至还做了些米娅的工作。在做的时候有个窍门，就跟不让你的眼睛聚焦到某个东西上一样。她通常会让心底彻底放松，然后让米娅的认知涌上来，之后，她就可以做很多有用的事情，不仅打字速度提高了，而且还能键入密码进入LEL-SF评估合作实验室、核对电子数据表、检查她的流程软件，甚至还能签下"米娅"的名字。她逐渐意识到，那个米娅并不想伤害她。那个米娅没有嫉妒她，也完全没有伤害她的意思。那个叫米娅的人其实很温顺、热心和随和，但不是很有趣。那个米娅好像非常疲惫，对什么都满不在乎。现在所谓的"米娅"，只不过是一大堆旧有的习惯罢了。

通过"少说话、专注于倾听和凝视"，她跟别人相处得越来越好了。如果你专心地看着对方的脸，观察他们的手部动作，他们就会滔滔不绝地说个没完,这简直太神奇了。大多数情况下,人们的心中所想和从嘴里说出的话没有任何关系。男人尤甚。你在倾听的时候,只需要在椅子上微微扭动身体,同时会心地点点头、微笑一下,然后眼角闪着被对方的魅力深深吸引的光芒,那些男人就会打心底认为你是个非常好的人。

女人就没那么容易上当,不过,假若你看起来非常快乐和自信,这时,就连女人都会被你感染。大部分女人远远谈不上快乐和自信。大部分女人都需要发发牢骚。如果你哄着她们,让她们跟你抱怨,并且在倾听的过程中不时地点点头,然后说出"哦,可怜的宝贝"和"换作是我,我肯定也会这么做"等诸如此类的安慰话,那么,她们就会把各种各样的苦水都倒给你。她们会感到与你非常亲近,并对你心存感激。等她们离去时,心里肯定也认定你是个极好的人。

对于她回家疗养一事,他们相当重视,甚至还找了一位网络记者问了她一些问题,做了一篇新闻报道。记者是个很帅气的小伙子,在采访期间,她开始跟他调起情来,他不禁方寸大乱,同时还有些激动。她带着仓鼠和那名记者一起回到了帕纳赛斯大街附近的公寓。她给记者做了一顿丰盛的晚餐。记者温驯得像只羔羊。他完全被她迷住了。

她很高兴能够有机会烹饪和吃饭,因为在医院时,他们跟她说她的食欲不太正常。这是事实——如果有食物摆在她跟前,她会很乐意吃掉,但如果面前没有食物,她也不会想吃东西。她会听到肚子咕噜咕噜地叫,她会饿得身体虚弱,没准儿还会有点头晕,但是,她一丁点儿饥饿感都感觉不到。她好像莫名其妙地患上了"食盲症"[①]。她能闻到食物的味道,能品尝到食物的口感,而且她喜欢吃东西,然而冠状

[①] 作者自己杜撰的一种病症。——编者注

脑电图仪的监测结果却显示，她的下丘脑有点小毛病。他们希望这个小毛病能自己变好，否则他们就得采取一些措施了。

做饭的感觉很棒。在医院时，她从来不用费心做饭的事，她唯一的任务就是休息，他们会源源不断地把食物送到她手中。她听记者吹嘘了两个小时他认识哪些大人物。待他吃完，她又给他做了一杯酊剂。他今年才40岁，还只是个孩子而已。她真的很想吻他，但她知道，现在这个节骨眼上，绝不能犯下这样严重的错误。他们在她的公寓里安装了好些机器，搞得这里很像遥现站点。这些设备与某个三维医学数据库相连，就连她每次抓挠的时候，每根手指的动作都会被实时记录下来。

记者离开前，他们在门口相拥而吻。这个吻算不上货真价实，但这是她很多很多年以来的第一个吻。她不敢相信自己已经有那么久没有吻过任何人了。那简直就跟试图在不喝水的情况下活着一样，愚蠢得令人难以置信。

等他走后，公寓里又是她一个人了。真不可思议，孑然一身的感觉太美妙、太惬意了。只是那些医疗监视设备有些恼人。公寓里只有她自己和一些监视机器。她把屋里的东西都擦洗干净，然后又把房间收拾整齐。

打扫完之后，她一动不动地坐在那张喷了漆的用瓦楞硬纸板做成的餐桌旁。她有一种极其怪异的感觉。她能感觉到自我意识正在生长。她的自我变得如此庞大，又如此无拘无束。比她的肉体还要大。比整个公寓还要大。在静寂中，她能感觉到自我意识正在一声不响地推动着窗户。

她慌忙地跳了起来，放了一曲米娅的音乐。这是当今人们常听的那种背景音乐，品质低劣，十分难听，那种音乐会不时地冒出几个音符，听起来一点也不连贯。墙上贴满了可笑又难看的古董纸质艺术品。窗帘看起来仿佛贴着墙吊死了似的。这间公寓之前的主人一定老得干巴巴的，墙壁好像一棵死掉的胡桃树皱缩的树皮内侧，又像是一个死去的女人干瘪皱缩的皮肤。

她想在米娅的床上睡一觉。那其实就是一个老家伙的小床铺，睡着很不舒服，床上还有一个又大又丑的氧气罩。床垫被设计成可以给脊椎提供支撑的功能。但她再也不想让脊椎受到支撑了。再者说，现在的脊椎已经跟从前那根大不相同。此外，身上那些监视设备在床单上嘎吱嘎吱地响，把她的皮肤磨得很痒。她爬起来，走到前厅，躺在地板上，把自己裹进一条毯子里。

那只仓鼠主要在夜间活动，它已经醒了，此时正精力充沛地扒着笼子栏杆，啃来啃去。在黑暗中，它的嘴不停地啃啊啃、爪子不停地挠啊挠。

午夜时分，她终于受不了了。她从地板上爬起来，穿上内裤，双腿一蹬一蹬地费力穿上米娅那条宽松长裤。裤子太短，脚踝都露出来了。她穿上米娅的胸罩。搞笑的是，别的衣服都变小了，但胸罩却变成了空杯。随后，她穿上米娅的套衫。她在衣橱里找到一件特别漂亮的红色夹克，非常合身。她找到米娅的一双鞋，穿着有点紧。她找到一个钱包，太小了。紧接着，她又找到一个大手提包，然后往包里塞进几条内裤、几管口红、一把梳子、一支刷子、一个剃刀、一副墨镜、一本在路上读的书、几双袜子、几管睫毛膏、几支眼线笔、一支牙刷。

她的网络连接器急促地响起来。她受够了网络连接器。

"他们肯定在跟我开玩笑吧，"她对着空荡荡的房间大喊道，"这不是我的家。太荒谬了。我不能这样生活。这根本不能叫生活。我要离开这里。"她踏出房门，砰的一声关上门。

她在楼梯口犹豫了一下,然后转过身,开门,回到屋里。"行吧,行吧,"她说,"到这边来,你这个蠢东西。"她打开笼子门,抓住仓鼠:"过来吧,你可以跟我一起走。"

————————

她将冠状脑电图仪丢到公寓外面。一辆医护面包车一路闪着光,穿过街头驶来,最后停在她那栋楼下。在向帕纳赛斯大街走的途中,她把监测耳环和十个指环都扔了。等出租车的当口,她脱下鞋子和袜子,然后把脚趾上那些恶心的小玩意儿摘下来扔掉。趾环处的皮肤很苍白,而且黏糊糊的。

出租车到了。

一落座,她就两腿一甩一甩地脱掉裤子,将膝盖搭扣和大腿上那一大块黏性十足、令人恶心的胶布一起丢到车窗外。在去机场的列车上,她钻进女卫生间,撕下了胸甲和剩余的十来块胶布。那些胶布弄得她身上又痒又疼,撕下来之后,她整个人都变得情绪高涨起来。

她抵达机场。漆黑一片的停机坪上停满了灯光闪烁的飞机。它们的机翼不停地收紧和展开,当它们想要起飞时,就会一头扎进冰冷的夜空中。你能看到乘客在机舱里活动,因为机身透明如薄纱。有乘客按开了阅读灯,但更多的乘客只是无精打采地躺在豆袋椅里,他们或是通过机身欣赏外面的夜空,或是呼呼大睡,因为这是去欧洲的夜间航班。一切都是那么静谧而美好。眼前这番景象显得极不真实。

她走到登机舷梯口,然后爬上去。进入机舱时,空姐用德语和她说了句什么。她打开手提包,把仓鼠拿出来给空姐看了一眼,然后又把它放了回去。紧接着,她转过身,怀着无与伦比的喜悦之情,昂首挺胸地往过道走去。那名空姐一点儿拦下她的意思都没有。

她在商务舱里选定了一个漂亮的棕色豆袋椅,躺了下来。随后,一名乘务员给她端来一杯热腾腾的咖啡。

飞机于凌晨三点钟起飞,这之后,她终于可以安然入睡了。

当她醒来时,已经是次日上午八点钟。这天是2096年2月10日。她已身在法兰克福。

————————

她下了飞机,然后在法兰克福机场附近转悠。她睡眼惺忪,茫然无措,毫无计划,内心却快乐极了。她一文不名。没有现金卡,没有信用卡,也没有身份证。航班上的民事支援者找到当地政府人员办理落地手续。对于德国当局来说,如果你有事却不主动去找他们,他们就懒得去找你。

她趴在喷泉边喝了点水,接着去洗手间洗了洗脸和手,又换下内裤和袜子。她的脸应该用不着化妆品了,但她却十分想念化妆品。就这么素面朝天地走来走去,使她感觉比没有身份证还要焦虑。

她从洗手间里出来,跟着其他人一起向前走,这样就不会引起任何人的注意了。

人群裹挟着她穿过无数个安着玻璃门的大厅和小亭,沿着扶梯下到一个常春藤丛生的火车站。看样子,德国人真的很喜欢常春藤,尤其对于那些在地下深处本不该出现、实际上却肆意生长的常春藤,他们更是毫无抵抗力。

车站里有一个年轻的欧洲姑娘,一头短发,穿着一件鲜红色的夹克。考虑到自己也留着一头短发、穿着一件鲜红的夹克,她便想到,明智的做法应该是：跟在女孩后面，对方做什么，她也跟着做什么。这个计划果然很明智，因为那个女孩要去的地方，恰好符合她的心意。女孩从一个德国民事支援小亭里拿了一纸袋的饼干。于是她也拿了一袋，根本不用付钱。饼干真的很好吃。她能感觉到饼干的能量在体内奔涌。这是由政府补贴发放的无公害食品，维生素含量丰富。

她狼吞虎咽地吃下十几块饼干，又喝了些水，这才感到分外惬意，满心欢喜。她给仓鼠喂了一些饼干屑。

在火车站大厅里，有十二个身披针织长斗篷、戴着黑色平顶帽的小伙子，正在用管乐器和吉他演奏安第斯山脉地区的民间音乐。这些南美洲来的家伙在桩子上安装了一台现金卡读卡器，用来收取观众的施舍，不过，你不想付钱也没关系，你可以坐在旁边免费听。周围有很多免费的豆袋椅可以躺，有免费的饮用水和充裕的免费饼干，而且还有一个非常干净的女卫生间可以免费使用。从当前的情况来看，这座法兰克福的老火车站要什么有什么，她完全可以在这里度过余生。

车站里既温暖又舒适，哪怕仅仅观察各种各样的欧洲人拖着行李从面前走过，也是一件趣味无穷的事。坐在公共豆袋椅里，当众啃食免费供应的饼干，让她觉得自己有点儿显眼，但这其实也没什么，毕竟她没有伤害任何人。事实上，每个望着她的人显然都觉得她很不错。那些德国人冲她微笑致意。尤其是男人，特别爱对她笑。就这么消磨了一小时后，她看到人群中出现了十来个小孩子。就连孩子们都会情不自禁地对她微笑。

每个人都像是有要紧事去做的样子。多么可悲又可笑啊。他们干吗不静静地坐着享受生活呢？他们这是急着去做什么吗？这些人如此行色匆匆……他们可都是要长生不死的啊。既然如此，为何还要如此匆忙呢？就这么静静地坐在豆袋椅里，与世无争，岂不美哉妙哉？

她全身心地喜爱这样的生活——但这只持续了大约一个半小时。随后，心绪便不再安宁。她感到无聊至极，坐立不安，心烦意乱。最后，她终于坐不住了。除此之外，那帮来自安第斯山脉地区的家伙又开始重复刚才演奏过的歌曲，他们吹的笛子声简直烦死人了。于是，她站起身，像其他人一样登上一列火车。

车厢内十分嘈杂，人声鼎沸。火车本身倒是一点声音都没有，但乘客却吵得厉害，他们一边闲扯，一边吃着面条、喝着大杯麦芽酒。火车速度非常快，运行起来却静谧无声。它的确是在铁轨上方奔驰，但是与铁轨并没有物理接触。她把包塞到座位下面。这一刻，她真希望自己能听得懂德语。

再次把手提包拿起来时，她发现包的颈部开口大张，这才意识到那只仓鼠应该早就钻出去了。那只邋遢的小家伙终于逃走了。它此时不是在车厢里，就是在法兰克福火车站里。起初她感到很难过，但随后又意识到，这简直太搞笑了：仓鼠逍遥法外！恐慌席卷欧洲！得，拜拜了您嘞，逃亡快乐，祝好运，你这只后啮齿动物！不要难过，好不好？

————————

到达慕尼黑时，她下车了。因为她喜欢这座城市的名字。慕尼黑曾经被拼写为Munich、Muenchen、Moenchen甚至München，但全欧拼字改革委员会最终将其确定为Munchen。慕尼黑，慕尼黑，慕尼黑。有人说过，斯图加特是全世界最伟大的艺术之都，但斯图加特的名字远不及慕尼黑好听。

她知道，只要她发现当地在公共服务小亭分发的椒盐脆饼——不是美国那种又小又干、加了碘盐的棒状卷饼,而是那种又大又温和、像面包片似的薄脆饼,而且其中还会掺杂一些真正的小麦和酵母——她肯定会立刻爱上慕尼黑。在慕尼黑火车站,有一百多个来自欧洲各地的年轻人乐呵呵地排着队,领取手镯大小的慕尼黑式脆饼。这一盛况引得从巴伐利亚来的民事支援面包师脸上洋溢着得意的神色。看得出来,他们做民事支援者是别有用心的。

她欣喜地领到两块脆饼,津津有味地吃掉,然后喝了些水。接着,她又注意到另一个女孩,甚至比之前追踪的那个还要漂亮。那人留着一头金色长发,穿着一件蓝色天鹅绒大衣。于是她便尾随其后。她就这么来到了玛利亚广场①。

广场上有一个地铁站出站口,一个正在喷涌的喷泉,喷泉四周围了一圈石制栏杆,此外,广场正中有一根很大的大理石柱子②,基座上有四个青铜天使雕像③,柱子顶端立着镀金的圣母玛利亚,姿态很像在侦查周围的情况。广场一角有一个遥现站点,还有一大堆时装店,店里陈列着艳丽四射、动来动去的人体模型。附近停着很多结构纤细的欧式脚踏自行车。玛利亚广场上有各种各样的人在闲逛。基本上是来自世界各地的游客,大部分是印度尼西亚人。

她像其他年轻人那样斜倚在喷泉栏杆上。喷泉里有三个肌肉发达的青铜雕像,各自提着一个很大的铜制水桶,水流从里面汩汩涌出。太阳已经落山,空气变得很冷。所有年轻人都面颊通红,头发被风吹乱,而且他们全都穿着夹克,脖子上戴着彩色围巾,足蹬样式怪异的、年轻款的欧式靴子。

---

① 位于慕尼黑古城区的中心,是慕尼黑最大、最主要的广场。
② 指圣母柱。
③ 四个天使正在与纠缠人类的事物做斗争:战争、瘟疫、饥饿、异端。

每隔一段时间就有一对大型德国牧羊警犬慢跑着穿过广场,这时,那些年轻人就会闭上嘴巴,露出紧张兮兮的神情。

玛利亚广场景色很美。她喜欢德国人将教堂保存完好的样子:带有尖顶的拱门、阳台,还有神色警觉的基督教圣徒石像,比真人还要逼真。她尤其喜欢钟楼里那些五颜六色的中世纪风格的木制人像。

在高高的钟楼塔尖上,有三名赤身裸体的天主教徒,双臂交叉,做祈祷状。他们正在举行忏悔仪式,几乎没有引起任何人的注意。事实上,那几个高踞于这座哥特式尖塔锯齿状塔尖的裸体天主教徒,也很难被广场上的人注意到。他们将肉身暴露在刺骨的寒风中,虔诚而专注,心神显然早已飘到尘世之外。

有人跟她说话。听声音,那人就在她身侧。她转过身,将目光从塔尖上的忏悔者身上移开。"你说什么?"她问道。

面前站着一个年轻英俊的小伙子,他穿着羊皮夹克和羊皮裤子——基本上可以说,这家伙就是穿了一整只羊,其中还包括黝黑的去掉眼睛的羊头(现在变成了夹克翻领的一部分)。他浑身上下全是雪白卷曲的羊毛。但他留着乌黑的大背头,这个发型跟他的前额和浓黑的眉毛很搭。"啊,说英语的,"他说,"那也没问题,我会说英语。"

"你会说?太好了。你好!"

"你好。你从哪来的?"

"加州。"

"今天刚到慕尼黑吗?"

"Ja[①]。"

他笑了笑:"你叫什么名字?"

[①] 德语,意思为:是的。

"马娅。"

"我叫乌尔里希。欢迎来到这座美丽的城市。看样子,你一个人来的?没有父母,没有男朋友?你在玛利亚广场这儿站了两个小时,既没跟任何人碰头,又什么都没做。"他哈哈大笑,"你迷路了吗?"

"我不用非得去什么地方。我只是路过而已。"

"你肯定迷路了。"

"行吧,"马娅说,"就当我稍稍迷路了吧。但至少我没有像你那样偷窥别人整整两个小时。"

乌尔里希慢慢地绽开笑容。他从肩头摘下一个棕色大背包放到脚边:"你这位姑娘如此美丽动人,我怎能忍住不看呢?"

马娅双眼圆睁:"你真这么觉得?哦,天哪……"

"当然,当然!我肯定不是第一个这么跟你说的男人吧!你真迷人!真漂亮!简直跟大兔子一样可爱。"

"我敢说,这话用德语说出来一定特别动听,乌尔里希,可是……"

"我觉得我能帮到你。你入住的哪家酒店?"

"我没有订酒店。"

"这样啊。那你的行李呢?"

她提起她的手提包。

"没有行李。没订酒店。无处可去。没有父母,没有男朋友。你身上有钱吗?"

"没有。"

"身份证呢?希望你有身份证。"

"尤其是身份证,绝对没有。"

"明白了。这么说,你是离家出走的。"乌尔里希想了想,不禁喜上眉梢,"正好,离家出走的马娅小姐,我有个好消息给你。你不是唯

——一个离家出走到慕尼黑来的人。"

"其实,我刚刚在想,要不要搭乘今晚的火车回法兰克福。"

"法兰克福!回那里简直是浪费生命!法兰克福就是一座坟墓!跟我来吧,我带你去全世界最有名的酒吧!"

"我为什么要跟着一个对绵羊如此残忍的家伙东奔西跑?"

乌尔里希露出受伤的表情,摸了摸他的羊皮外套,"你可真逗!我一点也不残忍!我是在一场决斗中亲手杀死这只羊的。它想要了我的命!跟我来,我带你去著名的皇家啤酒屋①。人们在那儿可都是吃肉、喝啤酒的!"

"你开玩笑呢吧。"

"啤酒屋离这儿不远。"乌尔里希将他那皮肤雪白、毛发旺盛的双臂交叠,放在胸前,"你想不想去看看?"

"想啊。我想去看。那就去吧。"

他果然没有食言,带她来到了皇家啤酒屋。啤酒屋外面有巨大的石拱门和黄铜镶边的大门,还有身着制服的民事支援者。乌尔里希一耸肩,把外套抖落下来,紧接着,只用了几秒钟就把裤子干净利落地脱下来,然后将羊皮衣裤塞进宽大的背包里。这下便露出了他穿在里面的颜色鲜艳且印有图案的紧身连衣裤。

啤酒屋室内有拱形天花板,上面绘着壁画,挂着铁器和灯笼。屋里异常暖和,有一股浓烈的烤肉和炖肉的味道。一支铜管乐队正在演奏波尔卡舞曲,这种民间乐曲已有250年的历史,人们早就听腻了,耳朵都要起茧子了。乐队成员演奏得很是娴熟,他们都戴着古怪的帽子、穿着厚厚的吊带裤。被擦得锃亮的长木凳上坐满了陌生人,全都

---

① 慕尼黑皇家啤酒屋是始建于1589年的皇家啤酒厂,常常有名人政客在此聚会。

喝得醉醺醺的。看到他们实际上喝的并非烈酒，马娅顿时松了一口气。其实，他们是在一边喝着大杯冰啤酒，一边用鼻子从一个装着烈酒的小酒杯里吸着挥发的酒精，烈酒表面覆着减少挥发的油脂。这样能极大地降低酒精的摄入量，从而防止这种有害物质给肝脏造成负担。

屋里人声鼎沸。"你想吃点东西吗？"乌尔里希大声喊道。

米娅望着一个侍者端着大盘子从身边经过。盘子内棕色的汤汁里漂浮着大块的动物肉、泡菜碎末和土豆团子。"我不饿！"

"你想喝啤酒吗？"

"好恶心！"

"那你想来点什么？"

"我不知道。这些人的举止好怪异。有什么安静的地方吗？咱们可以坐下来聊天。"

乌尔里希皱起长长的眉毛。她心想，他应该是对自己不耐烦了吧。随后，他慢慢地扫视着人群："帮我做件事，好吗？看见那个带着笔记本的老太太游客了吗？"

"看见了。你要我做什么？"

"去问她有没有旅游地图。跟她聊上一分钟，六十秒，一秒都不用多。问问她……问问她是否可以告诉你中国塔在哪里。然后到啤酒屋外面的街上跟我碰头。"

"为什么？"她疑惑地打量着他的脸，"你想让我做坏事。"

"是有点儿坏。但对咱们会很有帮助。去吧，跟她聊天。只是聊天而已，又不会伤害到她。"

马娅走过去，站到她身边。那老太太正握着叉子和勺子，不慌不忙地吃着面条。她喝的是一种瓶装苏打水。她的衣着很是考究。"打扰了,女士,请问您会说英语吗?"

"我会说。小姑娘你好啊。"

"请问您有慕尼黑的地图吗?英语版的。我想看看有个地方怎么去。"

"当然有啦。乐意帮忙。"老太太打开笔记本,在屏幕上熟练地划来划去,"你想去的地方叫什么?"

"中国塔。"

"哦,那儿啊。我知道。就是这个……"她指着屏幕,"它坐落在英国公园里。那座公园是由冯·拉姆福德伯爵在18世纪90年代设计兴建的。冯·拉姆福德伯爵就是本杰明·汤普森,他是个美国的逃亡者。"她抬起头,满脸笑容,"这座古老的城市竟然是由咱们的美国同胞重新设计的,简直太逗了!"

"差不多跟印第安纳波利斯是由一个印度尼西亚人重新设计的一样逗。"

"这个嘛,"老太太皱起眉头说道,"那些都是你出生之前很久的事了。不过我恰好就是印第安纳州人,当印尼人买下那座城市时,我刚好在那里,相信我,那事儿发生时,我们没有一个人觉得逗。"

"非常感谢您的帮助,女士。"

"用不用把地图给你打印出来?我的钱包里有一台滚轮式打印机。"

"不用了。我要去见个人,现在就得走。"

"但是中国塔离这里很远,你可能会迷路。打印也不麻烦……"她突然住口,一脸惊讶,"我的钱包不见了。"

"你的钱包丢了?"

"不,没有丢。刚才还在呢,就在凳子下面。"她环顾四周,然后仰头盯着马娅,压低声音说,"我的钱包恐怕让人拿走了。不,是偷走了。哦,亲爱的。这太让人难过了。"

"我很抱歉。"马娅轻声说。

"我恐怕现在得去跟政府报案了。"老太太轻叹一声,"真是令人悲痛啊。政府那帮家伙,他们会感到非常尴尬的……这种事发生在游客身上简直太可怕了。"

"你人真好,都这样了还能想到他们的感受。"

"嗯,令人伤心的当然不是因为我丢失了一点儿财物,而是这种有违文明的恶行本身。"

"我明白,"马娅说,"我真心感到非常抱歉。希望你能把我的包拿走。"她把那个大手提包放到桌上:"这里边没什么贵重的,但我希望你能拿走。"

老太太第一次直视着她,与她四目相对。二人心中生出一种奇怪的感觉。随后,老太太瞪大眼睛,脸色变得苍白。"你刚才说有个约会,"她终于再次开口,用不确定的语气说道,"女士,你的确有个约会,对吧?那就别在我这儿耽搁了。"

"没错。那行吧,"马娅说,"wiedersehen①。"话毕,她便离开了皇家啤酒屋。

乌尔里希正在外面的大街上等她。这会儿,他又把那身羊皮衣裤穿上了。"你聊得太久了,"他转身看着她责备道,"跟我来。"然后,他开始沿着街道往地铁站走去。

下扶梯时,乌尔里希打开他的棕色背包,在里面翻找着什么。"啊哈!太好了,我就知道还在。"他从中掏出一个轻如羽毛的耳夹,"拿着。戴上它。"

马娅把耳夹戴到右耳上。乌尔里希便开始用德语跟她说话。他说

---

① 德语,意思为:再会。

出一段叽里呱啦的德语，与此同时，耳夹飞快地将其翻译出来。

"这样就好多了，"耳夹用美国东岸口音的英语重复道，声音悦耳动听，"跟你交流时，我终于可以表现出才思敏捷的一面了。"

"你说什么？"马娅问。

"翻译器可以工作，对吧？"乌尔里希用英语说，然后关切地拍拍自己的耳朵。

"哦。"马娅摸了摸耳夹，"是的，它可以工作。"

乌尔里希愉快地切换成德语，"那就太好了！我英语水平有限，语法不规范，说的时候显得傻兮兮的。现在终于能用德语向你证明，我其实是个聪明又机智的人。"

"你刚才偷了那位女士的钱包。"

"没错，是我偷的。这是权宜之计。如果不这样，我就只能跟你用英语沟通，那我会懊丧不已。我刚才就想，以那位女士的年龄和阶层，她肯定有游客专属的翻译器。而且，说不定她的钱包里还有些其他有意思的物件呢。"

"他们要是把你抓住，甚至把咱俩都抓住怎么办？"

"他们不会抓住咱们的。我拿钱包的时候，身上穿的是紧身连衣裤，从监控记录上看，进出啤酒屋的人里，根本就没有穿颜色鲜艳的连衣裤的人。有专门的技能可以确保你安全地盗取财物。这门手艺很难跟新手解释。"乌尔里希麻利地掸了掸羊皮外套的衣袖，"还是回到正题吧。我更擅长听英语，而不是说。"乌尔里希大笑道："所以你可以跟我说英语，我就对着你的耳夹说德语。这样咱们交流起来就会非常顺畅。"

他们下了自动扶梯，然后在摆放得如迷宫般的盆栽中间费力穿行。盆栽植物中有苏铁、蕨类和银杏树。"当别人把你的母语说出一口洋泾浜味道时①,"乌尔里希对她说,"你很难不低估对方的智力水平。他们总是看起来很傻。我不愿意让你低估我的智力。因为这种误解会给咱俩的关系奠定上十分脆弱的基石。"

"好吧。我明白你的意思。你可以出口成章。但这也改变不了你是小偷的事实。"

"是的,我们欧洲抢包贼从所受的教育中获益匪浅。"即便听着实时的英语翻译,她依然能从乌尔里希的德语中听出讽刺的语气。翻译器接收的德语音节顿挫,转换出的英语发音却非常棒,音高和音色都恰到好处。她要适应它还需要些时间。

他们登上一列地铁,在车厢后面的座位上坐到一起。乌尔里希压根儿就没付车票钱。"最好还是立即离开犯罪现场。"他喃喃地说,然后从她手里拿过她的手提包,打开,把偷来的钱包里的东西一股脑地倒了进去。这些全是躲在他自己又宽又深的背包里完成的,一套动作下来简直娴熟得很。"拿着,"他说着把手提包还给她,"现在这些都是你的了。看看里面有没有能用得着的东西。"

"这太不诚实了。"

"马娅,你本身就是个不诚实的人。你没有身份证,是个非法的、四处游逛的外国人,"乌尔里希说,"你做好变得诚实、回到家去的准备了吗?你想老老实实地面对那些你逃离的人吗?"

"不想。不,绝对不行。我不要那样。"

"那你就已经违规了。而且你还得继续违反更多这样愚蠢的规矩。没有身份证,你就不能找一份正经工作。你不能做体检,也不能有保险。如果警方肯花时间正式盘问你,他们只需稍微验一下你的DNA,

---

① 指不讲语法,按说话者母语"字对字"地转成另一种混杂语言。

就会立刻查明你的身份。不管你来自世界上的哪个地方，不管你是谁，都能查得明明白白。警方的医疗数据库相当完备。"乌尔里希搓了搓下巴，"马娅，你知道'信息社会'是什么样吧？"

"当然。我知道。"

"欧洲就是个真正的信息社会。真正的信息社会是由告密者组成的社会。"乌尔里希眯缝起乌黑的眼睛，"这种社会中到处都是'骗子''小偷''告密者''叛徒'和'线人'。翻译器能把我用到修辞手法的地方翻译出来吗？"

"嗯，它能。"

"那它还真不赖！这翻译器对德语领会得可真棒啊！"乌尔里希开心地哈哈大笑，随后压低声音说，"慕尼黑是个不错的藏身之处，因为这里的警察特别磨蹭。如果你很聪明，同时又有一些好朋友，那么，即便你是个逃跑者，照样能活下去。但是，假如他们真的盯上你，那帮执法者就会过来抓你。你可不能掉以轻心。"

"你是非法移民吗，乌尔里希？"

"完全不是，我是个合法的德国人。我今年23岁。"他伸了伸懒腰，将胳膊搭在她的肩膀后面，"我只是出于个人乐趣和观念的原因，很喜欢这种小偷小摸的生活。过于诚实对人不好。"

马娅看了看手提包里的赃物。她有种还想继续指责他的冲动，但是，当她发现里面有那么多好东西时，便决定闭上嘴巴。当然，主人不在场，微型银行就没什么用了。不过，赃物里还有几张现金卡，上面已经刻入了小额现金。另外，还有一张慕尼黑地铁票、墨镜、毛刷、梳子套装、发胶、口红（不是她喜欢的颜色）、晚霜（水解性化合物）、内服酸碱调节药棒（薄荷口味）、制酐剂用的矿物质补剂药片、皮下注射器、面巾纸、一台漂亮的小型网络连接器、一台滚轮式打印机，以及一台照相机。

马娅掏出照相机。这是游客用的那种数码相机,握起来手感特别好。她试探性地通过镜头向外看去,然后转身,把镜头对准乌尔里希的脸庞。他向后退缩,连忙摇头。

马娅检查了一下照相机的效果,然后清空了磁盘里的照片:"你真想让我把这些东西都留下?"

"我知道你需要它们。"乌尔里希用英语说。

"太好了。"她开始用纸巾小心翼翼地擦拭照相机的机身。

"我不小心看到了你包里的东西,"乌尔里希坦言道,"就在你仰头凝视那几个悬在塔尖的狂热天主教徒的时候。我发现你的包里除了一块吃了一半的脆饼和几条沾着老鼠屎的内裤之外,什么都没有。我便对你产生了好奇心。"乌尔里希凑近她:"于是我放弃了盗取你那一毛钱都没有的钱包的念头。我当时心想,我最好还是保护你吧。我不知道你是谁,你这个加利福尼亚来的小姑娘。但你看起来不谙世事。没有朋友的话,你在慕尼黑撑不了多久。"

她露出灿烂的笑容,神情既开心又自信:"这么说,你就是我的新朋友咯?"

"当然啦。我就是你最需要的那种坏朋友。"

"你真慷慨——当然,是慷他人之慨。"

"如果他们允许我拥有自己的财物,我照样会很慷慨。"他抓住她的手,轻柔地捏了捏,"难道你不信任我吗?你最好还是信任我。这样的话,咱们相处起来会更加愉快。"他抬起她的手指,然后轻轻地放到他的嘴唇上。

她将手抽回,搂住他的脖子,然后靠在他身上。二人的脸庞相触,嘴唇碰在了一起。

与他接吻简直令人欣喜若狂。热量从他那裹在羊毛衣领下光滑又年轻的脖颈处散发出来。靠得如此之近，男性肉体的味道直击她的记忆最深处，她浑身上下都像着火般滚烫。她能感觉到她的自我正在皱缩和坍塌，仿佛她的大脑刚刚咬了一口柠檬似的。她开始更加疯狂地吻他。

"注意点儿影响，你这个小可爱，"乌尔里希挣脱开她的双唇，愉快地喘着粗气，"大家都看着呢。"

"我不能在地铁上亲男人吗？"她说着用衣袖擦了擦嘴唇，"又不会伤害到谁。"

"对咱俩倒没什么，"他赞同道，"但是有可能会让这些人记住咱们。这样并不明智。"

她往车厢里看了一眼。有十几个慕尼黑人正在盯着他们。即便被发现，那些德国人依然没有丝毫回避，而是继续饶有兴致地盯着。马娅皱起眉头，把照相机举到脸的高度，对准他们，以示回敬。但是，那些德国人却只是笑了笑，然后冲她挥挥手，对着镜头做起鬼脸。于是，她便不情愿地把照相机放回手提包里。"咱们到底要去哪儿？"

"你想去哪儿？"

"有什么地儿能躺一躺？"

乌尔里希高兴得哈哈大笑："正如我所料。你可真是个疯女人。"

她戳了戳他的肋骨："可别告诉我你不喜欢那样，你这个小偷。"

"我当然很喜欢。你正是我穷尽一生要找寻的那种疯女人。你非常美，你知道吧。半点不假。你应该让头发长长一些。"

"我可以弄一顶假发。"

"我给你弄七顶，"乌尔里希保证道，他已经困得睁不开眼了，"从周一到周日，每天都不重样。还有衣服也是。你喜欢漂亮衣服，对不对？从你这件夹克上就看得出来，你是那种喜欢漂亮衣服的姑娘。"

"我喜欢年轻的衣服。"

"你离家出走就是为了让自己保持年轻活力，对吗，小可爱？年轻人是很有乐趣的。"她又堵住他的嘴吻了一会儿，但乌尔里希总是慢半拍。最后，他终于重获主动权，同时努力控制自己的双手不要乱摸。

"搂着脖子亲吻会让我变得愚钝，"乌尔里希郑重地说，同时缓缓地摩挲她的左大腿，"我应该带你去个廉价旅馆，但我不想那样，我要带你去我最喜欢的犯罪窝点。"

"犯罪窝点？真有意思。我还需要些什么？"

"好点儿的鞋子，"他严肃地说，"隐形眼镜、现金卡、假发、染肤剂，再学点洋泾浜德语，应付日常交流。地图、食物，洗个热水澡，还有一张温暖舒适的床。"

他们在施瓦宾①下了车。乌尔里希领着她来到一栋有人擅自偷住的房子。这是一栋四层高的公寓楼，始建于20世纪，材料是廉价且难看的黄砖。楼内所有的电线都被扯了出来，从而使其变成了不适于出租的废弃公寓。乌尔里希从正门的门廊上拿起一盏金属线控的油灯。

"卫生稽查员照样能进出这种擅自占用的房子。"乌尔里希警告她说。他们从碎裂的电梯旁走过，面前是一道昏黑且臭气熏天的楼梯。他们爬上第一段楼梯。"民事支援者是一帮固执又讨厌的人，他们非常勇敢。但是慕尼黑警方效率很高，因此就特别懒。他们想让机器帮忙干活，不过，在没有电力供应的房子里，很难窃听里面的情况。"

"这栋破楼里住了多少人？"

"人们有来有走。大概五十人。我们是无政府主义者。"

---

① 在慕尼黑的北部。

"都是年轻人吗?"

"那些40岁就死的家伙,"乌尔里希用英语说道,然后笑了笑,"他们称我们为年轻人。……老人不喜欢非法居住。他们不想要自由和隐私。他们想看各自的档案,想要清洗机、躺椅、真正的钱,想让各个角落都安上监视器和警报器,怎么舒服怎么来。真正的老人从来不擅自住在他人空着的房子里。他们没这个需要。"乌尔里希色眯眯地笑了:"老人们丧失了很多方面的需求,这只是其中一个……"

"你有父母吗,乌尔里希?"

"每个人都有父母。有时候会错误地信任他们。"他们爬到三楼的楼梯平台,他举起那盏嘶嘶作响的油灯,仔细看着她的脸,他一脸严肃,"别问我父母的事,我也不会问你的。"

"我父母都死了。"

"你真漂亮。"乌尔里希一边说,一边慢慢地拾级而上,"如果你说的是实话,我为你感到抱歉。"

他们爬到顶楼,大口喘着粗气。他们穿过一道阴森森的走廊,四周光秃秃的墙上绘着一些涂鸦。涂鸦字迹工整,带有很强的政治色彩,内容极具反叛性。大部分是用英语写的。其中一幅涂鸦讥讽道:**买一辆新车会让你性感迷人**。另一幅涂鸦则带有警告色彩:**为了满足短期欲望而消耗更多资源**。

乌尔里希用一把金属钥匙打开一把老式挂锁。随着铰链发出一阵刺耳之声,门颤巍巍地开了。房间内阴冷漆黑,而且还特别难闻。大部分内墙被扒掉了,在原来的位置挂着一些用绳子捆起来的毛毯。这地方有一股腐烂和野鼠的味道。

乌尔里希砰的一声关上门,插上门栓。"屋里是不是挺豪华舒适的?"他的声音在腐臭熏天的黑暗空间中回荡,"隐私性十足!我指的不是合法的隐私。我是说,这地方根本不可能被监视到。"

"难怪它闻起来这么臭。"

"我能解决这股味道。"乌尔里希不慌不忙地点燃半打香薰蜡烛。房间里开始弥漫起菠萝和芒果等热带水果香薰的刺鼻味道。她怀疑乌尔里希从未吃过菠萝或芒果。想必他是缺乏食用的直接经验,所以这股味道就显得更具异国情调。

在浪漫的烛光下,马娅仔细地闻了闻,臭味渐渐淡去:"考虑到房间里压根儿就没有电,这里肯定有很多电子设备吧。"

"都是偷来的玩意儿。"乌尔里希点点头,"共用这个房间的另外三个男人,恰好跟我兴趣相投。我们发现,要想不受法律约束地生活,把各自的资源集中起来很有必要。"

他把提灯挂到从天花板上垂下来的绳子上,让灯缓缓摇摆。影子投射到墙壁上,晃动不休。"我们不在这儿住。不管在什么情况下,都不得将偷来的东西放在固定住所。因为狗娘养的时限性货币、遍布的告密者、全景追踪手段和其他镇压民主的措施,想做点儿正经的买卖都异常困难。所以我跟我的伙伴们就把这里当成共用储藏室,偶尔带女人过来睡觉。"

"屋里真是一团糟。好极了。我能拍张照片吗?"

"不行。"

她惊奇地凝视着那些乱糟糟的东西:背包、鞋子、体育用品、录音机、被拆解的笔记本、从劫掠的游客行李中挑出来的堆积如山的衣服。"这地方简直能跟档案馆相媲美了。你这里有没有那种可以识别手势的触摸屏,好让我进入一座21世纪60年代创建的记忆宫殿?"

"我很抱歉,亲爱的,"乌尔里希说,"我没听过你说的那东西。"他靠近她,张开双臂。

他们狂热地亲吻彼此。房间里开始暖和起来，但还没暖和到可以脱光衣服作乐的程度。"咱们在哪儿做爱？"

"那边有一个睡袋。是我从一个滑雪爱好者那儿偷来的，里边非常暖和。足够容纳两个人。"

"好啊，"她说着挣脱开他紧绕的臂弯，"我想做爱，你知道我想。对吧？不过我知道，你也想做，比我还渴望。所以，这就意味着由我来制定规矩。行吗？"

乌尔里希扬起眉毛："规矩？"

"没错，乌尔里希，就是规矩。第一条：你不知道我是谁，也不知道我从哪来。而且你永远不能去查个明白。"

"哦，我喜欢你制定的规矩，心肝宝贝儿。这样很有情趣。"

"第二条：你不能拿和我上床的事跟你任何一个狐朋狗友吹嘘。你永远不能跟任何人提及我的事。"

"非常好。我绝对不是告密者。但这已经是两条规矩了……"乌尔里希停顿片刻，"你这是从观念上迅速扩张你的领地啊。"

"第三条：在你对我感到厌倦之前，我可以一直待在这里，在此期间，你得确保不让我冻死，你还得看着我，确保我吃东西。"

"咱们最好还是稍后再商量规矩的事，"乌尔里希说，"这几条听起来都野心勃勃。可是，哪怕是在最好的情况下，我也从来无法同时遵守两条以上的规矩。"

考虑到当前的情况，他的建议算是合情合理。她和他一块钻进睡袋，脱掉衣服，肢体交缠。他们愉悦地互相爱抚，最后的高潮强劲有力。感觉上像过了很长时间，但实际上只用了八分钟。这样其实也很好。

等他从她身上移开之后，她在睡袋里坐了起来。这个偷来的睡袋上印有叶形的编织图案,现在里面热得像是厨房里的烤面包机。"刚才真不错。我现在感到很快乐。"

"我也很高兴。"乌尔里希殷勤地说。他现在处于性交后的情绪低落期,荷尔蒙驱使的激情已然褪去,但他仍然试图用意志力让自己提起精神。她已经很久没有看到与她上床的男人这样体贴了,这幅久违的温存景象令她心里一暖。男性的生理特点决定了他们在性交后会进入不应期,她早已接受了这一现实。如果再吻他几下就更完美了,不过,假如他恢复状态之后,他肯定会想吃三明治,或者直接呼呼大睡。

"我得给咱们整点儿吃的,"乌尔里希的行为像机器般精确,"你想吃什么?"

"哦,胶状的流食。要富含交联蛋白和色氨酸。"

"你说什么?"

"除了蔬菜和死动物的肉,什么都行。"

"好的。"乌尔里希不慌不忙地穿上衣服,又愉快地冲她眨了眨眼,"我就喜欢姑娘赤身裸体什么都不穿,只戴着一副翻译耳夹的样子。一想到这幅场景,我的人生就充满了希望。"说完后,他便离开了。她听见他用挂锁把门锁好,脚步声在走廊里渐渐远去。

想到自己被锁在犯罪窝点里,她丝毫没有感到不安。她立即钻出睡袋,强迫症似的打扫起了房间。乱糟糟的样子都要让她抓狂了。

当她看到一台被盗的笔记本电视时,她便停止发狂般的打扫。这是一台接收数据流广播的真正的电视,没有键盘,单边接口坏得惨不忍睹,看上去怪异得很。她曾经花了很多年从20世纪电视文化遗留的巨大且怪异的垃圾堆中,收集一些花里胡哨又稀奇古怪的玩意儿,直到她发现竟然还有更古怪的只读光盘和软件媒介插槽。

她试着打开电视,却没有成功。电视里面没有电池。于是,她便搜寻起来,很快就发现,房间里所有电子设备的电池都被抠走了。当然,手提包里那几台新偷来的设备除外。她取出网络连接器的电池,将其置入笔记本电视里,然后又一次打开开关。

屏幕亮了;那是一档德语访谈节目。主持人是一条圣伯纳犬,嘉宾是一位女演员。马娅一边看节目,同时用一只耳朵仔细倾听动静,一边有条不紊地打扫着房间。

"我的难题在于不能阅读,"那条狗用流利的德语坦言道,它非纯种圣伯纳,但穿得很讲究,"掌握说话能力是一回事。只要改造恰当,任何狗都能做到。但是在语义认知上,阅读又是另一件全然不同层面的事情。赞助商给我做了最精良的改造——你跟我一样对此都很了解,娜佳。但今天,我必须得公开承认:对于任何一条后犬类而言,阅读都是一项极其严峻的挑战。"

"可怜的孩子,"女演员打心眼里同情地说,"何必非得纠结于此呢?有人说现在已经是电子传媒时代了。"

"所有可能会这么说的人都早已经离开人世。"那条狗用严肃庄重的语气说,"歌德、里尔克①、君特·格拉斯②、海因里希·伯尔③。他们都是如此。"

马娅被女演员的服装迷住了。她上身穿着一件半透明军装,下身是一条完全透明的宽松军裤,外面还套着一件绸缎做的伞兵针织衫。她的脸庞像浮雕般轮廓分明,她的头发令人惊叹不已。她的头发完全配得上纤维工程学的博士学位。

---

① 赖内·马利亚·里尔克(1875—1926),奥地利诗人。
② 君特·格拉斯(1927—2015),德国作家,1999年诺贝尔文学奖获得者。
③ 海因里希·伯尔(1917—1985),德国作家,1972年诺贝尔文学奖获得者。

"在这样一个新时代,每个人都形单影只。"女演员忧伤地说,"想一想,他们现如今在片场是怎么对待我们的——为了追求精彩的表演效果,哪怕把演员置于一个诡异的、令人精神发狂的空间里,他们都在所不惜……除此之外,还有那些粗鄙的网络怪人、令人生厌的狗仔队……但你知道吗,阿基那,我的意思是:你是条狗。我知道你是条狗。这不是什么秘密。但这是真的——我是发自内心地觉得——上你的节目,比上其他任何节目都让我感到更开心。"

观众们礼貌地鼓起掌来。

"你人真好,"那条狗摇着尾巴说,"我对你说的这番话的感激之情溢于言表。娜佳,跟我们透露一下你跟片场里另一位演员克里斯琴·曼库索的绯闻吧。你俩到底怎么回事?"

"这个嘛,阿基那,我只告诉你呃,"女演员说,"这种事情我当然不愿意随便跟哪个人讲……事情是这样的。克里斯琴和我都六十多岁了,我们已经不是年轻人了。我们一直在忙活赫尔墨斯吉诺公司的片子。我们在片场待了六个星期,相处得非常愉快——我习惯了有他陪在身边,你明白吧,我们有时会溜出片场,给自己减减压,一块吃个饭,聊聊剧本……后来有天晚上,克里斯琴把我搂在怀里亲吻起来!我猜我们俩对此都很惊讶。不过,那种感觉也非常甜蜜。"

"Natürlich[①]。"那条狗说。

"所以我们就都同意接受激素疗法,我想这个主意起初是他想到的。"

观众又礼貌地鼓了鼓掌。

"所以我们就去做了。我们一起接受了一次全面的激素疗法。性生活从此变得大不相同。我是说真的,做爱时的激烈程度简直惊心动魄。

---

① 德语,意思为:这很正常。

从长远来看,我不得不说,这对我是有好处的。它的确用一种创造性的方式让我敞开了心扉。我享受这个过程,非常享受。我知道克里斯琴同样如此。"

"你是怎么知道的呢?"那条狗追问道。

"女人天生具有这种直觉,就这么简单……我想,那是我这辈子感受最棒的性爱经历了!有些招数我年轻时根本不可能做得出来。当你年轻的时候,性爱对你而言意义重大。你会对此过于严肃,做起来就会非常拘谨……"

"快说来听听,"那条狗建议道,"趁你还有兴致,不如现在跟我们讲讲吧。"

"行吧,比如说——呃,我们喜欢玩儿制服诱惑。当然是在床上。"她脸上洋溢着喜色,"他也很享受,我们俩都非常喜欢。这会让人沉醉其中。是受荷尔蒙撩拨的性爱狂欢。你要是不相信我说的话,可以去看看我的医疗记录。"

"制服诱惑?"那条狗将信将疑地说,"就这?这也太清纯了吧。"

"阿基那,听我说。克里斯琴和我都是专业演员。你根本不知道行家在制服诱惑方面能有多少奇思妙想。"

观众们齐声大笑,时机掐得刚刚好。

"你俩之后怎么样了?"狗问道。

"这个嘛,"女演员说,"大概十八个月之后——我们的关系确定下来了,但这事儿不能归咎于我们已经彼此厌倦。当时,克里斯琴去做了一次例行健康检查,结果查出他有膀胱囊肿。这都是激素惹的祸。克里斯琴便决定在性事上收敛一些。当然我也是这么想的。可是,就在下定决心的那一刻,我们之间的激情就消失得无影无踪了。我们变得……怎么说呢……彼此间就变得有点儿尴尬。从那以后,我们就再也没有住在一起、睡在一起过。"

"真令人惋惜啊。"那条狗附和道。

"假如你30岁,可能会觉得这样挺可惜的。"女演员耸耸肩,"但等到你60岁,你就会对生活现实习以为常。"现场响起稀稀落落的掌声。

女演员兴奋地坐直身体:"我跟他的关系依然很好!千真万确!我愿意跟克里斯琴·曼库索共事。不管什么时候,不管什么作品。他是个好演员!真正的行家!我不会因为我们曾经有过污秽的肉体关系而感到羞耻或尴尬。相反地,这种经历对我俩都有帮助。我是说在艺术创作上。"

"你还愿意再跟他发生关系吗?"

"呃……愿意!或许吧……也许不会。不,阿基那。实话实说。不,我永远不想再跟他发生关系。"

房门打开了,发出刺耳之声。乌尔里希进屋,用德语喊着什么。翻译耳夹同时接收到了电视上的闲谈声和乌尔里希的大喊声,那台小机器不知道应该给她翻译哪边的话,于是它便陷入了沉默。

马娅关上电视。翻译器发出一阵刺耳的吱吱声,再次活跃起来。

"希望你会喜欢中餐。"乌尔里希说。

"我特爱中餐。"

"我一猜就是。被剁成小块的碎渣,看起来一点儿也不像食物。加州人就好这一口。"

他们坐在冰凉的地板上吃饭。他扫视了一下房间:"你挪动东西了。"

"我刚才一直在打扫房间。"

"你可真是个无价之宝啊。"乌尔里希一本正经地嚼着饭说道。

"你干吗现在还留着这些垃圾?你早就该把这些东西变卖掉。"

"变卖可没那么容易。可以卖电池。在黑市上随时都能卖掉电池。

其余偷来的东西都太危险了,卖之前最好等一段时间,等没人追查了再卖。"

"你等的时间已经足够长了。这些废物全都落满了灰尘,里面还住着老鼠呢。"

乌尔里希耸耸肩:"我们本想养一只猫来着,但我们不常来这儿。"

"如果你们不打算把这些东西卖掉,为什么还要偷呢?"

"哦,我们卖,肯定会卖!"他坚持道,"真的!能多赚点钱当然很好。"他用筷子在空气中戳来戳去,"但那不是我们偷东西的首要动机,你明白吗?我们只是想尽自己的努力去激怒那些老人政府统治体制下的上层资产阶级。"

"行吧。"她将信将疑地说。

"钱并不是生活的全部。咱俩刚做完爱,"乌尔里希洋洋得意地对她说,"你为什么不跟我要钱呢?"

"我不知道。我只是觉得没那个必要。"

"或许你应该要点儿现金。你是个非法移民。而我呢,我是正经的欧洲公民!他们会给我提供吃的和住的,他们会给我提供教育,甚至还会提供娱乐,这些全都免费!如果我自愿服务社会,他们甚至会给我找点儿有用的事情,比如拔除杂草、清扫森林,以及其他健康又无聊的破事儿。我不必为了生存而偷盗。我当小偷是因为我的观念与众不同。"

"如果你真的这么激进,干吗不用更直接的方式反抗他们呢?"

"我要用最容易、风险最小的反抗手段,让他们颜面丧尽、难堪不已!抢劫游客是最好的选择。"

马娅吃了一口蛋白质碎末,然后打量着他:"我觉得你说的都不是真的,乌尔里希。我觉得你偷别人的行李是因为你喜欢这么干。你把偷来的玩意儿都藏在这里，是因为它们是禁果，是战利品，你舍不得扔掉。"

乌尔里希把筷子插进饭盒里，血液上涌，雪白的脖子慢慢变得通红："你很有洞察力，亲爱的。这番话听着就跟学校里的心理辅导员说的似的。你说得没错。但那又怎样？"

"我是想，这里可能有些很不错的物件，但没有一件是我需要的。我就是这个意思。"

乌尔里希双臂交叠，抱在胸前："那你说说，你这个小可爱需要什么东西？"

"'好点儿的鞋子'，"她引述起他之前的话，"'隐形眼镜、现金卡、假发、染肤剂，再学点儿"洋泾浜"德语，应付日常交流。地图、食物，洗个热水澡，还有一张温暖舒适的床'。"

乌尔里希皱起眉头："你的记忆可真好。"

"短时记忆还行，"她说，"还有，再给我伪造一个身份证就更好了。"

"伪造身份证就算了，"他嘟囔道，"执法机构早就解决了伪造的问题。你伪造月亮都比伪造身份证容易。"

"但我们可以把这些没用的垃圾卖掉，然后就有钱买除了身份证之外的东西了。"

"也许吧。或许可以，"他用英语说，"但你欺骗了我。在咱们成为恋人之前，你就应该把你的企图告诉我。"

她一语不发。他说他俩是"恋人"关系令她非常感动，显得这个年轻人乐意听凭她摆布似的。虽然她很容易办到，但还是有些于心不忍。

她不紧不慢地吃着。这种若有所思的沉默像一剂慢效硫酸般缓缓地侵蚀他的内心，令他很不自在。

"其实，我一直想卖掉这些东西，"乌尔里希终于开口道，但他在撒谎，"有法子卖掉，一劳永逸，还很巧妙。但实施起来并不容易，要冒点儿风险。"

"让我去冒这个险吧，"她立刻回应道，一下子就堵得他无话可说，"不应该让你冒险，对不对？那有损你的尊严。我看得出来，你就像一个沉默寡言的犯罪行动幕后主使，一个有些偏执的欧洲犯罪天才。你看过那部有年头的默片《玩家马布斯博士》[①]吗？"

"你一口气说的这些，我完全听不懂。"

"这很简单，乌尔里希。我喜欢冒险。我热爱冒险。我就是为冒险而生的。"

"那就太棒了。"乌尔里希说，脸上挂着悲伤的神情。

————

她拿着偷来的地铁票在慕尼黑市区转悠了两天。她最喜欢市中心那个叫谷物市场（Viktualienmarkt）的地方。在德语里"viktuals"就是"食品"的意思，所以在前工业时代，这个古老的购物场所曾经是个食品市场，但它早就变成了年轻人和游客进行廉价购物的地点，很多生意都是用现金交易。周围还是有几家食品店的，就是那种随处可见的慕尼黑"白肠"调制品店，不过，大多数店铺都是宰游客的俗套的艺术品店和街头时装店。

街头时装店令她着迷。她太想用上等的化妆品了。她在乌尔里希偷来的各种旅行包里找到一些化妆品（包里甚至还有一顶劣质假发），那些蹩脚货都老化得结块了，她此前一直凑合着用。可她需要更多选择，

———

① 1922年的一部电影。

她得用最适合自己的颜色：更鲜艳、更不易掉色、更放浪、更奇异的。谷物市场里全是露天货摊，摆满了神秘的德国化妆品。都得用现金买。口红——mit lichtreflektierend Farbpigmente, Very modeanzeigen. O so frivol! Radikales Liftings und Intensivpeelings. Der Kampf mit dem Spiegel. O so feminin! Schönheits-cocktail, die beruhigende Feuchtigkeitscreme. Revitalisierende! Die Wissenschaft der Zukunft! Die Eleganze die neue Diva!①

身上 eau essentielle, le parfum②。香水太有魔力了。她试的样品是传统的巴黎香水，恰好跟米娅在60年前的那个特殊夜晚使用的是同一款。这种熟悉的味道猛然袭来，有种似曾相识的感觉，险些使她丢掉手提包，跌倒在大街上。简直就是 Elixier des lebens③！她用相机给香水小样拍了个照，又顺手给偷走了一些。

第三天，乌尔里希让她钻进一辆偷来的汽车里，同时把一个鼓囊囊地装满精心挑选的赃物的帆布包一并塞进车厢。他们偷偷摸摸地迂回行进，离开慕尼黑市区，朝斯图加特的郊区驶去。她穿着自己的那件夹克、一条略紧的运动型保暖健美裤和一双偷来的时髦登山靴，戴上了一顶新假发，卷曲的金发显得很蓬松、乱糟糟的。另外，她还戴着一条漂亮鲜艳的围巾，以及一副墨镜，而且还化了妆：脸上抹着粉底和腮红，涂了睫毛膏，戴了假睫毛，抹了口红、手指甲油、脚指甲油和足蜡，身上涂了营养润肤乳，喷了那种让她感觉自己更像是米娅

---

① 德语，意思为：带反光颜料的那种。非常时尚。哦，会让她显得十分轻浮。气质彻底提升，皮肤宛如新生。在镜子前搔首弄姿吧。哦，女人味十足！再涂上美容护肤品：舒缓型润肤霜。令她青春焕发！这就是未来科学的力量！一位全新的女神诞生了！
② 法语，意思为：喷些香水。
③ 德语，意思为：长生不老药。

的香水。当她觉得自己跟米娅很像时,她便知道,没有任何问题能难得住她。

那天下着蒙蒙细雨,冷飕飕的。"这车是一个朋友偷来的,"乌尔里希告诉她,"他把车载智能模块给弄失灵了。当然,我可以合法地租一辆车,但我一想到咱们的目的地和货物,就作罢了。我主要是有点儿担心,万一他们刚好远程检索汽车的存储器数据,发现行进路线不太对劲儿,那就完了。一辆偷来的蠢笨汽车对咱们来说要更安全。"

"Natürlich。"他可真逗。她很快就习惯了他说话做事的风格。跟乌尔里希做爱有种再次失去处子之身的感觉。虽然她稍微有点儿鄙弃这个男人,但与此同时,对于自己的童贞终于被终结,她也打心底里颇为自得。性爱跟睡觉没什么两样,只不过运动量更大,也更有乐趣。这是那种当你感觉内心烦乱时就会做一下的事儿,它能令你暂时忘却孤独,达到高潮后,你会感到前所未有的轻松。他们每次做爱,都会让她越发觉得舒适自在。他们在一起才三天,就已经做过十次了,它们就像十根铁钉般钉进绝壁之上,她攀着这些铁钉,翻越了那座旧有的"米娅"之峰。

"真希望能把这辆车的智能系统拆卸一空,这样我就能靠双手来驾驶了,"乌尔里希一边望着破旧的慕尼黑郊区从窗外飞驰而过,一边思忖道,"那种体验一定刺激极了。"

"手动驾驶致死的人数比战争还要多。"

"哦,他们对死亡率总是大惊小怪,好像那是活着唯一重要的事情似的……你应该会觉得咱们这趟行程相当有意思。到那边后,你会见到当今政府真正意义上的敌人。"

汽车上了一条高速公路,几乎悄无声息地向前行驶,速度快得令人恐惧。路上其他的欧洲车都是流线型的,车速也相当快,车身线条和颜色好像被含化了一半的糖果。你常常能看到车主不是在打盹,就是在看书。"政府还有真正的敌人?"

"当然了!相当多!数都数不清!有大量的反抗者和持不同政见者!比如阿曼门诺派①、无政府主义者、安达曼群岛②岛民、澳洲土著、若干阿富汗部落成员,以及某些美洲印第安人。这还只是以'A③'打头的。"

"Prima④。"马娅不确定地回应道。

"仅仅因为政府能够拿额外几年的腐朽寿命贿赂我们,世界上每个人就都屈从于它,毫无怨言地活着?你绝不能这么想。"

"是额外50年甚至60年。而且还在延长。"

"这贿赂力度确实够大,"乌尔里希承认道,"但全世界还有很多人拒绝被政府笼络。他们生活在这个医疗制度之外,不受当今政体的约束。"

"我知道阿曼门诺派。那些教徒才没生活在法律制度之外呢。人们都赞美阿曼门诺派教徒,羡慕他们的真诚和淳朴。再加上他们仍然在从事真正的农耕活动。这很令人动容。"

乌尔里希像往常一样穿着那件羊皮外套。他焦躁地抠着肘部的一块皮毛被磨光的部位,"的确,很多人都盲目崇拜阿曼门诺派的风尚。政府让他们变得跟流行歌星似的。那是政府处理这种颠覆分子的主要手段。他们会把这些人放进文化动物园里,当作珍贵的展品。这样他们就可以对自己声称的'宽容'大肆吹嘘一番,同时消解掉那种能够真正威胁他们霸权统治的文化。"

马娅轻轻拍了拍耳朵:"我觉得我的翻译器都翻译出来了,但你的

---

① 北美戒律严谨的宗教团体,过简朴的农耕生活,拒绝使用某些现代技术。
② 孟加拉湾与缅甸海之间、十度海峡以北的一组岛屿。
③ 以上团体的英文首字母均为"A"。
④ 德语,意思为:好吧。

话似乎没什么道理。"

"一切都是因为他们不想让你自由!他们用这些方式剥夺你的自由,以及你的个人自主性。生活在这种法治制度之外,意味着你要做一个不法之徒。"

她仔细想了想:"也许真的应该剥夺几年的个人自主性。毕竟从长远来看,更谨慎的人会更加长寿。"

"这一点还有待证明。现今的政体是为老年人建立的,但这种体制本身却没那么老。从本质上来说,他们就是一群惊慌失措、颤颤巍巍的老家伙,把所有东西都裹上一层软绵绵的针织纱线。他们以为自己创立了一个能延续千年的政权。可阿曼门诺派已经创立四百多年了。掌权的那些卑鄙的老头和老太太,能否比阿曼门诺派教徒活得更久呢?咱们走着瞧。"

斯图加特的高塔出现在地平线上,它们足足有四百层楼高,是用鳞状明胶建造的,看起来像是一条条大鱼。塔尖的烟囱里喷出袅袅的纯白的三角旗形水蒸气。仔细看的话,你会发现高塔的墙壁先是皱了一下,然后稍稍鼓胀,并显得闪闪发亮,如此反复。那是它们在缓缓呼吸。

"我以前真不知道,斯图加特跟印第安纳波利斯好像啊。"马娅说。

"你去过印第安纳波利斯?"

"遥现去过。"

"哦,这样啊。"

她望着远方的高塔,轻叹一声:"人们都说斯图加特是全世界最伟大的艺术之都。"

"是的,"乌尔里希若有所思地说,"斯图加特挺有艺术气息的。"

那座城市被高大翠绿的山丘环绕。那些山丘是用碎石压实之后垒起来的,碎石都来自老斯图加特的建筑废墟。在21世纪40年代的那场瘟疫中,斯图加特遭到了重创。惊慌失措的居民弃城而去后,大部分建筑被烧毁。后来,幸存者又返回去,将那些烧焦的带有传染病菌的建筑残骸尽数拆除。在俗艳且富有想象力的二十一世纪五六十年代,斯图加特被整个重建了。新斯图加特的建筑师没有了过去的牵绊,所以什么都不能约束他们自由发挥,他们撸起袖子,掀起了一股生物现代主义的狂潮,试图为属于自己的文化时代创造引人注目的"崇拜对象"。当人们想要自证他们理所应当成为幸存者的时候,往往会变得有些歇斯底里。

汽车驶下高速公路。雨停了。一轮暗淡的冬日爬了出来。山坡上长满了光秃秃的小板栗树。偶尔可以看到被烧得黢黑的混凝土碎块钻出表土,显眼地支棱着。

他们停好车,下车。乌尔里希把汽车设置成自动巡航模式,等他需要时,一呼叫便会回来。"让汽车在路上随便转悠,这样更安全,"他说着将网络连接器塞进衬衫里,拴在一根细绳上,"最好别把车停到那些人附近。"

他们穿过板栗树林,朝山上走去。他们从两个男人身边经过,这俩男的穿着用皮子碎片拼接起来的棕色皮衣,蓄着浓黑的胡须,戴着金属项链和耳环。那两个男人坐在一把大伞下的折叠椅上,旁边放着一张柳条编织的小桌。其中一人慢条斯理地给每个路过的人拍照。另一个人正在用马娅听不懂的语言对着移动电话聊天,他一边点头,一边咧嘴而笑,同时熟练地转动着一根一码[①]长的登山杖。那根粗重的杖子被磨得锃亮,很结实的样子。看起来它好像没少被用来敲打别人的脑袋。

---

① 约为0.9米。

马娅和乌尔里希经过时，这两名守卫冲他们微微点了点头。有一小撮欧洲资产阶级正在树林中艰难行进，他们散布在一大群吉卜赛人中间，后者一边互相打招呼，一边爆发出洪亮的大笑声。

他们爬到山丘另一侧的空地上。这边的山坡堆满了黑色的大帐篷、闷燃的篝火、放满货品的折叠桌以及垃圾。几十辆二手车被绳子围了起来，旁边站着一群蓄着胡须、汗流浃背的男人，他们戴着装饰有小亮片的帽子和银项链，正在大声地讨价还价。女人们在营地里穿梭，她们眼睛乌黑，穿着色彩鲜艳的条纹裙，编着辫子，戴着耳环和银色脚镯。孩子们在互相追逐，数量多得惊人。

乌尔里希感到局促不安，他紧绷着脸，呆滞地笑着。很多德国人在垃圾和桌子中间迂回穿行，大部分是年轻人，但他们的数量远远不及那些吉卜赛人。

这些人真的很特别。他们的脸上有着她近40年来从未看到过的各式特征。那些面庞仿佛来自另一个时代，上面"刻"着鱼尾纹、老人斑，还有其他的纵横又弯曲的皱纹。女人们头发灰白，乳房下垂——她们本不应该再出现这般下垂的情况。老头们则一脸凶相，一副一家之主的派头，他们穿着粗糙的服饰，无论是走起路来还是举手投足间，都流露出骄傲的神色，甚至还有些吓人。

至于那群小孩子，他们全都在高声尖叫。在一个地方一下子看见这么多孩子，感觉很怪。尤其是当那些孩子都来自同一个种族时，就更加令人目瞪口呆。

"他们到底是些什么人？"马娅说。

"他们是tsiganes[①]。"

[①] 法语，意思为：吉卜赛人。马娅的翻译器应该没有听懂。

"什么?"

"他们称自己为罗姆人。"

马娅拍了拍耳朵:"我的翻译器好像也没听懂这个词。"

乌尔里希思忖片刻。"他们是吉卜赛人,"他用英语说道,"这是欧洲的吉卜赛人聚集的大本营。"

"啊。我从未在一个地方见过这么多没有接受医学治疗的人。我也不知道全世界竟然还有这么多吉卜赛人。"

乌尔里希又切换成德语:"吉卜赛人并不鲜见。只不过因为你很难注意到他们。吉卜赛人有自己的活动方式,而且他们善于隐藏自己。他们已经被欧洲社会排斥八百年了。"

"为什么吉卜赛人现在还是这么特立独行呢?"

"这个问题很有意思,"乌尔里希说,他很高兴马娅能提出这个问题,"我自己也常常感到奇怪。我要是能成为吉卜赛人,可能就会知道答案,但他们不让非罗姆人加入。你我都不是罗姆人,你知道吧。你是美国人,我是德国人,但对他们来说,咱俩没有区别,跟他们都不是一类人。而这些人是游牧民、被排斥者,是小偷、扒手、骗子,也是流氓无产者,他们既不接受延寿,也不采取节育措施!"乌尔里希打量着那些人,脸上升起一种特别的喜悦神色,但随后笑容却慢慢褪去,最后变成了深深的不安的神色。"尽管具备这些优秀品质,但并不能因此就说他们非常浪漫,且人品很棒。"

"噢。"

"待会儿要试着把偷来的物品卖给他们,"乌尔里希提醒道,"他们肯定会蒙骗咱们。"

三个罗姆人抬着一只羔羊从他们身边经过。一群非罗姆人迅速围拢过去。她个头不够,无法越过那些推推搡搡的男人的肩膀,看看发生了什么,但她听到那只羔羊发出最后一声痛苦的惨叫,围观者急不可耐地大口喘息着。紧接着,她又听到他们震惊地倒吸一口气,随即兴奋地哼唧起来。

"他们是在宰杀那只动物。"她说。

"是的,他们在宰杀。他们还要给它剥皮、开膛破肚去除内脏,然后把棍子插入它的尸骸,放在火上烧烤。"

"为什么要这么做?"

乌尔里希笑了笑。"因为烤羊肉很好吃。吃点儿羊肉又不会让你怎么着。"他眯起眼睛,"而且,看到它被杀死时产生的那种令你觉得自己很可耻的快感,在你吃掉它时会被抛诸脑后。那些资产阶级……为了吃掉他们亲眼看见的被杀的动物,他们愿意出很高的价钱。"

在旁边那座山丘的山脚下,一个吉卜赛人正在摩托车上表演特技。那辆破旧且极度危险的摩托没有任何自动驾驶装置,在燃烧的汽油驱动下,活塞剧烈运动,发出野兽般的咆哮,喷吐着青紫色的有毒浓烟。

那个吉卜赛人站在车座上,双手抓住把手,倒立起来,在山坡上咆哮着上上下下,急速驶上一道斜坡,又飞越一个铁桶。他穿着靴子和亮片闪闪的皮夹克,没有戴头盔。

最后,他身手灵巧地跳了下来,双臂大张,在被轮胎碾压的泥土上轻快地跳了几下吉格舞[①]。他超凡的胆量惊得那些非罗姆人目瞪口呆。掌声经久不息。有几个人撒下一些闪闪发亮的小圆片。待杂技高手驾驶粗野的摩托车离开后,一个年轻的罗姆人急忙从干枯的草地上捡起那些圆片。

---

① 一种起源于16世纪英国的活泼欢快的舞蹈。

"他们朝他扔的是什么东西？"

"硬币。确切地说是银币。吉卜赛人都是银匠。如果你真的很看重跟吉卜赛人做生意，就用旧硬币来交易。他们处理硬币的方式令所有当代的收税员和审计员都深感困惑。"

"用古旧的金属硬币做交易的黑市，"马娅说，"真是 klasse①。"她咂摸着这个单词，"klasse。棒极了。"

"没错。我们今天就要用这堆恼人的盗来的行李换些银币。硬币更容易藏匿、贮存和携带。"

"他们会给咱们货真价实的银币吗？我是说那种历史上真正的欧洲货币？"

"待会儿就知道了。假如到时候有吉卜赛人想扒窃咱们的衣兜，或者想敲破咱们的脑袋，那可能就是真的银币。否则，它们就是毫无价值的小金属块而已。小铅块。假币。"

"听你这么一说，这些罗姆人显得好可怕。"

"可怕？他们怎么就可怕了？"乌尔里希耸耸肩，"他们从不对外宣战，从未发动过大屠杀，也从不奴役别人。他们没有上帝，没有君主，没有政府。他们是自己的主人。所以，他们鄙视我们，抢劫我们，藐视我们的社会规则。他们是格格不入的人，真正地隔绝于社会之外的人。我是小偷，你是非法移民，但与他们相比，你我都是被当今制度宠坏的小孩子，我们只不过是小巫见大巫。"他叹了口气，"我喜欢罗姆人，甚至还很钦佩他们，但对他们来说，我将永远跟其他非罗姆人一样，是个不入流的蠢货。"

那些吉卜赛人售卖的东西有折纸花、衣夹、地毯拍子、扫帚、椰

---

① 德语，意思为：太棒了。

棕垫、棉被、旧衣服、旧轮胎和汽车内饰品。有些桌子上还摆放着护身符、草本香水和各种奇怪的凝乳状酊剂。吉卜赛人似乎对他们老化的汽车和卡车有一种狂热的依恋之情,那些鼓胀的车身都镀了金属膜,还涂了一层漆,显得五彩斑斓。售卖的商品中甚至还有几只羊,它们的毛被剪短,又精心梳理过,就跟博物馆的展品似的。还有几匹马,戴着叮当作响的马具,看起来好像真的要去劳作一样。

人们或是挥舞手臂,或是轻抚胡须,都在激烈地讨价还价,但是真正交易的货品并不多。而且,那些坐在桌旁的女人们,心思好像没怎么放在卖东西上面。"乌尔里希,这里真有意思。但这种方式跟主流的经济活动大相径庭。"

"你以为能有多主流?这世上就不存在高效和勤劳的吉卜赛人。一旦有人变得高效和勤劳,他就再也不是吉卜赛人了。"

"他们竟然没有接受延寿疗法,简直令我难以置信。他们难道不做体检什么的吗?为什么不做呢?他们为什么愿意这样生老病死?是什么原因导致他们这么做的?"

"你的好奇心还挺重,宝贝儿。"乌尔里希将他那毛茸茸的胳膊抱在胸前,"行吧,那我就跟你讲讲。50年前,整个欧洲都在屠杀吉卜赛人。传言称污秽的吉卜赛人携带了瘟疫。大家都说吉卜赛人不接受隔离。于是人们——而且是那种绝对正常的、文明的欧洲人——拿起斧头、铁锹、铁链和铁棍,冲进罗姆人的聚居区和露营地,殴打他们、折磨他们、强奸他们,还放火焚烧他们的家园。"

马娅震惊不已,目瞪口呆地看着他:"唉,那是个糟糕透顶的年代,出现了各种各样的反常现象……"

"完全不反常!"乌尔里希激动地说,"种族歧视是真实存在的。蔑视他人、希望他们去死——这是人类灵魂中本来就有的道貌岸然的一面。这种特质永远都不用教,只要一有机会,人们自然就会表露出来。"

他耸耸肩:"你想知道吉卜赛人沦落到这个地步的真相吗?这里是欧洲,现在是21世纪末期。60年前的那场瘟疫和对吉卜赛人的大屠杀,目前掌权的那些人就是从那时候过来的。现如今,他们倒是不杀吉卜赛人了。是的,他们今天需要一个旧时代的遗留物,来居高临下地宠溺和保护他们,所以对于吉卜赛人,他们只会假装伤感,表现得像个有教养的附庸风雅之徒。可一旦再发生瘟疫,他们转天就会再次对吉卜赛人大肆屠杀。"

"这太可怕了。"

"的确可怕,但这是真的。当年吉卜赛人可能确实携带了瘟疫,马娅,这个谁也说不准。你知道更令人心生疑虑的一点是什么吗?如果那些罗姆人本身不是十足的种族沙文主义者,那么我们早在几百年前就已经将他们彻底同化了。"

"你的话好恶毒啊,乌尔里希。你是想吓唬我吗?不会再有瘟疫了。瘟疫已经彻底过去了。我们把所有的瘟疫都消灭了。"

乌尔里希不以为然地哼了一声:"我就不败坏你的兴致了,宝贝儿。是你要来这儿做生意的,不是我。你有货品清单,对不对?去试试能不能卖掉什么东西。"

马娅走开了。她鼓起勇气来到一个坐在桌旁的吉卜赛妇女身边。后者披着一条花格披巾,抽着一根很短的陶土烟斗。

"你好。请问你会说英语吗?"

"会说一点点。"

"我有些旅行者能用得着的东西。我想卖掉它们。"

那个妇女考虑了一下。"把你的手给我。"她俯身向前,仔细查看马娅的手掌,然后坐回她的折叠帆布座椅里,又吐出一口烟,"你是警察。"

"我不是警察,女士。"

她上下打量着马娅:"好吧。也许你不知道你是警察。但你实际上就是。"

"我不是polizei①。"

妇女将烟斗从嘴里拽出来,用短柄指着她:"你不是小姑娘。你穿得像个小姑娘,但那是在伪装。你能骗得过那边那个小伙子,但你骗不了我。走开,别再到我这儿来。"

马娅匆忙离开。她浑身剧烈颤抖,转而瞄准在桌子旁交易的非吉卜赛人。

她盯上了一个年轻的德国姑娘,后者有一头淡红色的头发,嘴唇鲜嫩饱满,提着一大包旧衣服。看样子,把东西卖给她更有希望。

"你好,请问你会说英语吗?"

"当然会。"

"我有些东西想卖掉。有衣服,也有别的。"

那个姑娘慢慢地点着头:"你身上这件夹克不错。Très②时髦。"

"谢谢。Danke③。"

那姑娘以德国人特有的坦率目光盯着她,毫不掩饰对马娅的好奇。她的眉毛弧线精致,睫毛又长又卷:"你住在慕尼黑,对吗?我在谷物市场见过这件夹克。你到我的店里去过两次,去看衣服。"

"真的吗?"马娅突然有一种颓丧感,"我暂时待在慕尼黑,但我只是路过那里而已。"

---

① 德语,意思为:警察。
② 德语,意思为:非常。
③ 德语,意思为:谢谢。

"你是美国人?"

"是的。"

"加州人?"

"是的。"

"洛杉矶?"

"湾区。"

"我本来想猜旧金山来着。旧金山就用这种高分子聚合布料做衣服。你知道吗,如果是在斯图加特,他们只用几个小时就能做成一件夹克,而且质量更好。"

乌尔里希过来了。那姑娘抬头瞟了他一眼:"Ciao①,吉米。"

"Ciao,特蕾泽。"

他们开始用德语交谈起来。"她是你的新女友?"

"是的。"

"她非常漂亮。"

"我也这么觉得。"

"准备把偷来的赃物卖掉?"

"反正不卖给你,宝贝儿,"乌尔里希不假思索地信口说道,"我从来没在慕尼黑销过赃,我不会把跟我同住的人拉下水。她什么都不懂,所以我才到这儿把东西都销掉,一了百了。不会危害到任何人。这样总行吧?"

"她刚才叫你'吉米'。"马娅忽然意识到。

"我有时候会用这个名字。"乌尔里希用英语说。

特蕾泽哈哈大笑,然后用英语对马娅说:"你这个可怜的小傻

---

① 意大利语,意思为:你好。

瓜！你爱你的新男朋友吗？你的吉米可是个万人迷呢。他会全心全意地待你。"

乌尔里希皱起眉头："她说话有失分寸，你别介意。"

"我不爱他，"马娅大声说，然后摘下墨镜，"我只是需要些东西。"

"什么东西？"

"隐形眼镜、银币、假发、地图、食物、一张温暖舒适的床，还想洗个热水澡。我还想学德语，我就不会显得像现在这样蠢了。"

"她是个非法移民，"乌尔里希说，用手紧紧抓住马娅的上臂，"这个可怜的小家伙很性感。"

特蕾泽看着他们俩："你们想卖什么？"

乌尔里希犹豫片刻，然后跟马娅说："把清单给她看看。"

特蕾泽仔细看了看清单："我可以买清单上的东西。但前提是它们状况良好。货品在哪里？"

"在我的汽车后备厢里。"

她露出惊讶的神色："吉米，你竟然有辆车？"

"是跟施罗特普拉茨先生借的。"

"你交朋友的眼光可真'不赖'。"

乌尔里希转头看着马娅，苦笑一下："我忘记跟你说了，之前和我一起反对现行秩序的小团体里有些是瘾君子。"

"二十个十美分的硬币。"特蕾泽不耐烦地说。

"三十个。"

"二十五个。"

"二十七个。"

"行吧，那就把东西拿过来让我瞧瞧。"

"一起去吧。"乌尔里希说着拽了拽马娅的胳膊。

特蕾泽开口道:"让这个美国佬跟我待一会儿。我想练练英语。"

乌尔里希仔细考虑了一下。"别做蠢事。"他对马娅说,然后离去了。

特蕾泽目光冷冷地审视着她:"你喜欢帅气小伙子?"

"我觉得他们还是有用处的。"

"这样啊。但这一位可不是善茬。"

马娅笑了笑:"嗯,我知道。"

"你什么时候到的慕尼黑?他是什么时候跟你勾搭上的?"

"三天前。"

"什么?只过了三天,你就已经到这个营地来做买卖了?你一定很喜欢衣服吧。"特蕾泽说,"你叫什么名字?"

"马娅。"

"你到慕尼黑去做什么?有人在追缉你吗?是警察吗?"

"也许吧。"她犹豫片刻,随后决定冒险说了出来,"我觉得大概率是医护人员。"

"医护人员?你父母不找你吗?"

"不,他们不会,这一点我很确定。"

"那行吧,"特蕾泽用一种见过世面的语气保证道,"你不必再担心医护人员找上门来。医护人员从来不会费心追查谁,因为他们很清楚,早晚有一天,你得主动去找他们。还有警察——关于这个嘛,慕尼黑的警察也从来不会对逃跑的人采取任何行动,除非逃跑者的父母催促他们寻找。"

"你这么说我就放心了。"

"睡在桥底下,吃免费椒盐脆饼。你单靠这个就能活下去。还有,你应该把这个男朋友甩掉。他是个危险分子,那帮执法者迟早会敲破他的头,把他的脑浆搅和成稀粥。到那一天,我连一滴泪都不会流。"

"他一直在跟我讲欧洲激进的政治。"

"这个话题在慕尼黑可不方便讲,亲爱的,"特蕾泽苦笑着说,"你假发下面真正的头发是什么样的?"

马娅把围巾和假发都摘了下来,片刻后,将它们丢到桌上。

"把夹克脱下来,转一圈给我看看。"特蕾泽说。

马娅脱下夹克,然后在原地慢慢地转了一圈。

"你的身板可真不错。你经常游泳吗?"

"是的,你说对了,"马娅说,"我最近经常游泳。"

"我觉得像你这样的女孩,能在我这里派得上用场。我这人还不赖。你可以四处打听打听,随便哪个人都会跟你说特蕾泽待人还不错。"

"你是要给我一份工作吗?"

"就算是吧,"特蕾泽说,"是个时装店,卖衣服,做服装生意。你知道服装生意是怎么回事,对吧?这意味着你可以自己留一些服装,而且没准儿还能有个睡觉的地方。"

"我真的很需要一份工作,"马娅说。突然间,她开始哭了起来。"请别介意,"她一边说,一边抹掉脸上的泪水,"真奇怪,最近特别容易掉眼泪。但是,拜托你把那份工作交给我吧,我只需要一个地方自由自在地待一阵子,试着做回自己。"

特蕾泽很受感动:"从桌子这边绕过来,坐下。"

马娅绕过桌子,恭顺地坐在特蕾泽的折叠帆布椅上:"我很快就会恢复正常,真的,我平常不像现在这样傻气,我一定会努力工作,我不骗你。"

"冷静一下,姑娘,不用这么咿咿呀呀。跟我说说,你多大了?"

"我想我差不多两周大。"

特蕾泽轻叹一声:"你上次吃一顿像样的饭是什么时候?"

"记不得了。"

特蕾泽俯身在桌子下翻来找去,最后拿出一袋政府发放的格兰诺拉麦片和一瓶水:"拿着。吃这个。喝那个。还有,你要记住,你如果胆敢偷我一个胸针,我就把你赶到大街上。"她朝山下望去:"该聊的都聊完了,正好你男朋友回来了。"

马娅尝了一口格兰诺拉麦片,味道好极了。于是,她又往手上倒了一大把,塞进嘴里,像只仓鼠似的津津有味地嚼起来。

乌尔里希把帆布包扔到桌面上,他满脸通红,气喘吁吁:"咱们谈生意吧。"

"好的。"特蕾泽说,"顺便跟你知会一声,我刚刚雇用了你女朋友到我店里工作。"

"什么?"乌尔里希大笑,"你在开玩笑,对吧?她甚至都没有能力跟顾客说话。"

"我不需要再雇一个女售货员,我只需要她当服装模特儿就够了。"

"特蕾泽,你这么做真是目光短浅,结果肯定会适得其反。我不得不说,我很失望。你这么做只是为了激怒我,"乌尔里希说,"我以为你已经不会因为咱们之前的那些小过节而生气了呢。"

"你是说我记仇吗?才不是呢!这个女孩很漂亮,她不会说德语,不能侃侃而谈,而且骨子里跟我是一路人。她简直就是个完美的服装模特儿。"

"你不该信任这个女人,"乌尔里希用英语告诉马娅,"她说你是个疯子。"

"你也这么说过我。"马娅一边说,一边嚼着麦片,然后喝下一大口矿泉水,"她给我提供了一份工作,而我还是个非法移民。这对我来说是个很好的机会,我当然得抓住。你以为我会作何选择?"

乌尔里希气得双颊慢慢变红:"你让我做的我都做了。你定下的规矩我一条都没破坏。你怎么对我一点儿感激也没有?"

马娅耸耸肩:"吉米,玛利亚广场上有数不清的姑娘。你再去勾搭一个吧。我这样挺好的。"

乌尔里希猛地提起帆布包,甩到一侧的肩膀上:"如果你认为去这娘们儿的小店里工作,就能提高你的社会地位,那么你很快就会得到教训。你乐意走就走吧!但是千万不要以为你从此就重获自由了!"

"她的店里有暖气。"马娅说。

乌尔里希怒气冲冲地转身,踉踉跄跄地离去了。

一阵长久的沉默。最后,特蕾泽略带赞赏地说:"姑娘,你可真够冷酷的。"

3

马娅去了特蕾泽在谷物市场的时装店工作。这家店正面为玻璃墙，里面杂乱无章地塞满了衣服和鞋子，后面有一间小办公室，特蕾泽在其中开辟出一个狭小角落做财务间。特蕾泽主要用现金交易，通常是以物换物，有时还收贵金属。马娅住在店里，穿着她挑选的时装，睡在特蕾泽的桌子底下。特蕾泽和各种邋里邋遢、一脸凶相、说话口齿不清的男朋友睡在她父母的高层公寓里。

被迫工作，不用花那么多时间用来享受十足的自由、快乐和自信，对她来说是一种极大的安慰。因为一切自由、快乐和自信都会把她搞得精疲力竭。

二月底的一个晚上，马娅在店里醒来时发现自己在梦游，同时却还在强迫性地摆放商品。这其实是米娅干的。米娅已经恢复如初。米娅喜欢当前这种处境。上班让她感到非常安全和自在。

马娅工作努力，从不抱怨，而且不在乎酬劳。特蕾泽很欣赏她这一点。和大多数在当前的经济环境中自己创业的年轻人一样，特蕾泽对这种无偿劳动再喜欢不过，但她还是对马娅有些不满。因为马娅看不懂衣服上的标签，也不会与顾客好好交流。这样下去可不行。

马娅跟特蕾泽要了些现金，去慕尼黑施瓦宾的一所二流语言学校买了500毫升的教育酊剂。据说这种特殊药物能让服用者获得一种新语言的可塑性，"让成年人的大脑拥有像三岁小孩那样渴望接受新句法的能力"。世界上所有的聪明药都不能使德语学习变得划算或容易，但"让成人大脑变得像三岁小孩"这一点绝对不会让人失望。神经兴奋剂发现她的大脑精通英语，遂将其触角直直地刺穿这层薄膜，就像用靴子踢穿一扇彩色玻璃窗一样。

"你最好少用那种廉价药物，应该试着用老式的方法学习德语。"特蕾泽说。

"Ist mein Deutsch so schlecht, Fräulein Obermufti?①"

特蕾泽轻叹一声，"马娅，你学得用力过猛了。人们喜欢时装店里有外国女孩。做一个年轻的外国女孩挺可爱的。至少你用银币找零能算对数目，这已经比克劳迪娅强多了。"

"Ich verstehe nur Wurstsalat. Am Montag muss ich wieder malochen.②"

"你能不能别再说德语了？听着瘆人。"

"我真的需要说，呃，können Sie mir das Dingsda da im Schaufenster zeigen?③"

"听着，亲爱的，你现在还不能给顾客提供时尚建议。你身上没有任何时尚感。你穿得就跟加州小喜鹊似的。"特蕾泽站起身，"我做梦也没想到你会把店里的活计当作大人的工作那样对待。你得放松下来。你是非法移民，记得吗？如果你过分在意赚钱这件事，那么警察迟早会盯上你。"

马娅眉头紧锁："'一切值得做的工作都值得把它做好。'"

特蕾泽仔细想了想。这句话的语气和观点跟马娅很不搭。"你这话

---

① 德语，意思为：我的德语很烂吗，奥伯穆蒂小姐？
② 德语，意思为：我只能听懂香肠沙拉。我下周一还得上班。
③ 德语，意思为：你能给我看看橱窗里的那件衣服吗？

就跟我奶奶那辈人说的一样。我想我认识一些能帮助到你的人,亲爱的。今天就到这儿吧,反正也没什么生意。"

特蕾泽打了几通网络电话,然后便打烊了。她们乘地铁到达兰茨贝格尔大街,又步行穿过黑克尔布吕克桥。马娅远远地看到耸立在火车站后面的教堂钟塔。那代表了慕尼黑亘古以来的恒久不变,同时还透着一丝当代的诱人魅力。这种对比使她产生了一种难以言喻的愉悦感。

似乎慕尼黑所有的年轻人都认识特蕾泽。特蕾泽有上千个年轻人朋友。她甚至还认识一些老人,看到他们近乎把她当成平辈来对待,不禁令人感动不已。特蕾泽的小服装店常常给人一种好像几乎不存在的感觉。其实,这家店只不过是她庞大而纤细的灰市①之网的物理实体。那张网是由小费、以物易物、贿赂、抵押、权衡、替换、二手廉价衣服、微妙的债务,以及明目张胆的回扣编织而成的。

今天要去见的朋友在诺伊豪森的一座低层建筑的地下室的一个雕塑工作室中。法律严禁慕尼黑市中心有能遮挡天际线的高楼大厦存在,于是当地的房地产商便转而向地下挖掘。这些流行一时的地下室在通风和热污染方面的开销很大,房主屡屡入不敷出,所以他们不得不将其租给年轻人。

特蕾泽的这些朋友都是雕塑家。他们的工作室就在地下室的最深处,形状奇特,隔壁通风机像坏掉的肺似的隆隆作响。"你好啊,弗朗茨。"

"你好,特蕾泽。"弗朗茨是个粗壮结实的德国人,蓄着棕色胡须,穿着皱巴巴的工作室大褂,项链上嵌着一个视觉追踪器,"这位就是那

---

① 靠人情或后门关系进行的交易。

个新模特儿?"

"是的。"

当马娅在工作室里闲逛时,弗朗茨拿起视觉追踪器打量着她,然后笑了笑:"她的骨架可真奇特啊。"

"你觉得如何?"特蕾泽说,"你能帮我给她做个雕塑吗?用上好的多孔塑料怎么样?"他们开始用德语讨价还价起来,中间夹杂了太多行话,以至于马娅的翻译器都没法翻译。

工作室后面又冒出一个家伙:"嘿,你好啊,美人儿。"

"Ich heisse[①]马娅。还有,我会说英语。"她握了握那人戴着塑料手套的手。

"你好,马娅。我叫尤金。"尤金摘下视觉追踪器,让它们耷拉在项链上,然后用裸眼上下打量着她,"我喜欢你的色彩感。你这么穿可真大胆。"

"你是美国人?"

"多伦多人。"不戴视觉追踪器的时候,尤金看起来还蛮帅的。他长着一张老鹰似的脸,看上去有些鲁钝,却又显得精力旺盛。尤金已经很久没洗澡了,但他散发出一种类似于热乎乎的香蕉的迷人气息。"你从未来过我们工作室,对吧?让我带你参观一下我们的作品吧。"

尤金带她看了一个照相机密集扫描工作台和一对透明的大型装配罐。"我们在这里测绘各种模特的外形,"尤金说,"我们就是这么把雕像实体化。这个老古董,"他拍了拍透明的罐壁,"是激光固化热塑性塑料生成器。它早就落后于现代工业标准了,但我们这些工作室的人毕竟不是产业界人士,我们做的是'创艺'。弗朗茨已经鼓捣出各式各

[①] 德语:我的名字叫。

样的文化工艺品。"

"真的吗？Wunderbar。①"

"你知道热固化的工作原理吗？"

"Nein。②"

尤金耐心地讲解起来，他显然已经被她迷住了，"往这个罐子里装满一种特殊的液态塑料，然后用激光照射。激光会使液态塑料变成坚硬固体。塑料在相干光的焦点处由液体变为固体，哪些部分能变成固体，是由光束的运动轨迹来决定的。当然，光束轨迹得根据我们的虚拟设计来移动，如此一来，我们就可以用计算机从无到有地设计物理实体，或者也能复制现实中的三维实体，比如你的身体。咱们今天就要做这个。"

他用英语讲的技术性话语如洪水般扑来，她服用的语言酏剂根本招架不住。"我想我应该听懂了。你们做的其实跟摄影差不多。"

"没错！跟摄影非常像！可以说成是固体摄影术。这种塑料很贵，不过我们可以给它充二氧化碳，即可得到廉价的三维泡沫，里边主要是气体。真正有意思的地方在于，可以将其搅拌成气凝胶。这样的话，我们只需3公斤左右的这种材料，就能制作如大象一样大的结构。"

马娅恭敬地凝视着那台机器："这罐子确实很大，但还不至于能装得下大象吧。"

"可以把大象分成几块，然后再把各部分组合到一起。"尤金解释说，稍稍翻了个白眼。

她小心翼翼地说："真抱歉，我正常情况下没这么笨的，但我目前

---

① 德语：好棒啊。
② 德语：不知道。

还在服用语言酊剂。"

尤金突然放声大笑:"跟你聊天很有意思。"

"所以你是雕塑家吗?艺术家?"

"'创艺'不是艺术。"

"那你就是工程师喽?"

"'创艺'也不是做工程。我再给你看一样东西。你是个时装模特,对吧?你应该会觉得那很有趣。"

尤金把她领到另一处,地板上有一个真人大小的塑料裸体模特。它仰面躺着,双手被绑在脑袋后面,脸上隐约流露出一丝情欲之乐的表情。

"这是哪位模特?"

"谁都不是,同时又是所有人。你知道吗,慕尼黑人都很喜欢裸体日光浴。去年夏天的一个周日,我们去了一趟弗劳赫斯泰格沙滩,用视觉追踪器扫描了一大群人。随后,我们对所有扫描图像做了物理合成,并在虚拟空间做进一步校正。接着,我们用塑料把数据实体化,便得到了它:做裸体日光浴的慕尼黑女人的平均样貌。"尤金自豪地看着雕像,然后突然用大拇指指向肩膀后面,"我们还制作了她的丈夫呢,裸体慕尼黑先生,存放在那个角落里。但现在他的模样有点儿不怎么样,因为他表面的漆已经被磨掉了,而且他的制作材料还是半透明的。"

"这样啊。"

"你能看得出来,作为一个模特,她并不是特别迷人。我是说,平均样貌嘛,顾名思义,确实不怎么引人注目,你说是不是?不过,制作这个雕像只是第一步。接下来,我找到一百来个男人盯着她看,当然是戴着视觉追踪器,这样就能追踪他们注意力的变化了。"

"你要怎么才能让一百个人盯着一个塑料裸体雕像看呢?"

"这个嘛,我们骑自行车把她运到玛利亚广场,包装成了一次表演活动。游客们非常乐意配合。"

"噢。"

"然后,我们用算法整理了注意力变化的统计数据,在虚拟空间中加以绘制,并最终将其实体化。过来瞧瞧。"

他走到一个角落,猛地掀开一块薄薄的黑布。

"等一下,"马娅说,"我……我知道这个。她是……"

"维伦多夫的维纳斯。①"

"没错。就是她。"

"我原以为我们会制作出世界上最美丽的女人,"尤金说,"一个会让男人目不转睛的女性形象!但最后得到的成品,却跟旧石器时代的人用猛犸象牙削出来的东西基本没什么两样。当你想搞出具有典型代表性的形象时,最后准会出现这种结果。"

"这样的男人是什么样呢?"

"男人眼中的男人,还是女人眼中的男人?"

"女人眼中的。"

尤金耸耸肩:"我就知道你会问到这个……那就来看看吧。"他走到工作室另一边,掀开另一块黑布。

"他这是怎么了?"马娅说。

"呃,我们还不太确定。我们认为可能是取样过程出了问题。我的意思是,取样的时候,我和弗朗茨这两个怪兮兮的'创艺者',在玛

---

① 1908年在旧石器时代遗址发现的女性小雕塑,该雕塑大约雕刻于公元前24000年—公元前22000年。

利亚广场请完全陌生的女人戴上视觉追踪器，盯着一个塑料裸体男人看……最终，我们只找到几个志愿者，而且都是自愿参与的。结果就是这样。"

眼前的雕像就是一个长着犄角、怒气冲冲的大号面具，下面连着一串鼓鼓囊囊的气泡。

"看着就跟她们想用沸水把它煮死似的。"

"看到那三条，呃，像腿一样的附肢了吗？它们本应该独立地飘浮在半空中，但我们雕不出那种效果。我们至今仍不明白它的鼻子怎么了，看起来好像她们的目光直接穿过了它一样。"

马娅若有所思地注视着雕像。过了一会儿，最开始的那种觉得丑陋的感觉似乎渐渐消失，想把视线从它身上移开变得越来越困难。她愈加兴奋起来。这座雕像仿佛是他们从她大脑深处黏糊糊的裂隙中整个拽出来的一般。"尤金，这件艺术品给我一种特别的感觉。这种感觉非常……不真实。"

"多谢。"尤金耸耸肩，"意识到取样程序有缺陷时，我们便对它失去了兴趣。我现在在想，也许下一步应该做自画像才对。我们扫描你的身体，拿给你看，在你盯着自己身体复制品的同时，用算法描绘出你注意力的变化。这样一来，我们就能把你内心认为的自我形象，用塑料永久地保存下来。"

"我觉得，假如这个浑身气泡的家伙外形很小，"马娅若有所思地建议道，"比如做成可以戴在幸运手链上的饰品那样小，它也不至于看上去这么吓人。"

"这一点你得跟弗朗茨反映反映。推销工作由他负责。"

特蕾泽走过来对马娅说："弗朗茨说如果能给你做六件复制品，他就给我打折。"

"我以为咱们只做一件我的复制品模型,摆在商店橱窗里呢。"

"没错,不过如果做六件的话,我就能把模型转卖出去。假如最终成品确实能打动人心的话。"

"这姑娘的模型肯定大卖。"弗朗茨信心满满地说。

"服装店人体模特的问题在于,它们的触感不好。"尤金说,"我们在模特表面触感的处理上做得很好。我们搞到一些新型抛光技术,使它们摸起来跟湿乎乎的海豹皮一样。"

特蕾泽立刻厌恶地噘了噘嘴:"我们可不想让人们对人体模型动手动脚,尤金,那样会把衣服弄皱的。"

尤金甚是失望。考虑到争论这个问题还会耗费很长时间,他便看了看手表。"好了,我不能待在这里闲聊了,我得去看一条狗采访人了……"他看看马娅,"你知道吗,我很高兴认识你。你真是迷人又健谈。如果你不太忙,想不想下周二到布拉格的'溺亡者之首'聚一聚?你知道在哪里吗?"

"不知道。"

"那地方在布拉格老城区,Staroměstská[①]。'首'是搞'创艺'的人享用酊剂的娱乐场所。我们在网络上认识了一群创造力十足的人,他们每个月都会在布拉格聚一次。都是一些你这样的人,我觉得你会很好地融入进去。"

———————

到了下周一,弗朗茨和尤金把六个马娅模型送到了时装店里。尤

[①] 捷克语:老城区。

金用塑料旋转接头把它们的肩膀、膝盖、肘部和臀部连接起来。他在虚拟设计中把它们的头发都剃光了，所以成品模型都是秃头。

如此一来，店里现在就拥有了六个身材高大、表情略显惊讶的裸体塑料模特。它们每个都重约五公斤。重量太轻，所以有必要用重物把脚压住，以免倒下。

马娅和克劳迪娅用一整天的时间给人体模型穿衣服、整理假发、化妆，并在店铺外面的操作台上组装起来。

克劳迪娅做得出奇地好。她不擅长找零钱，但在摆弄人体模型方面却天赋异禀——那些模型或是在咖啡桌上摆出攀爬状，或是握着网球拍做出挥舞状，或是热情地嚼着彼此的脚。衣着考究的塑料模型吸引了很多人驻足围观。马娅也融入塑料模型中间，并在克劳迪娅的暗示下突然活动起来，引得众人啧啧称奇。

当众受到称赞，使马娅感到很愉快。大家毫不掩饰对她的赞赏，那些复制品又是如此性感撩人。各种马娅简直琳琅满目：天真烂漫的真品马娅；涂着花粉色腮红的马娅；摆出加洛普舞姿、戴着一串串闪闪发亮的人造珠宝、描着细长的时髦眼线的马娅；身穿绕着一圈圈白色霓虹灯西装的马娅；身穿红白相间的裙裤、腿踢得高高的水手马娅；摆出登山姿势的运动型马娅；身穿褶边服装、拿着饰有凹槽纹冰镇饮料专用杯的既炫酷又优雅的马娅。各式各样的马娅让人大饱眼福，在附近掀起轩然大波。但奇怪的是，当这天结束时，极度的疲倦感却骤然袭来，令马娅感到有气无力、精疲力竭。

这是特蕾泽数月以来最成功的广告宣传。他们卖出了非常多的库存商品（马娅模型也都被抢购一空），以至于特蕾泽决定出城再进一批货。

"我不在的时候，你可以出城去布拉格玩玩。"特蕾泽对马娅说，

"最好让克劳迪娅跟你一起去。我以前从没听说尤金跟哪个女孩约会过。带上克劳迪娅，她能帮你出出主意。"

"尤金不是要跟我约会，我甚至压根儿就不喜欢他。再说了，慕尼黑本地就有不少很有创意的咖啡馆，我干吗非要去布拉格？"

"别犯傻嘛，亲爱的。布拉格是一座非常时尚的城市。'溺亡者之首'是个地下场所。你是时装模特，所以去那里对你来说很重要。"

"那种乐趣听起来要做很多工作啊。"

"嗯，最起码是不同类型的工作。克劳迪娅应该出去散散心，你也是。反正，如果克劳迪娅在没有你照看的情况下出去浪，她只会惹出麻烦。她每次都这样。"

"特蕾泽，你这么安排非常明智，也很省事。你脑袋里总是有那么多鬼点子。"

"我得把一切安排妥当。店里没有货，就没法做生意，你跟我一样对此清楚得很。这段时间我就不必再为克劳迪娅操心，另外，把你的相机也带上。布拉格有大群大群的年轻女孩。"特蕾泽眯起眼睛，"那些布拉格的年轻姑娘啊……她们一见到异域风情的美女就会被深深地迷住。"

特蕾泽的决定无人违抗。马娅和克劳迪娅把东西塞进背包和衣物袋中，周二上午晚些时候便登上一列开往布拉格的火车。克劳迪娅付了车票钱。几乎每次都是克劳迪娅付钱，她虽然薪水微薄，但她那对有钱有势的慕尼黑父母给的零用钱却很可观。

一上车，她们就一屁股坐到各自的豆袋椅上。马娅感到既烦躁又疲惫。克劳迪娅今年22岁，昨天的兴奋和疯狂劳动只对她起到了愉悦心情的作用，她现在感觉精力充沛。"你最好吃点儿东西，马娅。"她用德语说，"一直没见你吃过东西。"

"我从来都感觉不到饿。"

克劳迪娅调整了一下自己的耳夹式翻译器。尽管在由国家资助的最好的课堂上接受过长年累月的训练，但她的英语仍然很差劲。"好吧，但你今天必须得吃点东西，不然我就坐到你身上。你的脸色好苍白啊。瞧瞧这顶假发，你就不能戴上试试吗？"克劳迪娅熟练地整理着马娅那顶蓬乱的二手金色假卷发，"姑娘，你的头发真是奇怪到家了，你知道吗？你自有的头发比这顶假发还要像假发。"

"都是洗发剂闹的。"

"什么洗发剂？你是在逗我吗？永远不要洗头。我知道你想把头发留长。你应该让我给你喷点儿蛋白质增强剂，不过你得让我稍微修剪一下。你不戴假发的时候，看上去就像个上了年纪的 ragazzina[①]。"

"Ja, Klaudia, ich bin die grosse Ragazzina。[②]"

克劳迪娅对她摆出一副当地人听到她说蹩脚德语时的经典表情，好像她的智商突然暴跌似的。

火车像冰鞋一样轻盈无声地滑出车站。这节车厢的入座率有四分之三。克劳迪娅用德国人特有的直率目光打量着每一位乘客。突然，她用胳膊肘推了一下马娅，"马娅，快瞧！"

"瞧什么？"

"看见后面那位牵着警犬、带着小孩的老太太没？她是 Magyar Koztarsasag[③] 的总统。"

"哪儿的总统？"

"匈牙利。"

---

① 意大利语，意思为：小姑娘。
② 意大利语，意思为：没错，克劳迪娅，我就是个上了年纪的小姑娘。
③ 匈牙利语，意思为：匈牙利共和国。

"噢。"马娅摇摇头,"我知道现如今都应该用各自的名字来称呼对方,但要是用匈牙利语说的话,我看还是算了吧。"

"她是一位很重要的政治人物。你应该去跟她要她公共宣传宫殿的登录地址。"

"我去要?我感觉好困啊。"马娅说。

"她是位举足轻重的政客。她会跟你用英语交流的。只可惜她的穿衣品位太差了。真希望我能想起她的名字。你可以帮我跟她合个影。"

"如果她真的是个政客,肯定希望咱们能尊重她的隐私。"

"你说什么?"克劳迪娅疑惑地问,"国家领导人讨厌隐私。政府官员不做保护个人隐私这种事。"

马娅打了个哈欠:"不知道为什么,我今天感觉浑身疲惫。困死我了,也许小睡一会儿比较好……"

"我去给你弄点儿喝的。"克劳迪娅自告奋勇地说,她站起身,踩着高跟鞋,身体扭动,两眼放光,"来一杯酊剂吧。咖啡因怎么样?"

"咖啡因?那会上瘾的。而且会不会效力太强了?"

"咱们在休假!放开胆量!就要喝咖啡因,而且还要敞开了喝!到了布拉格,咱们要整天马不停蹄地四处逛逛!那可是黄金之城布拉格啊!"

"好吧。"马娅的身体陷进淡蓝色的豆袋椅里,然后摆摆手,"快去吧,快去吧。给我整点儿东西来……"

马娅跟没有骨头似的深陷在柔软的豆袋椅里,抬头望着车顶。那是一大块闪闪发光的空白金属。这辆列车是个老古董。设计它的初衷就是为了做广告宣传,当时全世界尚未将广告取缔。阳光穿过铁轨旁光秃秃的树枝投射进来,与宽阔车顶的闪光交相辉映,使得车厢内的光线不停地闪闪烁烁。

双眼后面传来一阵刺痛，使她从恍惚中回过神来。不知什么东西弄得她耳朵生疼。她扯下来一看，原来是耳夹。耳朵上的皮肤被夹得毫无血色，好像她已经戴了好几周似的。她把脑袋上那个小装置摘下来，拿在手里，一脸茫然地注视着它，然后任其掉在地板上……她戴的到底是什么东西？

她穿着一件红色夹克，夹克里面套着一条长袖低胸衬衫式连衣裙，像镶着蕾丝边的蛇皮一样紧紧地贴在身上，凸显出她婀娜的线条。那条裙子长及大腿中部，再往下是缀满金属小亮片的长筒袜，脚上穿着一双高跟短靴。

米娅晃悠悠地站起来。她踩着那双滑稽的靴子，身体摇摇晃晃地，跟跄着步子在车厢过道里向前走。她的脚趾被夹得生疼，脚踝也很痛。她感到很不舒服，浑身虚弱无力——饥肠辘辘、头痛不已、颤颤巍巍。这太让人难受了。

她发现自己一个人和二三十个外国人待在一节车厢里。异域景致在车窗外飞速掠过。

忽然间，她有一种非常糟糕的感觉，身份危机和文化冲击骤然袭来，使她全身上下剧烈颤抖。她站在原地，身体左摇右摆，后背汗如雨下。待这阵恶心感过去后，她恢复神智，感觉自己完全变成了另一个人。

她变成了米娅·齐曼。她现在是米娅·齐曼，延寿疗法令她产生了一种奇怪的反应。

一条狗正盯着她。那是匈牙利总统的警犬。它蹲在过道边的豆袋椅上，穿着用皮带系住的、扣着扣子的警犬制服，看上去非常干练。它警觉地竖起耳朵，目不转睛地瞪着米娅。

坐在警犬旁边的是匈牙利总统和一个10岁的男孩。匈牙利总统正在给男孩看她的笔记本屏幕,用一根虚拟小棒指着屏幕深处。那根纤细简洁的小棒是一种接入设备,看上去像是象牙筷子。男孩十足信任且入迷地凝视着屏幕。总统正在温柔地说着匈牙利语教他东西。

那位老太太的双手令人惊诧万分:皮肤上布满皱纹,动作灵巧又有力。不可思议的是,她的脸上写满了坚毅,那是一张后人类的脸。如果你是个意志坚强、非常健康且聪明的女人,你见到过很多不幸之事,做出过许多痛苦的决定,你已经不再对世事抱有幻想,但你从未丧失自尊心或帮助他人的热望,那么,等你活到120岁时,你的脸就会是那个样子。

当然,这位女士肯定会说英语。她是一位欧洲的智士,会说英语,同时还精通五六种其他语言。她的权力很大——不,她就是权力本身。所以,米娅可以踽踽地走到这位圣洁的女人面前,乞求她的帮助,并对她说:我生病了,我很饿,我很虚弱,我迷路了,我是逃出来的,我不守信义,将所有责任和义务弃之不顾,我做过坏事,我很抱歉,真的万分抱歉,请帮帮我。

总统会看着她,立刻就能对米娅的情况了然于心。她绝不会感到尴尬或生气,她会表现得非常理智,她会知道应该怎么处理。总统会说:亲爱的,冷静,快坐,休息一下,我们当然可以帮助你。她们会连上网,米娅会解释一番。总统则会给她提供建议、指导和食物,还会为她找一处既温暖又安全的地方睡觉。米娅·齐曼讨厌的生命中的碎片将会重新缝合起来,像是温暖的大棉被似的将她裹住,而这条棉被则是用官授的宽恕与慈悲制作而成。

于是,她踉跄着向前走去。

那条狗用德语说了些什么。

"你说什么?"米娅问。

它便改用英语说道:"女士,你还好吗?需不需要我叫乘务员过来?你闻起来有点儿难过。"

总统抬起头,礼貌地笑了笑。

"不用,"米娅说,"不用。我现在感觉好多了。"

"裙子真好看。你叫什么名字?"总统问。

"马娅。"

"这个帅小伙叫拉兹洛·弗兰西斯。"总统说着拍了拍男孩的肩膀。

"我赢了学校的作文比赛!"拉兹洛用英语大声说,"所以我今天可以跟总统待在一起!"

马娅用力咽了咽口水:"好棒啊,孩子。你一定很自豪吧。"

"我就是未来。"拉兹洛害羞地说。

"我就是个大叫花子。"马娅说。她蹒跚着走到车厢后面,找到女卫生间,跪在地上,把丝袜撑得吱吱直响,然后干呕起来。

————————

克劳迪娅在女卫生间里找到她,将她拽出来,强迫她吃下一些东西。等到营养肉羹进肚,马娅才精神抖擞起来。

克劳迪娅把翻译器轻轻夹到马娅的头上:"我一看到你把耳夹落在座位上,就知道你有麻烦了……幸好特蕾泽派我跟来照顾你!你的心智还不如一只兔子!毕竟,连兔子都知道饿了要吃东西。"

马娅擦了擦额头上的冷汗:"除非经历过一些非常'后兔类'的事情,否则兔子永远都不会遇到我所面临的问题。"

"难怪尤金喜欢你,因为你说话跟他一样疯狂。今晚的派对,你最好跟紧我。那些搞'创艺'的人都是自命不凡的怪咖。"

马娅望向窗外，用勺子喝着煞白的肉汤。做一个新生之人感觉真好。做自己真好。活着真好。不管做什么人，都远不及活着重要。车窗外是茂密的波希米亚森林，树木枝头刚刚抽出春天的新芽。此时，火车正在骨架般的拱桥上无声地飞速奔驰。这些拱桥架设在郁郁葱葱的绿野上，下方赫然耸立着一望无际的高大的"衬垫"真菌。

那些巨型真菌并非植物。设计它们是为了将空气、水和阳光转化成脂肪、碳水化合物和蛋白质，其生物工程效率是自然界前所未有的。一大片基因改造的"衬垫"真菌足以养活一座小镇。那些真菌足足有两层楼高，浓密苍翠，没有叶子，外形方方正正，而且像海绵一样浑身是洞。一旦你习惯了那些庞然大物，它们看起来居然还挺漂亮。得亏它们长得很好看，因为欧洲大部分乡下地区都种满了这种真菌。

————

她们在布拉格市中心度过了整个下午。她们去了布拉格小城[①]和布拉格老城[②]，见识了那里的各色景点——铺着鹅卵石的广场和大教堂，高耸的尖顶、古老的墙砖和被脚踏磨损的石头，镀金的尖塔，栏杆，大桥，潮湿闪亮的雕像，伏尔塔瓦河，以及其他的一些有着数百年历史的建筑。

克劳迪娅疯狂地购物，还时不时地把街边小摊的快餐塞给马娅吃。美味且富有营养的油脂像毒品般冲击着马娅的身体，使她感到轻松而舒适。一切都是那么的令人愉快，一切都是那么的亲切。

[①] 布拉格的一个古老的城区，捷克语为 Malá Strana。
[②] 布拉格的一个古老的城区，在伏尔塔瓦河对面即是布拉格小城，其捷克语为 Staré Město。

她们带着照相机去了查理大桥。现在并非旅游旺季,但布拉格一直都是旅游胜地。布拉格是一座"创艺"之都和时装之城。人们来这里就是为了招摇过市。

当然,大部分游客都是老人。这里的人大部分都是老人。尽管年事已高,但老年女性却穿得十分漂亮和入时。桥上挤满了老年女性,她们是欧洲统治阶层的老年女性,她们沉稳、安详、阅历丰富,动作从容不迫,神态分外超然。那些femmes du monde①坚定而温柔,她们对人类的缺点要更为宽容,因为她们自己的缺点所剩无几。那些女人亲切和蔼,懂得如何倾听,同时又备受尊敬,甚至可以爱她们的敌人,直到对方化为齑粉。她们美丽、聪慧、才华横溢。她们的身体微微颤抖,洋溢着坚决且久经考验、极具自我价值感的气氛。

有的老年女性身穿冬季滑雪外套,里面是一件设计精巧的多孔式双色针织毛衣;有的穿着干练的高档西装,既有浅粉与杏黄相间的,也有蓝色或浅绿灰色的;还有的穿着入时的冬季款棉布宽松长裤,或是淡黄色,或是浅蓝色。侧分的短发,光滑油亮,没有一根白发;披肩披在一侧的肩上,并用贝壳胸针利索地别好。斜襟衣和流苏翻领,各种布料应有尽有:真丝薄绸、罗缎、聚碳尼龙绸、薄罗纱、絮棉、华丽的绉绸、素雅的金银锦缎。紧身连衣裙上隐约现出医用胸衣光滑纤细的线条。这些"后性别"之人身材苗条,衣服的腰身似乎从大腿中部开始,一下子变为用羔羊皮制成的时髦的荷叶边。漂亮的后人类女性到处都是。

人群中的老年男性则穿着系带大衣、深色医用背心和量身定做的夹克衫,威严得令人生畏,仿佛他们已经过了愿意与人亲密接触的年

---

① 法语,意思为:饱经世故的女人。

纪。这些老年男性看上去温文尔雅、异常冷漠，他们穿着擦得锃亮的鞋子，步履缓慢，像是按步子收钱似的，那副神态宛如一群博学冷峻的大人物。

此外还有年轻人。当然，他们只占一小部分，但在布拉格却并不少，他们的举止也因此显得大胆放肆。

年轻男性。在男性死亡率上升之前，每一代过剩的男性中都有很多年轻人以大胆放肆为傲。年轻小伙走起路来大摇大摆，皮肤如天使般光滑无瑕，因为粉刺已经像天花一样被彻底消灭。他们喜欢穿光鲜亮丽的夹克、样式古怪的厚靴子，戴有图案的围巾。这代年轻男性从出生起就进食生化合成的美食，他们拥有完美的牙齿和完美的视力，走路姿势如跳芭蕾般舒展优雅。好打扮的年轻小伙都戴着装饰性的耳夹式翻译器，而且还会涂抹腮红以突出颧骨。

年轻女性。她们喜欢穿黑袖印花连衣裙，披着印有华丽图案的披巾和卷曲的假披肩，足蹬饰有活泼风格的、脚踝处有小翻领的炮铜色仿裸足鞋；她们还喜欢穿有图案的女装，性感的短身上衣，头发爱染成红艳艳的颜色；她们爱在背包上挂小铃铛，爱戴叮当作响的手镯，爱涂艳丽的口红。布拉格曾流行过一种印格子花的冬季款手套，指尖处留有破口，以便露出涂着指甲油的匕首般的指甲。她们爱戴硕大的束腰腰带，使臀部曲线尽显。即使在冬天，她们依然穿着低胸装，热辣的荷尔蒙气息爆棚，性感的乳沟绝非"性诱惑"三个字所能概括，这俨然已经成了一种政治宣言。

被相机拍到时，年轻女性都显得非常兴奋。她们对马娅哈哈大笑，冲着镜头扮起鬼脸。布拉格有很多人，甚至包括孩子在内，都戴着视觉追踪器。再也没人戴眼镜了。矫正眼镜这种假体装置和义肢一样退出了历史舞台。

布拉格令她大开眼界。

她突然理解了欧洲古城的市中心和欧洲年轻人之间非比寻常的同盟关系。世界上所有正儿八经的商务活动都是在市中心周围那些复杂且智能的摩天大楼里进行的，那些建筑拥有先进的基础设施，其流光溢彩的外观彰显出强烈的21世纪末期风格。

尽管如此，当权者还是不忍拆除他们的建筑遗产。若是毁掉自己的文化根基，他们连一个替代品都没有，从而被困在后工业实用主义那极为空虚的藩篱之内。他们珍视那些老化的砖块和颓壁残垣。奇怪的是，出于相似的原因，欧洲年轻人像老建筑一样，同样受到他们的珍视，且同样被边缘化。

年轻人潜藏在古城中。他们形成了极度"非经济的"城市互利共生关系，那是"不可摧毁的过去"和"尚未被允许的未来"共同作用的结果。

马娅和克劳迪娅在女卫生间换好衣服，将衣物袋存放在公共储物柜里。"溺亡者之首"位于奥帕托维奇卡大街，那是一座三层建筑，有着异常陡峭的瓦片屋顶。登上一小段被磨损的石阶（铁制阶梯扶手雕刻精美），再径直走下很长的一段木质阶梯，便会进入一间没有窗户的地下室，那就是酒吧之所在。从建筑学角度来说，这些上上下下的台阶有些不合时宜，不过这座建筑至少已经有500年的历史，它经历过太多的历史变迁，墙壁甚至生出了变质岩般的绿锈。

克劳迪娅和马娅在楼梯下碰到一条满身斑点的老斗牛犬，它穿着破烂毛衣和条纹短裤，估计是马娅见过的最丑的有智力的动物了。"谁叫你们来的？"它用英语问道，然后威胁地低吠一声。

马娅快速环顾四周。这地方的亮光来自几盏闪烁的蓝色顶灯和一块暗淡的长方形幕墙。酒吧里有一股海藻和碘酒的味道，也有点像鲜血的味道。里面散坐着20个人,在昏暗的光线中可以看出,他们全都蜷缩着身子坐在围绕着低矮桌子的沙发上。很多人都戴着视觉追踪器。从他们的镜片边缘射出虚拟世界的微弱光线。但不见尤金的踪影。

"是那个人邀请我们来的。"马娅不假思索地撒谎说,同时指向那边,并挥挥手,"嘿!"她大喊道,"Na mensch①!你好!"

远处桌子旁的一个陌生男人本能地抬起头,朝她们礼貌地挥挥手。马娅便从狗身边飘然而过。

"马娅别去!"克劳迪娅紧跟上去低声说,"这地方阴沉得像个太平间,咱们打扮得过于隆重了。"

"我喜欢这里。"马娅十分愉快和自信地说,然后朝吧台走去。

模拟器乐声很是微弱,听起来嘎吱作响,却又含糊不清。酒保正在按照屏幕上的指示修理一台错综复杂的大型酌剂机上的小阀门。这套酌剂装置横跨红木吧台,重达四五吨,看样子好像它的精制饮品能够冲毁一条街区似的。

酒保穿着一件轻薄柔软的透明消毒服。想当年,勇敢的民事支援人员在清理瘟疫地点时穿的就是这种服装。闪亮的密封服里面,酒保一丝不挂。通过塑料消毒服,可以看到他的身体从头到脚都覆着一层厚厚的灰白毛发。远远看去,他那浓密的体毛很像一套灰白色的羊毛衣裤。

酒保注意到了她们,这使她们深感不安。他砰的一声合上笔记本,拖着脚步走过去。他看起来年纪很大,也可能是病得厉害,而且走起路来好像脚很疼似的。

他的脸上长满了浓密的灰白胡须,遮住了眉毛,也看不见鼻子、

---

① 德语:伙计。

额头、耳朵和太阳穴，不过嘴唇和眼睑部位却光秃秃的，犹如满脸的蓬乱胡须当中的三块苍白斑秃。

"你们是新来的。"酒保通过消毒服的外部扬声器说。

"没错。我是马娅，这位是克劳迪娅。我们是做时装的。"

酒保站在相对明亮一些的灯光下，视线越过红木吧台，上下打量着她们。他的头顶上有一小块结痂的斑秃。"我喜欢穿漂亮衣服的年轻姑娘。"他终于开口道，同时眨了眨眼，"要是那条狗找你们麻烦，你就让它来找克劳斯老爹。"

马娅愉快地对他笑了笑："非常感谢。您能让我们进入这家声名远播的酒吧真是太好了。我们不会惹任何麻烦，我保证。我们能拍照吗？"

"不能。想喝点儿什么？"

"咖啡因。"克劳迪娅勇敢地说。

克劳斯熟练地端上两杯咖啡："你们想加点儿动物乳脂吗？"

"Nein danke。[①]"克劳迪娅说，声音中连一丝颤抖都没有。

"那就不收费了。"克劳斯说，然后继续修理那台机器。

马娅和克劳迪娅端着叮叮当当的杯子和杯托走到卡座旁，一块坐到沙发上。克劳迪娅把棱纹披风丢到一边，露出里面粉红色的褶边上衣。她被冻得瑟瑟发抖。

"这绝对不是我喜欢的那种派对。"克劳迪娅轻声抱怨道，"我很确定那种派对上会有舞蹈、音乐，兴许还会嗑阿南达明[②]。但这家酒吧却跟坟墓一样。现在放的是什么破音乐？"

"是早年间的声学模拟音乐。那时候乐器都是用木头和动物器官制

[①] 德语：不用了，谢谢。
[②] 作者杜撰的一种兴奋药物。

成的，音色还没有如今这么丰富多彩。"

克劳迪娅不安地抿了一口咖啡："你知道哪里不对劲儿吗，马娅？这其实是一场属于智士的派对。年纪轻轻就做智士真的很蠢。应该等到100岁，对万事漠不关心时再当智士。智士们都太自命不凡了！他们根本不懂生活！"

"克劳迪娅，冷静一下，好吗？现在时间还早。"

那幅壁挂是"溺亡者之首"里最温馨、最引人注目的物件。它很有绘画的特征，丝毫没有玻璃或屏幕的感觉，而是更像一块画布。屏幕被拆分为数百个碎片，蜂窝状的单元格缓慢晃动、互相冲撞，在壁挂中游弋，并且有节奏地搏动、旋转、变幻。那是数字化的花朵在翩然起舞。

马娅拿起咖啡杯，装模作样地碰了碰下嘴唇，然后放回桌上。她盯着坐立不安的克劳迪娅看了一会儿，接着又瞥了一眼壁挂。琥珀色的花朵已经消失大半，取而代之的是逐渐增多的静止的几何状晶体。

她不太清楚自己是怎么知道的，但她就是能意识到壁挂在盯着她。壁挂里有东西能监视人们，可能是隐藏在屏幕后面的摄像头。不管你何时直视它，运动的画面都会迅速停下。只有在没人看的时候，画面才会运动。

马娅打开背包，从化妆盒里的小镜子中偷偷观察。壁挂对此全然不知，以为它没有引起她的注意呢，于是小单元格便活跃起来，互相投射着信息的火花，它们绽放、结合、旋转，图案千变万化。马娅啪的一声扣上化妆盒，转身直视屏幕。单元格像做错事似的立即静止，随后又循规蹈矩般缓缓运动起来。

尤金款款而来："你好啊，马娅！"

"你好，尤金。"她很高兴见到他。尤金洗过了澡、梳过了头。他穿着长款锦缎大衣和瘦腿裤,看起来利索得很。

尤金露出迷人的微笑:"Was ist los[①],卡米拉?"

"是克劳迪娅。"克劳迪娅皱着眉头,在沙发上蜷起双腿。

尤金愉快地坐下:"你们应该事先登录到这间酒吧!这是'溺亡者之首'的惯例。不然你们来了我都不知道。"

"凡事都有第一次嘛,尤金。"

"大部分人在家里登录上去说他们马上过来。这地方遍布网络。'首'是我们的秘密聚会点。很高兴你们能过来。你们觉得店主怎么样?"

"我不太喜欢他。"克劳迪娅用英语一本正经地说。

"他是个很棒的人,对不对?他特能聊,魅力十足。他脑子里有数不清的故事。他原先是一名宇航员。"

"真的?"

"对啊。他以前是月球殖民地唯一的捷克人。瘟疫肆虐时期,他一直在月球上待着。所以他现在才穿着那套服装。长期待在辐射环境下,他们的免疫系统出了问题。一开始,他试过在地球上不穿消毒服,结果感染了葡萄球菌,把他折磨得够呛。这也是为什么他有着那么浓密的体毛。"

"我还从未见过航天员呢。"

"嗯,那你现在见到了。克劳斯是'首'的老板。我得提醒你,克劳斯不喜欢聊他在月球上的事。他的大部分朋友在大破坏、政变和瘟疫期间都过世了。但他对于当地旅游很有好处。他是唯一一位捷克籍月球居民,是这个国家的民族英雄。所以不管他想做什么,布拉格市议会统统准许。克劳斯不是那种古板的统治阶层老人,他其实非常值

[①] 德语,意思为:怎么了。

得信赖。Mit ihm konnte man Pferde stehlen[①]。"

"你不必为了顾及我而说德语。"克劳迪娅噘着嘴说。

"说德语不算啥！那边有个阿尔巴尼亚的家伙，还想找会说盖格语[②]的人呢。反正不是盖格语就是托斯克语[③]。"

"他具体是哪里人？"

"地拉那[④]。"

克劳迪娅勉强面露喜色，"我喜欢阿尔巴尼亚的男人。"她用德语说，"他们是那么勤劳，又那么浪漫。他是做什么的？"

"虚拟现实。"尤金说。

"好极了。"克劳迪娅起身离开了。

马娅拍了拍旁边的沙发椅："坐近一点儿。"

尤金小心翼翼地挪过去。

"给我讲讲做那幅壁挂的女人吧。"

"你怎么知道是女人做的？"

"没怎么，我就是能看出来。"

尤金注视着壁挂。它注意到正在被盯着看，画面运动便瞬间停了下来。"那是一块单元自动演化显示器。从技术来判断，应该是21世纪50年代的产物。希望她做得很结实，因为它早已停产，想更换器件是很难的。"

"它非常美，对吧？它那套把戏险些把我激怒，但我还是想不明白

[①] 德语，意思为：你甚至可以跟他一块儿去偷马。这句话来自马仍然是非常有价值的劳动力之时。当时，偷马贼若是被抓，会受到极其严厉的惩罚，所以他们必须非常勇敢，并且能够绝对信赖彼此。

[②] Gheg或Geg，阿尔巴尼亚的北方方言。

[③] Toskë，阿尔巴尼亚的南方方言。

[④] 阿尔巴尼亚的首都。

她要表达什么。"

尤金挠了挠头:"这问题难住我了。琢磨这种把戏根本不是我的强项。保罗肯定知道,他是位学者。"

"保罗是谁?"

尤金谨慎地笑了笑:"保罗基本上定下了我们这个小圈子的规矩。你知道吗,我讨厌别人告诉我应该怎样思考,因为我不太喜欢意识形态那种东西。但我信任保罗。我想保罗也信任我。"

"保罗今晚来了吗?可以介绍他给我认识吗?"

"没问题。"

尤金领着她穿过酒吧。那边有一个身材健硕的红头发年轻人,他身穿绚丽的显像西装,被六七个人热切地围在中间。他的外套上显示的是一幅壮丽的卫星图像,那是灯光璀璨的布拉格,街灯绘成的图案沿着黑色翻领摊开,蔓延到两条光亮的袖子上。他正在用法语生动地讲述一则轶事。围观者听得入了迷,在听到只有圈内人才能领会的笑点时,纷纷放声大笑。

玛娅耐心等待,直到故事在一连串她听不懂的俏皮话中收尾。接着,她语速飞快地说:"你好,保罗!你介意我说英语吗?"

红头发男子挠了挠胡子:"我对英语充满敬意,但是亲爱的,桌子那头的那位才是保罗。"

"噢。"

"别这么贸然,好不好?"尤金喃喃道。他领她在那群端着饮料的人中间穿过。

保罗皮肤黝黑,身材粗壮,胡子刮得很干净。他在跟一个女人轻声聊天。后者长着一个尖鼻子,刘海乌黑,没有抹口红。保罗正在一张特大号的方头巾上摸索。那块装饰性的布呈正方形,仿佛有生命一般。它扑打着、蠕动着,似乎决意要爬上保罗的前臂。

尤金低声说:"我帮你拿点喝的吧。"

"矿泉水,谢谢。"马娅在沙发边上坐下,看着保罗和那个黑发女人操着一口流利的意大利语,语速很快地讨论那块微光闪闪、扑腾不止的方头巾。

保罗穿着灰色的布料长裤和褪色的卡其色纽扣衬衫,外套被他丢在了沙发靠背上。那女人穿着深色紧身衣、靴子以及长及肘部的白色智能手套。她在竭力无视马娅的存在。

保罗敏捷地捏住方头巾的一角。那块扭来扭去的布终于瘫软下来。他用一根细长的线缆拴住它,然后从沙发下面掏出一台笔记本,一边继续说着意大利语,一边敲击按键,同时盯着屏幕上的信息,是用一种极其专业的英文行话显示的。

保罗敲下最后一个按键,笔记本开始执行相应程序。随后,他警觉地转向马娅:"美国人?"

"是的。"

"加州人?"

"没错。"

"旧金山。"

"你好聪明。"

"我叫保罗,来自斯图加特。我是做编程的。这位是贝妮代塔,她是来自博洛尼亚①的程序员。"

"我叫马娅,不知道来自什么地方,真的。我不会做任何事。"她朝桌子对面的女人伸出一只手。

---

① 意大利城市。

"你是个模特。"贝妮代塔慵懒地说。

"是的。有时候做,但很少。"

"你那漂亮的脑袋瓜为什么事情动过脑筋吗?"

"还真没有,但如果被绊倒,我会把身上的尘土掸掉。"

保罗哈哈大笑:"贝妮代塔,说话别这么冲。"

贝妮代塔用智能手套在马娅的手指上轻轻一碰,然后猛地躺回沙发上,"我千里迢迢赶来,就是为了今晚跟他谈一谈。希望你可以等所有人都喝醉后再跟他调情。"

"贝妮代塔是天主教信徒。"保罗解释说。

"我不是天主教徒!博洛尼亚是欧洲天主教氛围最淡的城市!我是个无政府主义者、'创艺'者和程序员!我打算用最后一位神父的肠子把最后一个统治阶层的老人给勒死!"

"贝妮代塔说话也是极其得体的。"保罗说。

"我只想打听一下那副壁挂的事。"马娅说。

"《伊甸园》,作者埃娃·马什科娃,创作于2053年。"保罗说。

尤金从吧台那边回来了。他刚才被那个健谈的酒保讲的另一个故事迷住了。听的时候,尤金把胳膊肘抵在沙发背上,爆出阵阵嗤笑,同时出神地喝着马娅的矿泉水。

"跟我讲讲这位埃娃·马什科娃吧。她现在在哪儿呢?"

"她服用太多酊剂,结果从自行车上摔下来,扭断了脖子。"贝妮代塔冷淡地说,"但医生把她治好了。后来她嫁给了一个西班牙的银行家大款,现在,她在马德里的某栋破高楼里为政府工作。"

保罗微微摇了摇头:"你太不近人情了。在埃娃的鼎盛时期,她身上是具有圣火特质的。"

"那只是你的看法,保罗。我见过她。她就是那种最典型的在室内养盆栽植物的资产阶级中年女人。"

"即便如此,她之前也的确具有圣火特质。"

马娅开口道:"她的壁挂,其实象征的就是你们这种人,对不对?当没人关注你们的时候,你们会创造奇迹。但是当有人从外界细致审查和分析你们时,你们就会灵感枯竭。"

保罗和贝妮代塔相互惊讶地对视了一下,然后双双转向马娅。

"我猜你是一位相当厉害的演员。"贝妮代塔说。

"不,并不是。"

"你不会跳舞?不会唱歌?"

马娅摇摇头。

"你完全不做'创艺'方面的工作?"保罗问道。

"不做。不过,有时候我会拍些照片。"

"我就知道你会做类似的事。"贝妮代塔得意扬扬地说,"给我看看你的视觉追踪器。"

"我没有视觉追踪器。"

"那就给我看看你的相机。"

马娅从编织手提包里掏出那台游客相机。贝妮代塔短促地大笑一声:"哦,没救了!真是松了一口气!有那么一刹那,我还以为遇到了一个喜欢穿缀满亮片的紧身衣但同时还有头脑的女人呢。"

这时,一个高个子男人跌跌撞撞地走下楼梯。他身穿灰色长款外套,工作裤上沾满了泥浆。"埃米尔来啦。"保罗高兴地说,"埃米尔居然记得过来!太棒了!失陪一下。"他起身离开了。

贝妮代塔恼火地看着保罗走开。"这下好了,"她说,"一旦保罗跟那该死的蠢蛋聊起来,他俩准会聊个没完。"她拔下扑腾的方头巾,然后站起身。

马娅刚刚跟他们攀谈上，现在可不能被孤零零地丢在一边："贝妮代塔，留下陪我吧。"

贝妮代塔很是惊讶。她直勾勾地看着马娅："我为什么要留下来？"

马娅压低声音说："你能保守秘密吗？"

贝妮代塔皱皱眉："什么秘密？"

"一个程序员的秘密。"

"在编程方面你知道些什么？"

马娅倾身向前："知道的不多。但我需要一个程序员。因为我拥有一座记忆宫殿。"

贝妮代塔坐了回去："是吗？很大吗？"

"是的，很大。"

贝妮代塔身体前倾："非法的？"

"有可能。"

"你这种人怎么会有非法的记忆宫殿呢？"

"你觉得我这种人是怎么得到非法的记忆宫殿的？"

"我讨厌猜测。"贝妮代塔噘起嘴唇，"那我猜猜吧？是性交易。"

"不对，绝对不是！呃……从某种程度上来说，其实也算是吧。"

"咱们打开你那座宫殿，看看里面的样子吧。"贝妮代塔把方头巾灵巧地缠在脖子上。那块布微微抖动了一下，陡然变出一幅金色的佩斯利螺旋纹图案。贝妮代塔拿起她那台光滑纤薄的笔记本和镶嵌金属饰钉的手提包，"咱们去吧台后面找个隐秘的地儿"。

"你已经对我很有耐心了，贝妮代塔。我不喜欢强人所难。"

贝妮代塔盯着她看了好一会儿，然后垂下眼帘："行吧，我刚才那副嘴脸很讨厌。对不起，很抱歉对你态度那么差。可我现在已经扭转了态度。这下可以走了吗？"

"我接受你的道歉。"马娅站起身,"咱们走吧。"

贝妮代塔领她绕过红木吧台,来到里面一个深蓝色的隐秘角落。之前有人在桌子上采血:桌面上乱糟糟地放着一堆皱巴巴的套色版和一支钻石尖头的微细注射器。

贝妮代塔把垃圾扫到一边,砰的一声放下笔记本,展开其顶端的一根天线。"好了。进入宫殿需要什么设备?手套?视觉追踪器?"

"我需要触摸屏来输入密码。"

"触摸屏!看来我今天戴方头巾就是命运的安排。"贝妮代塔将方头巾从脖子上拽下来,放在桌上,摊平,"这个能管用。这是日本货。日本人就喜欢给设备弄些令人费解的功能。"她捏住那块消停下来的方头巾的一角,插进笔记本里。布上立刻变成了亮白色。

"我还从没见过这种方头巾呢。"马娅俯身靠近桌子,"但我绝对听说过……"这种智能布料由密集的光纤网、有机电路和压电弹性纤维组成。光纤只有头发丝那么细,从中渗出一行行超小的像素彩光。这就是一块织物显示屏,一台用织物制成的柔韧的电脑。

贝妮代塔打开手提包,取出一对由意大利设计师设计的精致的视觉追踪器,然后戴上。

"你的视觉追踪器真好看。"马娅说。

"你需要视觉追踪器和手套吗?好在你来对了地方。我们待会儿跟布布勒借吧。布布勒值得信任。相信我。"

"好吧。"

贝妮代塔轻轻敲了敲视觉追踪器,接着在半空中抓住裸眼不可见的控制界面。"你会喜欢布布勒的。"她保证道,"所有人都喜欢布布勒。她既有钱又大方,既风趣又爱滥交,而且还喜欢揍警察。照她这种活法,到40岁就得死。"

贝妮代塔轻抚笔记本按键,然后把视觉追踪器对准桌子对面的马娅。织物方头巾上立刻用全彩显示出马娅的脸庞。

"简直是圣女维罗妮卡的神迹①!"贝妮代塔说,然后得意地笑了,"我找找触屏功能。"

"这可是个重大的秘密。我信任一个陌生人,这是很轻率的。我相信你能意识到这一点,贝妮代塔。"

"你太漂亮了。"贝妮代塔缓缓地说,同时盯着屏幕敲击着,"你不该这么漂亮,也不该那么卖力地勾起我的兴趣。"

"美丽只不过是个手艺活。你也很漂亮。如果你愿意,我可以让你看上去美艳动人。"

"我讨厌往身体上抹东西。"贝妮代塔说,同时手指非常专业地敲击起按键,"更糟糕的是,现在女人的身体可以永世长存,再加上女人太在意自己的身体了,这对咱们无疑是毁灭性的,因为甚至到死的时候,咱们都要美美地死去。就连保罗……他经常跟我聊一些自己的见解。他就像我的一位同事!一位哲人!可是,当你这个戴假发、抹口红的迷人姑娘出现时,他的魂儿都要被你勾走了。女人就是不长记性!男人欣赏美,而我们必须保持美貌。所以总是会有别的女人吸引他们的眼球,我们永远都不是注意力的中心。"

马娅眨眨眼:"男人和女人只是思考方式不同,仅此而已。"

"哦,你这么想可太单纯了!'解剖即命运②'的说法已经过时了,你知道吗?现在解剖已经产业化了!你想做男人擅长的高难度数学运

---

① 相传耶稣背负十字架登赴加尔瓦略山的途中,耶路撒冷的少女维罗妮卡为圣子之虔诚与他所受的苦难所感动,用自己的面纱擦拭耶稣血汗交加的脸庞,圣容于是永远地印在了她的面纱上。

② 弗洛伊德的观点,他认为性别是主要人格特征的主要决定因素。

算吗，小美女？只要往脑袋上贴足够多的贴纸，不出一周，我就能教你学会微积分！"

"做那种运算能让你血管爆裂。"

"别装了亲爱的，我敢肯定你对乳房做过的事情，肯定比做微积分还要刺激上千倍。等一下……屏幕有反应了。"

贝妮代塔那块蛋壳白色的方头巾变成了烟灰色。"很好。稍等片刻，我找找公共网点……找到了。"

这时，布布勒来到她们桌前。布布勒有一张宛如丘比特之弓的小嘴，唇上抹着口红，没有下巴，一双棕色的大眼睛闪现冷光。她戴着一顶窄边圆顶帽，项链上挂着一副精致的视觉追踪器，穿着一件毛衣，脖子上围着一条长围巾，此外，她还背着一个黄色的大背包。"你好啊，贝妮代塔。"

"布布勒来自斯图加特。"贝妮代塔说，"你叫什么来着？"

"马娅。"

"马娅要给咱们看一个秘密，布布勒。"

"我喜欢秘密。"布布勒说着扭动身子坐下，"马娅，你愿意跟我们这种无名小卒分享秘密，真是太好了。你介意我的猴子也一起看看吗？"

一只金色狨猴顺着布布勒坚实的后背爬到她的肩上。狨猴全身裹着一件迷你晚礼服，是那种配着领带的燕尾服。猴子眼睛是两枚闪闪发光的穹状金属，那其实是植入的镜式视觉追踪器。

"这猴子会说话吗？"马娅问。它没穿鞋，毛茸茸的小脚从裤管里探出来，看上去令人毛骨悚然。

"我的猴子是个虚拟主义者。"布布勒轻描淡写地说，"马娅，你的视觉追踪器呢？"

"我没有视觉追踪器，也没有手套。"

"Quel dommage①！"布布勒说，语气却显得很高兴，"我那些在斯图加特的舅舅们就制造视觉追踪器。我有4个舅舅，全是亲兄弟！一个家庭有4个兄弟，你知道这种情况现今有多么罕见吗？算上我妈妈，那个家庭一共有5个孩子！放到现在，这种事绝不可能发生！不过，绝不可能发生的事总是会发生在我身上。"布布勒打开背包，递给马娅一副塑料包装的金属边视觉追踪器。

"是液体膜的？"马娅看着镜片说。

"一次性的。"布布勒耸耸肩，"拿着这副智能手套。我不敢说这手套能适应即将进入的模式。这其实是派对之夜上戴的那种手套——那种派对你可能都不知道转天在哪里醒来。别弄坏指套部位，慢慢伸开……对，就是这么弄。"

"你肯把这些设备借给我，真是太好了。"马娅说。

"不是借，你自己留着吧！我舅舅们就爱送玩具给小朋友，他们在做买卖上的眼光放得很长远。"

"我也有东西给你，马娅。"贝妮代塔突然说，显然是一时的心血来潮。贝妮代塔伸出两根手指，在高高卷起的衣领下面摸索，然后拽出一条钻石项链，薄薄的金链上镶着一块饰坠。"拿着。送给你。你比我更需要这个。"

"这是钻石项链？"

"别这么惊讶嘛，随便谁都能造钻石。"贝妮代塔说着将项链递给她，"看看这个饰坠。"

"一只栖息在黄金鸟巢中的小夜莺呀！它太可爱了，贝妮代塔，但我恐怕不能收。"

---

① 法语，意思为：真可惜啊。

"黄金无非就是泥土而已。把张大的嘴巴合上吧,注意听我讲。这鸟巢要塞进耳朵里,它其实是个翻译器。每颗钻石都是记忆珠子,囊括了所有的欧洲语言。瞧见珠子上刻着的小数字了吗?小鸟目前正在'孵化'英语、意大利语和法语。你无需将意大利语作为主要语言,所以就把英语放进去,那是1号鸟蛋……把英语鸟蛋放入鸟巢中心,把意大利语鸟蛋放到英语旁边。意大利语,是17号鸟蛋。"

"意大利语才排第17?"布布勒说。

"这毕竟是瑞士制造的设备,是巴塞尔①产的。"

"瑞士人太缺乏幽默感了。"布布勒说,"就因为米兰买下了日内瓦……他们真记仇啊。"

马娅从金链上取下意大利语鸟蛋,又把英语鸟蛋从鸟巢里撬起来,然后把意大利语钻石珠子小心地安到蚀刻着微小电路的鸟爪下方。只听咔嗒一声,两颗小鸟蛋严丝合缝地各就各位,听起来让人甚是愉悦。

她把小饰坠轻轻地塞进右耳的外耳门。饰坠像金属蠼螋一样蠕动着。一条光滑的线状物体钻进她的耳道。她顿时有一股想把这装置从脑袋里扯出来的强烈冲动,但她还是忍住了那种刺挠感,身体随之哆嗦起来。

"它没有电池。"贝妮代塔用意大利语对她说,"你得时刻用皮肤给小鸟取暖。它要是变凉,小鸟就会死掉。"

新翻译器的声音如长笛般美妙,仿佛紧挨着右耳耳膜的一支微型笛子。"可是它好精美!声音好清晰啊!"

"你要谨记:它没有电池。"

"它没有电池。我会时刻谨记。但这似乎是一项奇怪的功能缺失啊。"

---

① 瑞士西北部的城市。

"这可不是什么缺陷，而是它的特点。"布布勒闷闷不乐地说，"那只小鸟是一台共享软件装置。瑞士人在制造它的时候，把该有的功能都放进去了。"

马娅把钻石项链绕在脖子上，然后塞到上衣里面，喜悦之情油然而生。"你真慷慨。你要不要我的德语翻译器？"

贝妮代塔仔细查看一番。"德译英。我不能用这个。这是给游客用的劣等产品。"她又将其丢给马娅，"这下咱们可以像文明人一样谈话了。给我们看看你的宫殿吧。"

"真希望这种配置可以进入宫殿。"马娅在织物电脑光滑的表面上比画着手势密码，"我的手套激活了吗？"

"相关程序正在运行。"贝妮代塔半信半疑地判断道。

布布勒戴上一副精心裁制的柠檬黄色智能手套，又仔细调整好视觉追踪器："这真是太令人兴奋啦。帕达波夫和我都特喜欢记忆宫殿。对不对啊，波夫-波夫？"

马娅本以为猴子会大声讲话，便预先紧张起来。结果它什么也没说。马娅强迫自己放松下来。会说话的狗倒还好，但若是换成猴子，肯定会把她吓得够呛。

马娅的视觉追踪器上浮现出一幅模糊的测试图案。她用手指沿着右目镜的镜腿滑动，直到图像聚焦并变得清晰。她按了按眼镜鼻梁，以获得景深效果。这些都是习惯性动作。数十年来，她每次都会做一遍这些小的技术动作。但突然间，她感到兴奋不已。她已经不散光了。她的散光被彻底治好了。直到此刻，她才意识到这一点。

"这是一间办公室！"贝妮代塔得意地说，"好奇怪的旧办公室啊！我想四处看看可以吗？"

"是个男人的办公室。"布布勒百无聊赖地说。

"这个男人把毛片藏哪儿了?"贝妮代塔问。

"什么?"马娅说。

"你没找到过他的毛片之类的吗?世界上没有哪个男人不把色情品藏在他的记忆宫殿里的。"

"他已经不在人世了。"马娅说。

布布勒说了句俏皮话,然后笑了起来。"这是法语中的一句双关语。"小鸟翻译器用英语说,声音如长笛般悦耳,却毫无个性可言,"相关的上下文并不清楚。"

"这儿有一幅大蓝图。"贝妮代塔审视着一堵墙,"这宫殿是21世纪60年代的,嗯?当年他们跟疯了似的建造这玩意儿。里面有图书馆、画廊、人造生命动物园(听起来还不错!)、商务档案、健康档案、CAD-CAM①图案库。还有'电影'。这里有电影吗?"

"'电影'是什么意思?"布布勒问。

"Cinématographique②。"

"太棒了!"

"还有裁衣尺寸……酊剂配方、房屋平面图。哦,真不错!把现实中的房子平面图保存在宫殿里。有三四套房子呢!这人一定很有钱。"

"他生前曾三番五次地富有过。"

"哦,瞧瞧这个!他有一台'匹踢滴辟'(ptydepe)追踪器。"

"'匹踢滴辟'是什么?"马娅问。

为了给她做技术性的讲解,贝妮代塔不得不切换成英语。"公共遥现站点,简称PTP。他有,不,他生前有一台能够采集公共遥现记录的

---

① CAD:计算机辅助设计。CAM:计算机辅助制造。
② 法语:电影。

扫描分类机，很适合用来追踪朋友，或者敌人。它的程序可以连续数年采集数百万个公共遥现记录，并对目标人物的记录进行编目。就是一台搭载了工业级间谍软件的数据采集器。"

"这违法吗？"布布勒饶有兴致地问。

"有可能。不过在他制作的年代，也许不违法。"

"你们为什么把它称作'匹踢滴辟'？"马娅问。

"在布拉格说'PTP'的时候，发音就是'匹踢滴辟'……讲捷克语真是一种奇怪的语言啊。"

"'讲捷克语'不是名词。"布布勒热心地解释说，"'讲捷克语'只不过是，怎么说呢，是所谓的动词。确切地说应该叫'捷克语'。"

"捷克语是第12号鸟蛋，马娅。"

"谢谢你。"马娅说。

马娅感觉有几只小爪子偷摸地伸进了她的袖子里，她尖叫一声，一把扯下视觉追踪器。

猴子受到惊吓，跳回使它感到安全的布布勒的肩上，然后咧开嘴，露出一排针一般的牙齿。

布布勒在半空中轻轻摸索。她被视觉追踪器蒙住了双眼，看不见现实中发生了什么。"触感不好吗？"

"是旧式数据传输协议不好。"同样被蒙住双眼的贝妮代塔说。

马娅无言地瞪着猴子那双银白的穿状眼球。"胆敢再碰我，我就揍你。"她张开嘴不出声地说。猴子理了理燕尾服的翻领，又轻拂了一下它那能缠住东西的尾巴，然后从沙发靠背上跳了下来。

"我找到了一个入口！"贝妮代塔说，"咱们到屋顶上去吧！"

马娅再次戴上视觉追踪器。墙上的门被推开。她们进入一片虚拟的黑暗之中。白色光环从她们身边掠过，向下坠去，仿佛飞奔的斑马条纹。

她们来到一个有雉堞的屋顶上。脚下是虚拟的沙砾。

从这里能看到还有其他记忆宫殿。也许属于沃肖的那些犯罪同伙?她想不通为什么拥有记忆宫殿的人,愿意让他们的建筑被彼此看到。难道是因为看见别人也把记忆宫殿藏在这里,会感到安心吗?在远方扭曲的地平线上,矗立着一座被薄雾笼罩的中国风峭壁。那是一块高耸的数字石笋,可以隐约看到上面有一幅用烟灰墨绘就的单色水墨画。在距它无穷远的地方(坦白讲,那段距离根本不符合欧几里得几何公理),隐隐约约有一座外形如雷暴云砧般的庞大建筑,像一块有纹理的黑色大理石般闪着光泽,却不可思议地给人一种外壳是玻璃、内部充满气体的感觉,也许它确实就是那样……那座建筑外表光滑,周身布满优雅的凸纹,顶端呈蘑菇状,向一侧倾斜,底部则呈纤维状,侧面表现为圆柱形和脉纹结构。那是另一座耸立的宫殿,像蜂巢一样,数百个微粒状的物体在它四周缓慢飞行,不停地分离又融合,好似一群绕着鸽棚飞翔的虚拟翼手龙。

"好奇怪的暗喻啊。"布布勒激动地说,"我从未见过年代这么久远且能正常运行的虚拟世界。"

"真想知道咱们在哪里。"马娅说,"我的意思是,不知道到底是在哪里储存、运行这片空间。"

"这可能并不代表真正的信息处理情况。"贝妮代塔说,"虽然表面看起来很神奇,但它也许只是位于中国澳门的某处壁橱中的一台小机器里。绝不能相信展示出来的样子。如果通过另一个界面看,这一切或许看上去就会非常普通和庸俗。"

"别犯蠢了,贝妮代塔。"布布勒激动地说,"统治阶层老人的生活才不是那样!拥有这种宫殿的人,到这里来绝不是为了给自己创造美好的幻觉。这是一位老人的心灵避世之所。一处独有的度假胜地！一块犯罪分子的飞地[①]。"

"不知道这些奇怪的地方是否还有人'居住'。也许他们都已经死了，但这种地方仍能自动运行。它们是建在虚拟沙滩上的幽灵古堡。"

"不要这么说。"马娅郑重地说。

"咱们飞翔吧！"贝妮代塔从矮护墙边上优雅地跳了下去。

视觉追踪器立即陷入黑暗。

贝妮代塔倒抽一口气："哦！真可惜！这么做会切断连接。"

他们摘下视觉追踪器，沉默地凝视彼此。

"你怎么会有这座宫殿的？"布布勒终于开口道。

"别问。"贝妮代塔说。

"噢。"布布勒笑了笑，"真希望那老头给你留下了一笔钱。"

"如果的确是这样，那只能说明我还没找到那座宝藏。"马娅说着把视觉追踪器折叠起来，"至少到现在还没找到。"她想把视觉追踪器还回去。

"不用，不用。"布布勒坚持说，"你留着吧。我再给你搞几副更好的。你的地址是什么？"

"我没有固定地址。没有网络地址。真的，我只是过客而已。"

"如果你流浪到斯图加特，就过来跟我一起住吧。我舅舅们家里有很多房间。"

"你真好。"马娅说，"你俩对我都非常体贴和慷慨，我都不知道该说什么好了。"

贝妮代塔和布布勒对视了一下，目光中透出年轻人那种老于世故

[①] 指在本国境内的隶属于另一国的领土。

却又极其厚道的眼神。"甭客气，"贝妮代塔说，"这就是我们的行事风格。遇见同道姐妹时，我们总是能分辨出来。"

"我们在秘密组织中是有别于传统的新女性，"布布勒面色阴沉地宣告道，"我们已经决定要活得自由！我们都有不符合现状的欲望。我们是新时代女性！我们如果不一起仰望星空，就得一个接一个地死在阴沟里。"

布布勒忽然弯下腰："那是什么？哦，瞧啊，帕达波夫发现了一只漂亮的蚊子！这是幸运的征兆。咱们验验血，然后整点儿兴奋贴纸来庆祝一下吧。

"这个嘛，"贝妮代塔反对道，"我最近血脂水平非常低……要不还是喝矿泉水吧。"

"我也是。"马娅说。

"那咱们找个小伙拿点儿饮料来吧。"布布勒说。她拔掉一动不动的织物电脑，然后在头顶挥舞着。

"是谁带你来的？"贝妮代塔对马娅说，"尤金吗？"

"我不是跟尤金一起过来的。"

"尤金就是个傻帽，对不对，我讨厌把'算法'和'原型'[①]搞混的人。而且，他还是从多伦多来的。"

"Est-il Québecois？[②]"布布勒饶有兴致地问。

"多伦多不在魁北克省。"马娅说。

"C'est triste[③]……哦，你好哇，保罗。"

"派对的美女都让你藏到这儿啦，贝妮代塔。"保罗微笑着说，"这

---

① "算法"和"原型"在英语里分别是 algorithm 和 archetype。
② 法语，意思为：那他是魁北克人咯？
③ 法语，意思为：真可惜啊。

位是埃米尔,来自布拉格。他是一位陶艺家。埃米尔,这位叫马娅,是个模特儿。这位叫贝妮代塔,是个程序员。这位叫布布勒,她是咱们'创艺'行业的主顾。"

埃米尔向布布勒鞠了一躬:"有人跟我说咱们以前见过。"

"某种程度上来说,是见过。"布布勒脸色阴沉地说。她站起身,短促地吻了一下埃米尔的脸颊便离开了。狨猴紧随其后,然后跳到她的肩上。

"他俩原先是情侣。"贝妮代塔皱皱鼻子,解释道。

埃米尔坐下来,神情哀伤:"我以前真是那个女人的情人吗?"

"别传这种流言蜚语,贝妮代塔。"保罗责备道,"给我看看这块方头巾。"他把笔记本放下,"埃米尔,这台设备特别有趣,你应该凑过来仔细瞧瞧。"他挽起袖子。

埃米尔瞥了马娅一眼。他有一双漂亮的黑眼睛:"咱俩以前是恋人吗?"

"为什么这么问?"马娅说。

埃米尔苦涩地叹了口气。"保罗很会说服别人。"他咕哝道,"他总是能说服我参加这种聚会,而我会在聚会上犯一些很可怕的错误。"

保罗从屏幕上抬起头:"别抱怨了,埃米尔。你今晚表现得很好。来看看这台设备,准能让你高兴起来。它简直棒极了。"

"我不喜欢数码产品,保罗。我喜欢黏土。黏土!地球上最不数码的物质。"

"你英语说得真好。"马娅凑近他说。

"谢谢你,亲爱的。你确定咱俩从未见过?"

"确定。这是我第一次来布拉格。"

"那你应该让我带你在城里转转。"

马娅瞥了保罗和贝妮代塔一眼。方头巾令二人如痴如醉,他们正在狂飙意大利语讨论那台织物机器。"那可太好了。"她缓缓地说,"聚会结束后你要干什么?"

"你以为我现在在干什么呢?"埃米尔反问道,"无非就是让我自己和所有人感到尴尬罢了。咱们出去走走吧。我需要新鲜空气。"

马娅慢慢地环视这家地下酒吧。没有人看他们,没有人关心她在做什么。她完全自由了。她可以随心所欲地行动了。"如果你想的话,"她说,"没问题。"

她找到自己的红色夹克。埃米尔找到一件脏兮兮的长大衣和一顶垂边软帽。酒吧里没有克劳迪娅的踪影。"我还有个朋友在'首'里,"她对埃米尔说,"咱们还得回来找她。所以只在附近走一走吧,可以吗?"

埃米尔心不在焉地点点头。他们离开酒吧。埃米尔把骨瘦如柴的大手揣进大衣口袋。夜晚晴朗而静谧,而且越来越冷。他开始沿着奥帕托维奇卡大街向前走去。

"你饿吗?"埃米尔问。

"不饿。"

埃米尔便继续闷头向前走,眼睛一直盯着人行道。他们走过了好几条名字甚为古怪的街道:克雷门科娃大街、维吉查里奇大街、奥斯特罗夫尼大街。

"咱们要不要往回走?"马娅问。

"我遇到了危机。"埃米尔疲倦地坦白道。

"哪方面的危机?"

"我不能告诉你。这件事很复杂。"

埃米尔说英语时带有一种捷克腔和英伦腔。她简直不敢相信,在这样一个冷冽晴朗的夜晚,漫步在美丽的城市街头,居然能听到如此动人且充满异国情调的母语。"我不介意。每个人都有烦恼。"

"我今年45岁了。"

"这怎么就成危机了?"

"不是年龄的问题,"埃米尔说,"而是我为了逃避其他困境而采取的措施在困扰我。你也知道,我是个陶艺家。我做这一行已经25年了。"

"所以呢?"

"我以前水平很差劲。只知道转动陶钓①、涂抹泥浆,技术娴熟,但缺乏'圣火'特质。我无法全身心地投入到这门手艺当中。我的技艺越精湛,灵感就越少。我讨厌自己的无能。"

"听起来很严重的样子。"

"做一个快乐的业余爱好者没有问题,天资聪颖固然也很好。但如果在你在意的'创艺'领域资质平庸,那简直就是一场噩梦。"

"这个我还真不了解。"马娅说。

这句话似乎成了压垮埃米尔的最后一根稻草。他拉低帽檐,挡住眼睛,步履沉重地向前走。

"埃米尔,"马娅终于开口道,"你说捷克语会不会更好一些?我的翻译器里正好有捷克语翻译珠子。"

"你也许不能理解,但我以前的生活已经不堪一击。"埃米尔说,"我觉得我在错误的路上已经走了太远,我必须抹掉过去的错误,试着从头来过。于是,我跟一些朋友聊了聊。他们都是倒腾酊剂的,药效很强的那种。我让他们给我施用一种效力强劲的广谱健忘酊剂。"

"哦,我的天哪。"

"我注射了。当我第二天早上醒来时,甚至连话都不会说了。我

---

① 制陶器时所用的转轮。

不知道我是谁、身在何处,甚至不知道我是干什么的。我不知道陶钧是做什么用的。我只知道自己置身于一个工作室内,里面有一台陶钧、一个装有湿泥巴的袋子,还有些破碎的陶罐。那显然是我在,我在,"他用手掌拍了拍脑袋,"我在把自己的脑子搅乱之前,砸烂的那些毫无价值的丑罐子。"

"然后呢?"

"我把泥巴放到陶钧上,转动它,结果发现,我居然能充满灵气地摆弄陶土了。真是个奇迹啊。我可以不假思索、毫不怀疑自己地摆弄陶土了。而我其实对陶土一无所知,可精湛的技巧却自然而然地从手中流淌而出。陶土就是我的全部,我就是陶土本身。陶艺是我唯一留存下来的东西了。我就是一头只会做陶罐的牲口。"

埃米尔大笑一声:"我做了一整年的陶罐。都做得非常好。所有人都这么说。我全都卖出去了。卖给了顶级收藏家,赚了一大笔钱。你瞧,我现在有陶艺天赋了。我终于能做出精品了。"

"多么有意思的经历啊。之后你又干了什么呢?"

"哦,我又拿钱去学了一遍阅读和写作,而且还上了英语课。在那之前,我怎么都学不好英语,但在当时的状态下,很容易就学会了。以前的部分记忆开始一点一点地恢复,但我大部分的人格已经彻底消失。不过倒也没多少损失,毕竟我以前一直都不快乐。"

她考虑了一下这番话。她很高兴能来布拉格。没承想,她竟然在这里遇到了令她倾心的那种男人。

"咱们回酒吧吧。"

"不,我不想再回那里了。我的工作室就在这条街上。"埃米尔耸耸肩,"保罗人很好,他叫我去是出于好意。他的一些朋友也都不错。但是他们不该欣赏我这种人。我确实做过几个上乘的陶罐,但我绝非保罗关于'解放圣火'的研究案例。我是个走投无路之人,为了陶艺毁掉了自己。保罗那些人应该承认这一点。我就是个丑恶的蠢货。他们不应该把后人类的极端行为想得过于浪漫化。"

"你不能回家,然后独自闷闷不乐,埃米尔。你不是说要带我在城里转转嘛。"

"我说过吗?"埃米尔彬彬有礼地说,"我很抱歉,亲爱的。你知道吗,假如我在清早许诺某件事,几乎每次都能兑现。但如果是在深夜许诺……那就说不准了,这跟我的生物钟有关。从清晨到深夜,我会变得越来越健忘。"

"好吧,那你最起码得带我看看你的工作室吧。反正咱们已经离得很近了。"

埃米尔与她四目相对,露出会意的表情。"欢迎到我的住处去看看,"他说,但语气中完全没有那个意思,"如果你非要看的话。"

那栋楼里一片漆黑,破旧不堪。沿着嘎吱作响的楼梯爬上二楼,就来到了埃米尔的工作室。他从口袋里摸出一把金属钥匙,打开门。室内的木制地板凹凸不平,墙上贴着过时的印花墙纸。

地板上的大部分空间都被摆满陶器的高大木架占据了。有两个沾满泥浆的大水槽,其中一个正在不停地滴水;一座白色窑炉;几块满是泥污的钉板,上面挂满了用线材和木头制成的工具;一台陶钧;一个堆满东西的工作台;外面布满灰尘,装有釉料的袋子。简陋的厨房里有几个沾满指纹的白色橱柜,里面搁满了手工制作的陶瓷餐具。旧窗户受了潮气变形了。窗台上摆放着几个漂亮的花盆,盆栽植物瘦削的残躯上抽出了新芽。到处都是皱巴巴的帆布和纸片,还有海绵和手套。屋里充满了刺鼻的黏土气味。没有淋浴间,也没有厕所。浴室在走廊尽头。一张凹陷的木床,床单上污迹斑斑。

"至少你家里有电。但是没有电脑之类的吗?没有网络连接器?没有屏幕?"

"我本来有一台笔记本,"埃米尔说,"非常智能。上面存着我的日程表、各种地址、号码、约会安排。都是对过去的我而言很有用的提示。一天早上,我醒来时头痛欲裂。那台笔记本开始告诉我那天的日程安排。于是,我打开那扇窗户,"他朝那边指了指,"把它丢到街上。现在我的生活变得简单多了。"

"埃米尔,你为什么如此沮丧?这些陶罐都很美啊。你迈出了在医学上不可逆转的一步,可那又怎样?许多人在'改良自己'的时候都运气不佳。这种事一旦发生,再怎么焦躁不安也没用。你只需要想办法别再想那件事就行了。"

"如果你非要知道个中原因,"埃米尔喃喃道,"就看看这个吧。"他把一个骨灰缸放到她手中。它又矮又圆,上着赭色、乳白色和深黑色的釉面。缸体上的花纹像是一块被闪电击中的棋盘,极富冲击力,却又无比澄澈与沉静。它很密实,沉甸甸的,而且线条流畅,宛如一颗能让人感受到永恒之心境的化石蛋。

"这是我最新的作品。"他痛苦地说。

"可是,埃米尔,这件作品很棒啊。它简直太美了,我甚至希望能把自己的骨灰放在里面。"

他从她手中拿过骨灰缸,放回架子上。"再看看这个。这是我注射健忘酊剂之后的作品目录册。"他叹了口气,"真希望我以前能明智地把这本破册子给烧掉……"

马娅坐到埃米尔的工作椅上翻阅起来。册子里都是些陶艺品照片,看得出来,它们是被人悉心又体贴地打着光拍出来的。"这些照片是谁拍的?"

"女人。我想应该有两三个吧……我已经忘了她们的名字。看第74页。"

"噢,我看到了。这幅照片跟你那件最新作品很像。它们是同一个系列的吗?"

"不是很像,而是一模一样。但刚才那件作品是心血来潮的产物,来自我突然迸发的灵感。你明白这意味着什么吗?这意味着我开始重复自己了。我已经才思枯竭了。我已经触达创作力的极限了。我所谓的创作自由,只不过是个可鄙的骗人把戏。"

"同样的陶罐,你创作了两次?"

"正是!正是!你能想象这有多恐怖吗?当我看到那张照片时,心脏仿佛被捅了一刀。"他双手抱头,瘫倒在床上。

"我明白,你认为这件事非常可怕。"

埃米尔畏缩了一下,一语不发。

"你也知道,许多陶艺工都用模子,一次性能做出几百个一模一样的复制品。为什么你的情况就比他们糟糕得多呢?"

埃米尔睁开眼睛,眼神中写满痛苦与苦涩:"你跟保罗谈论过我的情况!"

"不,不,我没有!不过……你知道吗,我爱拍照片。世界上根本不存在原创的数码照片这回事。数码摄影一直是一门没有独创性的艺术。"

"可我不是照相机。我是个人。"

"那一定是你的观念有缺陷,埃米尔。与其在独创性的问题上折磨自己,倒不如接受你是后人类的事实,或许这样你会更快乐。我的意思是,现在的人类已经没有以前的人之本性了,对不对?每个人迟早都得接受这个事实。"

"别跟我说这个,"埃米尔呻吟道,"别这么跟我讲话。你要是想这样说话,就回到刚才的派对中去,跟我说这些纯属浪费时间。你去跟保罗聊,他也这么讲话,你愿意听多久都行。"

埃米尔把一件棉浴袍从床边踢了下去。"我不是后人类。我只是一个愚蠢的、极度绝望之人,毫无天赋,又犯下一个很严重的错误。虽然我已经记不大清楚事情,但我很清楚自己是谁。世界上所有自作聪明的劝解对我都没有任何区别。"

"所以呢?看来你已经下定决心了。对于这场所谓的危机,你有什么解决办法?"

"还能怎么办?"埃米尔说,"恐怕已经别无选择。我不能把生命浪费在不断地重复自己当中。我要从窗户中跳下去。"

"哦,天啊。"

"注射健忘酊剂只是一种懦弱的妥协,一个权宜之计。我现在并没有成为我想成为的那种人。我永远也成为不了。这样的话,我还不如一死了之。"

"呃,"马娅说,"我当然不反对自杀。自杀是很正常的行为,一直以来都是一个十分体面的选择。但是……"

埃米尔用双手捂住耳朵。

马娅挨着他坐到床上,轻叹一声:"埃米尔,寻死是愚蠢的。你这双手真漂亮啊。"

他沉默不语。

"这么漂亮有力的双手,本可以伸到我的衣服里面。可是,它们如果深深地埋在冰冷坚硬的地下,化作泥土,简直太可惜了。"

埃米尔坐起来,两眼放光。"为什么女人都这样对我?"他终于开口道,"我是个精神严重崩溃的人,难道你看不出来?我没有什么可以给你的。到了明天早上,我连你的名字都不会记得!"

"我知道你不会,"马娅说,"我当然知道你不会记得。我以前从未遇到过像你这样的人。你这项特质非常有魅力。我不太清楚为什么,但这一点真的非常诱人,令我难以抗拒。"她吻了吻他,"我知道你讨厌听到这种话。所以,咱们还是别说话了。"

————

她半夜醒来,躺在一座陌生城市里的一张陌生的床上,枕边人发出一起一伏的轻柔的呼吸声。人生经验的结构再次发生了改变。她身体绵软,虽疲倦,但却很愉快,沉睡的他使她感到极其温暖。拥有情人就像有了第二个灵魂。而她的灵魂足够分享给世界上的每一个男人。

————

翌日清晨,她做了早餐。埃米尔正如他先前所说的那样,已经忘记了她的名字。他对此感到很尴尬,却又显得兴高采烈。二人在床上打了一场快炮,便将他们的情人关系正式确定了下来。埃米尔吃过早餐,欢欣鼓舞地笑了笑,然后去工作了。马娅无法忍受工作室的杂乱,便开始打扫起来。

从目录册来判断,埃米尔已经独居两个月,也许是三个月了。他的作品归档杂乱无章,而且早已过时。她必须理清记录。目录册显然是跟埃米尔在一起的女人遗留的开放式工作。从照片质量来看,她应该是第四个女人。

彻底清扫房间的过程中,那些女人存在过的痕迹进一步丰富了起来。女人们就像一连串疾风骤雨般扫过埃米尔的工作室。不是在这里留下发夹,就是在那里留下一只皱巴巴的长筒袜,此外,还有鞋垫、一管用光的口红、从丢失已久的服装上掉落的粉色羽毛、廉价太阳镜、错配的炊具、润滑剂、测血仪,当然还有照片。在那些女人当中,真正对这里投入很大精力的,应该是拍照片的那几个。

"我今天感觉很好,"埃米尔宣称道,他确实也应该感觉不错,"我要专门为你创作一件新作品,马娅。一件能够传达你独特品质、你的慷慨和善良的作品。"

"我不是你的黏土器皿,你知道的。"

"亲爱的,你当然是啦!我们都是黏土器皿。为什么要驳斥《圣经》[①]呢?"埃米尔愉快地咯咯笑了,然后开始捶打黏土。

马娅回到市中心,从储物柜里取出行李。克劳迪娅的背包和衣物袋都不见了。克劳迪娅给她留了一张纸条,是用德语写的。马娅当然看不懂德文,但从棱角分明的潦草笔迹和林立的感叹号来判断,克劳迪娅当时肯定怒不可遏。

马娅找到一个公共网点,将相机接入网络,把照片传给身在服装店里的特蕾泽,然后去吃了午饭。

等她听话地让自己吃过东西之后,又给慕尼黑的服装店里打了个电话。

"你在哪里?"特蕾泽问。

"还在布拉格。克劳迪娅怎么样了?"

"她回来了。很生气也很担心你,她还在宿醉,并感到很羞愧。你一点忙也没帮上,马娅。"

---

① 指《圣经》中描述的上帝用泥土造人。

"我认识了一个男人。"

"我一猜就是……你什么时候回来?"

马娅摇摇头:"特蕾泽,如果我不照料他,他就会跳楼自尽。"

特蕾泽大笑:"你疯了吗?这简直是搞艺术的男人最老套的花招。理智点儿,马上回来。我又搞到了一批新货。"

"特蕾泽……"她叹了口气,"你说得对。'首'确实是个地下场所。我很喜欢这些搞'创艺'的人。他们会教我如何富有创造力。我不打算回慕尼黑了。"

特蕾泽沉默不语。

"特蕾泽,你看到我发过去的照片了吗?"

"照片还不赖,"特蕾泽说,"我觉得也许我能用得上。"

"拍得挺差的。不过我要上摄影和视觉追踪方面的课程。我的技术会变得越来越好。我要弄到更好的设备,我要真正投身到'创艺'工作中去。我要让自己成为他们中的一员。"

"你在店里干得不开心吗,亲爱的?"

"我不想开心,特蕾泽。我还没到开心的时候。我还没有成为独立自主的女人,我必须学着如何更爱自己。这些搞'创艺'的人,我觉得他们能帮到我。他们拥有跟我同样的渴望。"

"你的语气突然变得好笃定啊。是什么让你改变了主意?怎么跟陌生男人睡了一宿就这样了?要不你还是坐火车回来吧。坐火车很方便的。"

"如果你想要的话,我可以给你传很多照片。但我不能再回店里了。"

"你要是不回慕尼黑,我将不得不聘用别人。这里不会再欢迎你回来。"

"那就找别人吧,特蕾泽。"

"我可怜的小马娅啊,总是那么雄心勃勃。搞'创艺'的人都太新潮了。"特蕾泽轻叹一声,"你知道吗,手艺灵巧并不代表他们就是好人。你很单纯,他们可能会伤害你。"

"如果我想活得安全和舒适,莫不如待在加州。我目前的这种生活很有风险。我是个非法移民。我在流浪,四处漂泊。你对我非常好,但慕尼黑不是我的家。我早晚得离开那里,这你是知道的。"

"我知道,"特蕾泽压低声音承认道,"即便如此,你还是欠我的。对不对?"

"没错。我欠你的。"

"我给你吃,给你穿,给你地方住,而且从来没告发你。这是很大的人情,对不对?"

"是的,很大的人情债。"

"总有一天,我要让你帮个大忙,作为报答。"

"什么忙都行。"

"为了将来能还我这个人情,你今后行事一定要谨小慎微。"

"我可以做到,"她保证说,"谨小慎微是我的专长。"

"到时候你自然会知道怎么报答。记住,你欠我的。还有,万事小心。Wiedersehen[①],亲爱的。"特蕾泽挂断了电话。

尽管埃米尔懒得给自己好好做饭,但他却很喜欢吃。身边有个女人时,如果不能按时吃饭,他就会愤愤地抱怨,仿佛天要塌下来似的。

[①] 德语,意思为:再见。

埃米尔有点儿钱，但他不知道怎么妥善管理。工作室里到处都塞满了用掉一半的现金卡。于是马娅去买了些东西，她开始吃得比以前更有规律，也更自主了。有捷克风味的养生食物，例如蛋面汤团。还有开胃菜、水饺、粥和菜炖牛肉。这些食物很饱腹，也很诱人，吃完后令她感到既愉快又精力充沛。

埃米尔每次尽情享用美食之后，都会变得活力四射。做埃米尔的情人感觉很甜蜜，每当他用灵巧的双手爱抚她的肌肤，总是会有一些令他震惊的新发现。性爱使他感到惊奇、愉快、崇敬和感激。

丰盛的食物让埃米尔变得非常高产。窑炉一刻不停地烧着。确切地说，他的窑炉并非微波炉，而是一种专门的制陶共鸣箱。像大多数新潮玩意儿一样，埃米尔的窑炉操作简便，非常干净，出活速度极快，但整体看起来十分怪异。他会抓住一张巨大火钳的防护垫，将刚刚受过微波辐射的陶罐夹出来。被辐照过的黏土一遇到空气就开始冷却，发出令人毛骨悚然的清脆的尖啸声，同时，陶罐会像壁炉砖一样热气喷涌。整个工作室都会雾气腾腾，变得非常舒适。每到这时，马娅都会踩着拖鞋，穿着解开的浴袍在屋里漫步，浴袍之下赤身裸体，只在脖子上戴着那条钻石项链。她的头发已经长到可以用手抓住的程度。虽然发质很硬，而且参差不齐，但头发的生长速度非常惊人。

如果埃米尔对做出来的成品很满意，他就会把她扔到床上云雨一番作为庆祝。如果不满意，马娅则会把他扔到床上云雨一番作为安慰。然后，他们会蹑手蹑脚地溜到走廊尽头，挤在一起洗热水澡。洗干净后，他们会吃些东西。他们在一起的时候说英语。亲热时，埃米尔还会从喉咙中挤出一点儿捷克语。二人的生活非常简单和直截了当。

埃米尔讨厌工作的时间被其他事情偷走。他主观地认为，每天花在维持生命正常运转上的时间，无疑是一小段一去不复返的永恒时光。有了魔法般源源不断的食物和电力供应，埃米尔就会陷入唯我论①的状态。

早晨醒来的埃米尔非常难应付，因为他总是对她意外出现在他家里感到惊讶和好奇。不过，一周之后，对她的出于本能的熟悉感，似乎已经渗到了埃米尔的潜意识中。她对他的性欲和做爱套路了如指掌，他对此好像也没那么惊讶了，而且，他变得对她更加信任，也更愿意听从她的建议了。

一天晚上，她让他出去买新内衣，顺便给他自己好好理个发，并千叮咛万嘱咐他具体要去哪家店铺，以及购买什么物品和服务项目。她将这些信息写在一张现金卡上，然后用一条小链子挂在他的脖子上。

"干吗不文到我的胳膊上？"

"你可真逗，埃米尔。快去吧。"

家里没有他碍事，她感觉好多了，也许是因为规律且有营养的饮食，也许是因为二人的关系一直很亲密。但是，她今天却感到焦躁不安。暴躁之气仿佛马上要从她的皮肤中钻出来了。不知怎的，她觉得自己好像需要被紧紧裹住，于是穿上了紧身衣和毛衣。

有人敲门。她以为是埃米尔的经销商。那人叫施瓦茨，是个名不见经传的画廊老板，每隔几天就过来寻摸埃米尔的新作品。但她猜错了。来访者是个肥胖的捷克妇女，身穿浅灰蓝色的民事支援制服，手里提着一只小提箱。

"Dobry vecer②。"

---

① 唯我论认为，除"我"或"我"的精神之外没有任何东西存在，整个世界及其他人都是"我"的感觉、经验和意识的一种观点。

② 捷克语，意思为：晚上好。

马娅立刻把翻译器塞进耳朵，这已经成为她的下意识习惯了："您好。您会说英语吗？"

"嗯，会说一点儿。我是这儿的房东。这栋楼是我的。"

"原来如此。很高兴见到您。有什么可以帮您的吗？"

"有。麻烦开一下门吧。"

马娅让到一旁。房东快步走进屋。她额头上的皱纹很深，眼神锐利地打量着工作室，那两道眉毛间相对较浅的皱纹慢慢消失。她身体硬朗，保养得非常好。马娅觉得她有75岁，也可能80岁。

"你在这儿进进出出好几天了，"房东轻快地说，"看来你是他的新女友。"

"算是吧。呃……jmenuji se[①]马娅。"她笑了笑。

"我是纳亚多娃太太。你比他上一任女友爱干净多了。你是德国人吗？"

"呃，我是从慕尼黑过来的。但说实话，我只是路过此地。"

"布拉格欢迎你。"纳亚多娃太太打开小提箱，在像手风琴风箱一样折叠的文件夹中翻找起来，最后取出一厚沓写着英文的镀膜纸，"这是你的民事支援文件。都是给你的。读一读。这张上面写的是吃饭的安全场所。这张介绍的是睡觉的安全场所。这张是重要的医疗服务指南。这张是布拉格地图。这张是文化活动指南。这张是商店优惠券。这张是火车和公交时刻表。这张是警方建议。"纳亚多娃太太把文件和一小沓廉价的智能卡胡乱地塞进马娅手中，然后看着她的眼睛说，"很多年轻人都来布拉格。年轻人都很鲁莽。有些人很坏。流浪女孩一定要多加小心。所有的官方建议都要读。一个字也别落下。"

[①] 捷克语，意思为：我的名字是。

"您真好。这些对我真的非常有帮助。Dekuji[①]。"

纳亚多娃太太从外套口袋里取出一张饰以镀金浮雕图案的智能卡："这里边是教堂礼拜指南。你信教吗？"

"呃，不，我不信教。我不喜欢用宗教致幻剂。"

"可怜的姑娘，你错失了生命中真正美好的那部分。"纳亚多娃太太哀伤地摇摇头。她放下小提箱，从中熟练地拿出一把伸缩式长柄拖把和一包无菌黏性海绵。"我现在得给房间取样。你懂我的意思吗？"

马娅把文件放在新床单上："您是说做接触性传染病的取样吧。我懂，我之前还寻思这个问题呢。您有专门的枯草芽孢杆菌或者大肠杆菌吗？我想在屋子里撒一些来消灭病菌。水槽下的那个角落闻起来有股发酵的气味。"

"可以去卫勤保障部门拿。"纳亚多娃太太高兴地说，"你提交一份官方体检报告，他们会把保持房屋干净所需的物品给你。"

"就没有其他能获得那些微生物的途径了吗？我还没到体检的时候。"

"可那是免费的啊！是市政府赠予你的礼物！去哪里体检，如何提交报告，文件上都写着呢。"

"我明白了。好的。十分感谢。"

纳亚多娃太太组装好拖把，然后开始有条不紊地在工作室里慢悠悠地转悠，刮刮这里，又擦擦那里。"这位陶艺家的家里都有野耗子了。"

"唔——"

"他卫生习惯很差。总把食物留在外面，虫子都给招进来了。"

"我以后会多加注意。"

纳亚多娃太太决定提醒她，便抬起头说："姑娘，你必须了解这一

[①] 捷克语：谢谢。

点——这个疯子之前的那些女朋友，她们并不开心。也许最初的几天很开心，但到最后，她们都会哭哭啼啼的。"

"您这么体贴，真的非常感谢。请您放心，我保证不会嫁给他。"

这时，门开了。头发剪得整整齐齐的埃米尔提着购物袋走了进来。一场激烈的争吵立刻爆发。埃米尔与纳亚多娃太太说的是捷克语，他们大声怒骂，气得直跺脚，他们恶毒地谴责、控诉和反驳着对方。这场争吵似乎要持续很久。最后，纳亚多娃太太晃了晃拖把，又连声爆出尖刻的威胁之语，之后从工作室里退了出去。埃米尔砰的一声关上门。

"埃米尔，天哪，至于这样吗？"

"那个臭娘们儿！"

"你居然记得她的名字，我很惊讶。"

埃米尔怒视马娅："忘记爱人的名字非常悲哀和不幸。但若是忘记敌人的名字，简直蠢到家了！她是个条子！间谍！卫生稽查员！而且还是个统治阶层老人！她是个毫无艺术修养的资产阶级女人！肥胖又有钱的食利者！最重要的是，她还是我的房东！她这种人简直糟糕至极。"

"将房东和那些社会职能绑定到她一个人身上，确实有些过分。"

"她还监视我！向卫生部门举报我。她蛊惑我朋友的思想，让他们反对我。"他眉头紧锁，"她跟你说话了吗？她说什么了？"

"我们刚才没怎么说话。她只是给了我这些免费的优惠券。你瞧，我可以用这张租自行车。这张芯片卡里有英文版的布拉格网点目录。不知道里面有没有关于摄影工作室的内容。"

"全是垃圾！一文不值！都是商业圈套。"

"你上次付房租是什么时候？我是说，你能想起来付房租吗？"

"噢，我付啊。我当然会付房租啊！你以为纳亚多娃是开慈善机构的吗？我相信她每次都会提醒我。"

随后便是做饭、吃饭。埃米尔很生气。上午荒废了时光，晚上又跟房东太太大吵了一架，令他毫无胃口。他的发型现在看起来好多了，不过，埃米尔的头发天生就不好打理。整个晚上，他都在闷头翻阅作品目录册。这可不是什么好兆头。

刚刚那场争吵搅得马娅心烦意乱，她似乎无法对此满不在乎。随着夜色渐浓，她变得越来越烦躁。她有些神经兮兮，脾气暴躁起来。她感到很不舒服，体内传来一种奇怪的紧绷感。

她感到乳房越来越胀痛。这时，她才意识到是怎么回事。她已经太久没有这种感觉了，以至于她以为自己生病了。但这其实是女孩长大成人的体现。她即将迎来40年以来的第一次月经。

之后，他们上床睡觉。性爱驱散了他的坏心情，但她却感觉下体像被砂纸磨过一样。夜色渐深。她开始意识到，接下来的几天会很难受。在这段时间内，她再也不能尽情享受性爱的欢愉。她身体所经受的，是一种经过医疗处理后属于后人类女人的报复式体验。她眼皮浮肿，脸部感觉像打了蜡似的，而且还有些肿胀，盆腔深处隐隐作痛。她的情绪极不稳定。每呼吸一下，小腹就仿佛被猛地提起，又重重地坠落下去。

埃米尔已经沉沉睡去。一小时后，她在迷乱和疼痛的作用下，开始无声落泪。如今，哭泣通常能对她起到很大作用。她想哭就哭，而且哭泣会像用清水清洗沙子般将所有悲伤情绪冲刷掉。但在今晚，哭并没有用。眼泪流干后，她觉得自己恢复了理智，右脑很清醒，但情绪却十分低落。

她把安恬睡熟中的埃米尔晃醒。

"亲爱的，醒醒，我得告诉你一件事。"

埃米尔醒了。他咳嗽一声，坐了起来，讲英语的水平明显恢复了："怎么了？时间不早了。"

"你还记得我是谁吧？"

"你是马娅。不过如果你在这么晚的时间告诉我事情，我明天肯定不会记得。"

"我没想让你记住，埃米尔。我只想把事情告诉你。我必须告诉你。现在就得说。"

埃米尔警觉起来。他把厚重的窗帘塞到床头板后面。月光和街灯相混合，迷蒙地照进工作室里。他看着她的眼睛："你一直在哭。"

"是的……"

"你要坦白什么？没错，我能看出来……我知道了。我能从你的眼睛里看出实情……你一直背着我跟别人通奸！"

她惊讶地摇了摇头。

"不，别否认了。"他坚持说，同时抬起一只手指着她，"你一个字都不必说！这已经太明显了！一个年轻漂亮的姑娘，跟我这么一个可怜的精神崩溃的怪物在一起——世界上没有比我更容易被骗的人了！我知道，我没有值得让女人忠诚于我之处。当埃米尔不过是个幽灵，是个对你而言几乎不存在的男人的时候，我的胳膊，我的嘴唇——这些根本就不重要了！"

"埃米尔，现在听我说。"

"我要求你对我忠诚了吗？从来没有！我对你唯一的要求就是不要羞辱我。你想做什么都行，我不拦着。你找十来个，甚至一百个情人都没问题！但是，千万别让我知道。可你还是非得告诉我，对不对？你非得用这件我最不想知道的卑鄙的秘密……来击碎我辛苦营造的假象。"

"埃米尔,别说了!你怎么表现得跟个孩子一样。"

"别叫我孩子,你这个荡妇!我年龄比你大一倍!"

"不,你没那么大,埃米尔。安静一下。我比你大得多得多。我不叫马娅,也不是年轻小姑娘。我其实年纪很大,是个老女人。我的真名叫米娅·齐曼,我已经快100岁了。"她又哭了起来。

埃米尔惊呆了。随后是一阵死一样的沉默。接着,埃米尔缓慢地退到床边。

"你不是在开玩笑吧?"

"不,我没开玩笑。我已经94岁,不,95岁了,差不多是这个年纪吧。但在某种程度上,我跟你非常像。我也经历过一次非常激烈的'改良',就在几个月前。就是那次改良使我变成了现在这个样子,它将我的灵肉揉得粉碎,让我对一切都感到分外陌生。"

"你没有对我不忠?"

"没有!埃米尔,我没有,我从来没有背叛过你!我跟你说的是实话。你要相信我。"

"你是说,虽然你看起来也就20岁左右,但实际上已经有100岁了?"

"是的。"

"但你并不是老女人。我知道老女人是什么样。我甚至跟老女人上过床。你也许有许多身份,亲爱的,但你绝对不是老女人。"他叹了口气,"你是不是服用什么东西了。你说胡话呢吧。"

"我只接受过新端粒损耗性细胞脱毒法。相信我,比起你们这些小孩子喜欢服用的对身体没有损伤的酊剂,那种疗法简直可以说是巫术了。"

"你是说,你是个统治阶层的老年女性?那你为什么不待在舒服的豪华公寓里,身上戴着上百个监测仪?"

"因为我把它们都撕掉,然后逃出城了。这就是原因。为了接受一项非常先进的治疗方法,他们所有的文件我都签了字。可做完之后,我却违反了所有相关的法律条款。我搭乘一架飞机来到欧洲。我在潜逃中。我是个非法移民,是一个研究项目的逃犯。可是,埃米尔,他们迟早会抓住我。我不知道我为什么要这样做。我不知道自己今后会怎么样。"她开始痛哭起来。

埃米尔等了一会儿。再次开口时,他声音都变了,语气中满是疑惑和诧异:"你为什么要告诉我这些?"

她泪如雨下,哽咽不止,伤心得说不出话来。

于是,他又等了一会儿,然后用一种试探和惊愕的语气问道:"那我现在该拿你怎么办?"

她放声痛哭。

"我现在明白了,"埃米尔大声总结道,"你就是个怪胎,对不对?你就像一个小吸血鬼!以我为食!吸食我的生命和青春!你就像故事书里的蛇身女妖拉弥亚。你就是一只小小的……吸血的……后人类……恶魔情人……梦淫妖①!"

"别说了!别说了!别再说了,不然我就自杀!"

"这种事只有在布拉格才会发生,"埃米尔慢条斯理地说,语气变得越来越欣慰,"只有在这座黄金之城、炼金术之城内才会发生。你刚才给我讲的故事非常古怪。怪异得我连想都不敢想!而我居然亲耳听到了!但奇怪的是,这个故事却让我为自己身为捷克人而感到非常自豪。"

她捏着床单,用边缘擦拭着泪如雨下的眼睛:"这话是什么意思?"

---

① 传说中与熟睡之人交合的妖魔。

"我其实是这个故事的受害者,对吗?我是个牺牲品,是你这个性爱傀儡的玩具。啊,这简直是最惊奇……最惊奇和最不可思议的故事……它是如此黑暗、怪异和撩人。"他看着她,"你当初为什么会选择我?"

"我只是……我只是真的非常喜欢你的手。"

"这太难以置信了。"埃米尔调整了一下枕头,"你现在可以停止哭泣了。好啦,别哭了。"他向后一靠,双手十指交叠,放在毛茸茸的胸膛上:"我不会告诉任何人。我会保守你这个可怕的秘密。反正我说了也没人信。"

他自负的程度令她大为震惊,以至于她差点儿忘记了自己的绝望处境。"你不认为我应该……自杀吗?"她小声说。

"我的天哪,女人,自杀有什么用?你又没有错,你不是罪犯,你只不过从统治阶层老人的'实验鼠'研究项目中骗取了一点儿资源而已。他们能拿你怎么办?让你再次变老?还是把你在日光下晒干,变得像在地窖里风干的苹果一样?他们不能这么做。那群手握荒谬技术的病态的百岁老人,他们自以为统治了世界,但其实他们注定要完蛋……他们对躯体做一些小修小补,却对想象力的力量一无所知……而这一切最终将你送到了我面前!你!就像一只刚从壳里钻出来的粉红的沙滩小螃蟹!"

"我不是沙滩小螃蟹,也不是梦淫妖。"她深吸一口气,"我是个逃犯。"

他哈哈大笑。

"我就是!我曾经假装自己是另一个人,真正意义上的另一个人,如此一来,我就不必面对自己真正的渴求。但我这样只不过是在欺骗自己,因为我一直以来就是米娅,我自始至终都是米娅。我痛恨他们!

他们不想让我痛快地生活！只想让我存在于世即可，并且跟他们一样日复一日、年复一年地消磨时光！我现在就可以走到大街上——呃，首先得把衣服穿上——然后给湾区的实验室打电话。我可以对他们说：'加州的各位，大家好啊，是我，米娅·齐曼，我刚刚对NTDCD疗法产生了一次不良反应。对不起，我目前在欧洲，是我之前头脑犯浑，请你们把我接回去吧，把你们的监测仪器塞进我的身体、放在我的身上、压在我的身下吧。我现在已经想清楚了。我以后会很乖的。'他们肯定会过来接我！他们会派一架飞机来，也许还会派一名随从记者，他们会恢复我以前的工作，同时将冷毛巾敷在我的额头上。他们太愚蠢了，他们都应该死！我宁愿被杀死，宁愿从窗户里跳出去，也不想回去过那样的生活。"她浑身颤抖起来。

埃米尔摸摸她的手，久久不语。最后，他起身给她端来一杯水。她大口喝光，然后擦了擦眼泪。

"这就是你要告诉我的事，对吗？"

"对。"

"说完了？"

"嗯，说完了。"

"你以前告诉过我吗？"

"没有，埃米尔，从来没有。我从未告诉过你，也没告诉过其他人。你是第一个知道的，真的。"

"你觉得你以后还会再告诉我一遍吗？"

她停顿片刻，略作思忖："你觉得你会记得吗？"

"我不知道。可能会吧。但这么晚的时间听说的事情，我通常都不会记得。换成别的女人，我或许也不会记得，但我们之间有一种很深层的联系。你和我。我觉得……我觉得我们的相遇是命中注定。"

"这个嘛……也许吧……不，不，我不相信这个，埃米尔。我一不信教，二不迷信，甚至也不潜修，我只是个后人类。我是后人类，做出了一个超越道德极限的选择，而且我是在清醒的时候做出的选择，现在，我必须学会如何在只属于自己的梦魇中生存。"

"我知道一种解脱方式。"

"是什么？"

"你必须要勇敢。但我到时可以把你破碎的精神世界重新塑造成一个整体。你将不再有疑惑、秘密和痛苦，你将会变成一个全新的女人。如果你想让我帮忙的话。"

"噢，埃米尔……"她盯着他说，"该不会是健忘酊剂吧？"

"还能是什么呢？你不会以为我会忘记这么重要的东西吧？你说的那个叫齐曼的老女人，那个给你造成巨大精神负担的人……我们可以把她从你体内清除出去。健忘酊剂就像女巫的扫帚一样能把她彻底清理掉。"

"这对我有什么帮助呢？我依然是个非法移民啊。"

"不，你到时就不是了。我们也会把非法移民的身份清扫干净。你会成为我的妻子。你会从生理和心理上都变成年轻人，一个全新的人。而且你会爱我，我也会爱你。"他在床上坐起来，挥舞着双手，"咱们今晚可以把这些写下来，写清楚咱们要怎么实施，这样明早咱俩就能一块儿明白是怎么回事。我们可以请保罗来帮忙。保罗人很好，很聪明，他有朋友，说话好使，而且他喜欢我。咱们可以结婚，离开布拉格，去波希米亚。到那边咱们可以开辟一座花园，还可以做陶艺。咱们会在乡下开启全新的人生，而且将永远生活在资产阶级的世界之外。"

说这些的时候，他的语气中满是昂扬、兴奋、受到鼓舞和深信不疑的劲头。正当马娅想回应时，一道猜疑的黑色闪电击中了她。她心里猛然一沉，不安地意识到，这番提议他以前也跟其他女人说过。

————

早上醒来时，她并未见到埃米尔的踪影。房间里充满了血腥味。床单上到处都是她的经血。她爬下床，往内裤里塞上一张临时护垫，穿上睡袍，给自己做了一杯止痛酊剂，喝下之后，便去扯下床单，把沾有血污的床垫翻转过来，然后筋疲力尽地瘫倒在床上。

中午时分，有人敲门。"走开。"她呻吟道。

这时传来用钥匙开锁的咔嗒声。门开了。是保罗。

"噢，是你啊。"她脱口而出，"你好，保罗。"

"下午好。我可以进来吗？"保罗走进工作室，"看来你还活着啊。真是个好消息。你生病了吗？"

"没有。是的。没有。该怎么委婉地告诉你呢？我现在不在身为女性的最佳状态。"

"就这样？没别的了？好吧。"保罗微微一笑，"我懂了。"

"埃米尔呢？"

"是的。"保罗模棱两可地说，"咱们聊点别的，好不好？你叫马娅，对不对？咱们上个月在'首'的聚会上有过一面之缘。你朋友就是那个勃然大怒，然后跟妮科激烈推搡起来的女装设计师。"

"听到这个消息，我很抱歉。"

"你吃饭了吗？"保罗说着把背包丢到窑炉旁边的地板上，又用双手把乌黑的头发往脑后捋了捋，"我今天还没吃过东西呢。我做点儿吃的吧。厨房里看起来存粮充足。做菜炖牛肉怎么样？"

"哦，天哪，不要。"

"那就煮点儿荞麦粥吧。这个清淡，而且有助于恢复元气。"保罗开始倒水，"你认识咱们的好朋友埃米尔有多久了？"

"自从去'首'的那晚之后，我就一直跟他住在一起。"

"跟埃米尔同居了三周！你这女人可真勇敢。"

"我又不是第一个。"

"这里让你收拾得面目一新啊。"保罗仔细地环视了一圈工作室，"我很佩服你的奉献精神。照顾埃米尔一点儿也不轻松。他今早打电话给我，听上去非常焦虑不安。于是我就从斯图加特坐快车赶了过来。"

"原来如此。"她找到床罩，拉到膝盖上盖住，"他说你们是好朋友。他总是对你高度赞扬。"

"是吗？真让人感动啊。当然，埃米尔打给我也很正常。因为我把我的网络地址文到他的前臂上了。"

她眨眨眼："我从来没留意过他有这个文身。"

"文得很微妙。只有当他非常难过的时候，文身才会在他的皮肤上显现出来。"

"埃米尔今早很难过吗？"

保罗把黄色面粉筛入锅中："他早晨叫醒我，跟我说床上躺着一个奄奄一息的陌生女人，她快死了，也可能已经死了。他说那是梦淫妖，是个性爱傀儡。他感到困惑不解。"

"他现在人呢？"

"他正在放松，洗桑拿呢。施瓦茨在照顾他。我得给他们打个网络电话。稍等片刻。"保罗从衣领上取下网络连接器，然后一边说德语，一边悉心地搅拌锅里的粥。他的语气先是安慰，然后是逗趣，接着是命令式的，最后则是些许的挖苦。把埃米尔安抚得恢复理智、回归正常之后,保罗便把电话夹回衬衫领口上。

"你应该补充水分。"他说,"来杯矿泉水如何?里边加上200微克的靶向脑啡肽宁,再来点儿利尿剂和弛缓剂。这样应该就能让你恢复正常。"他拿起背包,打开,掏出一个透明的拉链袋,里面装有各种箔片贴纸和密封胶囊。

"保罗,你刚进来的时候,是不是以为我已经死了?"

"这个世界上充满了各种可能性。"保罗打开一个橱柜,取出勺子和碗,"我当时只是想,最好先赶过来。仅此而已。"

"你是想赶在当局插手之前了解这里的局面吗?"

"你愿意这么想也行。"他给她端来一只精致的瓷碗和一只锥形瓷瓶,里面分别盛放着热腾腾的荞麦粥和矿泉水,"吃完这个就不会那么心烦意乱了。"他回厨房取回自己那碗粥。

她抿了一口嘶嘶冒泡的矿泉水:"Merci beaucoup[①]。"

"说英语就行,马娅。我是个程序员,全世界的技术黑话我都能掌握,所以我们不妨用英语沟通。强行说你不熟悉的语言是不明智的。"

他们把一根黄色的油脂棒切成薄片,又往粥里放入几颗白色方糖,并加以搅拌,然后一起坐在床上吃了起来。这套吃饭程序非常温馨,让她有了一种重回5岁小孩子的感觉。她身体很虚弱,而且怒火中烧。这会儿跟保罗逞强可不是个好主意。

"我现在这个状态,特别不好相处。"她说,"我俩昨晚吵架了,搞得他很生气。我不该在深夜跟他说事情,那样会影响他的睡眠。"她轻叹一声:"再者说,我今天早晨的样子确实半死不活。"

"一点儿也看不出来。"保罗说,"不戴假发、不抹化妆品的时候,

[①] 法语:太谢谢你了。

你的脸别有一番特点。也许不那么符合传统意义上的漂亮，但要更有吸引力。你的样貌中有一种忧郁的疏离感，或者说一种厌世感，几乎可以说是长了一张圣像般的脸。"

"你说话真是既有分寸又满是恭维。"

"不，我是以审美学家的身份评价的。"

"你在斯图加特是做什么的，保罗？不管你是做什么的，我都很抱歉耽误了你今天的工作。"

"我做编程，同时还在大学任教。"

"你多大了？"

"28岁。"

"这么年轻他们就让你教书？"

"欧洲的大学制度非常古老，而且错综复杂、官僚作风严重。但是，假如你有出版物，有资助人，再加上学生一致强烈要求你来任教，那么，你就可以教书。哪怕只有28岁，"他微微一笑，"C'est possible[①]。"

"你教什么课？"

"'创艺'。"

"噢，那是当然。"她连连点头，"你知道吗，我想找个人教我摄影。"

"约瑟夫·诺瓦克。"

"你说什么？"

"约瑟夫·诺瓦克，他就住在布拉格。我想你应该不了解他的作品，但他以前的确是一位伟大的摄影大师。他是早期虚拟环境的先驱。我不确定诺瓦克还收不收学生，不过我首先想到的就是他。"

"他是统治阶层老人吗？"

[①] 法语的意思为：也是有这个可能的。

"'统治阶层老人'?一个好老师永远都不该受到这样的鄙视。当然了,要认识诺瓦克是很难的。上了年纪的老人都不容易和他结识。"

"约瑟夫·诺瓦克……等等,他十几岁的时候是不是做过一款叫作《玻璃迷宫》的桌面环境?"

"那件事离我过于遥远。"保罗笑了笑,"诺瓦克年轻时非常高产。当然,那些作品现在已经全部遗失。都是因为早期数字标准和平台尽数过时而造成的不幸的损失……简直是一场巨大的文化灾难。"

"可不是嘛。《玻璃迷宫》《雕塑花园》《消失的雕像》,全是约瑟夫的作品。它们当年引起过巨大轰动!那些作品都超级棒!没想到他居然还活着!"

"他家离这里也就一个街区。"

她坐起来:"是吗?那咱们去探望他吧!你介绍我跟他认识,好吗?"

保罗看了看手腕:"今天下午我在斯图加特还有课……恐怕今天时间有点紧。"

"哦,那就算了。真可惜。"

"不过,我很高兴看到你感觉好多了。"

"止疼药起作用了。非常感谢。再者说,我每回吃完饭之后都会感觉好很多。"

"话说回来,看来你很熟悉约瑟夫·诺瓦克早期的作品啊。原来你是个古董研究专家,马娅,那可真有意思,很厉害。你今年多大了?"

"保罗,也许我这几天还是不跟埃米尔见面为好。假如我暂且从他的生活中消失一段时间,对埃米尔可能会更好。我是说,考虑到当前的状况,最好还是这么办。你有什么建议吗?"

"我相信埃米尔明早就能恢复如初。他几乎每次都是这样。但我能明白,考虑到当前的状况,你这么想是明智的。"

"或者这几天我出去游逛一下也行。你介意我跟你一起坐火车回斯图加特吗？我只是想路上有个人聊天。希望不会给你添麻烦。"

"不，完全不会。我很高兴路上有你做伴儿。"

"那我去换衣服，好不好？"

工作室里没有换衣服的私密空间。不过年轻人对隐私不甚在意。马娅笨拙地穿上紧身裤和毛衣。与此同时，保罗专心地刷锅洗碗，对她完全无动于衷。

她照了照化妆镜，立刻被吓了一跳。如果用霓虹灯光照在眉宇之间，她真实的样子就再明显不过了。那并非年轻女人的脸，而是一张后人类的脸，苍白，清瘦，写满了完全无法承受的极度痛苦。那是一张过时的塑料人体模型所拥有的雕塑般的蜡制脸庞。

她冲到厨房水槽前，开始化起妆来，洁面啫喱、爽肤水、毛孔紧致水、表皮基质乳、粉底液、腮红、睫毛膏、眼线膏、唇彩、睫毛夹、巩膜光亮剂、眉笔。她忘了刷牙，不过她的牙齿看上去还不错。

从镜子里可以看到，她的憔悴神色已经彻底消失，被化妆品严严实实地遮盖住了。头发还是很难看，但通常来说，自然的头发本来就不好看。

她找到一条鲜艳的捷克披肩，穿上她的平底鞋，戴上她那顶大大的暖灰色贝雷帽，然后往背包里塞入几张用了一半的现金卡。不知怎的，她感觉自己已经好了。被衣服包裹着，既温暖又情绪稳定，她感到非常愉快和自信。

保罗则耐心且置若罔闻地等她打扮。在此期间，他一直在观摩埃米尔新近的作品。他发现一个木盒，打开："他给你看过这个吗？"

"应该没有。"

"这是我最喜欢的作品。"保罗异常小心地把手伸入盒子破碎的衬层内,取出一套精美的白色杯碟,放在埃米尔的工作台上,"这套作品是他在刚刚'改善'之后制作的。当时,他就像溺水之人一样在现实的深潭中挣扎。"

"一个杯碟套装啊。"马娅说。

"摸一摸。拿起来。"

她伸手去摸杯子。一碰到指尖,杯子便嗞嗞作响。她连忙把手抽回来。保罗咯咯笑了。

她再次伸出一根食指,轻轻碰了一下小碟。传来一股微弱的电击刺痛感,一种轻微却又尖锐的感觉掠过皮肤,仿佛砂纸般刺啦刺啦地刮擦她的身体。

保罗大笑。

她用力握住杯子。尽管杯子一动不动,但它似乎在她指间嗡嗡地扭动着。她将其放回原处:"里边是不是有电池?窍门就在于此,对吧?"

"这不是陶瓷制品。"保罗说。

"那它是什么?"

"我不知道。它看着像陶瓷,也像陶瓷一样泛着光,但我认为它其实是压电发泡玻璃。有一次我看到他往那只杯子里倒入一种酊剂,液体便从杯子和碟子里缓缓渗了出来。估计是由于它的孔隙度、分形维数,或者范德华电荷等方面的特性,导致它一碰到指尖,就会触发非常奇怪的反应。"

"但这是为什么呢?"

"这是一种 objet gratuit[①],一件证明日常司空见惯之事破产的'创

[①] 法语,意为:自由对象。这是抽象代数的基本概念之一,它在某种意义上涉及所有类型的代数结构。

艺'品。"

"你是在开玩笑吗?"

"埃米尔是个玩笑吗?"保罗忧郁地说,"不再当个寻常人类是个玩笑吗?当然是。但什么是玩笑呢?玩笑就是对概念框架[①]的一种违背。"

"但其原因绝非仅限于此。"

"当然不是。"

"那就把剩下的都告诉我。"

保罗把杯碟放回盒子里,然后将盒子放回架子上,动作恭敬又小心。"你准备好出发了?那咱们走吧。"他拿起背包,为她打开门,引她出去后,仔仔细细地把门锁上。

逐级而下时,楼梯发出很大的嘎吱声。天气阴沉,风还很大。他们并肩朝国家地铁站走去。穿着平底鞋的马娅和他一样高。"保罗,如果我说话太直接,请你原谅我。我来自很远的地方,而且说话率直。希望你能原谅我这一点。你是一位老师,我知道你能告诉我真相。"

"你的乐观精神令我感动。"保罗说。

"请不要这样。我要怎么做才能说服你告诉我真相呢?"

"试想一下刚才那套作品,"保罗非常委婉地说,"它彻底破坏了那种司空见惯的庸常骗局。它让我们面对的是对于传统认知的触觉性违背。"

"所以呢?"

"人类处境的破坏为我们提供了大量新颖的创造性方法。人类的

[①] 概念框架是指当某资讯到达时,我们对其进行解读的方法。这是受到我们大脑本身的基本构造所影响的。

继承者必须吸收和系统地调用这些可能性。'创艺'不是艺术。尽管它调用前意识[①]的想象，但与此同时，它也认识到无意识的想象力是贫乏的。我们尊重创作冲动的非理性，但我们否认幻觉的首要性甚至相关性。我们利用自觉理性和科学方法的最大力量，以实现人类文化的自愿毁灭和更替。"

他们走下地铁站的楼梯。保罗从内口袋中小心地取出一张压过膜的乘车证。"人类原本的处境结束了。自然规律结束了。艺术也终结了。意识是可塑的。科学是一个无穷大的炸药桶。我们面对的是一个新的现实，这种现实在以前被哺乳灵长类所固有的局限埋没了。我们必须创作作品，从而使这个新的现实浮出水面，一连串看似无缘无故的举动，将在汇聚到一起时形成后人类的意识。"保罗澄澈的目光变得更加热切，"与此同时，在政治上，我们决不能打破这个老龄化的人类文明脆弱的表面张力——这个文明自诩如乌托邦般安宁，但它却暗中受到了不可愈合的精神创伤。在垂死的人文主义议题那令人厌恶的外壳下，我们必须系统地改变认知的生理基础和文化状况，并对结果做出诚实、客观且毫不矫饰的见证。这是深埋在我们'创艺'家基因里的天性。"

"原来如此。你能给我买张车票吗？"

"是去火车站的地铁票，还是去斯图加特的火车票？"

"不瞒你说，这两张你能都给我买吗？另外再加一张返程票。"

"要不把我的欧洲通给你吧？它到五月份过期。"

"真的吗？保罗，你太慷慨了。"

他将那张压过膜的乘车证递给她："别客气，我可以从大学里再弄

[①] 指能被带到意识区域的未受压抑的记忆和思想。

一张智能卡。欧洲到处都有视情境而定的额外补贴。"他走到一台机器前买了票。

他们登上布拉格地铁，紧紧抓住扶手带。她看着他。她喜欢他把头发拢到耳后的样子。她很欣赏他那浓密眉毛的精致曲线，以及他那耷拉下来的眼皮的线条。有他陪在身边，令她深感安慰。他看上去是那么年轻。

"跟我说点别的吧，保罗，继续说。"

"我们必须为有创造性地占有即将到来的新时代做好准备。那个新时代是如此富有诗意、如此所向披靡、如此含义丰富，只有那些准备好徜徉在大灾变中的人，才能越过那个奇点。总有一天，我们会让所有对'不寻常'的憎恶变得无能为力。被包含在内的东西正在变成容器，这是'富于想象'的值得赞赏之处。'富于想象'将不可抗拒地渗透到日常之中。这只是时间问题，而时间是我们取之不尽用之不竭的资源。目前的常态已是强弩之末，唯一残存的'力量'就是千篇一律。"

"你刚刚说的那些，简直太美了。"

他笑了笑："我也这么认为。"

"真希望我也有这么美。"

"我觉得你犯了一个分类错误，亲爱的。"

"好吧——那我希望我可以做那么美的事情。"

"也许你已经做过了。"他停顿片刻，"'美'是一个十分有趣的概念，是三个世界的交汇点……"

地铁在博物馆站停下，一大群提着背包和手提包的游客蜂拥而上，互相推搡，同时用听不懂的语言叽里呱啦地嚷嚷着。他们二人拉着手，在人群中被挤得摇摇晃晃。他试图让她相信，他有能力搅乱这个宇宙的秩序①。他们俩被一群冷漠的陌生人挤在中间,显得像是家畜运输车厢里的牲口一样。

车厢里开始热起来。一阵轻微的绞痛在体内啃噬着她。疼痛消失后,她已经汗流浃背。这时,她意识到今天她可以做一些真正意义上疯狂的事情,就是那种极不理智的、心血来潮的、精神上不假思索的事情,比如空中飘浮;从大楼上跳下来;用疼痛不已的肚皮贴地,趴在地上亲吻警察的脚;飞到月球上,挖掘它那白色的白垩质土壤,并且绝对要在月球上探索一番……保罗望着她,毫不掩饰对她的关切。她对他挤出一个最灿烂的笑容。

抵达中央火车站后,她蹒跚着走进洗手间,在卫生设施上方便完,喝了两杯水,感觉身体情况有所好转,然后便出去了。镜子里的她双眼圆睁,在一层层的化妆品之下,漂亮的脸蛋上到处都渗出了点点汗滴,仿佛整张脸都在燃烧着圣火。

保罗很体贴。他买了两张头等舱的豆袋椅,而且还附带一张挺不错的折叠小桌。斯图加特快车的速度非常之快。

"我喜欢欧洲的火车。"她嗫嚅道,贝雷帽下的脸蛋红通通的,"即使是快车,大部分路程也是在地下。"

"也许你该游逛到符拉迪沃斯托克②去。"保罗说。

"为什么?"

"这是我们圈子里的传统。符拉迪沃斯托克,欧亚大陆最远端。反正你现在有欧洲通,而且你说过你想四处漂泊。所以,干吗不漂泊到符拉迪沃斯托克呢?你会有很长的独处时间。你可以放松一下,整理

---

① 出自艾略特的长诗《J.阿尔弗瑞德·普鲁弗洛克的情歌》。诗中的主人公生活在千篇一律的、程式化的小圈子里,他问自己:"我敢不敢搅乱这个宇宙?"

② 原名海参崴。

整理思绪。只需4天时间,你就可以抵达亚洲远端的边缘并返回。"

"你们到达环太平洋地区后会做些什么?"

"这个嘛,假如你是我们中的一员,那么你就会在符拉迪沃斯托克找一个隐蔽的'匹踢滴辟'——抱歉,我是说公共遥现站点——然后做出一个无谓的举动。我们圈子通过一种'概念筛'持续扫描符拉迪沃斯托克的那个公共遥现站点。任何足以引起扫描器注意的举动,都会被自动传送给我们网络列表中的所有人。"

"我怎么知道我的举动是否足够无畏?"

"凭直觉,马娅。假如你看过其他人的举动,你就会有所启发。这不仅仅是人为判断的问题——我们的筛选程序自有其不断进化的标准。这正是其中的绝妙之处。"保罗笑了笑,"人怎么能知道什么事就是脱离常规的呢?到底怎么才能算作寻常?是什么让'司空见惯'看起来如此脆弱,同时却又无所不在?离奇与乏味之间的膜,在本质上是有延展性的。"

"我想我不在你们的网络圈子里,让我错过了很多东西。"

"毋庸置疑。"

"既然你们沟通已经如此彻底的网络化,那为什么你们的圈子还要在布拉格的那家酒吧碰头呢?"

保罗思忖片刻:"你有翻译器吗?管用吗?"

"有。在'首'时,贝妮代塔送给我一台。"她让保罗看了看那条钻石项链。

"我尊敬的同僚贝妮代塔人真好。我估计贝妮代塔的所有设备都能翻译法语。戴上它。"保罗说着将一块光滑的小软垫夹在自己耳朵上。

马娅倒腾着那些钻石珠子,最后把金鸟巢塞进耳朵里。保罗开始说起法语:"我猜你还是能听懂我的话。"

"是的，我的设备运转良好。"

"市面上流通的耳夹翻译器数以百万计。人们对这类东西已经司空见惯。你说英语，我现在则说法语，机器就能给咱俩做翻译。如果背景噪声很低……如果咱们的对话中没有过多的行话术语或俚语……如果不是许多人同时讲话……如果咱们的谈话语境没有超出这种小型设备的处理能力……如果咱们不用太多诸如动作或表情等非语言的互动方式（这样会使交流变得复杂化）——那么，咱们就能理解对方了。"他大致做了个手势示意道，"也就是说，尽管有这么多干扰，我们照样能通过这层与耳朵亲密接触的耳夹式计算薄膜，促使它传达出了一点点能让人理解的意思。"

"没错，正是如此！它的工作原理就是这样。"

"当我说话时，你看着我的脸。此时，一组特定的肌肉组织正在发挥作用，呈现为某种紧张状态，从而使面部准备好迎接一系列独特的语言活动——亦即法语。我并未刻意地塑造我脸部的运动。而你也没有刻意地注意到这一点。不过，我们人类大脑中的一种楔形结构专注于审视面部动作，同时也专注于感知语言表达。研究表明，我们能辨认出彼此是外国人，不是因为我们的身姿、基因表征或穿着，而是因为各自的语言能够切实地塑造我们的面孔。那是人类具有的一种前意识感知，而翻译器做不到这一点，网络无法传达。网络和翻译器没有思想。它们只有数据处理能力。"

"所以呢？"

"所以，你现在通过眼睛看着我的面部表情，通过一只耳朵听着我说法语，同时通过另一只有翻译设备辅助的耳朵听着机器的声音。其中有些东西缺失了，还有些东西是多余的。你身体中不理解这一切的那些部分就会感到很困惑。"

他把手伸到桌子对面，握住她的手："现在我一边握着你的一只手，一边用法语跟你讲话。你瞧，我用双手握住你的一只手，同时还轻轻抚摸它。你感觉如何？"

"感觉很好啊。"

"那我改用英语跟你说话，你有什么感觉？"

她惊讶地把手抽了回去。

他大笑："就是这样。明白没？你的反应证明了这个事实。网络也是如此。我们之所以线下碰面，是因为我们必须补充网络的缺损之处。倒不是说网络缺乏亲密感。恰恰相反，作为一种狭窄单一的沟通渠道，网络其实太过亲密了。所以我们必须用另一种方式在线下碰头。"

"很聪明的做法。不过，跟我说说，我若是没把手抽回来，将会发生什么？"

"那就说明，"保罗用一种十分理性且温柔的语气说，"你是一个感知力迟钝的人。而你并不是。"两人谈话差不多就此告一段落。

这时，她才注意到他右手无名指上戴着一枚戒指。它看起来像一枚刻有图案的深色戒指。但那根本就不是戒指，而是一小圈浓密的棕色体毛在他手指上形成的一道戒指形小环。

磁悬浮列车在欧洲的大地下急速行驶，这样的深度是用金刚石钻头钻出来的。有他陪在身边，她感到十分愉快。不过，她丝毫没有想跟他调情的欲望。跟他调情就像是对牛弹琴。建立亲密关系对她来说并没有什么吸引力。女人需要极大的自我克制力和忍耐力，才能日复一日地忍受住如此清醒的认知折磨。如果他有女朋友，她准会手握叉子坐在他的早餐桌对面。他的智慧、洞察力、野心和自尊，每日都会像四根钢针一样刺穿她的倾慕之心。

保罗正默默地注视着她，内心显然也在经历相似的起伏。她几乎可以听到他那狮子般漂亮的脑袋深处湿乎乎的腺体中因神经化学递质剧烈涌动而高速迸发出的噼啪声。

她只差一点点就跟他坦白一切了。但这么做极其愚蠢，尤其是连续两次坦白。但她今天特别想无所顾忌，她想要冒险，让人喘不过气来的那种，而且最重要的是，她真的觉得应该告诉他。她并不想触碰保罗，也不想拥抱或爱抚他，但她就是迫切地想向他坦白——彻彻底底地坦白，促使他真正地注意到自己。

但这跟向埃米尔坦白不一样。可怜的埃米尔，以他特有的粗蛮方式，超脱于时间之外，让自己不会受伤、坚不可摧。可保罗非常理性。他谈起过现存制度的过错，但他并未出格。保罗很年轻。他只是个年轻人，一个不需要被她扰乱心神的年轻小伙。

他们目光相接。二人之间迸出一团绝妙的火花。如果换作别人，这种感觉就是性吸引力，但跟保罗则更像是受到了心灵感应的一击。

他盯着她。看得出来，他很诧异。他瞪大眼睛，精致的眉毛向上拱起。

"你在想什么，保罗？"

"说实话吗？"

"嗯，当然了。"

"我在想，为什么在我的桌子对面，坐着一位轻佻的年轻美女。"

"我为什么不该出现在这里？"她说。

"因为这只是个幌子。对不对？你其实不轻佻。而且，我突然很确定一点：你并不年轻。"

"为什么这么说？"

"你很美。但这并非属于年轻女人的那种美。你美得摄人心魄。你的气质让人有点儿恐惧。"

"非常感谢。"

"我现在意识到了这一点,就不禁在想:你想从我们这里得到什么?你是警方的间谍吗?你是民事支援者吗?"

"不,我不是。我保证。"

"我以前干过民事支援。"保罗平静地说,"民事支援青年联盟,在阿维尼翁①。我当时对这份工作踌躇满志,而且我了解到了生活中有趣的方面。但我还是辞职了,我放弃了。因为他们想让世界变得更美好。而我知道,我不希望这个世界变得更美好。我想让世界变得更有趣。你觉得这是犯罪吗,马娅?"

"我之前还真没想过这个问题。这似乎不太像犯罪。"

"我跟一个警方间谍很熟。她和你非常像。她跟你一样泰然自若,也具有你那种女性的独特气质。我刚才看你,发现你跟'寡妇'长得很像。所以我才突然意识到你可能也是间谍。"

"我不是寡妇。"

"她有着令人难以置信、超凡脱俗的美貌。她就像是斯芬克斯,像神话中的某种不可触碰的生物。她对'创艺'有着浓厚兴趣。如果你一直待在我们的圈子里,迟早会见到'寡妇'。"

"这位叫'寡妇'的女人,她是'创艺'警察吗?我头一次听说还有专门针对'创艺'者的警察这回事。她真名叫什么?"

"海伦妮·沃塞勒-赛吕西耶。"

"海伦妮·汰塞勒-赛吕西耶……天哪,这名字真好听!"

"如果你不认识海伦妮,那你可能并不想见她。"

---

① 法国普罗旺斯境内的小城。

"我肯定不想见她。因为我不是线人。事实上,我是个逃犯。"

"线人,逃犯……"他摇摇头,"这两者的区别远没有人们想的那么大。"

"跟往常一样,你说得很对,保罗。这两者之间的区别,就跟恐怖与美丽,或者年轻与年迈,以及'创艺'与犯罪之间的区别一样模糊。"

他惊讶地瞪着她。"说得好啊,"他说道,"换做海伦妮也会这么说。她特别喜欢模糊区分一些东西。"

"我保证,我不是警察。要是有办法,我肯定会证明给你看。"

"也许你不是。倒不是说民事支援者不能长得很漂亮,只不过你这种迷人的美通常会引起他们的怀疑。"

"我不是嫌疑分子。我为什么让人觉得可疑?"

"我怀疑你,是因为我要保护我的朋友们。"保罗说,"我们的生活只属于我们自己,不是任何人的理论实践。我们是被利用的一代人。我们必须珍视我们的生命力,因为我们的生命力正在被一点点地扼杀。前几代人从未面对过我们的困境。他们的父母入土为安,而他们不费吹灰之力便将权力收入囊中。可我们从来都不是合乎自然规律的一代。我们是第一代真正意义上与生俱来的后人类。"

"而且你们拥有与现状不符的欲望。"

"Mais oui①。"

"其实,我也一样。我有一大堆呢。"

"没人请你成为我们中的一员。"

这话说得很伤人。她感觉自己像被捅了一刀。他挑战似的直直瞪

---

① 法语,意思为:当然。

着她。她忽然觉得很累,不想再跟他斗嘴。他太年轻,很有主见,而且咄咄逼人。而她则很难过,精神崩溃,根本没有力气跟他辩论到底。她开始哭了起来。"那我该怎么办?"她问,"我是不是应该求你准许我活下去?如果你想,我就求你。只需要告诉我那是你想要的。"

保罗在车厢内紧张地东张西望:"拜托你别出洋相。"

"我必须哭出来!我想哭,我有权利哭!我的状态并不好。我没有一点自尊,也没有任何尊严——我什么都没有。我受到的伤害你根本无法想象。除了哭,我还能做什么?你抓住我的把柄了,我的命运任你摆布。你现在有能力毁掉我。"

"你也能毁掉我们。也许这才是你的目的。"

"我不会那么做。给我机会证明自己!我可以创造力十足。我甚至可以变得很漂亮。你应该让我试试。让我试试吧,保罗。我可以成为你的一个有趣的研究案例。"

"我很想让你试试。"他说,"我喜欢追求刺激。但是,为什么要拿我朋友的安全开玩笑呢?我对你一无所知,只知道你看起来非常漂亮,也非常后人类。但我为什么要相信你?你为什么不干脆回家呢?"

"因为我不能回家,否则他们会让我再次变老。"

保罗瞪大眼睛。她说通了他,打动了他。最后,他递给她一块手帕。她瞥了一眼,仔细摸了摸,确定那只是普通手帕后,擦了擦眼睛,又擤了擤鼻子。

保罗按了一下桌沿上的按钮。

"你让埃米尔待在你们圈子里了,"她说,"可他比我还糟糕呢。"

"我得对埃米尔负责。"他阴郁地说。

"为什么?"

"是我让他注射的健忘酊剂。是我安排的。"

"是你？其他人知道吗？"

"那么做其实是好事。你不知道埃米尔之前是什么状态。"

一只硕大的螃蟹贴着车厢天花板择路而行，朝他们走来。它的躯干由骨头、甲壳、孔雀羽毛、内脏和钢琴丝组成，10条长长的腿上都有多个关节，钩状的钢制脚踝上长着用小橡胶球制成的脚。在它布满斑点的扁平甲壳顶部安有吸盘，吸盘上连接着一个上餐盘。

它踩着几乎天花板上看不出来的小凹坑向前走，然后停下，落在他们的豆袋椅旁边。它用一双状似巨大蛤蜊般的淡蓝色的眼睛打量着他们："Oui monsieur[①]？"

"给这位 mademoiselle[②] 来一瓶 eau minerale[③] 和两百微克的阿尔西翁奇[④]。"保罗说，"我要一杯柠檬甜酒，还有……哦，再给我们来半打羊角面包。"

"Très bien[⑤]。"它大步走开了。

"那究竟是什么东西？"马娅说。

"乘务员。"

"我猜到了，但它是什么呢？是活的吗？是机器人吗？还是说，它是某种龙虾？它听起来像是用真正的嘴唇和舌头说话！"

保罗看上去很恼火："别这样大惊小怪好不好？这可是斯图加特快车。"

"噢。好吧。抱歉。"

---

① 法语，意思为：您需要什么，先生？
② 法语，意思为：女士。
③ 法语，意思为：矿泉水。
④ 作者杜撰的一种具有镇定作用的酊剂。
⑤ 法语，意思为：很好。

保罗一言不发、若有所思地注视着她。"可怜的埃米尔啊。"他最后开口道。

"别对我这么说！你没有权利跟我说这个！我对他很好。我知道我对他是有益的。你对此根本一无所知。"

"你对埃米尔真的是有益的？"

"听着，我要怎么做才能让你相信我？你不能就这么轻视我，不能就这么排挤我。你说你希望世界上能发生极不寻常的事情。嗯，我就极不寻常，知道吗？而我现在就在你面前。"

保罗想了想，同时用手指敲着桌沿。"让我给你验验血。"他说。

"好。没问题。"她拉起毛衣的袖子。

他站起身，从头顶上方的隔层里取下背包，打开，有条不紊地翻找着，拿出一只验血蚊子。他将这个小装置放到她的前臂中央。它嗅了嗅，蹲下，然后把细如毛发的嘴插了进去。一点也不疼，甚至还有点痒。

待那个设备吸足了血后，保罗便将其取回去。它俯下身，张开翅膀，形成一块有两个拇指宽的显示屏。保罗弯腰凑近去瞧。

"听好，"他最后说道，"如果你想保守你的秘密，最好别让别人给你验血。"

"好的。"

"你贫血很严重啊。事实上，你体内有很多种压根儿就不是血液的液体。"

"我知道。它们应该是细胞排毒清洁剂和起催化作用的氧气输送剂。"

"原来如此。尽管如此，这里面的DNA含量也足够我确定你的身份，并把你交给民事支援者——如果有必要的话。"

"听着，保罗，你没必要费心追查我的医疗记录。既然事已至此，我就直接告诉你我是谁吧。"

但保罗还是让蚊子把血吐在一条色谱纸上,并将那条纸整整齐齐地叠好。"不用,"他说,"没这个必要。事实上,我甚至觉得这么做不是明智之举。我不想知道你是谁。那不是我的职责。而且这也根本不是我想从你身上了解到的东西。"

"那你想从我身上了解到什么?"

他看着她的眼睛:"我要你证明给我看,你虽然不是人类①,但仍然是个艺术家。"

————

斯图加特是一座闹哄哄的大都市。偌大的市区里闹嚷嚷、黏糊糊,而且还绿油油的。喘息声、咕哝声、呼哧声和有机体发出的令人费解的潺潺声不绝于耳。在斯图加特,人们喜欢对彼此大声嚷嚷。从墙壁上括约肌似的孔洞中会突然涌出一大群行人。

确切地说,那几座著名的高塔是用巨石堆积而成,但塔身有节奏的翻腾却使它们看起来像是舒缓的海洋,而非固体的山脉。她能听到巨塔的呼吸声,其中夹带着像是患结核病似的黏滞的刺啦声。它们的气息在毛茸茸的街道上呼啸而过,有一种蒸气和柠檬的味道。

"建造这座城市有我家人的一份力。"保罗主动开口道,灵巧地绕过一大摊很像穆兹利②似的物质,"我父母曾经是垃圾采掘工。"

"'曾经'?"

---

① 与"后人类"相对应的概念。
② 一种用碎果仁、干果和谷物混合制成的早餐食物。

"他们后来放弃了。垃圾采掘和其他采掘业一样,最好的、资源最丰富的垃圾填埋场早就被采掘殆尽。如今,垃圾采掘的活计大都被非法采掘者、沼气钻工和不入流的从业者承包了。垃圾中蕴藏的巨大财富已经被掏空了。"

"原来如此。"

"但不用为此苦恼,我母亲的事业干得很好。我是个享受特权的孩子。"保罗愉快地笑了。他很高兴能回家,显得很放松。

"你父母都是法国人?"

"是的。我们是从阿维尼翁过来的。斯图加特一半的人口都是法国人。"

"为什么会这样?"

"因为巴黎已经变成了博物馆。"街道上方的灯光变幻莫测。一块巨大的螺纹膈膜从高塔侧面剥落,在街区上空展开。一群白鹤在膈膜下方盘旋,落在街道上,看上去像许多长满白色羽毛的上班族。那些鸟儿开始啄食人行道,鸟喙硬得足以把人行道啄碎。

"从垃圾场里提取的高质量矿物,"保罗说,"比如铁、铝、铜之类的——现代材料刚投入生产,这些矿物的市场价值就一落千丈。当然是首选便宜的钻石啊,便宜的钻石简直所向披靡。此外,糖玻璃、光学塑料、富勒烯和气凝胶——"他指着周围的城市景观,仿佛他是这些四百层楼高建筑的主人一般:"这些碳基材料把建筑金属赶出了市场。斯图加特的人都是进步派,他们鄙视过时的东西。"

"这地方很像印第安纳波利斯。"

"一点也不像!一点也不像!"保罗抗议道,"印第安纳波利斯就是一种政治行为,是恢复失地运动的亚洲人造出来的怪胎。斯图加特是庄重的!斯图加特是有意义的!它是欧洲唯一真正意义上的现代都市！是唯一一座其建设者真正相信未来会持续改进——而非无限循环过往历史——的城市。"

"如果未来是这个样子，我不确定我是否会真的高兴。"

"不会是这样。一个世纪前，全世界的城市都变得像纽约市。但这种情况不会再出现了。全世界的城市都想变成纽约那个样子的情况，停留在一定时期内就足够了。斯图加特是那种备受瞩目的城市。它是世界上唯一曾经允许现代社会用真实的建筑声音来表达自己的城市。"

"我听着你用的是过去式。"

"不会再有第二个斯图加特了。老人统治下的社会缺乏大规模创新的意愿和活力。除非跟斯图加特一样，某些大城市被大灾变夷为平地，幸存者别无选择。"保罗耸耸肩，"可惜前景并不乐观！也许有些狂热分子认为，大灾难是可以接受的变革代价，但我研究过大灾难，大灾难令人完全无法接受。我们所面临的变革自有其必然性。对于幸存者，还有很多要说的。只要活得够久，现实就会在你的脚下融化。"他停下来思忖片刻："我很喜欢布拉格。那座城市给世界的启示肯定跟斯图加特一样深刻。布拉格从它过去的时代中存活至今，成为一个美丽的怪胎，一个迷人的返祖城市。布拉格找到了第二次机会。现在，布拉格是承载后人类幼虫状态的虫茧。"

他们继续向前走。斯图加特的天上满是空中运输工具，它们像蝴蝶口器般舒展开，黏附在远处的高塔上，然后灵巧地卷绕向与墙壁相反的一侧。这些卷绕式人行通道在其蔫软的躯体内携带着可滑动胶囊舱。它们效率奇高，就像裹绕行人的柔软的长围巾。

保罗领着她走下一段长长的楼梯，来到一座庄严的石拱之下，石拱上挂着一道厚厚的珠帘。天空消失。空气变暖。他们走到一个质地粗糙的屋顶下。屋顶上长满了苔藓,有看上去像织物似的隆起,但手感显然具有混凝土的坚硬感。在长长的光纤发出的如阳光般灿烂的光线照射下,墙壁变得像海绵似的,令人心烦意乱。这是一间炎热潮湿的石制温室。空气中弥漫着香草和香蕉的味道。"这是我在本市中最喜欢的一个区。"保罗说,"我在得到教职之前在这里住了好些年。这个区是由可食用城市景观领域的理论家规划和建造的。"

"什么理论家?"

"这里的墙壁全是衬垫真菌。这座城市可以生吃。墙壁相当有营养。"食用真菌墙壁似乎不是什么特别好的主意。当地人用某种除草剂在墙上绘制了涂鸦,有些是歪歪扭扭的枯黄的字母:**人行道——铺在海滩下面**。除此之外,还有弯弯曲曲的阿拉伯文,以及一张有着乱糟糟卷发的基尔罗伊的脸。

他们在一栋灯火通明的多层建筑旁边走着。开放式楼面用有编号的狭槽做了标记。人们躺在这些编号区的空腔内,晒着灼热的人造阳光。他们全戴着视觉追踪器,从头到脚都盖着一大团浓密的灰绿色有机纤维。

"这是什么地方?太平间吗?"

"这是公共浴室。"

"水呢?"

"不是水浴,而是去死皮。先把你浸在胶状物里,然后你躺在灯光下。他们往你身上撒些孢子,之后,这些霉菌会抽丝,在你皮肤上生根。当霉菌停止生长时,机器会用刮身板把你表皮的东西刮干净。霉菌会大片大片地剥落。所有的身体污垢和皮肤上的菌群都会随着这种网状物而脱落。这真令人兴奋啊。"

"这是用活的霉菌来洗澡?"

"是的,它的流程很严格。如你所见,他们会提供一点虚拟环境来打发躺在狭槽里的时间。这是一种福利设施,尤其对于那些在可食用区过艰苦生活的人来说。这是一项公益服务。做完之后,他们会把当地人体里多种微生物的混合物涂到你身上。"

"原来如此,可那是霉菌啊。"

"那些霉菌很温和,也很舒服。对人体无害。"他停顿一下,"我希望你不要对公共场合裸体这种无害的事情大惊小怪。这在斯图加特很常见。"

"我当然不会被裸体这种事情震惊到。但往身上抹的是霉菌啊!"

"你的观念太狭隘了。"保罗似笑非笑地说,他显然很生气,"这里被设计成了欧洲最友好的城市。倒不是说市民特别友好——他们跟全世界其他大城市的人一样,而是说,这座城市的构造体系对居住其中的人而言,简直无与伦比的友好。"

保罗指了指街对面,那边有一大群小昆虫聚在半空中,一起发出低沉的嗡嗡声。"如果你足够幸运,能在那边那家高档收容所获得一个房间——为什么这么说,因为那里边全是格子间。你可以把墙吃掉。你可以在任何地方执行人类的排泄功能。不管你睡在哪里,你的身下都会长出苔藓床,把你给垫起来。这里总是温暖潮湿,手感很好,非常贴合表皮,令感官非常愉悦,生活极其惬意舒适。在这里,微生物都是被人工培育的,生命是可以循环利用的,但是能引起疾病的腐烂已经被击败了。腐烂就像噩梦一样,已经彻底消失。"

"唔。"她仔细观察收容所的侧面,上面像瀑布般悬挂着一大片五颜六色的苔藓,那些蓬松的苔藓湿乎乎的,"听你这么一说,我并没有感到半点不适。"

一辆卡车经过,使周围笼罩在浓稠的黄雾中,他们便一起躲进一道门里。

"这项计划很有远见。让一座城市给其居住者提供庇护所、食物和灵感,当然,还有永远免受恐怖的瘟疫袭击,从而使他们摆脱物质生物学的限制。也许这个最终结果并非有意为之,但城市本身却变得如此慷慨,甚至连经济因素都被它消灭了。在这里长期生活,需要具备一种奇特的非占有欲的本性。反叛者、梦想家、哲学家……就连智障都觉得这个区非常方便,也很讨人喜欢……这些年来,这个区变得到处都是潜修者。"

"是悔罪者吗?"

"是的,各种天主教的极端分子,不过同时还有许多地下传教士。既有五旬节派地下传教士,也有灵恩派地下传教士,还有穆罕默德的门徒。不幸的是,五旬节派和灵恩派是死对头,对彼此深恶痛疾。"

"他们不是一直都这样嘛。"他们闪到一旁,三个裸体女人骑着自行车飞驰而过,她们那像砖头一样隆起的小腿在疯狂蹬着。

"五旬节派对异见者总是既憎恨又恐惧,其程度远超对资产阶级的厌恶。通过这种迹象,你就能辨认出他们……这种缺点正是令狂热信徒们伤残的原因。斯图加特发生过暴力事件,街头斗殴,甚至出现过几起凶杀事件……你服用过宗教致幻剂吗,马娅?"

"不,从来没有。"

"我服用过。在这里的时候。"

她环顾四周。蓬乱的墙壁,满目绿意盎然,热乎乎的迷蒙的光线,宛若栖息于城市中的一只只小小爬虫。"然后发生了什么?"

"我看到了上帝。上帝非常友善、体贴、睿智。我心中充盈着对他的巨大感激和爱意。那是一种清晰又强烈的柏拉图式的现实,十分真实,充满了和谐之光。那是上帝眼中的现实,而非人类心灵中支离破碎、断断续续的理性。那是一种原始的神秘体悟，是无可争辩的。我当时感觉到我的造物主降临在了我面前。"

"你为什么要这样做？你父母信教吗？"

"不，一点也不。我这么做是因为我曾经见到过宗教使别人心醉神迷。我想看看我是否有足够的力量从那种状态中走出来。"

"然后呢？"

"是的，我足够强大。"保罗的眼神变得深邃，"啊，那边有胶囊地铁。我马上有一堂课。真抱歉，但我必须得走了。"

"哎呀，你要走了？"

保罗走到胶囊地铁跟前，在键盘上输入一个地址。一扇拱顶门滑开。他把背包扔进垫衬胶囊舱里。"我要离开你，是因为我别无选择，"他耐心地说，"但好在我把你带到迷人的斯图加特了呀。希望你能好好享受在这里的时光。"胶囊舱消失了，紧接着在原来的位置又出现了一个胶囊舱。保罗按下一个重复键，然后敏捷地钻进垫衬胶囊舱内，双臂抱膝。"咱们在布拉格再见啦，马娅。"

"Au revoir[①]，保罗。"她对他挥挥手。气动闸发出砰的一声，舱门轻快地关上了。

————

在斯图加特的三天里，她的小腹一直疼痛不止。她像鬼一样在蜂窝状的购物中心游荡，还常常出没于这座城市异常慷慨的药店里。登上回布拉格的晚班火车，她瘫倒在豆袋椅上，整个人陷入了沉默

---

① 法语，意思为：再见。

和孤独之中。再次置身于熟悉的疾驰的车厢内，感觉真是太好了。这几天，她因荷尔蒙和文化休克而悸动不已，而且一直没有好好吃饭。每过一个小时，她就会进一步深入新的体验领域，那都是陌生的深层躯体空间，"饥饿"和"疲倦"这样的词汇根本不足以描述那种感觉。

困意袭来。但就在这时，还塞在耳朵里的翻译器开始唱起歌来。歌声起初非常轻柔，像是从远方传来的柔声乐曲。随后，声音越来越大。她从未见过这款设备有过出故障的时候，所以，当它发出一种悦耳的清嗓般的音调，然后直接跟她交流时，她便做好了沟通的准备。"您好，用户马娅。"

"你好？"她说。

"这是巴塞尔耳饰公司为您提供的交互消息。我们是这条翻译项链的发明者和制造商。您能听懂我们的话吗？请用您最喜爱的语言——英语——口头回答：'是的，我能听懂。'"

"是的，我能听懂。"

她环顾了一下车厢。她正在对着空气大声讲话，但没有人认为这种行为不正常。他们很自然地以为她正在使用网络连接器。

"用户马娅，您拥有这条项链两星期了。您已经使用过它的英语、意大利语、捷克语、德语和法语等功能。我们希望您认可这一点：它提供的翻译服务是及时且准确的。"

"是的，毫无疑问。"

"您注意到我们这条项链精细的做工了吗？如果需用铜和硅做一款廉价的仿制品是很容易的，但我们更喜欢货真价实的珠宝所传递出来的经典感和时尚感。耳饰公司以坚持我们传统的欧洲做工而自豪，您使用我们的共享软件设备，也证明您是一位有品位的、独具慧眼的女士。现如今，任意一家毫无信誉的公司都可以提供基本能用的游客翻译器。与之不同的是，耳饰公司提供完整的现代欧洲语言库，包括以现代俚语和行话为特色的专有词汇片段。要提供如此高水平的语言服务绝非易事。"

"我猜也是。"

"如果您赞成我们的共享软件项链符合您个人的严格标准，那么，我们认为我们尽心服务您的努力应该得到回报。这样才显得公平合理，您说对吗，用户马娅？"

"你们到底想从我这里得到什么？"

"如果您给我们汇款700马克，我们将保证为您的翻译器提供最新的词汇更新库。此外，我们公司还会为您进行登记，为您提供服务推荐，并且解答您使用中遇到的问题。"

"如果我搞到这么大一笔钱，我一定会汇给你们。"

"我们觉得我们是物有所值的，用户马娅。我们相信您会给我们汇款。我们的业务建立在相互信任的基础上。我们知道您信任我们。毕竟，您一直在用右耳的鼓膜来信任我们的设备，那可是很脆弱、很私人的一张薄膜。我们确信，相互尊重将促使我们建立一段长久的关系。我们的网络地址在世界任何一个网络点都能工作，它们可以收现金。我们希望早日收到您的答复。"

午夜时分，她背着背包、提着购物袋回到了布拉格。她感到头晕目眩、筋疲力尽、脚很酸，而且浑身疼痛。但布拉格看起来是如此亲切，如此坚实，如此无机，如此真实，又如此古老。巴塞洛缪大街看

上去很迷人，建筑物也是。她在埃米尔的门前停下来，然后上楼，敲响了纳亚多娃太太的门。

"这是怎么了？"纳亚多娃太太停顿片刻，上下打量着马娅，"他对你做了什么？"

"每个月中总有那么几天，女人需要时间独处。但他根本不理解。"

"哦，那个讨厌又自私的畜生。他就是这种作风。进屋吧，不打扰，我在看电视。"纳亚多娃太太让她坐在沙发上，给她找来一条毛毯和一块加热垫，又去给她做了一杯冰镇饮料。然后，她便坐到摇椅上，心满意足地摆弄着笔记本，与此同时，电视机里播放着咕哝捷克语的节目。

纳亚多娃太太的房间里摆满了柳条筐、罐子、瓶子、浮木、鸟蛋以及廉价小摆设。一只蓝色的玻璃花瓶，里面插着一束温室培养的百合花。此外，还有纳亚多娃先生昔日的极富怀旧气息的纪念品。他是个身材魁梧、笑容可掬的家伙，他似乎很喜欢滑雪和钓鱼。从他照片里运动服的风格来看，他应该已经去世或者离开这里至少20年了。

看着那些照片，马娅为世界上所有女人悲哀，她们在一段婚姻中终其一生，始终忠贞不渝地活着、爱着，最后在自己人性消失后还依然活着。所有现实中的寡妇、虚拟世界中的寡妇，以及那些主动争取守寡的人，和那些被强行守寡的人。你可以在丧失性欲后继续活着，但永远不会真正忘记它，就像你无法忘记童年一样。

马娅胸前的金鸟鸣叫起来。它最近开始报时了，发出的布谷鸟声虽小，但很刺耳。这显然是对此前那段时间没有获得报酬的委婉表达。她把小鸟塞进耳朵。它立刻开始翻译起电视里的捷克语。

"这是一种本体论迷失的状态，真的。"电视机说。说话的是阿基那，德国访谈节目里的那条主持狗。现在，它的话被配音成了捷克语，"我所谓的我的智慧，其实源于三个世界：我与生俱来的犬类的认知、我脑壳外的人工智能网络，以及在我这犬类大脑的空隙中生长并且是用人类语言编程的内部线路。在这三部分智能中，我的身份居于何处？我究竟是电脑的外围设备，还是一条被电脑控制的无意识的狗？另外，我所谓的'思想'，究竟有多少实际上来自拥有语言功能的设备呢？"

"我想所有访谈节目的主持人都会有这个困惑。"嘉宾赞同道。

"我有卓越的认知能力。比如说，我可以解决几乎任何复杂程度的数学问题。然而，我的犬类大脑却基本上不懂算术。我在不理解这些问题的情况下就能解决它们。"

"领会数学奥妙是最大的智力乐趣之一。很遗憾你没有这种精神体验，阿基那。"

那条狗会意地点点头。在交谈中看到狗点头，无论它穿得有多好，都会让人觉得那很怪异。"哈拉尔德教授，作为享有众多科学界荣誉的学者，从您口中道出这个观点，显得更加意味深长。"

"咱们的共同点比外行人想象的要多。"教授和蔼地说，"毕竟，包括自然人类在内的所有哺乳动物的大脑，都有多个功能区，每个功能区都有自己的认知特点。我必须跟你坦白一件事，阿基那。没有机器辅助，解决现代数学问题是不可能的。我这里有一个彻底内在化的模拟器，"嘉宾拍了拍他布满皱纹的额头，"但我始终无法完全体会到那些结果，哪怕当我能大声说出那些结果的时候，或者甚至在某种程度上能直观地感觉到它们的正确性也不行。"

"告诉我，教授，您有没有在睡觉时做过数学？"

"经常。我很多最好的成果都是在睡眠中做出来的。"

"我也是。在睡眠中解决问题——也许这是咱们哺乳动物在根源上相一致的地方。"

哈拉尔德教授慢慢地握了握它那只优雅的前爪,以示告别。观众礼貌地鼓起掌来。

4

马娅在清晨5点醒了过来。她的手指甲很痒。它们似乎不再适合她的双手。体内激增的荷尔蒙令她的指甲像热带竹子般疯长。指甲根部的表皮参差不齐，指甲角蛋白也奇怪地变得很不结实，感觉特别像假指甲。

她从纳亚多娃太太的沙发上站起来，取过背包，悄没声地溜出门，下楼梯，来到埃米尔的工作室。埃米尔一个人躺在床上，睡得很沉。她很想爬到他身边，睡个回笼觉，但她忍住了。她感觉皮囊之下的自己浑身不自在。现在不管包裹着谁的皮囊，她都会觉得不适。

她悄悄地找到她的红色夹克穿上，倒上水，然后在她那堆镇痛剂中翻找着需要的药物。她决定什么药都不吃了，虽然她可能会非常需要，而且她届时也许不会身处一个像斯图加特那般善解人意的地方。

埃米尔醒了。他从床上坐起来，用一种客气且不解的神情望着她，接着拉过床单，盖住脸，继续呼呼大睡。马娅把东西有条不紊地塞进背包，然后走出房门。她不知道还会不会回来。这里对她而言已经再无牵挂。

她来到外面洒满星光的街道，进入一个散发着柔和光芒的网络亭，请求网络帮助。网络的引导一如既往地出色。她连上了旧金山的网点，并与斯图尔特先生建立了同步连接。

"在这个美好的夜晚,我能为您做些什么?"斯图尔特说,信号延迟时间有250毫秒,但声音十分清晰。

"斯图尔特先生,我是你的老主顾。我需要访问一个协议失效的旧虚拟世界。"

"这样啊。女士,如果有存货,那我们肯定能找到。跟我到货仓里找吧。"

"可我现在在布拉格。"

"布拉格,真是座美丽的城市。"斯图尔特说,他丝毫不觉得奇怪,"价钱合适的话,我可以帮你连接上。如果你不介意时间延迟,我们这边不会有问题。你干吗不挂断,通过我们的主服务器进入虚拟世界呢?"

"那不行。谢谢你的慷慨,不过,不知你在布拉格这里是否有能够理解我需要谨慎行事的同僚?你在布拉格认不认识可以推荐给我的人?我对你在这种事情上的判断深信不疑。"

"你相信我的判断,嗯?果真深信不疑?"

"是的。"

"那太好了。相互信任是最核心的全球性基础设施。你愿意告诉我你是谁吗?"

"愿意。我当然很想告诉你。但是,呃,你懂的。"

"那好吧。我去查查便携式行业参考资料。稍等片刻。"

马娅拨弄着纤弱的指尖。

"到布拉格第八区国防部的网络访问办事处去试试。到那里找博任娜。"

"好的,我知道了。十分感谢。"她挂断了。

她在一张布拉格民事支援地图上找到了那个地址,然后便开始徒步前往。天还黑着，又很冷，这段路程显得非常漫长。鹅卵石街道万籁俱寂。店铺大门紧锁，让人感觉分外孤独。云朵高高地飘在天上，河面上洒满月光。布拉格城堡区焕发着超脱尘俗的光辉，那座城堡在老城区赫然耸立，如同一位曾经雄踞于欧洲大地的古代贵族。此外，沉睡的布拉格还有各种各样的尖顶，以及铁制灯笼、雕像、铺瓦屋顶、黑黢黢的拱门、隐秘的通道和瞪大眼睛的流浪猫。多么美妙的城市啊，就连它最古老的幻想也比她自身要真实得多。

她在鹅卵石街道上走着，双脚越来越烫，还起了水泡。背包背带勒进她的肩膀。疼痛和疲惫使她越发清醒。她时不时地停下脚步，用相机镜头框住城市的不同片段，但就是没法让自己按下快门。相机一贴到她的脸，通过取景器所看到的景象就变得极不真实。她突然意识到，问题其实很简单：镜头装反了。所有的相机镜头都装反了。她本想努力拍下这个世界，没承想，取景对象反而藏在眼皮后面。

天刚亮，她就抵达了目标街道地址。那是一栋正面用石头砌就的建筑，看着像政府大楼，共产党时期的破烂水泥早已被侵蚀殆尽，取而代之的是非常时髦的绿色泡沫。夜间关上的大门现在还紧闭着。门上有不太显眼的蓝白相间的捷克文标牌，但她看不懂捷克文。

她找到一家早餐咖啡馆，进去暖了暖身子，吃了点东西，又补了补花掉的妆，在慵懒的自行车铃声中，看着城市渐渐恢复生气。待那扇大门随着在程序控制下响起的钟声而打开时，她第一个溜了进去。

她在四楼的楼梯口旁边找到了那个网点。网点门还没开。她气喘吁吁，双脚酸痛，遂离开网点，来到女卫生间，钻进一个隔间里坐下，闭上眼睛，打了个盹。

等她再次去网点查看时，发现门已经开了。网点内部乱得一塌糊涂，其屋顶呈拱形，门上都安着黄铜把手，参考手册的书脊是塑料的，机器的连线乱七八糟地纠缠在一起。窗户用砖头封死了。灰泥墙上有奇怪的污点，墙角有蜘蛛网。

博任娜正在一边梳头，一边吃着早餐小圆面包，喝着一瓶动物奶。对于这么大年纪的女人而言，博任娜的头发显得非常浓密。她的牙齿也令人赞叹：像墓石一样大，全都完好无损，而且光滑锃亮。

"您是博任娜，对吗？早上好。"

"早上好，欢迎来到协调网络访问办事处。"博任娜似乎对于自己能流畅地说英语感到很骄傲，"请问你有什么需求？"

"我需要触摸屏来访问一座在21世纪60年代创建的记忆宫殿。我在旧金山的一位联系人说你们值得信任。"

"哦，是的，本网络访问办事处行事相当谨慎。"博任娜向她保证道，"而且设备全都彻彻底底地过时了。旧宫殿，旧城堡，各式各样的迷宫和地下城！这就是本办事处的特产。"博任娜冷不防地摸了摸耳夹，忽然离开柜台，退到办公室内的一间密室。

时间过得很慢。尘埃在头顶上方几扇抛物面的眩光中飘荡。蹲坐在那里的网络机器就像废弃已久的消防栓一样毫无生气。

四位上了年纪的捷克妇女鱼贯而入，全是官僚作风的公职人员。她们带着早餐和针织品来上班。其中一位还带来了自家的猫。

过了一会儿，她们中的一位打着哈欠、拿着触摸屏过来，将其放在柜台上，在记事本上做好登记，然后一言不发地走了。马娅从粗糙的塑料盒里取出触摸屏，吹了吹上面的灰尘。触摸屏上贴满的官方贴纸已经开始剥落，上面写着她看不懂的捷克文。那是古老的前电子时代的文字，是欧洲正字法改革以前旧式拼写的捷克文。一个个的小圆圈，古怪的掉字符号，一堆尖音符号和音调符号，还有重音符号，使得那些字符看起来就跟被带刺铁丝网缠住了似的。

博任娜懒洋洋地回来了,她穿着一条灰色长裙,坐到那张威风的塑料办公桌前。她在六个抽屉里慢条斯理地翻找着。最后,她找出一个漂亮的压铸玻璃镇纸,放到桌面上摆弄起来。

"打扰一下,"马娅说,"请问您有约瑟夫·诺瓦克的资料吗?"

博任娜的脸僵住了。她站起来,走到柜台前:"你为什么要调查诺瓦克先生?谁告诉你我们这里有约瑟夫·诺瓦克的档案的?"

"我是诺瓦克先生的新学生。"马娅语气欢快地撒谎道,"他在教我摄影。"

博任娜的神情变得很困惑:"你?为什么?你是诺瓦克的学生?可你是外国人啊。可怜的家伙,他这次又做了什么啊?"博任娜翻出钱包,开始活力满满地梳起头发。

这时,门开了,两个身穿粉红色制服的捷克警察走了进来。他们坐在一张木桌前,启动一块屏幕,啜饮从纸板箱里拿来的热酊剂。

马娅突然意识到,值得信赖的斯图尔特先生直接把她送到了布拉格警察局。这些人全是警察。这是一个警察的调研机构。她周围都是捷克的虚拟世界警察。没错,这个网点都是古董设备,但这只是因为捷克警方的设备是全世界最糟糕的。

"您认识海伦妮吗?"马娅斜靠在工作台面上,很随意似的说,"海伦妮·沃塞勒–赛吕西耶?"

"那'寡妇'常常在这儿进进出出。"博任娜耸耸肩,检查着自己的指甲,"至于为什么,我也不知道。她对我们从来没有一句好话。"

"我今天上午得给她打个电话,了解一点事情。您手边有海伦妮的网络地址吗?"

"这里是网点,不是咨询服务部门。"博任娜刻薄地说,"我们网络访问办事处很乐意帮忙,我们非常开放和友好,没有任何可隐瞒的!

但是,'寡妇'并不在布拉格,所以,那超出了我们的职能范围。"

"听着,"马娅说,"如果你不愿意在诺瓦克的事情上帮我,不妨直接说出来。"

"我可从来没这么说过。"博任娜搪塞道。

"你要知道,我还有别的方法,其他联系人,以及其他方式来办我的事。"

"我相信你有,美国小姐。"博任娜满面怒容,尖刻地说。

马娅揉了揉布满血丝的眼睛。"听着,咱们给彼此行个方便。"她说,"我呢,就从你们这乌泱乌泱的顾客中间挤过去,然后想办法打开那台魅力十足的老式追踪设备。不要想成你必须帮助我之类的。你不打扰我,我也不打扰你。我们就当这一切都没有发生过。好吗?"

博任娜什么也没说,退回到她的办公桌旁。

恐惧和肾上腺素让马娅变得无可匹敌。她找到护目镜和手套。她忽然想到,那些戴着护目镜和手套忙活的人,从来没被别人打扰或打岔过。因此,护目镜和手套可以使她被别人自动过滤。

她粗暴地启动机器,然后在触摸屏上输入手势密码。记忆宫殿出现了,显得像是她纯粹靠意志力召唤出来似的。

周身是宫殿创造者那熟悉的办公室,在她湿乎乎的眼球表面投下一指宽的荧屏。黑板被人动过手脚。除了卷头发的基尔罗伊头像和淡绿色的潦草字迹"**马娅到此一游**"之外,黑板上现在还多出一行整齐的字迹"**马娅按这里**",旁边有一个用多彩粉笔画的按钮。

马娅想了想,然后按下按钮。手套的触感很好,与手掌贴合得很牢固,但什么也没发生。

她环顾了一下虚拟办公室。这地方挤满了壁虎,到处都是修复壁虎,有的像面包条那么大,还有的像蚂蚁一样在成群乱转。那张破桌子被挪走了。外面花园里的植物被渲染得比之前好看得多，看起来几乎与真正的植物无异。

其中一把扶手椅突然大变样，最后变成了贝妮代塔的模样。虚拟贝妮代塔身穿沙漏型黑色短裙，以及一件饰以黑色绳边的粉色短夹克。她那时装草图风格的细长双腿长得很不自然，足蹬一双极为奇异的细高跟鞋。贝妮代塔的脸跟真人非常像，但虚拟头发的效果很糟糕，一看就很假，很像橡胶制品，也可能是一个过度活跃的美杜莎子程序。贝妮代塔一开始就很不明智地采用了美杜莎程序，这必然会使本地数据流过载。只要她动作过快，大团大团闪亮的头发就会剧烈闪烁，随后，闪烁才会慢慢消失。

那个虚拟形象无声地开启双唇："你好，马娅。"

马娅在视觉追踪器上找到一个悬荡的耳塞，然后塞进耳朵里："你好，贝妮代塔。"

贝妮代塔微微行了个屈膝礼："见到我你惊讶吗？"

"我对你有点儿失望。"马娅说，"我的声音听着还好吗？"

"是的，我听得很清楚。"

"我做梦也没想到你会利用我对你的信任，盗取我的手势密码。说真的，贝妮代塔，你怎么这么幼稚。"

"我没有任何恶意。"贝妮代塔痛悔地说，"我就是想欣赏一下宫殿的建筑风格和那个时代特有的细节，还有那些年代久远的迷人的编码结构。"

"我一猜就是，亲爱的。那你也找到那些色情品了吗？"

"是的，我当然找到了。不过，我给你留下了这个呼叫按钮，"贝妮代塔指了指黑板，"是因为我们现在遇到了一个小麻烦。宫殿里出了点儿问题。"

"是吗？"

"这里有东西跑了出来。某种活的东西。"

"是你放出来的，还是你发现它跑出来的？"

"我没法告诉你，因为我也不知道。"贝妮代塔说，"我试过去查，但查不出来。其他人也不能。"

"这样啊。你究竟让多少个'其他人'来过这里？"

"马娅，这座旧宫殿非常大。大得惊人。里面有很大的空间。之前一直没人用，而且很棒的一点是，这里没有网络警察。请不要对我们怀有敌意，相信我，你永远不会注意到我们——如果不是出现这个小麻烦的话。"

"这可不是什么好消息。"

"但有一个非常好的消息。这地方有钱。你知道吗？真正的钱！老人的那种被认证的钱！"

"真不错。你们这帮人有没有给我留点儿？"

"听着，我好想跟你谈谈，"贝妮代塔说，"关于所有的事情。但我现在确实不太方便。我正在跟我父亲打牌。我不想在我父亲家里聊这种事。你能来博洛尼亚见我吗？我有很多东西可以送给你。我想成为你的朋友。"

"也许我可以过去。你们到底找到了多少钱？你之前给我的这条共享软件钻石项链，我还得付清它那讨厌的制造商，那家瑞士公司服务费。这里边的钱够吗？"

"甭担心这个了，"贝妮代塔说，"耳饰公司破产了。他们要价太高，所以从来没人付钱给他们。你就把这条项链送给别的女人吧。在项链开始在耳朵里发牢骚之前，她可以免费试用一个月。"

"你真是太好了，亲爱的。"

"我晚点再打给你,马娅。我承认,我以前做得很糟糕。只要你给我一次机会,我一定好好将功补过!首先,我可以让你的网络形象变得更好。你知道你在我眼中就像个丑陋的蓝色大方块吗?你现在在哪里?"

"你不需要知道我在哪里。帮我给保罗留个言吧。"

贝妮代塔惊讶地张大虚拟嘴巴:"你没有把宫殿的事告诉保罗吧?"

"我为什么不能告诉保罗?"

"亲爱的,保罗只是个空谈家,可我是个行动派。"

"或许我也是个空谈家。"

"我觉得你不是,"贝妮代塔说,"我对此深信不疑。我说错了吗?"

马娅考虑了一下:"好吧,如果不能把这件事告诉保罗,那就往'首'里给我留言吧。我几乎每天都去那里。我跟克劳斯相处得很好。"

"好的。往'首'里留言,是个好主意。克劳斯人不错,他行事非常谨慎。我现在真得走了。"贝妮代塔开始变形,恢复成椅子的样子,侧躺在地板上。

马娅想把椅子竖起来。她戴着手套的手反复插入它的影像,但功能失常的软件令她的努力于事无补。她弯着腰,从各种角度摔打空气,跟椅子耗了好长时间。

随后,她意识到虚拟房间里的另一个存在。她注视着自己,小心地一动不动。那个虚拟存在渗出墙壁,像一阵微风似的穿过她的影像,钻进远处的墙壁中。一道光亮的裂纹在虚拟墙壁上四处爬行。

马娅猛地扯下视觉追踪器和耳夹,又把手套从肿胀的指尖上揭下去,关上机器,然后检查了一下汗迹斑斑的设备,她很后悔在捷克警方的设备上留下她的DNA,顺着这条线索,他们可以追查到自己。于是,她用袖子在视觉追踪器上擦拭了一下,好像这个象征性的动作能管用似的。DNA是微观的。证据无处不在。证据遍及各处，真相就像细菌一样，人们意识不到，但它们到处都有。

但是，除非能够引起别人的注意，否则犯罪就不会成为犯罪。

她决定不把触摸屏偷走。

————————

她现在很累，所以她登上一辆在城市地下跑来跑去的列车，眯了两个小时。然后，她走进玛罗斯特蓝斯卡地铁站里的一个网点，让网络帮忙查找约瑟夫·诺瓦克。网络立刻就把他的地址告诉了她。马娅乘坐地铁回到查尔斯广场，接着，她迈着酸痛的双脚，一瘸一拐地走到约瑟夫·诺瓦克的家门口。这地方看着不大像他的家。她看了看民事支援地图，核对了两遍，然后按了一下门铃。没反应。她更加用力地按下去，塑料盒里失灵的门铃被按碎了。

她用拳头的侧面猛砸包着铁皮的木门。屋内传来低沉的声音，但没人应答。她又更加用力地砸了一下。

一位年长的捷克女人打开门里的短铜链。她戴着方头巾和视觉追踪器："你有什么事？"

"我想见约瑟夫·诺瓦克。我需要跟他谈谈。"

"我不会说英语。约瑟夫不接待访客，尤其是游客。你走吧。"门砰的一声关上了。

马娅去吃了些开胃食品和汤团。这种小挫折对她很有益。如果她每次被锁在门外、被拒之门外或被赶出去，都能记得吃东西，那么她就能保持身体健康。等到最后喝完一盒政府补给的美味的果味牛奶冻之后，她又回到诺瓦克的住处，再次敲了敲门。

开门的还是那个女人,她这次穿着一件厚厚的冬季款睡袍:"怎么又是你!你这个浑身散发着斯图加特味道的女孩。别来打扰我们,这很无礼,而且他也不会见你!"她砰的一下关上门。

又是一个很棒的提醒。马娅走回原来的街区,进入埃米尔的工作室。埃米尔不在。埃米尔离开这里,可能会令人担心,但是她从厨房的状况来推断,他只是不得不出去吃饭而已。她花了很长时间擦洗和拖地,还用她在斯图加特拿到的便利药品包给工作室杀菌。工作室里开始弥漫起新鲜香蕉的味道。结结实实地征服了看不见摸不着的微生物世界,让马娅成就感十足。天黑之后,她在寒冷中再次走到诺瓦克家,然后敲敲门。

这次开门的是一个弓腰的白发苍苍的男人。他穿着一件只有一条袖子的黑色夹克——这位老人只有一条胳膊:"有什么事吗?"

"请问您会说英语吗,诺瓦克先生?"

"有必要的时候会说。"

"我是您的新学生。我叫马娅。"

"我不收学生。"诺瓦克礼貌地说,"而且我明天就要去罗马了。"

"那我明天也去罗马。"

室内光线钻过被铜链拴着的房门缝隙照在她身上。诺瓦克通过门缝盯着她。

"《玻璃迷宫》,"马娅说,"《雕塑花园》《生命之水》《消失的雕像》。"

诺瓦克叹了口气:"这些作品名字用英语说出来真是太难听了……好吧,你还是进屋吧。"

诺瓦克家一楼的墙壁是木制的蜂窝状结构,墙上全是六边形存放架,里面放着各式各样的物件——具有活动关节的木偶、玻璃器皿、蚀刻工具、羽毛、柳条制品、邮票、石蛋、儿童玩的弹珠、钢笔和曲别针、眼镜、饰有浮雕的面具、指南针和沙漏、奖章、皮带扣、哨笛和发条玩具。有些小格子被塞得满满当当,有的尚留有空间,极少数格子则空空如也。这里就像一个木制蜂巢,滋生了大批某种有知觉能力的过去时代的蜜蜂。

屋里有书桌,但没有坐的地方。没铺地毯的地板打过蜡,显得很光亮。

楼梯上传来一个困倦的女声:"怎么了?"

"来了个客人。"诺瓦克说。他把手伸进宽松的裤兜,掏出一个上釉的打火机,"是你之前说的那个讨厌的短头发美国女孩吗?"

"没错,就是她。"

诺瓦克用大拇指按下打火机,生出一团暗淡火苗,然后熟练地点燃一个大烛架。六团烛火渐渐变大。头顶的电灯熄灭了。室内沉浸在一片昏黄之中。"亲爱的,送个豆袋椅下来,好吗?"

"很晚了。让她走吧。"

"她长得非常漂亮。"诺瓦克说,"有些情况下,非常漂亮的人是很有用的。"

楼梯上的人不再言语。过了一会儿,一对黑色豆袋椅在被烛光照亮的楼梯上滑落下来,像两块波浪形的血肠。

诺瓦克坐在豆袋椅上,抬起那只胳膊示意马娅也坐下。他的右臂从肩膀往下整个都没了。对此,他似乎很淡定,好像一条手臂已经完全够用,别人的第二条手臂纯属多余。

马娅把背包扔到木地板上,跟着坐下来:"我想学摄影。"

"摄影。"诺瓦克点点头,"摄影太美妙了!非常真实,就像生活一样。摄影的时候,你会像个独眼巨人,牢牢地钉在一个地方,只需五千分之一秒的时间，咔嚓按下快门，摄影动作完毕。"

"我知道你可以教我。"

"我以前教过摄影。"诺瓦克像受刑之人似的承认道，"我教过人们像照相机一样看世界。多么了不起的成就啊！瞧瞧我这栋寒酸的小房子。我做了90年的摄影师，90年啊！那么辛辛苦苦地工作，我和老太太最后还剩下什么呢？一无所有。可怕的市场崩盘！货币贬值！存款税！废除和驱逐！政治纠纷！瘟疫！银行倒闭！没有任何东西是可靠的、长久的。"

诺瓦克瞪着她，眼神中透着无可奈何和怀疑。前翻的耳朵、粗硬的眉毛、肿得跟土豆似的老人鼻子，使他突然间看起来像个精明的乡下人。"我们没有财产，没有资产。虽然我们年纪很大，但我们没什么可以提供给你的，小姑娘。你还是走吧，省得大家麻烦。"

"但你很有名啊。"

"我的名气早就过时了，我已经被人遗忘。我继续摄影，只是因为我情不自禁。"

马娅环视客厅。虽然非常杂乱，但同时却又十分干净。上千件小物件，很难说得清到底是艺术品还是垃圾。简直是过去的时代各种零碎物件的大集合。即便如此，屋里却连一丝灰尘都没有。那些崇拜缪斯[①]的人，到最后家里都会变得像一座博物馆。

火苗侵蚀着被石蜡包裹的白色烛芯。哪怕是长时间沉默，白发苍苍的诺瓦克好像丝毫也不会感到局促。

马娅指着蜂窝状木架的顶部。"那个水晶花瓶，"她说，"上面那个雕花玻璃酒瓶。"

[①] 希腊神话中主司艺术与科学的九位古老文艺女神的总称。

"是一件很老的波希米亚玻璃制品。"诺瓦克说。

"它很美。"

诺瓦克轻轻地吹了声口哨。厨房旁墙壁上的一扇暗门打开了,一只手臂掉了出来。

手臂下端的五指伸开,啪的一声落在地板上,那声音听起来跟上面的肉是真的一样。它裸露的肩膀上有一丛羽状的东西,就像卷曲的藤壶触角。

手臂屈伸弹跳,在反射着烛光的地板上灵巧地上蹿下跳。它扭动着闪避障碍,然后以迅雷不及掩耳之势跳起来,与诺瓦克没有袖子的肩膀处那肉眼几乎不可见的狭缝相接上。

诺瓦克眯着眼睛,微微皱眉,紧接着抬起那只假手,轻轻攥了攥。

然后,他毫不拘礼地扭动身体,把左手肘拄在豆袋椅上,将右手伸向房间对面。整条右臂那无毛的皮肤全都呈现为泡沫状和颗粒状,前臂则变得像鸟骨那么细。伸得远远的右手抓住玻璃瓶,缩回来。在手臂恢复为正常大小的过程中,它的内部发出轻微的刮擦声,就像用脚踩在灰烬上那般嘎吱作响。

他将玻璃瓶递给马娅。她在烛光下仔细观察。

"我以前见过它。"她说,"我曾经在它里面待过一段时间。那就是一个世界。"

诺瓦克耸耸肩。待新手臂和肩膀接好之后,他又非常酷炫地耸了耸肩:"诗人也是这么说一粒沙子的。"

她抬起头:"这只玻璃瓶是用沙子做的,对不对?相机镜头也是用沙子做的。一个数据位就像是一粒沙子。"

诺瓦克的脸上缓缓绽出笑容。"有一个好消息,"他说,"我喜欢你。"

"把玻璃迷宫拿在手中的感觉太奇妙了。"她一边说,一边转动手中的玻璃瓶,"它的虚拟版好像显得比实物更加真实。"她将玻璃瓶还给他。

诺瓦克漫不经心地打量着玻璃瓶,右手像个手套形状的橡胶钳子般握住它,同时用左手轻抚之。"嗯,它有年头了。稍稍借鉴了古希腊的形状。哦,希腊的形状啊!"他开始用捷克语大声吟诵起来,"'上面缀有石雕的男人和石雕的女人,还有林木和被脚踏碎的青草。你那沉默的形体。你扭曲我们的思想,宛若'永恒'那般。你冰冷的诗歌!等暮年使这一世代凋落,只有你如旧,全身心地留在别人的苦忧中。人类的挚友。你会抚慰我们说:'美即是真,真即是美。'这就是我们所知道和该知道的一切。'①"

"这是诗吗?"

"一首英文古诗。"

"那您为什么不用英语吟诵呢?"

"因为英语里的诗意已经消散殆尽。当他们伸展那种语言,让其覆盖全世界时,一切的诗意都已尽数消散。"

马娅仔细想了想。这话听起来很有道理,而且好像可以解释很多事情:"那么,用捷克语朗读时,这首诗的诗意还在吗?"

"捷克语是一种荒废了的语言。"诺瓦克说。他站起身,把手臂像橡皮泥似的伸长,将玻璃瓶放了回去。

"咱们什么时候出发去罗马?"马娅问。

"明天一大早。"

"那我可以坐在这儿等你吗?"

---

① 出自济慈的诗歌《希腊古瓮颂》。此处译文参考了诗人、翻译家查良铮先生的译本,由于是将诺瓦克的捷克语用翻译器翻译成英语,所以此处的原文和中文翻译均与原作和原译有出入。

"那你可得记住要吹灭蜡烛。"诺瓦克说。他吃力地爬上楼。十分钟后,他的右臂跳下来,灵巧地回到原位。

————————

翌日清晨,他们上路了。诺瓦克太太给丈夫打包了一个硕大的吊肩箱。诺瓦克根本就懒得拿他的假肢。

马娅背起她自己的背包。她自告奋勇地要帮诺瓦克拿箱子。诺瓦克立刻递了过去。那箱子感觉得有半吨重。诺瓦克不满地叹了口气,打起精神,极不情愿地打开前门,迈出三小步便穿过年代久远的人行道,上了一辆崭新锃亮的豪华轿车。

马娅把箱子和背包放进后备厢,爬上车。紧接着,轿车便无声地开走了。"您太太为什么不跟我们一起去罗马?"

"噢,业务上的活动本身就很无聊,而且全都是强制性的。她讨厌这种事。"

"您跟米莱娜结婚多久了?"

"从1994年到现在。"诺瓦克咕哝道,"但目前我们只是以婚姻的名义生活在一起。我们俩现在的关系像是兄妹。"他摸了摸下巴,"不,这么说不太对。确切地说,我们已经过了与性别有关的一切有负担的阶段。我们现在就像共生动物一样生活在一起。"

"整整一个世纪的婚姻,这是很罕见的。您一定非常骄傲吧。"

"别人也可以做到,只要他们能消除对彼此而言既舒爽又粗鄙的性欲即可。再者说,米莱娜和我都是收藏家,我们讨厌扔东西。"诺瓦克把手伸进衣领,取下他的网络连接器,用拇指输入一个网络地址。

"喂?"他大吼道,"噢,让我电话留言啊,嗯?"他随即切换成捷克语，怒气冲冲地说，"还躲着我呢？好吧，听好了，你这个寄生虫！一个年迈的残疾人，失去了右臂，被全世界遗忘，没有像样的工作室，没有专业帮助，要让他一年的营业额达到三万马克，简直匪夷所思，这是不可能完成的！这个评定标准太过荒谬！尤其是在2095年佣金少得可怜的情况下，更是难上加难！还有，关于2092年的那次延寿的无聊废话是怎么回事？在你们把我们榨干之后，居然还要我交滞纳金？甚至还要缴纳罚款？我是捷克共和国的勋章艺术家！曾经得过五次布拉格市政奖！结果，却要因你们的疯狂迫害跪地求饶！这就是尽人皆知的丑闻！这事儿还没完，你这个只知道躲避的无能家伙。"他关闭了网络连接器。

"我再三告诉过他们，"他哀叹道，"我把证明书、申请书、文件、多年的法律信件全都堆到了他们面前！哦，他们却装作没看见。他们就像恰佩克①的机器人一样。"他摇摇头，然后面带狰狞地笑了，"但我不担心！因为我非常有耐心，所以我会比他们活得更久。"

一架私人商务飞机正在布拉格的停机坪上等他们。它那白色、银色和孔雀蓝的机身看上去分外优雅。"瞧瞧这个。"诺瓦克来到有排孔的铰链式登机踏梯脚下，他看上去有些烦躁，"詹卡洛应该派个乘务员来接我。他知道我看到斜面就紧张。"

"有我呢，约瑟夫。我来当您的乘务员。"她打开后备厢，取出行李。

"詹卡洛是个不折不扣的上流人士。你真该去看看他在格施塔德②

---

① 卡雷尔·恰佩克（1890—1938），20世纪捷克最有影响力的作家之一。他在1921年出版的《罗苏姆的万能机器人》中首次使用了机器人的英文"Robota"这个词（后来才改成Robot）。

② 瑞士的滑雪胜地。

的château①,那里的斯图加特龙虾已经泛滥了。你知道吗,如果它们失去控制,就会变成疯狂的杀人机器,把你杀死。在你睡觉的时候,用钳子把你的喉咙夹断。"诺瓦克闪到一边,让马娅把沉重的行李拖进机舱。然后,他敏捷地登上梯子。

机舱里没有豆袋椅。马娅停下来,大为困惑。诺瓦克则摆出蹲坐状,一把椅子在他身下迅捷且无声地跳了出来。机舱地板很像上好的意大利大理石,但当发现有人类臀部正在降低时,它那难以捉摸的表面便像超音速水泡似的,冒出一把半透明的结实的椅子。马娅随便找了个位置往下一坐,一把新椅子瞬间冒出,接住了她。"多棒的飞机啊。"马娅拍着柔软的椅子扶手说。

"谢谢您的夸奖,女士。"飞机说,"你们准备好起飞了吗?"

"应该准备好了。"诺瓦克喃喃道。修长纤薄的机翼无声地高速振动起来。飞机旋即垂直飞上高空。

诺瓦克静静地凝视窗外,直到布拉格消失在视线中,然后,他转向马娅。

"你是模特吗?我猜你肯定是。"他说。

"有时候吧。"

"你有经纪公司吗?"

"没有。我从来没为了赚钱而做过模特。"她停顿片刻,"我不想为了赚钱做这个。但如果你想让我给你做模特,我没问题。"

"你会做时装模特吗?你知道怎么走台步吗?"

"我见过模特走台步……不过,我不知道怎么走。"

"那我教你。"诺瓦克说,"看好了,仔细观察我双脚的动作。"他

---

① 法语,意思为:城堡。

们站起来。椅子像是气球不出声地爆炸般瞬间消失。周围没有杂乱的椅子，学习走台步的空间就变得很大了。

————————

2065年，因诺森特十四世成为第一位接受延寿疗法的教宗。该疗法的确切类型全部秘而不宣，对于主张充分披露医疗信息的政治惯例来说，这是一次罕见且颇有手腕的例外。教宗的决定严重违背了神赐自然寿命的信条，并对正常的教宗继位程序带来严峻挑战，继而在教会中引发了一场危机。

红衣主教团在会议中讨论教宗这一举动可能造成的影响时，体验到了一次神启。在怀疑论者看来，他们狂热的灵魂升华、狂喜的舞蹈和含混不清的言语，无异于用化学方法导致的幻觉。但那些直接体验过圣火降临的人却对神启的神圣起因深信不疑。怀疑论者苛刻的猜疑始终无法将教会彻底推翻。

经历过这场神之干预后，教会很快就正式准许可以接受某种后人类化的疗法。目前，教会推荐它自己指定的一系列延寿技术。这些得到特许的医疗手段，再加上圣餐性质的现代宗教致幻酊剂和各种灵性修炼，被正式统称为"新仿效基督法。"

随着长长的白胡须上半段变成黑色，这位谦逊的、精力充沛的教宗已经成为欧洲新式做派的标志性核心人物。许多人曾经认为因诺森特只不过是个野心家，是一位正在衰落的古老信仰的亲切守护者。但是在圣火降临后，所有人都清楚地认识到，这位重生的教宗名副其实地拥有那种非凡品质。教宗惊人的口才，他的真诚和毫不掩饰的亲善，就连最愤世嫉俗的人都为之震惊。

当他那用化学方法壮大的教会重新夺回古代基督教世界失去的阵地时，教宗便开始展示自使徒时代以来就不为所知的神迹。他只道出一个字、轻触一下，就治好了瘸子。他还驱走了精神病人脑海中的恶魔。而且，他们的康复往往是永久性的。

此外，他还能做出预言，非常详尽，而且通常相当准确。很多人都相信教宗会读心术。不仅仅是容易受骗的天主教徒，甚至连外交官、政治家、科学家和律师也证实了教宗会使用超自然力量的说法。他对别人的灵魂具有难以解释的深刻洞察，这一点常常在世界政治舞台上得到证明。老辣的军阀和职业罪犯被带过去，与教宗私下会见，结果他们全都崩溃了，在痛苦的悔恨中向世界承认他们的罪行。

教宗因诺森特对穷人施以援助，为无家可归者施以庇护之所，迫使顽拗的政府施行了更加人道的新社会政策。他创建了强力的医疗和教育秩序，还有图书馆、网点、博物馆和大学。他在欧洲各地为乞士和朝圣者提供了庇护所和便利设施。他重建了梵蒂冈，把全世界古老的主教座堂和普通教堂变成了基督徒灵修的极乐中心，其中弥漫着现代弥撒曲那虚拟天堂般的美妙之感。他无疑是21世纪最伟大的教宗，也可能是过去10个世纪以来最伟大的教宗，甚至是有史以来最伟大的教宗。如果他将来有一天会逝世的话，他必然会荣升成圣徒身份。

马娅发现罗马简直一片凌乱。昨天这里刚刚展现了一个神迹。自从宗教致幻剂出现之后，神迹已经变得司空见惯了。现在，只有罕见的情况才能吸引公众观看超自然现象。昨日的神迹进一步提高了公众对超自然现象的关注门槛：圣母玛利亚在两个孩子、一条狗和一个公共遥现站点上显现了自己。

孩子一般不服用宗教致幻剂。即便是后犬类也很少获得神灵感应。而公共遥现站点的录像应该无法修改——那些记录中本不该显示出枕套状的模糊光辉,并漂浮在维亚莱古列尔莫马可尼大街上空。

罗马人觉得神迹没什么好稀奇的。土生土长的罗马人甚至连梵蒂冈发生的事情都很少感到讶异。然而,依然有许多虔诚的信徒从欧洲各地涌入罗马,他们祈祷、忏悔、寻找圣物、享受媒体的报道。路上挤满了公共汽车、自行车、拖车、身穿方济各会修士长袍的宗教观光团,并且充斥着原始的意大利语,这里一派喜庆的氛围,根本就无法管理,交通因此变得十分拥挤,也分外嘈杂。而且此时还下着雨。

马娅坐在豪华轿车里,通过雨水冲刷的车窗凝视外面,"约瑟夫,您信教吗?"

"存在着许多个世界。这里面有一个处于黑暗中进行感知的世界。"诺瓦克说着拍了拍自己布满皱纹的额头,"有一个被太阳所照亮的物质世界。还有虚拟世界,那是我们现代的非物质伴称存在的世界。从某种程度上来说,宗教应该算虚拟世界,并且是很古老的一种。"

"那您是信徒吗?"

"我信仰一些朴素的东西。我信仰的是,假如你拿着一个物体,通过光使它变得有生命,并且将这种对生命的体悟带入到虚拟的呈现形式中,那么你就实现了他们所谓的'抒情'。有些人强烈的非理性需求是对宗教,而我则对抒情有这种需求。我是情不自禁地,而且我也懒得就此与人辩论。所以,如果那些信徒不来烦我,我也不去烦他们。"

"可是,今天这里肯定得有五十万人!全都是因为一条狗、一台计算机和几个孩子。您对此怎么看?"

"我觉得詹卡洛会因为被抢去风头而生气。"

豪华轿车在人群和车流中艰难穿行,载着他们来到酒店——当然,酒店早已严重超额预订。诺瓦克用好几种语言,言辞激烈地与服务台职员进行争辩，最终为他们争取到两个单间，使得大厅内的其余宾客颇为不满。马娅洗完澡，将衣服送了出去。

她的衣服被送回来时，还附带了一件晚礼服。看来，诺瓦克对女性着装的观念相当陈旧。但这件礼服是刚刚做出来的，而且看起来非常合身。这显然是诺瓦克作为摄影师对身材比例观察得很独到的功劳。

詹卡洛·维耶蒂，时装品牌安普里奥维耶蒂的女装设计大师，正在举办他的第75届春季时装系列展示会。如此大规模的活动，需要一个合适的舞台布置。维耶蒂租用了清隆竞技场，那是一座高雅的巨型拱形建筑模仿品，由一位古怪的日本亿万富翁在地震将罗马弗拉米尼奥区摧毁之后所建造的。

他们停在玫瑰色圆柱状的清隆门前，下了出租车。人行道上挤满了你推我搡的罗马狗仔队，他们全都戴着视觉追踪器。诺瓦克在罗马似乎不是很有名，但他的独臂很容易被认出来。他没有理会喧嚷的狗仔队，走得不紧不慢。

他们从人群挤过，拾级而上。诺瓦克用阴郁的目光审视着高耸的仿大理石外墙。"往昔是一种有限的资源，这就是活生生的例子。"他喃喃道，"相比于试图用廉价材料超越墨索里尼时代的建筑，模仿当今的印第安纳波利斯要更好一些。"

马娅很欣赏这个地方。虽然缺乏许多真正的罗马废墟中杂草丛生、石块遍地的真实感，但它似乎具有卓绝的实用性，并且无意间透出精心设计的仿制品的那种优雅感。

他们进入建筑内部，登录系统，发现有三百人正在准备就餐，服务员则由螃蟹来担当。

许许多多的老人。他们全都显得超级严肃，这些喋喋不休、衣着光鲜考究的人，比容纳他们的这座建筑还要老得多。这一切无不令她大为触动。

他们是欧洲光彩夺目的一群人，一群打败了时间的人。他们头上套着视觉追踪器，颇具远见的眼睛仿佛能看穿坚硬的岩石。他们是欧洲时装界的老手，汲取了一成不变的精髓，并将其像裹尸布般冻结在自己周围。他们就像法老的墓室壁画一样迷人。

诺瓦克戴上自己的那个视觉追踪器，然后根据窄播到镜片上的社交提示信号，灵巧地走到指定位置。诺瓦克和马娅一起坐到一张小圆桌前，桌面上摆放着银器，铺着一块米色的亚麻布，围绕桌子的凳子上全都装有软垫。"晚上好，约瑟夫。"对面的人说。

"你好啊，大三郎，亲爱的老同僚。好久不见。"

大三郎带着鳞翅目昆虫学家观察对象时那种不友好且冷漠的兴致，目光越过他精致的视觉追踪器的外缘打量着马娅。"她很漂亮。你到底是从哪里找到这件礼服的？"

"从我拍摄的维耶蒂的第一张原片里。"诺瓦克说。

"那张特别的维耶蒂照片竟然还在档案里？"

"詹卡洛可能把它从自己的档案中清除了。但我的档案容量可是很大的。"

"詹卡洛当时还那么年轻。"大三郎说，"他少年时代的作品很适合你这位小朋友。我们点些水。你要喝水吗？"

"为什么不呢？"诺瓦克说。

大三郎示意螃蟹过来。它开始说起日语来。"请说英语。"大三郎说。

"南极冰川水，"螃蟹建议道，"来自更新世[①]沉积物的深层核心。

---

① 从2588000年前到11700年前，是地质时代第四纪的早期。

自从人类出现以来就没被触及过,丝毫没有受过污染。极其纯净。"

"多么讨喜却又不实用的东西啊,"诺瓦克说,"很有维耶蒂的风格。"

"我们还有月球水,"螃蟹说,"具有非常有趣的同位素特性。"

"你喝过月球上的水吗,亲爱的?"诺瓦克问马娅。

马娅摇摇头。

"我们要月球水。"诺瓦克要求道。

第二只螃蟹带着一个真空密封的小瓶走了过来。它用锃亮的钳子把两颗冒着蒸气的小巧玲珑的蓝色冰块丢进两只白兰地酒杯里。

"水是完美的社交愉悦品。"在螃蟹们离开去接应新的服务需求后,大三郎说,"我们无法分享液体消耗的粗蛮行为,但我们肯定可以分享观赏冰块融化所带来的不可言喻的乐趣。"

同桌的另一个女人身体前倾。她头戴一顶硕大的黑色帽子,个子很小,身体干瘪,几乎没有头发,其族裔十分难以确定。"这些水乘着一颗来自宇宙边缘的彗星来到这里,"她警觉且口齿不清地说,"被冰封了六十亿年。在被我们喝下之前,从未接触过生命的温度。"

诺瓦克单手举杯,摇晃着,他那轮廓分明、皱纹明显的农夫般的脸上洋溢着期待的光彩:"真没想到,月球上还有足够用来开采月球冰的月球人呢。"

"月球上还有十七个幸存者。只可惜他们彼此仇视。"大三郎冷冰冰地短促一笑。

"既是宇宙的叛逆者,也是宇宙的远见者。"诺瓦克仔细地嗅闻着他的酒杯,"可怜的家伙们,他们发现了生活脱离传统之后所带来的生存困境。"

马娅看着簇拥在其他小桌前的人们,知识的闸门像电灯开关一样,在她脑内咔嗒一声打开。她开始在大脑里为他们接受过的疗法进行编目。所有这些老人和他们接受过的老旧的疗法。去皱,生发,植皮。还有血液过滤,合成淋巴,注射神经和肌肉生长因子,加速减数分裂,服下细胞内抗氧化酶:混合了精氨酸、鸟氨酸、半胱氨酸、谷胱甘肽和过氧化氢酶的回春饮料。此外,有的老人还进行过肠绒毛分层(IVL),情感昼夜节律调节(ACA),骨质增强疗法,置换陶瓷关节假体;或是进行靶向氨基胍治疗,靶向脱氢表雄酮治疗,自身免疫重编程系统分类(ARS),动脉粥样硬化微生物清理(AMS),胶质-神经耗散性除颤(GNDD),广谱动作性代谢加速(BSKMA)。这些全是过时的技术。刚做完之后,他们都变得野心勃勃。

一声铜锣响。三百名用餐者从小桌子旁同时起身,或是漫步,或是跛行,或是拖着脚步,或是摇摇摆摆,参与到一场规模浩大却又极为有序的抢座位游戏①当中。他们既没有发牢骚,也没有陷入混乱。等到结束时,每个人都发现身边换了一批人,无一不展露出发自内心的喜悦之情。机器人服务员碎步疾跑,为大家送来新的餐具和汤羹。

约瑟夫的新同座们都说德语。他似乎对他们很熟悉,也可能是因为他们都在播送个人介绍,以便被他的视觉追踪器接收到。马娅把她的翻译器设置为捷克语和意大利语。她本来可以插入代表德语的小钻石蛋,但现如今,每当她手忙脚乱地摆弄项链时,它必然会暂停工作,然后指责她欠了多少钱。

她为自己的项链感到羞愧。廉价的黄金和钻石在她袒露的胸前闪闪发光,像极了放射性的垃圾。她仍然听不懂德语,于是一言不发,而她的沉默丝毫没有被注意到。她还很年轻,没什么有趣的话题可聊。

---

① 参与者随着音乐绕一圈椅子走,音乐一停,就抢椅子坐。

机器人把汤羹收走，大家又挪动起来。随后，一道品相完美、口感寡淡且极易消化的烤碎肉卷被端了上来。有些宾客选择吃掉，其他人则只是漫无目的地搅动着。然后，大家再次挪动位置，与新同伴一起享用形状讨喜却索然无味的小汤团。接着，他们又吃了一种亮莹莹的黄色楔形物，它呈波纹状，嗅之无味，吃起来像奶酪味。再之后他们吃的是一种布满沟纹的圆锥形甜美食物。这场宴会可谓煞费苦心，所有食物都无须动用牙齿。

众人移至清隆那阴暗又富丽堂皇的陈列间里。墙边到处都是货摊，风格十分大胆，以至于看起来像是在打广告。高级时装不需要公然的商业化举动，所以这种对规则的稍作调整只不过是维耶蒂的虚张声势。真正追求卓越服饰的高级时装，需要的主要是耐心。这年头，社会上的风云人物都非常有耐心。高级时装是声望的游戏，支撑这场游戏的资金除了少部分来自富人，其余全部来自维耶蒂的授权许可：视觉追踪器产品、香水、沐浴设备、私人水疗、药用化妆品。对于一位更偏向于定制生活方式而非制作服装的女装设计师来说，这些可以说是一座知识产权的宝库。

出席者们先前被苦行凳子硌得骨头生疼，进入这里后，终于幸运地看到了像样的椅子。他们按照相互抵触的不同圈子一排排地分坐开来。被认为是光彩夺目、喜爱炫耀的一帮人——印尼、日本和美国的政客、金融家——不遗余力地占据了第一排，以便给彼此留下好印象。往后各排分别是网络编辑、商店采购员、摄影师、男演员、女演员、普通富豪和超级富豪，以及饱经世故的男人和女人。

并非每个人都能有椅子坐：这是一个故意设计且非常传统的疏忽。诺瓦克在后台领着她穿梭于乱哄哄的人群中，他们中既有社交名流，也有初级设计师和小有名气的人。

后台到处都是欧洲鹳、非洲蛇鹫和美洲鹤。这些高大冷峻、浑身羽毛的两足动物十分专心地等待上场的提示，它们姿态高贵，敏捷地闪避着焦躁的人群。

那位享有盛名的时装设计师被工作室里那群喊喊喳喳、干劲十足的下属围在中间。维耶蒂身穿颇具自身风格的工作服：一件黑色的多口袋的海豹装，略微有些绒毛，若是配上水肺，看上去一定很酷。他靠一对装在手腕上的彩虹状显示屏来追踪秀场的情况。

"约瑟夫，你能来真好。"维耶蒂用英语说。他身材高大，肩膀很宽，下巴方正，是活动现场极少数不用屈尊佩戴视觉追踪器的人之一。维耶蒂显然曾经非常帅。现在，他的脸上满是岁月和饱经痛苦的痕迹。他身上有一种罗马竞技场般略显不祥且令人敬畏的高贵气质——但詹卡洛·维耶蒂实际上并非罗马人，而是米兰人。

维耶蒂瞥了马娅一眼，那目光显得心不在焉却又满心溺爱，与他一直以来凝视他的那些顺从的鹳鸟的眼神并无二致。他那双浅蓝色的眼睛突然睁大。最后，他咧开嘴，露出一排闪闪发亮的陶瓷牙齿。"哦，约瑟夫啊，她太漂亮啦！你这个流氓。说真的，你不该这样做。"

"看来你还记得啊。"

"你以为我会忘记我的第一场时装秀吗？那就像忘记自己第一次动手术一样难。"维耶蒂注视着马娅，被她深深地迷住了，"你从哪找到的她？"

"她是我的新学生。"

维耶蒂用戴着黑手套的指尖轻触马娅的下颌轮廓，滑到假发根部时扯了一下，接着又在肩缝处迅速拽了一下，给她整了整衣服。他高兴得哈哈大笑。

尽情地笑了十几秒之后，维耶蒂的脸颊泛起斑驳的红晕，衣服下面传来奇怪的汩汩水声。维耶蒂把左手放在上腹部,皱起眉头,稍微扭动了一下他生命支持器深部的吊钩。然后,他看了看腕部的扇形显示屏,用食指在屏膜上勾勾画画。

"今晚让她上T台吧。"他说,"反正罗马的秀场总是这么混乱。而且说真的,她太漂亮了。"

"万万不可,詹卡洛。她穿的伪劣服装是件廉价的仿制品。"

"我知道这件衣服是你对我开的小玩笑,但我们能解决好。她会走台步吗?"

"会走一点儿。"

"她还很年轻,哪怕走不好,他们也会原谅她。"维耶蒂满怀期待地看着她,"你叫什么?"

"马娅。"

"小马娅,我有一个很棒的工作团队。让我把你交给他们吧。你可以在这些名流面前走台步吗?他们都非常老,戴着蠢兮兮的视觉追踪器,而且还都富得流油。"维耶蒂冲她眨眨眼,越过一个世纪的巨大鸿沟,呆滞地做出一副友爱的样子。

"我当然可以。"马娅十分高兴且自信地说。

维耶蒂平静地望着诺瓦克:"还有诺瓦克,给我拍几张小照片。放在我网络的小角落里。"

"哦,我干不了。"诺瓦克说,"我没有带合适的设备来。"

"约瑟夫,看在往日的情分上,你可以用玛德雷奇的设备。玛德雷奇这个白痴惯于装腔作势,他还欠我一个人情呢。"

"我很久都没拍过高级时装了。真的,最近哪怕只是拍摄一个蛋壳、一张蜘蛛网,都能耗尽我的心力。"

"约瑟夫,别故作忸怩了,你都已经费尽心思给她换上了礼服!说实话,她这张脸化得可真糟糕,是小女孩的妆容,太过俗气。但我们可以通过妆容,看出她本来的样子。这顶假发也很难看……但是,她简直太性感了,约瑟夫!每个人在21世纪20年代的时候都是那么魅力十足。甚至连我在那个时候也很有魅力。"维耶蒂怀恋地叹了口气,"你还记得我当年多有魅力吗?"

"人在年轻的时候,就连月亮和星星都很有魅力。"

"唉,可是在21世纪20年代死去的人们都太年轻了,所以那时每个人都魅力四射,一切总是显得那么有魅力。就连艾滋病在21世纪20年代也很有魅力。我这场时装秀没有一件有魅力的东西,你这位小姑娘今晚可以做我的魅力女郎,肯定会很有意思。芭芭拉会处理的。"维耶蒂拍打手腕,关掉扇形显示屏,然后拍拍手,"芭芭拉!"

"你很幸运,"诺瓦克非常平静地告诉马娅,"他想去喜欢你。不要让我们失望。"

她低声回道:"他不会付我钱吧?只要不给钱,我就可以做。"

"这个交给我来办。"诺瓦克向她保证,"勇敢一点。"

芭芭拉是维耶蒂的高级助理。她说话带有伦敦西区口音,长着西印度群岛人的宽脸和扭结的黑发,还有前拉斐尔派画作中小姑娘那种粉妆玉砌的肤色。芭芭拉冷静又干练,打扮得像个高级外交官一样漂亮。芭芭拉已经80岁了。

芭芭拉领着马娅来到化妆间,里面挤满了男模特。十来个帅气逼人的男人,各自用衣服遮住身体的不同部位,坐在明亮的摄像镜前,屈伸四肢,展示着肱二头肌和股四头肌,同时有条不紊地捯饬着。

"这是菲利普,从现在起,由他照管你。"芭芭拉说着让马娅坐在化妆师身旁的一把红色扶手椅上。菲利普个头不高,长了一张小嘴,清瘦,头发金黄油亮,戴着一副硕大的视觉追踪器。菲利普看了她一眼，随即惊骇地冲口而出："哦，天哪，不会吧。"然后便去拿抹刀、洁面霜、黏附手巾和电动刷，并对美发师发出红色警报。

旁边的两个模特正在聊天。"你今晚看到托米了吗？他现在成大胖子了。他真的变得好胖啊。"

"都是生孙子给闹的。"另一个模特说，"我的意思是，你能从生孩子中恢复过来，但是当孩子再生孩子，那就不好说了。"

"你的新房子怎么样了，布兰登？"

"到目前为止，进展顺利。但我们不该在震区钻那么深。搞得我很担忧。"

"不用担忧，你们肯定能弄好。你和博比可以把房子封起来，设置一些密封的细菌制品，在那么深的位置要用这种谨慎的方式进行处理。真的，我都要嫉妒死了。"那个模特检查了一下他的视频镜，屏幕上显示出他没有被镜面倒转的影像，"我的眼皮看起来还行吗？"

"你又做去赘皮手术了？"

"没有，这次做了点新花样。"

"阿德里安，你的眼皮从没这么好看过。我说真的。"

"谢谢。我有没有告诉过你，我参军了？"

"你开玩笑的吧？"布兰登毫不费力地弯下腰，摊开手掌，平放在地板上。他双手倒立，然后一下一下地屈伸手肘。他脚尖像高空跳水运动员似的指向天花板，双腿肌肉发达，看上去就跟青铜铸像一样结实。

"主要是因为，"阿德里安说，"我的医疗费用变得非常之高，而民事支援者，呃，他们就是一群肮脏的讨厌鬼。难道不是吗？但武装部队就不同了！我是说，现代社会——我是认真的——必须要有真正的权威！在所有这些平民婆娘之外，必须得有愿意动粗、扣留他人财产的强硬角色存在。Capisci①?"

布兰登轻轻松松地来了个后空翻站起来。他对着镜子检查自己搓衣板似的腹肌，皱皱眉，找到一条活性紧身裆系上，问道："你的兵役要服多久？"

"五年。"

"那没问题，你肯定能毫不费力地服完五年兵役。"布兰登调整了一下紧身裆，只听一声猛烈的抽吸，紧身裆勒紧了，"军队体能测试之类的你都通过了？"

"当然，他们很喜欢我，把我安排在了军官团。"

"他们不介意前列腺的事？"

"前列腺的事已经是历史了。我现在的前列腺年轻得不得了。我是在开罗的一个自卫队基地每周末服役。"阿德里安突然住口，"菲利普，你对这可怜孩子的眉毛做了什么啊？"

"我赶时间。"菲利普抱怨道。

"她那是过去时代的服装。你得给这小姑娘做那个时代的眉毛，二十来岁的那种。你不能把她的眉毛都拔光，搞得她好像暴跳如雷的老家伙似的。要把她打扮成无邪少女的样子。"阿德里安拍了拍马娅的前臂，摆出一副颇有长者风范的镇定姿态，"以前没见过你呢，小姑娘。你是第一次给詹卡洛做模特？"

"是的。人生第一次做模特。"

"哦，布兰登，听啊，她是美国人。"

"你们也是美国人吗？"她问。

"当然啦，"阿德里安笑着说，"欧洲人喜欢粗犷的美国男性，宽肩、

---

① 意大利语，意思为：你明白我的意思吗？

稳重、呆若木鸡、几乎不会说话,这样的人谁不喜欢?"

"他们喜欢我们的阳刚之气,"布兰登说,"在这方面他们很舍得花钱。必须得为这个花大价钱,因为保持阳刚之气是非常困难的。"他哈哈大笑。

"你的毛孔偏酸性,亲爱的。"菲利普分外关切地说,"你用霉菌洗过澡吗?"

"就洗过一次。"

"你应该用。真的应该用!我有一种人工培养的曲霉菌,对你肯定有奇效。我需要改动你的发际线,还要给上嘴唇除毛。可能会有点儿疼。"

菲利普便开始用镊子拔毛,用刷子涂抹,浸润油脂,美容粉起了反应,然后沉淀。三十分钟后,所有的男人都一丝不苟地穿好了衣服。有些人已经出去登台了。

菲利普让她看了看自己的新面孔。

她以前做过很多次美容,各种各样的都有,持续了好几十年。大多数美容完全是用化妆品做表面功夫,虽然很舒服,但没什么实际功效。还有些能起功效,运用高科技,对面部具有切实的修复性,但那会把脸上的皮磨掉,让人感觉很不自在,只想一个人躲在温暖的黑暗房间内等待面部恢复。而菲利普的美容简直就是艺术。那仍然是马娅的脸,但显得非常镇静、容光焕发、完美无瑕,卷曲且轻微染色的睫毛、烟熏色的眼皮、鸟翼似的眉毛、锦缎般顺滑的肌肤、像瓷器一样光洁澄澈的虹膜和眼白、两片罂粟花瓣似的嘴唇、精致的面容,可以称得上是最完美的绝代佳丽。

随后,他们给她戴上新假发。她便超脱了完美状态,升华到更高的境界。那是一顶颇为智能的假发。它可以像超音速章鱼一样从她的头皮上跳下来，甩动尖利的卷须，刺穿石膏墙壁，挂在墙上。但它是一家大型时装公司的道具，所以它绝不会做出如此粗鲁的事情。它看上去只不过是一顶漂亮得令人咋舌的假发。这顶红褐色的假发看起来极其逼真，微微泛着冷光，像豪华轿车一样昂贵、舒适且精致。

假发紧贴她的头皮，感觉比她自己的头发还要贴合。当泛着光泽的假发卷曲在她的脖颈和肩膀上时，它看上去就像女人梦寐以求的那种头发。

锣声响起。最后几个男人悉数离开化妆间。四名女模特悠闲自在地走了进来。她们身材高挑又苗条，全都穿戴整齐，除了鞋子。穿鞋子是件麻烦事，工作人员焦急地拉着一双双新鞋，奔跑着进进出出。女模特们百无聊赖，耐着性子啜饮酊剂，抽着吸入剂，吃着不含热量的白色条状小点心。她们一边小口小口地吃着开胃食品，一边轻轻地涂抹嘴唇，手在化妆碟和嘴唇之间来来回回，奇特的手臂也随之屈伸着，给人一种十分怪异的优雅感。

这些女模特年纪都很大。她们的样子就跟那些真正处于极佳状态时的现代老年女人一样：她们看起来就像没有月经的女运动员。就是那种处于青春期的女性体操运动员，只不过没有那种活力，完全没有年轻人的蓬勃朝气。她们并未表现出衰老的自然迹象，她们皮肤紧绷，肌肉结实。她们表情冷峻，眼睛又黑又大，举止优雅，身体极其强壮，看上去仿佛哪怕一头撞碎厚玻璃板也能面不改色。

她们的衣服主要作为装饰用，而非遮蔽身体，整体呈圆柱状，在臀部收紧处、胸围线处基本不见隆起。看到这些衣服，你会意识到原来服装可以这么漂亮、引人瞩目，甚至可以这么有女人味，而且几乎完全没有性诱惑的意味。这些衣服剪裁精妙、轮廓分明，颇具牧师气质和银行家气质，而且很像中国清朝紫禁城内有权势的宫廷太监所穿的宫廷服饰。有些衣服裸露出部分肌肤,但给人一种只有征服英吉利海峡的女人才有可能这般裸露的感觉。

衣服上羽毛非常丰富,不是容易脱落或花里胡哨的那种,而是有条理地排列、闪着光泽的羽毛,像锁子甲一样连成许多长条的羽毛。在春季,詹卡洛的服装非常依赖羽毛。正是主要用羽毛所打造的细节之处,才使得这些服装跃升到了奢华的超凡境界。

"这不仅仅是为了降低风险,"离马娅最近的模特用意大利语说,"而且你还可以获得6.5%的回报率。"

"我不确定现在投医疗互惠基金是否合适,"第二个模特说,"再说我是个天主教信徒。"

"没人说你非得接受禁止名单上的疗法,你只是投资它们而已。"第一个模特耐心地说。她美艳动人、不似人间物,看上去宛如波提切利[①]的画作《春》中的一个女子,"你抽空跟随便哪个梵蒂冈的银行家聊聊,亲爱的。他们很讨人喜欢,而且在这方面掌握着最新信息。"

第二个模特惊讶地看了看马娅,然后又看看手表:"你什么时候上场?"

马娅碰了碰自己的项链和耳朵:"真抱歉,我不会说意大利语。"

"你这钻石很有旧时代的风格。我喜欢这些钻石。"第二个模特用英语说,她说得结结巴巴,但语气很是同情,"不过,你的头发嘛,可不怎么好。这头发很智能,但不像是二十几岁的头发。"

"你很性感。"第一个模特礼貌地告诉马娅。

"Molte grazie[②]。"马娅尝试着用意大利语说。

---

① 桑德罗·波提切利(1445—1510),意大利画家,代表作《春》《维纳斯的诞生》等。
② 意大利语,意思为:非常感谢。

"现如今,给性感女人穿的高级时装应该比以前更多,但可惜性感女人没有那么多钱。"第一个模特说,"我年轻又性感的那会儿,他们付给我的钱非常之多。当前的年轻女孩太难了,靠卖弄性感赚钱太难了。说真的,这一点也不公平,根本不公平。"

外面秀场的气氛逐渐热烈起来。她能听到不时爆发出的掌声。工作人员给她送来维耶蒂设计的礼服,它刚从实例化器中取出来,现在还是温的。这件礼服至少跟诺瓦克先前给她的那件廉价版一样合身,但维耶蒂的造型师却认为完全不合身。那三男两女眼神冷漠、手法娴熟地处理着服装,与此同时,马娅赤身裸体,冻得直哆嗦。他们用剃刀似的陶瓷剪刀迅速裁短礼服,然后将快速凝固的黏合剂涂抹在她起鸡皮疙瘩的肌肤上。他们极其高效地给她穿上礼服,并涂上蜡,接着把她的脚塞进小两号的鞋子里。然后,她便在忙作一团的化妆师中间出了门。菲利普与之同行,在马娅等待上场的当口,匆忙修饰她的妆容。

轮到她上场时,她来到幕布前面,按照诺瓦克教给她的台步向前走。照亮T台的灯像两轮满月那般明亮,而在弧光之外的观众都戴着亮莹莹的视觉追踪器,这些隐没在黑暗中的富贵阶级全都富得流油。现场播放的是一首21世纪20年代的流行歌曲,她听得出来这是哪首歌,这个旋律她曾经一度认为华而不实。可现在,这首古老的流行歌曲听起来却是那么怅惘而原始,甚至可以说狂野。这就是台下那些活化石的胜利进行曲。

他们把她打扮成了一个21世纪20年代风格的魅力十足的年轻姑娘。这无疑是对她开的一个玩笑,是对她概念框架的一次小小冲击。因为,真实情况是,她在21世纪20年代确实是年轻姑娘,但那时候的她一点也不像现在这样,那时的她从来都跟魅力搭不上边,每分每秒都是如此，因为她实在太忙、太小心翼翼了。而在此时，通过这次意外的、脱胎换骨的梳妆打扮，她终于弥补了当年的缺憾。这种喜悦既让她怀恋过去的自己，又让她喜欢当前的自己，过去和现在在她的脑海中交融，形成一种难以言喻的欢愉享受。

观众席间的照相机射出零星的白色闪光，随着她继续向前走，闪光越来越密。她感觉自己光芒四射，令观众们大为惊艳。她转动身体，翩然而过，接受着他们被设备遮住的眼睛的审视，激起他们的怀旧情绪。她是万众瞩目的最美的T台女王，是蛇蝎美人。她是凡人无法企及的逝去的爱。这身盛装将过去的马娅杀死、埋葬，然后使她浴火重生，行走在这群凡人中间。她用偷来的神力征服了他们。他们给一个复活的幽灵穿上米兰的高级礼服，让她将时间踩在了脚下。她让他们爱上了自己。

她在T台尽头做了个单脚尖旋转，向后反踢了一下，鞋跟嗒嗒作响，然后对他们开心地笑着。她被裹挟在皎洁如月光般的灯光中，那么高高在上，对比之下，观众们简直是散发恶臭的低等黑暗生物，显得她是如此遥不可及。她就这么走了很长时间。她已经忘记了如何呼吸。这种自信感让她兴奋得发狂。一只白鹤跳上T台，立刻意识到自己的鲁莽，于是蹬了蹬细长的双腿，拍了拍洁白的翅膀，跳到了下面的人群当中。她在幕帘前停顿片刻，然后转向观众，做了个飞吻的动作。闪光灯立刻纷纷亮了起来。

来到幕帘后面，她兴奋得浑身发抖。她在角落里找了个凳子坐下，努力放缓呼吸。观众们的掌声还未平息。随后，乐曲变换，另一个模特从她身边滑过，像是个踩着脚轮的天使。

诺瓦克找到她，哈哈大笑。

"真是个勇敢的姑娘。你其实一点也不在乎这场表演，对吧？"

"我表现得还可以吗？"

"相当可以！你在台上看起来很开心、很淘气，像个被宠坏的小孩子。你真的非常漂亮，表现得恰如其分。"

"詹卡洛会满意我的表现吗？"

"我不知道。他可能觉得你是个被宠坏的小顽童，所以才在台上那么放肆。不过别担心，你那样让我们其他人今晚很开心。"诺瓦克笑着说。她以前从未见过诺瓦克真正开心的样子。他高兴得就像用橡胶球杆打出一杆高难度的台球似的，"等听到他们夸赞你的时候，詹卡洛会改变看法的。詹卡洛这么做很聪明。在看到某件事情的公众反应之前，他从不贸然评判它。"

马娅欢欣的心情一落千丈，骤然感觉现实世界如此平淡无趣，令人失望和厌倦。"我真的尽力了。"马娅说道。

"那是当然，那是当然。"他安慰道，"你千万别哭，亲爱的，现在已经过去了。你的表现与众不同，大家都很喜欢。他们聘请专业模特，走着符合他们要求的台步。而你表现得很真诚，这是用钱买不到的。"诺瓦克挽着她的胳膊，带她来到后台的饮水机旁。

他用单手熟练地倒了一杯蒸馏水，然后递给她。"太了不起了，"他沉思着说，"你当然没法展示出服装的亮点，因为你只是个年轻的新手而已。但你确实有那个神韵！看着你在台上走，有种看档案录像的感觉。你就像21世纪20年代的美国姑娘，穿着过紧的鞋子，对身上那件美妙的礼服深感自豪。多么déjà vu[①]，多么mono no aware[②]啊！真是不可思议。"

---

① 法语：似曾相识。
② 物哀。文学概念，简言之即是真情流露、触景生情。

马娅擦干眼泪,努力挤出一丝微笑:"哦,我好糟糕啊,我把菲利普费心给我眼睛化的美妆给毁了。"

"别,别,不要为此苦恼。"诺瓦克若有所思地摸着下巴,"马娅,我们要拍一张很棒的照片。你和我。我们可以叫你的菲利普给你补妆,我们可以点名让他帮你。给詹卡洛做模特的好处就是可以要求一些开价很高的人士为你服务……"

"我应该去感谢詹卡洛,对不对?他答应让我上台,这真的给了我一个大人情。我是说,我根本没法跟那些专业模特相提并论……而且她们都对我很好,一点也不嫉妒我。"

"她们是有经验的老手。你还太年轻,不足以惹得她们嫉妒。你可以在网上感谢你的朋友詹卡洛。咱们现在还是离开这里吧。"诺瓦克笑了笑,"你已经征服了他们,亲爱的,在你的光芒下,他们就跟一群病恹恹的老狗似的。咱们走吧。让他们感到意犹未尽是最好不过的。"

"好吧,那我去把衣服换下来。"

"穿着这件礼服吧。你可以留着。他们刚才着急裁剪,所以把它给剪坏了。"

"好吧。但我最起码得把这顶漂亮的智能假发还回去。"

"假发也拿走吧,咱们保管着。主要是为了确保让他们打给咱们。"

她用力脱下那双夹脚的鞋子。从更衣室里出来时,她看到诺瓦克正在走廊里单手抓握空气,就像在对抗一群看不见的蚊子。但实际上他并没有发疯,他只是在拨弄视觉追踪器上的菜单,以便打一辆出租车。

诺瓦克领着她从后台中六七个热情的模特中间灵巧地穿过。专业模特们对她似乎都颇为满意,见到她时纷纷摆出她们特有的僵硬和骇人的姿态来表达喜悦之情。他们从一个舞台下场口离开竞技场。外面很冷，呵气成霜。裸露的脖子和肩膀上的汗液与罗马的寒夜相遇，冻得她剧烈颤抖。

二人刚绕过清隆的拐角就被狗仔队发现了。十几个人冲上去，用意大利语对她大声喊叫。他们是狗仔队中最年轻的，所以才肯冲到最前面。其中一些人举起泛着参差光晕的光纤闪光导线，瞬间将潮湿的路面淹没在闪光之中。马娅感到受宠若惊，对他们笑了笑。他们见状，便愈加大声和热情地叫喊起来。

"你们有谁会说英语吗？"马娅问。

狗仔队将他们围在中间，通过闪着光的镜头看着他们，大喊着互相询问。一个年轻女孩急忙从后面挤上前来，"我，我会说英语！您真的愿意跟我们讲话吗？"

"当然。"

"太好了！我们都想知道，您是怎么做到的？"

"什么意思？"

"比如，您是怎么赢得事业上的巨大突破的？"女孩慌忙扯掉耳朵上的翻译耳夹，原来她是美国人，"全是靠您自己吗？"

"不，当然不是。"

"哦，所以是您这位护送者的功劳吗？他是您的赞助人吗？您和这个人究竟是什么关系？还有，您叫什么名字，以及他到底是谁？"

"我叫马娅，这位是约瑟夫·诺瓦克先生。我们之间绝对没有不正当关系。"

诺瓦克哈哈大笑："别跟他们这么说嘛！能被当成丑闻的源头，我深受感动呢。"

"您是怎么认识詹卡洛·维耶蒂的？您多大了？您是哪里人？"

"什么都别告诉他们，"诺瓦克建议道，"让这些可怜的家伙自个儿猜去吧。"

"别这样啊。"那个年轻狗仔哀求道。她将名片强行塞给马娅。薄薄的卡片上只有一个名字和网络地址,"我随后能采访您吗,马娅小姐?您是哪里人?"

"你是哪里人?"马娅问。

"加利福尼亚。"

"什么城市?"

"旧金山湾区。"

马娅盯着她:"等一下!真不敢相信!我认识你!你是布蕾特!"

布蕾特大笑:"抱歉,我不叫这个名字。"

"但你是啊!你叫布蕾特,你有个男朋友叫格里夫,我原来在你那买过一件夹克。"

"呃,我不叫布蕾特,而且,买过我夹克的人,肯定不会是詹卡洛·维耶蒂的走秀模特。"

"你就是布蕾特,你原来有一条响尾蛇!你来罗马干吗,布蕾特?你的头发怎么了?"

"听着,我的名字叫纳塔莉,知道吗?你瞧我现在这样是在干吗?我在高级时装秀场外面冰冷的人行道上待着,想办法爆点儿料,就是这样。"布蕾特摘下视觉追踪器,既痛苦又惊讶地看着马娅,"你怎么那么了解我?我真的认识你吗?怎么认识的?咱们为什么会认识?"

"是我啊,布蕾特!我是马娅。"马娅浑身颤抖着说。背部有一指宽的胶水松开了,她冷得不得了。而且,她忽然感觉很不舒服,恶心,头晕。

"你不认识我。"布蕾特坚持说,"我这辈子从没见过你!秀场里面到底是怎样的？你为什么要戏弄我？"

"出租车到了。"诺瓦克说。

"别走啊！"布蕾特抓住她的胳膊，"上百万个女孩愿意不惜一切取得你刚才的成就，你知道吗？你是怎么做到的？我要怎么做才能有这份运气？告诉我！"

"别碰她。"诺瓦克尖叫道。布蕾特像挨了枪子似的往后一跳。

"你如果知道里面是什么样子，"诺瓦克对她说，"你明天就会卷铺盖回家！像个年轻姑娘那样，躺在沙滩上，生活，呼吸！那里面没有你的机会。在你出生之前很久，他们就已经堵死了这条路。"

"我很难受，约瑟夫。"马娅恸哭道。

"上出租车。"诺瓦克把她推进车里。车门关闭。布蕾特怔怔地站在人行道上，然后追过去，握紧拳头砸着车窗，同时大声叫喊。但车内什么都听不见。紧接着，出租车开走了。

———————

第二天早上，马娅在网上看到了关于自己的评论报道。维耶蒂给她送来了白色晚香玉。此外，她还收到八个业内记者的来电。其中一个记者是从酒店大堂打来的。他一直在酒店外露营蹲守。

他们在诺瓦克的房间吃过偷偷送来的早餐。"你还没准备好跟真正的记者交谈。"诺瓦克告诉她，"记者是名模的阶级敌人。一旦发现有任何能导致你极度痛苦的真相，他们就会兴奋不已。"

"我不是名模。"她丝毫没有做模特的感觉。为了清洁皮肤上的胶水，她不得不把那件高级礼服撕成碎片，并用洁肤霜和长柄丝瓜络足足搓了半个小时。她没敢戴着智能假发睡觉。早上醒来时，她发现假发变得软绵绵的，了无生气。她甚至不知道怎么打开它的启动软件。

"那倒是。一堆沙子还不足以变成波希米亚玻璃，亲爱的。"

"我想当摄影师，不想当模特。"

"别急。在你用镜头折磨其他人之前，应该先学会怎么在镜头前调整姿态。给你拍几张外景照片之后，你就会认识到要对你将来的受害者报以深深的同情。"诺瓦克用餐巾纸拍了拍花白胡须间的嘴唇，站起身，开始把行李箱里的东西放到床上。

箱子的假底里装了两厚层灰色的设备专用泡沫。其中的设备可谓五花八门——四套极其专业的视觉追踪器；四个镜头，直径分别为35毫米、105毫米、200毫米、250毫米；两副可延展鱼眼和一副摄影测量仪；一个三脚架；滤光片；两台照相机机身；同步信号电线；十米长的可调谐激光光纤照明线；电工胶布；一台配备高性能修饰识别笔和备份存储体的硕大的绘图笔记本；还有多头式泛光灯，卷绕式反光卡，滤光框，连接环，哑光箔，袖珍型超导体。

马娅眨眨眼："你不是说你没带合适的设备吗？"

"我是说我没带设备参加那场秀。"诺瓦克说，"再说这套设备也不怎么好。从我被迫来这里的那一刻起，我本以为我可能只会拍——怎么说呢——拍几张漂亮的罗马井盖而已……但要我拍高级时装！哦，那挑战太大了。"

"维耶蒂不会帮我们吗？他有无数个手下，他理应提供任何我们想要的东西。"

"亲爱的，詹卡洛和我都是专业人士。我们俩之间是有游戏规则的。我占上风的时候，我想把什么东西给詹卡洛就给什么，他会闭上嘴巴，乖乖给我钱。我占下风的时候，詹卡洛就会委婉地提出建议和要求，我得全盘照做。"

"噢。"

诺瓦克检查着摆满床单的数码光学拍照设备，并若有所思地扯了扯他那硕大老迈的、软骨质的蒜头鼻尖。"拍摄高级时装照不是单纯地拍摄静物，它真的需要团队协作。那其实不是拍摄高级时装照片，而是亲手塑造它们。这需要时装设计师、布景师……一间像样的摄影棚是极有用的。还得需要一个采景人员……肯定少不了发型设计师、化妆师……"

"我们怎么弄到这么些人？"

"可以雇佣。之后，我们把他们的服务费用算在詹卡洛的账上。这是好的方面。坏的方面是，我在罗马没有特别好的联络人。当然，由于我在生意场上一败涂地，所以我也没什么钱。"

她若有所思地凝视着他。她十分确信诺瓦克很有钱，但让他掏钱肯定跟抽取他十升血一样绝无可能。"我还有一点钱。"她试探性地说。

"是吗？真是个激动人心的好消息，亲爱的。"

"我在博洛尼亚还有一个联系人，她兴许会帮助我们。她有很多在虚拟环境和'创艺'方面的朋友。"

"年轻人？全是业余的。"

"是的，约瑟夫，都是年轻人。你知道这意味着什么，对不对？这意味着他们会不计报酬地为我们工作，完事以后，我们愿意开价多少就多少。"

"好吧，"诺瓦克若有所思地应允道，"他们依然是业余的。但问一问她倒也无妨。"

"我可以问。我很确定我可以问。不过，在我问之前，我需要对外联络的设备。你知道罗马哪里有不被监控并且还能运行失效协议的网点吗?"

这个问题对约瑟夫·诺瓦克来说小菜一碟。"库伦尼亚别墅,"诺瓦克不假思索地说,"当然,库伦尼亚别墅很棒、很古老。那里的气氛很适合外景拍摄。"

————

库伦尼亚别墅曾经是位于罗马新蒙特韦尔德①的一座私人宅邸。在罩住其砖墙的玻璃屋顶后面,赫然耸现的乱蓬蓬的绿色棕榈树树尖分外显眼。建筑正面的古怪特征表明,它的建造者一定是个吸鸦片的邓南遮②审美家,与20世纪初地区元老院最令人毛骨悚然的最高级别贵族圈子来往甚密。

别墅里有一个拱门重重的内部庭院,里面有一座干涸的喷泉和赫尔墨斯的基座雕像,非常适合掮客们午夜秘密集会。东翼是一座三层小楼,楼里到处都是电源线和光纤,看着跟粗棉布似的,镶木地板已经全部磨损,乳白色的走廊里寂静无声,搁在地上的庞大的古董级虚拟现实设备,像蹲坐在仆人小房间紧锁的门后的蟾蜍一样。经营这地方的是一对叫霍尔纳克的兄弟,他们既滑稽又阴险。这座古老的建筑很有数字妓院的温柔乡氛围。天知道他们得到了哪个地下政治阴谋集团赞助人的庇护。这里简直可以说是罗马的"人-机通奸"烟花巷。

进去之后,诺瓦克忙活得有条不紊,马娅则手忙脚乱。事实证明,

---

① 蒙特韦尔德是罗马贾尼科伦斯区的居民区,通常分为旧蒙特韦尔德(大部分是20世纪初的豪华别墅)和新蒙特韦尔德(大部分是20世纪中叶的半高层建筑)两部分。

② 加布里埃尔·邓南遮(1863—1938),意大利诗人、记者、小说家、戏剧家和冒险者,常常被视作墨索里尼的先驱者。

贝妮代塔很有帮助。只要认为某事与她自己的追求有所关联，贝妮代塔就会变得不知疲倦。

下午三点左右，布蕾特骑着一辆租借的自行车过来了。马娅领着她从人行道上的围护桩和怒目而视的霍尔纳克兄弟旁边经过。

"这地方好棒，太高档了。"布蕾特惊叹道，"你能叫我来这里真是太好了。"

"你现在可以不用在我面前夸张地称赞了，布蕾特。告诉我一件事，你怎么到罗马来了？"

"你真想知道吗？是这样的，我到欧洲的第一站是斯图加特，但那里的房租太高，而且那儿的人都很势利，很自以为是，所以我就开始四处流浪。毕竟条条大路通罗马嘛，对不对？再说这里没人对我会做衣服感兴趣，所以我不停地四处打听，最后在一个八卦小报网找到了这份按件计酬的工作，我戴着视觉追踪器在秀场外和咖啡馆里待着，运气好的时候能盯到地位很高的人。"

"跟我想的差不多。你肯定知道这附近的很多二手店吧？"

"你是指服装店吗？当然。这可是罗马，这种店有无数家。科尔索大街和孔多蒂大街上都有，你在特拉斯泰韦雷片区可以用现金买到各种各样的东西……"

"约瑟夫正在楼上浏览他在布拉格的文件。他要从文件中找些衣服给我实体化，21世纪20年代的衣服。这就是将要拍摄的主题。你了解那个时期的风格吗？"

"嗯，算了解一点吧。在21世纪20年代，他们真的非常热衷于那种饰以橡胶松紧线、薄纱和大量光学流苏缎带的衬衫和内衣。"

马娅停顿片刻。衬衫听着还算合理，但她不记得曾经穿过饰有大量纤细的光学流苏缎带的衣服。"布蕾特，我们需要一些拍摄道具，能够激发约瑟夫灵感的东西。他已经很久没有这样工作过了，所以我们需要一些非常令人激动的东西，非常……怎么说呢，非常有《玻璃迷宫》风格的东西，非常具有早期诺瓦克风格的东西。约瑟夫·诺瓦克总是很热衷于事物的内在诗意……热衷于某些，呃，某些事物所蕴含的那种非常奇怪且强烈的诗意。你能明白我什么意思吗？"

"能吧。"

马娅递给她一张厚厚的现金卡。布蕾特检查了一下卡上的金额嵌条，惊得睁大了眼睛。

"旧扑克牌，"马娅告诉她，"月牙形物体、女士手套、彩色纱线、丝网、20世纪古怪的科学仪器、淘汰的假肢、浮木、棱镜、指南针、带黄铜尖头的手杖。一些装有吓人的玻璃眼珠的破烂毛绒玩具，比如玩具水貂或黄鼠狼，或者，也可以是貂。坏掉的发条玩具。你知道留声机是什么吗？算了，别管留声机了。你大概明白我所说的诺瓦克风格了吧？"

布蕾特犹豫地点点头。

"好，那就拿上我刚刚给你的钱，去旧货商店里寻摸吧。告诉他们你是我的形象设计师，你正在忙活我给詹卡洛·维耶蒂拍摄的照片。东西能借就借，不能借就租，除非你愿意自己留着，否则什么都别买。我们现在很着急，所以召集所有能帮助你的年轻朋友，全部带到这栋别墅来。路上得快，别骑自行车，坐出租车。假如你遇到麻烦，打给我。时间最重要，钱也基本不成问题。都明白了吗？好，赶快行动吧。"

布蕾特眨着眼睛站在原地。

"你还在等什么？"

"没什么，"她说，"只是这太令人兴奋了。我很高兴能真正地参与其中。"

"很好,那就快马加鞭吧。"

布蕾特欢快地跑开了。快递公司送来了约瑟夫的第一批实体化物品——服装。它们并非为了舒适性或耐穿而设计的,而是拍摄道具服,看上去流光溢彩。

在21世纪20年代,人们依然非常热衷于天然纤维,但眼前这些服装中并没有布料。它们布满了微观的碎褶和皱缩,其中的挤压塑料件也在微微扭动。这些服装密不透气,活动时会发出很大的沙沙声,但它们看上去却像天使一般。当你把它们捏在或塞入恰当位置时,它们就会保持住那种状态,仿佛是在嘲笑地心引力。

"看来你把我们的钱花得物有所值了。"

"霍尔纳克兄弟简直是在抢钱。"诺瓦克抱怨道,"竟然抽取16%的交易手续费!你能相信吗?"

马娅从衣服堆最上面揭下一件橘红色的披肩式女装,拿着端详一番。"只要他们行事谨慎,钱不是问题。"

"马娅,在我们开始做这件事之前,先回答我一个问题:资金为什么要通过一位已经死去的好莱坞电影导演名下不复存在的制片公司来提供?"

"是吗?"马娅边说边检查印花袖子,"应该是通过博洛尼亚一所技术学院的学生活动预算来资助的才对。"

"这种幼稚的幌子也许能骗得过一个毫无耐心的税务会计,但绝对骗不过我,也骗不过这些卑鄙的年轻销赃犯。"

马娅叹了口气:"约瑟夫,我恰好有一点大人的钱。是某位年长之人给我的,他真的不该这么做。这笔钱对我没有好处,我必须处理掉。这栋别墅是办这事的绝佳地点。难道不是吗?这是一个秘密黑市网点。这里是罗马,一座非常古老又非常邪恶的城市。而且这是时装行业,在这个行业，人们总是因为非常愚蠢的理由花费大量金钱。如果在这种情况下不能洗掉这笔不义之财，那么我就永远都洗不了了。"

"这么做有风险。"

"我的生活就是冒险。别管这笔臭钱了。你得给我展示一下，究竟什么是美的作品。"

诺瓦克轻叹一声："这次的作品不会是美的，亲爱的。我很抱歉，它只会是别致的。"

"好吧，只要拍出来的有魅力，我或许也会喜欢。我是个急性子。我太想要照片了，约瑟夫。我现在就想拥有。"

诺瓦克缓缓点头："是的，我看得出来你有这种特质。这正是你的魅力所在，亲爱的……就是你此时此刻的这个样子。"

到了下午三点半，菲利普抵达这里给她做脸。菲利普还顺便带来一份礼物：安普里奥·维耶蒂品牌的一顶高级假发。这顶新假发有一个内置的翻译模块，可以翻译全球四十七种主要语言。该模块挂在佩戴者的右耳上，通过一根蜿蜒的半透明细绳与假发相连。这种明确地无视他们先前擅自拿走那顶智能假发并且送来一顶更好的假发的做法，按照诺瓦克的说法来说是"非常维耶蒂"。

维耶蒂非常巧妙地参与到了这场拍摄当中：他给假发预设了一组模式，包含三款21世纪20年代的发型。如果拒绝这样一份厚礼——而且她真的非常需要这顶假发——那就显得太愚钝了。然而，诺瓦克却被老主顾的干预给惹恼了。恼怒令诺瓦克的灵感如洪水般疯狂袭来，而这些灵感全都是无意识产生的。

"亲爱的，我想让你展现出的……"诺瓦克咕哝道，"让我告诉你今晚会发生什么。奇异事物给人的兴奋感，源于其自相矛盾的刺激性。你记得21世纪20年代的生活是什么样子吗？嗯，你当然不记得。你没法记得，但为了我，你必须假装你记得……在21世纪20年代，詹卡洛和我还很年轻时，一切似乎皆有可能。现在到了21世纪90年代，一切真的就有了可能……但是，如果你是年轻人，你不会被允许做任何这些可能性中的事情。你明白我的意思吗？"

她点点头，面无表情，尽量不弄坏自己的妆容："是的，约瑟夫，我明白。我完全明白。"

"奇异是美丽的斑点，亲爱的，美只是一个小小的斑点，它同时还有点儿罪恶和骇人。当维耶蒂说他从你身上看到一些可爱的东西时，这才是他眼中真正的你。你瞧，亲爱的，为了让这个世界对老人非常安全，我们就用真正邪恶的方式改变了年轻人的生活。"

"这样真的公平吗，约瑟夫？你们太残忍了。"

"别打断我。维耶蒂如果不认识到他自己也是同谋者，他就无法认识到这个事实。所以他才对你好奇。"诺瓦克挥挥单臂，"今晚，你将会唤起老人统治的社会中久逝的青春，这种青春与现今被压垮的年轻人进行着危险的'私通'。这是一个难以忍受的阴谋，一次梦幻般的越轨行为。表面上给人哀伤和怀旧的感觉，但内里却隐藏着一个有点危险和任性妄为的核心。我要把那个老头的脸推到这内里当中。他不会看到全部，因为他不允许自己看到全部真相。但是他将不得不爱上能看到的那一部分。"

他们开始工作：马娅一袭修长黑衣潜藏在一台半死不活的古董虚拟世界引擎旁边；马娅把一个毛绒黄鼠狼和一个塞满的信封递给一个面有愠色的半裸男差役（由布蕾特在罗马的一个熟人扮演）；马娅戴着一副像多米诺骨牌面罩似的虚拟现实眼镜，让霍尔纳克的一个壮硕保安亲吻她的图章戒指（那个魅力四射的保安演得特别好）；马娅拒绝一包兴奋剂贴纸，并且装出抽烟的样子；马娅在烛光下沉思，穿着高跟鞋,蹲在用罗马公共汽车票搭建的卡片小城堡上方。

先是拍了十张,然后又是十几张。接着,十几个年轻人来到别墅网点,穿着他们的街头服装。诺瓦克把他们塞进镜头里。他们的表情千篇一律,在她脚边匍匐行进,身上的廉价设备在阴影中显得奇形怪状。

当马娅在诺瓦克的笔记本屏幕上看到那些未经处理的照片时,她感到既狂喜又惊骇。狂喜是因为他把她拍得这么迷人。惊骇是因为诺瓦克的幻想竟如此启迪人心。他把她变成了一个令人着迷的呈现出返祖现象的人,被一群半畸形的年轻人崇拜的、时髦得有违常规的地下团体女王。诺瓦克让她呈现出的魅力是个谎言,但它却道出了真相。

————————

子夜一点半,诺瓦克打车回到酒店。这位老人已经很久没有这么卖力工作了。他累得浑身战栗,这种状态只有一百二十多岁的人在精疲力竭时才能表现出来。

霍尔纳克兄弟一直被那群年轻人搞得紧张不安,等诺瓦克离开后,二人便把待在杂乱的道具和设备中间的年轻人轰了出去。

他们欢快地告别着离开了,或是骑上咔嗒作响的自行车,或是六七个人挤进一辆出租车。当布蕾特和马娅清点借来的道具时,他们发现那些临时演员顺走了十几样虽然小但很贵重的物品。布蕾特哭了起来。"这真是他们的一贯做派,"她说,"真的,你给别人一次机会,一次真真正正的机会,可他们是怎么回报你的?结果就是打你一耳光罢了。"

"他们想要纪念品,布蕾特。他们给我们贡献了个人时间,我们却没有付钱,所以我不介意。真的,毛绒黄鼠狼玩具也值不了几个钱。"

"但我答应过店里的人，我会保管好所有物品。而且，我让他们参与到一件很特别的事情当中，他们却偷我的东西。"布蕾特抽泣着摇摇头，"他们根本不明白这是什么情况，马娅。这些罗马年轻人跟我们不一样。他们的生命力好像都被挤干了似的。他们什么事都不做，就连尝试都不肯。他们只是在西班牙广场里闲逛、喝冰冻饮料、看书。天哪，这些罗马年轻人都看书。只需给他们一本厚厚的纸质书，他们就能坐在那里连续打好几个钟头的瞌睡。"

"罗马年轻人看书？"马娅边整理鞋子，边用鼓励的语气说，"天哪，他们可真棒。"

"这是个非常糟糕的习惯！在虚拟世界，你至少可以跟别人互动！即使是看电视，你最起码得用到视觉信号处理中枢，同时用耳朵来分析真实的对话！说真的，看书对人很不好，既毁眼睛又伤身体，而且还会让你变胖。"

"你不觉得看书有时候是有用的吗？"

"当然，他们都这么说。你可以找一些那样的人，给他们服用词汇酊剂后，他们一分钟能阅读一千个单词！但他们还是无所事事啊！他们只是读着书里的'故事'罢了。这是一种病。"

马娅艰难地站起来。先前的站立和试衣让她腿疼脚肿。摆姿势和保持姿势比她想象的还要耗费体力。"嗯，时间太晚，今晚来不及还这些东西。你知道有什么地方可以安全地存放一宿吗？你住哪里？"

"我住的地方恐怕不行。"

"你是住在树上还是怎么的？"

布蕾特被这话伤到了，她皱皱眉："不是！我只是觉得我那地方不行，仅此而已。"

"好吧，我也不能把这些奇怪的东西搬进我住的那家豪华酒店，我甚至过不了看门狗那一关。"马娅甩了甩卷状假发。她喜欢这顶新的黑色假发，它比真头发好太多了，"咱们带着一大堆道具，深夜两点能去哪里待着呢？"

"好吧，我知道一个很合适的地方，"布蕾特说，"但我也许不该带你过去。"

————————

布蕾特的朋友们凌晨三点就醒了，因为他们都是重度酊剂上瘾者。他们总共有六个人，住在特拉斯泰韦雷的一个潮湿的地下室里，那里看起来好像是窝藏了连续三十代的瘾君子似的地方。

在21世纪90年代，瘾君子们开辟出一条通往人造天堂的全新之路，那条光辉道路隐蔽又曲折。政府不允许传统市场销售任何违禁药品，但是，只要你有一套合适的、装备齐全的制酊机，外加一系列正确的生化配方，你就能制作出几乎所有你喜欢的毒品，剂量足以将你和你那群共同服用的朋友置于死地。政府意识到制作和持有毒品是不可监管的。于是他们决定拒绝向那些损害自身健康的人提供医疗服务。

就像当今政体中一切含有冒险成分的情况一样，针对毒品的处理措施，他们已经制定了十分详细的细则。能够令心脏停止跳动或给肝脏留下瘢痕的粗制化合物，显然会损害预期寿命，因此，使用它们会受到严厉的医疗惩罚。而能够扭曲认知过程的毒品，因为剂量极少，且对机体代谢的损伤很小，所以它们大都得到了容许。当今政体是一个医疗产业复合体，是一个浸泡在药物中的社会。政府认为任何关于纯天然非药物疗法的原始神话都毫无吸引力。神经化学品与衰老之间的较量，使大量有权势的选民进入了持续不断的机体变造状态。

马娅——更确切地说是米娅——以前就见过瘾君子。她总是惊讶于他们竟如此礼貌。瘾君子们有一种天生的、不谙世故的温文尔雅感，对传统意义上的习惯和野心根本无动于衷。她见过的瘾君子都会礼貌且热切地邀请别人加入到他们卓绝的生活方式之中。瘾君子们什么都愿意分享：蚊子、避孕药、床、叉子、梳子、牙刷、食物，当然还有他们的毒品。瘾君子都被纳入到一个松散的全球性组织，即洲际致幻毒品互助会。

由于当局允许他们获得充足的任何药品，以便他们制备所需的毒品，所以现今的瘾君子很少有人有暴力倾向。他们基本不会让自己被毒瘾折磨得死去活来。不过，他们全都或多或少地有自杀倾向。

很多瘾君子都能诗意盎然、口若悬河地描述毒品在体内通过化学反应所产生的乐趣。说话最流利、最理智的瘾君子，往往是很明显濒临崩溃的人。瘾君子是当今世界上唯一看起来病态的人。瘾君子长有疖子和龋齿，头发僵硬且毫无生气。瘾君子偷住的居所里有跳蚤和虱子，有时还有那种濒临灭绝的物种：阴虱。瘾君子的脚上因染有热痒真菌而脱皮，鼻子里鼻涕横流。瘾君子爱咳嗽、爱瘙痒，布满血丝的眼睛里黏糊糊的。全世界有数以百万计身体机能急剧衰退的老年人，但是，只有瘾君子的个人卫生标准退回到了20世纪的水平。

布蕾特的瘾君子朋友——一个男人、两个女人——对他们表示欢迎。地下室里还有另外两个男人，但他们正在吊床上安恬地呼呼大睡。几个瘾君子对布蕾特的那堆东西毫不介意，而且他们还令人感动地找来一条破旧的毯子来盖住那些物品。随后，那男人又回到他那心智紊乱的日常活动当中。他刚才在大声朗读意大利语版的《西藏度亡经》，在布蕾特她们进来时已经读到第212页了。那两个极度迷醉的女人不时爆发出一阵阵赞赏的笑声,然后沉思不语、专注于扒拉着脚指甲。

布蕾特还和她抱怨道:"那个爱大声朗读的男人叫安东尼奥,他那伙人会做酊剂,是群会把做坏的酊剂倒进便桶里冲走的疯子,之前他们就倒过作废的宗教致幻剂,一点儿都不知道深浅。统治阶层的人可是在下水道里安装了监控器的。化学加工品进入下水道后,环境检测器会发疯般地报警。"

马娅和布蕾特爬到一张双人吊床上。床上到处都是血迹,还有一股难闻的味道。但这张吊床精心编织的痕迹犹在,而且比地板上干净得多。"布蕾特,你是怎么认识这些人的?"

"马娅,我能问你件事吗?就当是帮我个忙行吗?我的名字真不叫布蕾特。我叫纳塔莉。"

"很抱歉。"

"你知道的,世界上有两种生活。"她在荡悠悠的吊床里非常娴熟地摊开身体,"有一种是无聊乏味地继续着非常资产阶级的生活。而另一种则是你要努力让自己开悟的生活。"

"这对我来说并不新鲜,毕竟我来自旧金山。那么,你到底是用什么样的撬棍撬开了觉悟之门呢?"

"这个嘛,我有点儿喜欢催泪素。"

"哦,我的天哪。"

"听着,我是个年轻人,好吧?"布蕾特郑重地说,"咱俩都是,但我真的知道那样到底有多糟糕,我可以承认这一点。你知道现在的年轻人为什么过得这么艰难吗?不仅仅是因为我们是极少数的一撮人。我们真正的困境在于,年轻人受到大量感官刺激,认为自己生活在一个梦幻的世界。但这对我来说还不够好。我不能活在空洞的希望中。我需要明确地评估我的处境。"

"布蕾特，我是说纳塔莉，若要真正醒悟，你的思想得变得非常成熟。"

"好吧，那我用人为制造的醒悟办法也行。我知道这对我很有好处。"

"我很难同意这一点。催泪素很危险。"

"我讨厌安全。我讨厌跟安全有关的一切。他们用安全消灭了活力。我宁愿死，也不愿意安全。"布蕾特又突然笑了起来，对马娅说道，"我不知道诺瓦克为什么要把你的样子弄得那么怪异和邪恶。你其实很可爱，你人真的很好。"

"嗯，我有与现状不符的欲望。"现状是被拒绝的欲望的必要条件。欲望是非理性的、刺激的、越界的。接受欲望，让自己完全听从欲望的驱使……探索欲望，寻求欣悦。这一切都与智慧和谨慎截然相反。欲望在她衰老的大脑里激发神经生长，长出了新的灰质。她年轻时的生活乐趣就跟瘾君子在毒品刺激下的颤搐一样虚假。他们梦想着抵达人造天堂，而她本身已经变成了人造天堂。

她在欧洲跌跌撞撞地穿行，仿佛没人猜到她的真相是什么。但他们怎么可能猜不到呢？她无所顾忌地度过了三个月的逃犯生活，除了用十足的快乐和自信编织的疯狂伪装，没有任何东西可以保护她。而那件自信的伪装只不过像蛋壳般脆弱。她一直行走在用他人的怀疑搭建的悬索桥上。只有被狂喜蒙蔽了双眼的人，才会相信这样的状况会长久地持续着。

他们迟早会抓住她。她最终肯定会露出马脚。残酷的现实随时会用犀牛角刺穿她幻想的薄纱。告发和背叛可能会来自罗盘上的任意一点。可能会来自保罗，他知道的太多了。可能会来自约瑟夫，只要他想，一告一个准。也可能来自贝妮代塔，倘若她知道了丑陋的真相，她肯定会狂怒地报复她。如果埃米尔想见她,并且决定向警察求助,她也会露馅。

假如她这次真的又逃跑了,假如她跳上一列火车,逃往符拉迪沃斯托克、乌兰巴托或约翰内斯堡,那么,万一她生病了可怎么办呢?或者,万一延寿疗法出现副作用了该怎么办?像她这么一位专业的医疗经济学家,怎能做出这样的傻事?当然,像NTDCD这般激进的疗法肯定会出现副作用,这也是为什么他们从一开始就明智地决定要密切监视她。这样一来,他们就可以追踪、研究受试者出现的意外反应,尤其是在头发和指甲这种快速生长的身体组织方面……

马娅看着自己参差不齐的指尖,痛苦地呜咽起来。她怎能这样对待自己?她就是个怪物。她是个从笼子里逃出来的怪物。当初将她关起来是为了她所认识的每一个人的利益,也是为了她所遇到的每一个人的利益。她开始因极度恐惧而哆嗦起来。

一个正在睡觉的瘾君子在吊床上发话了。他身材高大壮硕,长着凶巴巴的浓密眉毛,还有三四天没刮的胡子。"别哭了行吗?"瘾君子库尔特用爱尔兰口音的英语说,"大声朗读,亲爱的,交谈,性事,怎么样都行。但是不要大吵大闹,尤其是,不要哭。"

屋里安静了一会儿。

"告诉你一个秘密。"布蕾特低声对马娅说。

"什么秘密?"

"咱们躺下说。"

她们一起躺了下去。布蕾特用双臂搂住马娅的脖子,凝望她的眼睛。她俩都感到异常痛苦,这个动作中除了深切的安慰之意之外,并无其他含义。她们就像两个从燃烧着的汽车里爬出来的人一样紧紧依偎。

"我永远都成功不了。"布蕾特说,一滴泪水顺着鼻子慢慢滚落,最后落在马娅的脸颊上,"我想做时装,这是我唯一想做的事。但我永远都不会成功。我永远都不能像詹卡洛·维耶蒂那样出色。他已经112岁了。所有关于高级时装的资料和书籍,他都有。他名下那家高级时装公司已经运营75年了。他是个百万富翁,手底下有大量的员工。他什么都有,并将永远这样保持下去。我根本不可能挑战他。"

"他迟早会死。"马娅说。

"当然会。也许吧。但到那时,我已经90岁了。我在90岁之前都没有机会过上我想要的生活。维耶蒂年轻时就能开展事业,他有机会积累经验,最终成为整个21世纪的时尚主宰者。而我却永远都不会有这样的经历。等我90岁的时候,我的创造活力将会不再。"

"如果他不让你在他的世界里闯荡,那你就得创造一个自己的世界。"

"所有的年轻人都这么说,但统治阶级的老人不会允许我们这样做。除了给孩子玩的沙坑,他们什么都不会给我们。他们不会给我们真正的钱,也不会给我们真正的权利,或是任何真正的机会。"她深吸一口气,"这才是最糟糕的地方。即便我们拥有这些,我们也不会像他们那么出色。与那些老人相比,我们的作品很拙劣,也很俗丽。我们不过就是些愚蠢的业余爱好者。我可以成为世界上最有创造力的女孩,但对他们来说,我仍然只是个小姑娘罢了。那些老人,他们就像池塘表面的冰层。我们被深深地淹没在池底,不见天日。等轮到我们浮上水面时,我们已经老得丧失了活力和视力,比维耶蒂还不如,甚至比他差一百倍。到时,整个世界将会彻底被冰层覆盖。"

她忽然痛苦地抽泣起来。

库尔特又坐了起来。他这次真的被惹恼了:"别哭了行吗?谁叫你来这里的?你要是控制不住自己,就滚出去!"

"这就是我喜欢瘾君子的原因!"布蕾特尖叫道,她坐起身,脸蛋通红,泪流满面,"因为他们抵达的地方,统治阶层的老人永远都不会去。他们包裹在虚妄之中,最后死去。瞧瞧这个地方!这就是不被允许真正地活着时,你所在的世界的样子!"

厕所里突然传来剧烈的爆破声。那是高压引发的爆炸。门猛地打开,狠狠地撞在墙上,力度大得扯断了铰链。

所有人都惊愕地盯着厕所。先是听到一阵汩汩声,接着又听到剧烈的爆炸声。污水从厕所里倾斜着喷射而出,飞溅到天花板上。随后,生锈的螺栓断裂,便桶从水泥固定处飞起来,滚到他们的房间内。

一台锃亮的机器从下水道里抖动着钻了出来。它有一百条猛烈摆动的腿,身体像排水管一样细,粗大的金属脑袋上有一团沾满污水的刷子毛和一些化学传感器。它用刚毛浓密的脚抓住门框,尾部痉挛似的喷射出一团团白色的化学泡沫。

它拱起镀着金属、弯曲有致的背部,像猞女①般号叫起来。

"别跑,别跑。"库尔特大喊道,"如果你跑,他们会更严厉地惩罚你。"但是,当然没人听他的,大家都跳到地上,像一群恐慌的狒狒一样,争先恐后地爬上楼梯,夺门而出。

马娅也跟着逃跑,冲到阴冷潮湿的大街上。但紧接着,她又转身跑回地下室。

她一把抓起背包。那台下水道守护者正将半个身子埋在一大团泡沫状的密封剂里。它转过头,把摄像机取景器对准她,升起脖子上的两个凸缘,红色警报灯开始闪烁起来。然后,它用意大利语说了一些不祥的话。马娅转身就逃。

---

① 爱尔兰传说中预报死讯的女妖。

她在清晨五点回到了酒店。天开始下起小雨,雾蒙蒙、湿漉漉的。

她双腿弯曲,踉跄着走进酒店酒吧。要是能去其他地方就好了,但她已经厌倦了没有地方可去的情况。至少方才的行走和独自坐在空荡荡的罗马有轨电车里,让她有时间构想出一个大概的计划。

她会等诺瓦克醒来,然后向他坦白一切。或许,他会在某种程度上克服自己的厌恶和愤怒,对她产生同情之心。或许,他甚至会在某种程度上为她求情。如若不这样,那么,他就应该借此机会告发她,痛快地为他自己报个仇。

布拉格的警察似乎有点儿古怪,所以,也许他们对她会比罗马或者慕尼黑和旧金山的警察更加温和。可是她欠诺瓦克太多太多。她欠他一个真相。在让可鄙的自己闯入他的生活之后,她欠这位老人一个真相。

她坐在吧凳上转了起来。世界变得一片黑暗,像旋转木马一样转起圈来。她隐隐意识到,她一整天都没吃东西。她昨天压根儿就没想起来吃东西。

酒吧里再无他人。这时,一个酒保从吧台后面的员工专用门里走出来。虽然现在才清晨五点钟,但兴许是那条看门狗给他报信了。酒保大步走过去,一副殷勤的样子。他很英俊,衣冠整洁,比她优秀无数倍。饭店的职员非常好,都是些四十多岁的年轻罗马人,以服务有钱人为己任。"Signorina[①]?"

---

① 意大利语,意思为:请问小姐需要点什么?

"我需要一杯喝的。"马娅咕哝着说。

酒保有礼貌地笑了笑:"一个难熬的夜晚吗?昨夜不太走运?我建议您来一杯甘油三酯碎冰饮料。"

"很好。来杯双份的。另外,多放些饱和脂肪酸。"

他给她端来一大杯碎冰饮料和一小杯澄澈的蛋白烈性酒,还有一只表面有凹槽纹的碗,里面装着罗马特色的小食。喝下第一口冰凉的饮料,给她的新陈代谢带来了巨大冲击,令她险些昏厥。但紧接着,饮料使她体内温暖起来,并开始渗入到她极度渴望营养的血液中。

碎冰饮料喝下一半时,她终于不再感到恐慌。她能在吧凳上坐直身子了。她停止颤抖,踢掉鞋子。酒保识趣地溜到吧台尽头,在一台被部分拆解的室内机器人身上鼓捣起菜单程序来。

她打开背包,取出带镜小粉盒,看着镜中自己的脸庞,打了个激灵。她用洁面刷刮掉妆容花得最厉害的地方,然后重新涂上口红。

一个身穿高雅晚礼服的罗马人从酒店内部赌场的方向踱进酒吧。他用筹码边缘敲了敲吧台,点了一杯黑糖坞奇朵。他长着鹰钩鼻,脸上擦了粉。她从对方的表情中可以看出,今晚他的赌运很差劲。

罗马人端着咖啡,坐到离马娅两个座位之外的吧凳上,同时在吧台后面的镜子里瞥了她一眼。然后,他转过身直视着她。他打量着她修长的双腿、裸露的手臂和没穿鞋子的双脚。他盘算着她的胸围,大加赞赏。他由衷地欣赏着她臀部与吧凳亲密接触时所呈现出来的线条。那是一种男性被勾起性欲且毫不避讳的目光。至于她内心已被痛苦撕成无数碎片一事,他的眼神中写满了不在乎。那种眼神既友好又挠人,像地中海的阳光一般包裹着她的肉体。

他将淡黄色定制礼服的袖口挽起两英寸,把手肘抵在吧台上,用一只手托着头发乌黑油亮的脑袋。然后,他冲她笑了笑。

"Ciao。"她说。

"Ciao bella[①]。"

"你会说英语吗?"

他悲伤地摇摇头,噘了噘嘴,显得很失望的样子。

"那不要紧,"她说着用一根手指招呼他过来,"今晚就是你的幸运之夜,帅哥。"

[①] 意大利语,意思为:你好,美人儿。

5

诺瓦克给她在布拉格找了个住处。她在那里得到一份照看小猫的活计。虽然没有报酬,但那些猫咪需要人照料。

那地方属于一位叫奥尔加·耶斯科娃的前女演员。耶斯科娃小姐出演过很多戏剧杰作,其中包括诺瓦克早期的几部虚拟作品。她在捷克的炒房中积攒了资本,到了70年后的今天,她已经相当富有。每到雾茫茫的冬季,耶斯科娃小姐通常都会去阳光明媚又别致的西奈半岛上待着,享受极致的医学温泉疗养。

耶斯科娃小姐的布拉格公寓位于市环线边缘的一栋70层高楼的第15层。从这里到老城区要坐20分钟地铁,但这是奢华的大空间需要付出的小小代价。女演员养了两只毛茸茸的白色波斯猫。这两只猫似乎以某种生物控制论的方式,融入到了公寓的质感当中。公寓里被白毛占领了:满是白毛的床、满是白毛的洗手间、满是白毛的按摩躺椅、满是白毛的坐垫、满是白毛的网络终端。到了晚上,两台非常怪异的机器就会出动,像行走的坚果钳一样用它们的牙齿梳理所有物件上的白毛。

————

4月20日,马娅带上她的照相设备去了埃米尔的公寓。埃米尔已经起床工作了。他开门时穿着沾满泥巴的围裙。

"你好，埃米尔。"马娅说。

"你好。"埃米尔说，同时充满戒心地笑了笑。

"我是那个摄影师。"她告诉他。

"哦。很好。"埃米尔打开门。

公寓里有一个女孩。她留着齐腰长发，戴着一顶黑色牛仔帽，穿着毛边外套和便裤。她正在吃菜炖牛肉。她是日本人，长得很漂亮。

"我就是那个摄影师，"马娅说，"我来拍摄埃米尔的最新作品。"

女孩点点头："我叫瞳。"

"你好，瞳，我叫马娅。"

"他很健忘，"瞳歉疚地说，"我们没想到你要来。你要不要吃点菜炖牛肉？"

"不用了，谢谢。"马娅说，"瞳，你会摄影吗？"

"哦，不会。"瞳断然回答说，"我是从日本游荡过来的，日本人讨厌照相机。"

马娅清理了一下工作台，铺上一张呈涟漪状皱痕的感光变色塑料，然后架好三脚架；再将白色瓷器置于白色背景中，这样的拍照效果最好。灯光沿对角线投射，凸显出杯子和碟子的中空外形。陶罐和陶缸的绝妙之处完全在于形状和触感。她过去每天都在思考如何拍摄这些作品。她已经在脑海中布置好了一切。

她开始领会到光纤维芯的美妙特性。你可以用光纤维芯做几乎任何事情：将它调成光谱中的任意颜色，将它弯成任意形状，它将会在其长度方向上的任何部分发出任意亮度的光。作为背景照明，它能够呈现出极具层次感的阴影；或是用柔光使作品投射出均匀的阴影，或是用强光使作品投射出雕刻般的阴影。或者，你也可以把光纤维芯抬得高高的，让明暗反差变得非常强烈。

诺瓦克说，如果你曝光阴影部分，那么其他部分就会自动显现。诺瓦克说，一切奥义尽在阴影中。诺瓦克还说，他90年来从未真正掌控好阴影。诺瓦克说了很多很多话，她都像头一次听说一样，听得入了迷。她晚上回到家，先是做笔记，然后喂女演员的猫，接连好几天都在思考和梦见给那些陶器摄影一事。

"你对自己的工作如此了解，这真不错。"埃米尔诚挚地说，"我已经有……噢，很长时间没有看这些作品了。"

"不要因为我而耽搁你的工作，埃米尔。"

"哦，不会的，亲爱的，这是我的荣幸。"埃米尔取来摄影设备，搬走陶罐。这对她很有帮助。

她本想把原始照片带回猫咪公寓，用识别笔修一下图。但使用识别笔很容易上瘾。一旦你认真对待像素级别的处理，调光、模糊、扭转、混合等，调整就会变得永无止境。知道什么时候该收手、什么该省略不做，与后期制作工艺中的所有环节同样重要。优雅源于克制。于是，她便用从诺瓦克那儿借来的照片卷轴，当场将照片打印了出来。然后，她稍微吹了吹目录册里的灰尘，把照片整齐地塞回去。

"拍得很棒。"埃米尔真诚地说，"我还从未看到我的作品被如此恰当地拍摄过。我认为你应该在这些照片上签上名。"

"不用，我觉得没那个必要。"

"你能过来真是太好了。你收多少钱？"

"不收费，埃米尔，这只是学徒练手。我很高兴能有这个经历。"

"像你这么坚定的人已经远非学徒所能比。"埃米尔殷勤地说，"我希望你能再来。咱们以前在一起工作过吗？你给我一种似曾相识的感觉。"

"是吗？你认识我？"

瞳一扭一扭地悄悄走过来，将纤细的手臂搭在埃米尔的肩膀上。

"这些不是你拍的。"埃米尔说着翻阅他的相册，"你的照片比相册里的这些好多了。"

"我们可能在'溺亡者之首'里见过。"马娅抑制不住地说，"我经常去那里。你待会儿要去吗？那边马上有场聚会。"

埃米尔抬起头，深情地凝望瞳，然后抓住她纤瘦的手。"哦，不用了，"他说，"我们已经不去那个地方了。"

————————

"能见到我的老朋友克劳斯可真好，"诺瓦克用捷克语说，他们此时正一起走在米库兰德斯卡大街上，"克劳斯以前经常来参加我的周二活动。"

"Opravdu[①]？"马娅问。

"说实话，那其实是米莱娜的周二活动。我们的朋友们总是假装那是我的小聚会，不过，当然了，如果不是米莱娜，他们一个人都不会来。"

"这是在克劳斯上月球之前的事吗？"

"哦，是的……那时候老克劳斯浑身一根毛都没有……他当时是布拉格查理大学的微生物学家。克劳斯和我，我们做过一系列试验性图画，用光吸收细菌……光照射在凝胶板里的接种菌上。光照时间会

---

① 捷克语，意思为：真的吗？

持续很多天。细菌只在被光照到的地方生长。那些图画具有有机达盖尔银版照片的特质。随后,在接下来的几周里,我们看着凝胶板慢慢腐烂。有时候……那种腐烂……真的,经常会产生一种奇妙的美感。"

"我很高兴你今晚能跟我一起去见我的朋友们,约瑟夫。这对我来说很重要,真的。"

诺瓦克微微一笑:"布拉格的这些移民小团体,他们可能很喜欢当地建筑,但他们从未对我们捷克人有过足够关注。也许,如果我们能在他们更年幼的时候引起他们的关注,我们可以教他们养成更好的习惯。"

诺瓦克的语气显得满不在乎,但他其实精心梳过了头发、穿好了衣服,并且不嫌麻烦地戴上了假臂。他要跟她一起去,因为她已经稍稍赢得了他的尊敬。

她对自己的老师已经有了一点儿了解。他身体里有欺诈、唯利是图和易怒的血脉,就像蓝纹奶酪。但那并非邪恶,而是倔强,是一种乖戾且执拗的正直的体现。约瑟夫·诺瓦克活得百分百任性而为。数十年来,他始终坦率且明目张胆地过着自己想要的生活,相较而言,她只敢在内心深处想一想而已。尽管他从未有过看上去快乐的时候,他可能也从来不是一个快乐的人,但在某种深层意义上,他是十分泰然自若的。他完完全全、彻彻底底地保持着约瑟夫·诺瓦克的本色。直到离世的那天,他将一直是这样本真的约瑟夫·诺瓦克。

他活不过五年了,反正她是这么认为的。他身体瘦弱,而且曾经受过重伤。他本可以采取一些措施来延长寿命,但他好像觉得这种抗争是庸俗的。约瑟夫·诺瓦克已经121岁了,比他那一代人所预想能活到的年龄还要大得多。他是过去时代的遗老,然而,一想到诺瓦克将要死去，马娅依然会痛苦地觉得这很不公平。诺瓦克经常提及自己的死亡，他显然对死亡并不感到恐惧，但在她看来，一个公正的世界应该让约瑟夫·诺瓦克这样的人以某种方式永远地活着。他是她的老师，她已经对他产生了深深的喜爱之情。

今晚的"首"很热闹。人数比她预想的多得多，里面弥漫着一种她此前从未意识到的紧张却又活力四射的气氛。她和诺瓦克在吧台处登录完毕。诺瓦克把假臂伸出四米来长，用手指轻轻敲了敲克劳斯的头盔。克劳斯转过身，吓了一跳，接着便生硬地咧嘴笑了笑。两位老人开始用捷克语聊起天来。

"你好，马娅。"

"你好，马塞尔。"她早前就在网络上认识了马塞尔——这样一来，所有人就都认识了马塞尔。马塞尔满头红发，人很健谈，从来没有住嘴的时候，但他并不是那种说话具有启发性或者真心待人的人物。他今年27岁，据他自己估算，已经环游世界314圈了。马塞尔居无定所。他从两岁起就没有固定住所了，从那以后，马塞尔基本上就住在列车上。

喜欢谈论流言蜚语的贝妮代塔宣称，马塞尔患有威廉斯氏综合征[①]。就他的情况而言，那其实是一种故意造成的精神错乱，是初级听觉皮层中的颞横回异常增大导致的。马塞尔听觉过敏[②]，拥有绝对音感[③]，他是音乐家，同时也是一位虚拟世界的声音'创艺'家。这种综

[①] 指因为基因排列失常而造成的先天性疾病，患者一出生其体内的7号染色体就少了20个基因。

[②] 给予正常音量的听觉刺激时，患者感知到的声响异常增强的症状。

[③] 是指一种能够在没有参照音的情况下，仍能辨认出/给出由乐器或周围环境发出的任何音调的能力。

合征还极大地提升了马塞尔的语言表达能力，使他变成无数奇闻轶事、猜测、精彩的闲扯和为事物间扯上难以置信的关联的源头，而且会让他源源不断地产生极富吸引力的主意，这些主意会在冥冥之中触动人的精神开关，并且将会……

贝妮代塔声称教宗也患有威廉斯氏综合征。据说这就是教宗布道甚为成功的秘密。贝妮代塔坚信她掌握了所有人的黑料。

"你好漂亮啊，马娅。能目睹你的风采，真是太好了。"马塞尔的外套是城市地图的拼接。马塞尔不仅住在外套里，而且还睡在里面，同时也将其当作导航工具。不知怎的，当她知道马塞尔的外套用处如此繁多时，它看上去似乎没那么奇妙了。保罗会把这种认知描述为分类错误。

她吻了吻马塞尔那胡子拉碴的脸颊："彼此彼此。"

"恭喜你在意大利参加了那场活动。他们说维耶蒂想再办一场，想得都要死了。"

"詹卡洛短期内可不会死，亲爱的，你别抱太大希望。"

"我看到你把你的赞助人、你的摄影师也带来了。他一定是你的真命天子吧。"

"他是我的老师，马塞尔。别瞎说。"

"我将我的网络设置成了把你的帖子翻译成法语阅读。"马塞尔说，"我希望你能多发一些。法语评论中，对你的评价很赞，从中透出的机智幽默，在英语里根本看不到了。"

"嗯，好的翻译有一种特质，这是你用原语言永远表达不出来的。"

"这也是一个观点，一点没错。你是怎么做到的？是刻意为之吗？"

"你思维很敏锐，亲爱的。你要是再不给我拿一杯碎冰饮料，我恐怕要吻你了。"

马塞尔权衡再三，便去给她拿了一杯碎冰饮料。她抿了一口，将胳膊肘抵在桌上，在酒吧内四处张望："为什么今晚的酒吧这么热闹？"

"是吗？保罗计划去春游。那是一次盛大的浸浴活动。我希望你也能来。"

"哦，我绝不会错过一场盛大的浸浴活动。"她完全听不懂马塞尔在说什么，"保罗呢？"

保罗正坐在十几个人中间。他把他们给迷住了。

保罗打开一个金属小罐，取出一只与实物一样大的庭园蟾蜍雕像。蟾蜍呈蹲伏状，表面被磨得锃亮，似乎是由一颗坚硬的红宝石雕刻而成的。

"它漂亮吗？"保罗说，"你来告诉我，谢尔盖。"

"这个嘛，"谢尔盖说，"如果它果真像你说的那样，是法贝热[①]工作室出品的，那么它当然很漂亮。瞧瞧这精致的做工。"

"这是只蟾蜍，谢尔盖。蟾蜍能用美来形容吗？"

"蟾蜍当然很美。这只就是证明。"

"如果有人说你像蟾蜍一样美丽，你会高兴吗？"

"你是在偷换概念。"谢尔盖幽幽地说。

"但这不正是该作品本身所要达成的吗？其美学核心即是难以置信感对人造成的冲击。试想一下，在1912年的时候，人们花几个月的时间，将一件稀世珍宝专门用手工打磨成一只蟾蜍的样子，是不是很有悖常理？正是这种有悖常理，赋予了该作品以纪念意义。这是法贝热的原创作品，是为一位沙皇贵族设计的。沙皇时代的社会盛行的就是'将珍宝打造成蟾蜍'的那种文化。"

[①] 法贝热（1846—1920），俄国珠宝首饰匠人、工艺美术设计家。

那一小撮人不安地交换着眼神。他们根本不敢打断保罗的话。

"若是这样,我们能否认为沙皇贵族相信蟾蜍是美丽的呢?在座的有谁认为有某个沙皇贵族会主动邀请法贝热工作室给她做一只美丽的蟾蜍?"保罗环视听众,"可是,你们难道不觉得她对这件作品很满意吗?一旦她拥有了它,她定然会觉得它很漂亮。"

"我喜欢这只蟾蜍。"马娅自告奋勇地说,"我不介意拥有那只蟾蜍。"

"你会拿它做什么,马娅?"

"我会把它放在我的办公桌上,每天都欣赏。"

"那就拿去吧。"保罗说着将它递给她。蟾蜍出奇地沉,感觉确实像是用红宝石制成的。

"不过,这并非什么法贝热设计的贵重传家宝,"保罗漫不经心地对他们说,"而是一模一样的博物馆仿制品。他们先是用激光扫描法贝热的原作,精度可达微米级,然后用现代的气相沉积技术将其实例化。奇怪的是,这样下来甚至还复制出了原作中的一些瑕疵。因此,人造红宝石与用真正的刚玉形成的天然红宝石,根本无法区分。那批总共仿制了大约一百只蟾蜍。"

"噢,好吧,原来如此。"马娅说。她看着那只红色的小蟾蜍。虽然它忽然显得没有刚才那么漂亮了,但它仍然极像一只蟾蜍。

"事实上,总共仿制了一万多只。这也不是人造红宝石。我骗你的,这只是塑料罢了。"

"噢。"

"它甚至不是新造的塑料,"保罗继续说道,"用的是回收利用的垃圾塑料,从20世纪的垃圾场里开采出来的。我只是为了表达我的观点,而佯称它是法贝热的原作。"

"哦，不会吧。"马娅哀叹道。人们放声大笑。

"我当然是在开玩笑。"保罗兴高采烈地说，"其实这确实是法贝热的原作，是1912年在莫斯科制作的。十四个能工巧匠花了整整五个月的时间才将其打造完成。它是独一无二、完全无可替代的。我是从慕尼黑的国家文物博物馆里借来的。看在老天爷的分儿上，千万别掉地上。"

"那你最好还是收回去。"马娅说。

"不用，你先留着吧，亲爱的。"

"我可不这么认为。它要是一直这么忽而是原作、忽而是仿作，会令我心力交瘁的。"

"如果我告诉你它根本不是法贝热打造的，而是一只真正的蟾蜍呢？不是人们仿造蟾蜍的样子手工制作的，而是先对一只庭园蟾蜍进行扫描，然后浇铸而成——呃，浇铸材料可以自由选择。"

马娅看着这件雕塑。它拿在手里的感觉很棒，其中有某种东西令她甚是喜欢，但这也让她感到头痛欲裂。"你是在问我蟾蜍照片能不能跟蟾蜍的画一样美吗？"

"能吗？"

"也许它们美得各有千秋。"她环顾四周，"让别人拿着吧，好吗？"

谢尔盖虚张声势地把蟾蜍从她手里拿走，然后装出要将其使劲摔在桌面上的样子。"不要啊，"保罗说，"刚才你还很欣赏它呢。怎么突然改变想法了？"

马娅离开保罗，去找贝妮代塔。马娅在酒吧间里面的一小群人中找到了她。"你好啊，贝妮代塔。"

贝妮代塔起身拥抱了她："各位，这是马娅。"

贝妮代塔带来了四个意大利朋友。她们都彬彬有礼、神志清醒、目光坚定,神态举止十分克制。她们看上去才智超群,显得泰然自若,而且衣着相当入时。她们看起来跟她很久很久以前见过的年轻人一样危险。当然,她们全是女人。

贝妮代塔把她塞进卡座里。"很抱歉我不会意大利语,"马娅说着坐下来,"我有翻译器,但我只能讲英语。"

"我们想知道,你跟维耶蒂是什么关系?"其中的一个年轻女孩悄声问。

马娅耸耸肩:"他觉得我很可爱。仅此而已。"

"你跟马丁·沃肖是什么关系?"

马娅大吃一惊,甚为不悦,她瞥了贝妮代塔一眼:"呃,如果你非要知道的话,那座宫殿就是他的。你知道那座宫殿吧?"

"我们对那座宫殿无所不知。那你跟米娅·齐曼是什么关系?"

"米娅·齐曼是谁?"

提问者耸了耸肩,轻蔑地一甩手,坐了回去:"好吧,我们竟然傻得愿意相信这个人。"

"咱们当然傻啦,"贝妮代塔激昂地说,"正因为咱们是傻瓜,所以才会相信彼此。正因为咱们是傻瓜,所以才会相信任何人。所以,现在告诉我一个更好的地点,可以让我们在那里放置那些虚拟机器。"

"贝妮代塔,她们都是些什么人?"

"她们之中有数学家,"贝妮代塔说,"有程序员、反叛者,还有远见卓识者。而且她们全是我非常要好的朋友。"

激进的学生,马娅心想。脑海里燃烧着幻想的熊熊火焰,因为她们完全没有受到实际知识的禁锢。"这里边谁的年龄最大?"她谨慎地问。

"当然是你啦。"贝妮代塔眨眨眼说道。

"好吧,这个问题就算了。但是这一切究竟跟我有什么关系?"

"我给你画张草图吧。"贝妮代塔说,她展开方头巾,从耳后拿出一支触笔,"告诉你一个有趣的现实,跟医疗产业复合体有关。"她迅速画出X-Y坐标轴,"横轴代表时间,竖轴代表预期寿命的延长。每过一年,后人类的预期寿命就会延长一个月左右。"

"所以呢?"

"预期寿命延长曲线并非严格地线性增长。增长速度在加速。最终,增长速度将会达到预期寿命每年能延长一年。到了那时,还在世的人实际上将会长生不死。"

"那是肯定的。也许吧。"

"嗯,那当然不是真正意义上的'永生'。依然会有意外事故和灾难导致的死亡。到达奇点时,"贝妮代塔在图上画了一个黑色的X,"人类的平均寿命,哪怕是在有意外的情况下,仍然会达到1450岁左右。"

"那一代人可真幸运。"

"到达奇点的第一代人将会组成首个真正意义上的老人统治的社会。那一代人将永远不会灭绝,他们可以无限期地掌控人类文明。"

"嗯,我以前听过这种推测,亲爱的。这是很妙的炒作点子,而且我一直觉得这个理论很有趣。"

"它曾经是理论。对你来说,它还停留在理论阶段。但对我们来说,它就是现实。马娅,我们就是那种人。我们就是那幸运的一代。我们是第一批刚好能赶上奇点来临的人。我们将是第一批真正意义上的永生者。"

"你们将是第一批永生者?"马娅缓缓说道。

"是的。更重要的是,我们知道我们会永生不死。"贝妮代塔坐回去,把触笔塞进头发里。

"那么,你们干吗要在这个乌烟瘴气的艺术酒吧里见面,搞得像个政治阴谋小集团?"

"我们总得找个地方见面吧。"贝妮代塔说,然后笑了笑。

"总得有某一代人赶上奇点到来。"另一个女人没好气地说,"我们就是那一代人。你没有对我们惊讶万分。好吧,从来没人说过我们会让你感到惊讶。"

"所以你们真的相信自己会永生。"马娅看着方头巾上的草图,"如果你们的计算有误呢?万一增长速度会变慢呢?"

"那问题可就严重了。"贝妮代塔说,她掏出触笔,小心地重画了一下曲线的斜度,"瞧见没?非常糟糕。这样一来,我们就只剩下900年的活头了。"

马娅看着那条至关重要的小曲线的底部:她还处于曲线初步攀升的初期阶段,而她们已经抵达火箭式上升阶段。"这条曲线意味着我永远实现不了永生。"她悲哀地想到,"这条曲线表明,我注定会死。"

贝妮代塔点点头,很高兴她听明白了:"是的,亲爱的,我们知道。但我们不会因此而瞧不起你,真的。"

"我们依然需要那座宫殿。"另一个女人说。

"你们为什么需要宫殿?"

"我们打算在里面安装一些东西。"贝妮代塔说。

马娅皱皱眉头:"天哪,那地方的麻烦难道还不够多吗?你们要安装什么东西?"

"认知方面的东西、洞察方面的东西、实现'圣火'的软件⊔」。"

马娅想了想。这个设想听起来非常牵强:"那你们能得到什么呢?"

"它会让我们得到一种改变自己的办法,一个让我们犯下自己的错误的机会,而不是重蹈别人的覆辙。我们希望它能让我们成为配得上自己不朽生命的那种'创艺'者。"

"你们真觉得你们能够做到——怎么说呢？——某种意义上真正彻底地转变认知吗？而且仅用虚拟世界即可实现？"

"不是用他们如今允许我们使用的那种虚拟环境协议。当然，我们不能在有民事支援者监视的地方做这种事，因为他们设计的公共网络十分安全可靠。但是用他们尚未设想到的那种协议就行。是的，马娅，我们认为这种事通过虚拟世界就能实现。"

马娅轻叹一声："让我捋一下。你们要打开我的宫殿，然后安装某种全新的、非法的、怪异的、有损大脑的虚拟系统？"

"叫'认知增强'系统要更为恰当。"贝妮代塔说。

"这太疯狂了，贝妮代塔。我简直不敢相信。这听起来就像某种瘾君子嗑药想出来的计划。"

"统治阶级的老人总是犯这种分类错误，"贝妮代塔轻蔑地说，"软件不是神经化学品！我们——我们这代人——我们了解虚拟世界！它是伴随着我们一起长大的！那样的世界，当今的老人永远都不会真正地理解。"

"你们显然对这件事非常认真，"马娅说着慢慢环视桌子周围的几个人，"如果你们所言不假……那么，你们必定会成功。难道不是吗？早晚有一天，你们将掌管整个世界。差不多可以永永远远持续下去，对吧？所以，干吗非得现在制造麻烦呢？你们干吗不再等等呢？等到你们抵达坐标系上的那个 X 点时再做不行吗？"

"因为当我们到达奇点时，我们必须对此做好准备，要完全配得上这个奇点。否则我们将变得比当今的统治阶级更加陈腐和愚蠢。他们只不过是普通人，终有一死。但我们不是，我们不会死。如果我们掌权后还遵从他们的规则，那么这个世界将会无趣得要命。一旦我们重蹈他们的覆辙，我们这一代人将会永远重复下去。他们如今小心翼翼、生活在有保姆伺候的小天堂中，将会成为我们永远都挣脱不了的专政桎梏。"

"听着，这件事你们永远都办不成。"马娅毫不客气地说，"这很危险。这是一种非常鲁莽、愚蠢和不切实际的行为，只会使你们惹祸上身。他们肯定会发现你们在里面动的手脚，然后逮捕你们。80年来，没人能对当今政体保守任何重大秘密。算了吧，你们只是一帮小孩。我本身就是个统治阶级老人，可我连我那点儿秘密都保守不住三个月！"

另一个一直没怎么说话的女人突然开口，语气颇像外交辞令："齐曼女士，我们真的很抱歉不得不挖出您的秘密。我们从未想过破坏您的秘密生活。"

"我对你们更加抱歉，亲爱的。"

那人扯下她的视觉追踪器："我们绝不会泄露出去。我们已经知道了您的身份，齐曼夫人，但我们做这个调查是不得已而为之。我们对调查结果丝毫不感到震惊。真的。大伙说是不是？"

她环视桌子四周。其他人都极力装出毫不震惊的样子。

"我们是当代的年轻人，"那个小"外交官"说，"我们完全没有那些过时的偏见。我们钦佩您，为您喝彩。您的以身作则鼓舞了我们。我们认为您是一个很棒的后人类。"

"你能这么说可真好。"马娅说，"你的看法让我很感动。如果我不知道你其实是为了你们自己的目的而奉承我，我会更加感动。"

"请您试着理解一下我们。我们并非鲁莽行事，这是在深思熟虑之后决定的。我们这样做是因为我们相信我们这一代人为之奋斗的事业。我们时刻准备面对由此带来的后果。我们年轻，缺乏经验，这是事实。

但我们必须采取行动。即使他们逮捕我们，即使他们严惩我们，即使他们把我们流放到月球上去，我们也在所不惜。"

"为什么？你们为什么要冒这个险？你们从来没有通过正当途径获得准许，也从来没有征求过任何人的同意。你们有什么权利改变这个世界的运转方式呢？"

"因为我们是科学家。"

"据我所知，你们从来没有就这个问题进行过投票表决。这项提议尚未充分讨论过，这很不民主。你们没有得到你们要影响的那些人的知情同意。你们有什么权利改变别人的思维方式？"

"因为我们是艺术家。"

另一个女人忽然用意大利语说道："听着，我几乎听不懂她那愚蠢的英语，而且用英语谈论政治问题听起来糟糕至极。不过，那个女人肯定没有100岁。这绝对是个骗局。"

"她有100岁了，"贝妮代塔冷静地坚持道，"而且她身上具有圣火特质。"

"我不信。我敢打赌，她的照片跟诺瓦克的一样，散发着死亡的恶臭。她的确很漂亮，但是拜托，随便哪个白痴都可以长得很漂亮。"

"我同意。"马娅说。

贝妮代塔面露喜色："真的？你是认真的？"

"你们做吧。我当然是认真的。我不在乎这会给我带来什么后果。如果这件事能够成功——或者它看起来像是成功了，又或者哪怕他们以为它看起来像是成功了——那么他们定会把我活活闷死。但那并不重要，因为他们无论如何都会抓住我。我注定难逃此劫。我清楚这一点。我是个怪物。如果你们果真了解过或关心过我，以及我宝贵的人生，那么你们肯定已经知道原因了。只要是非做不可的事，你们最好放手去做。

动作要快。"

她敲了敲椅背，便离开了。

她回到保罗的桌前。她感到极度痛苦，但坐在保罗无形的光环中，比独自待着要好得多。保罗抿了一口柠檬甜酒，然后笑了笑。他面前的桌子上摆着一张展开的新方头巾，上面是一张沙漠夕阳照片，看上去颇像点彩派风格的壁毯。他说："这夕阳是不是很美？"

"有时候挺美。"有人谨慎地说。

"我没有告诉你们的是，我调整了色域。"保罗用指甲敲了敲方头巾，夕阳急剧变化，"这才是真实的、原汁原味的夕阳。这个夕阳比我调整之后的版本更美吗？"

没人回答。

"假设你能随意操纵真实的日落、操纵大气状态，假设你能随心所欲地让红色增强、黄色减弱，那么你能让夕阳变得更美吗？"

"能。"一个听众说。"不能。"另一个听众坚持道。

"我们想一下：从火星的一个遥现站点观看火星上的夕阳。那是另一颗星球上的夕阳，我们人类无法用肉体直接体验。火星上的夕阳会不会因为有机器作为传输中介，而显得没有本来那么美？"

静得可怕。

一个女人出现在楼梯口。她披着一条有内衬的厚重披肩，戴着灰色天鹅绒手套，头上戴着三角帽和一副闪闪发光的视觉追踪器，身穿一件白色的开领衬衫，脖子上挂着一条用深色木雕制成的项链。她的轮廓堪称完美：高挺的鼻梁，饱满的嘴唇，浓密的眉毛，看上去就像身穿时髦的高级时装的自由女神的姐妹。她从酒吧楼梯上走下来，举手投足像演戏般精确，宛如首席芭蕾舞女演员。她走路的姿态不仅优雅，而且还透着一股威严。她身后跟着两条白色小狗。

寂静在"溺亡者之首"里蔓延开来。

"Bonsoir à tout le monde①。"那个陌生人在楼梯下打招呼道。她的笑容活像神话中的斯芬克斯那般魅惑。

保罗迅速起身,既像半鞠着躬,又像在不情愿地打招呼。当周围那一小圈听众察觉他确实有跟她谈话的意思时,他们便匆忙离开了他的卡座。

保罗给这位新来的客人拉开椅子。

"你看起来真是光彩照人啊,海伦妮。你今晚想喝点儿什么?"

女警察转身坐下,斗篷随之优雅地扭动。"那个穿航天服的先生在喝什么,我就喝什么。"她用英语说。她把狗身上纤细的、微光闪闪的皮绳解开——好像那种狗需要用皮绳拴住似的。

保罗急忙示意吧台送上饮料:"我们刚才只是在讨论美学方面的话题。"

海伦妮·沃塞勒−赛吕西耶取下视觉追踪器,折叠好,塞进披肩上的一条狭缝中。马娅惊讶地瞪着她。海伦妮那双天生的眼睛呈青灰色,有一种令人惊骇的美,眼神极其冷漠,比任何电脑辅助的感知装置还要吓人得多。"你关注的事可真令人着迷啊,保罗。"

"海伦妮,你觉得机器辅助的夕阳比自然的夕阳更美吗?"

"亲爱的,自从工业革命的曙光初现以来,人类就再也没见过自然的夕阳。"海伦妮短促地瞥了马娅一眼,紧接着,注意力便被马娅完全吸引了过去,就像被困在雪茄盒里的飞蛾一心想飞出去一样。"孩子,请不要傻站在那里。过来和我们一起坐吧。我们以前见过吗?"

"你好,海伦妮。我是马娅。"

---

① 法语,意思为:大家晚上好。

"哦，对！维耶蒂的时装女郎，我在网上看到过。我就知道我见过你。你其实很可爱啊。"

"非常感谢你的夸奖。"马娅坐了下来。海伦妮饶有兴致且十分慈爱地打量着她。她感觉自己像是在被X光检查似的。

"你很迷人，亲爱的。你看上去一点儿也不像那个讨厌老头照片里那样凶恶。"

"那个讨厌的老头此刻就在酒吧那边站着呢，海伦妮。"

"哦，天哪。"海伦妮的脸上仍旧没有丝毫表情，"看来我永远也学不会言谈得体。说真的，我这样太差劲了。我必须去见一见你的朋友约瑟夫，由衷地跟他道个歉。"她起身向酒吧间里面走去。

"天哪，保罗，"马娅一边看着海伦妮远去，一边缓缓说道，"我从来，从来没有见过她这样的——"

保罗隐晦地做了一个割喉的动作，然后低头看着自己的双脚。马娅闭上嘴，低头一瞧。海伦妮的一只小白狗正抬起头，两眼像行星际探测器观测目标般阴森森地紧盯着她。

这时，布布勒走了过来。她神志清醒，一副忧心忡忡的样子："你好，马娅。"

"你好，布布勒。"

"有几个女孩想出去透透气。你要跟我们一起去吗？就一会儿。"

"当然可以，亲爱的。"马娅沉默地看着保罗，对他使了个意味深长的眼神。保罗回望着她，目光中满是堑壕战中那般英勇的男子气概，看得她真想往他身上系一面丝绸旗子。

她跟着布布勒走出酒吧间后面一扇没有标识的门，然后爬了四段装着铁栏杆的、陡峭的之字形楼梯。布布勒随身带着那只狨猴。马娅头一次觉得看见猴子竟会令自己这么开心。

布布勒领着她穿过杂乱的阁楼，接着又爬上一段黑色的铁梯，最后掀开一扇沉重的木质活板门，便来到"溺亡者之首"那古老的瓦片屋顶的斜坡上。现在已是春天，布拉格冬天的阴霾终于消散，漫天繁星得以重新被人看见。

整个过程中，布布勒一句话都没说。她咣当一声关上活板门，这才开口道："我想我们现在可以放心说话了。"

"那个警察为什么来这儿？"

"她有时会过来，有时则不会。"布布勒阴郁地说，"我们一点办法也没有。"

今晚晴空万里，空气冷冽，寂静无声。狨猴不安地吱吱叫个不停。"乖，我的帕达波夫，"布布勒用法语责备道，"你今晚必须帮我放哨。"狨猴似乎听懂了她的话。它正了正自己的小礼帽，竭力摆出一只两公斤重的黄色灵长类动物所能达到的凶猛相。

马娅和布布勒迅速爬上屋脊。拱起的绿瓦脊线很硌人，但她们还是一屁股坐了下去。

那扇活板门再次打开。贝妮代塔和妮科也来了。

"她今晚是不是盯上咱们了？"贝妮代塔忧虑地说。

布布勒耸耸肩，抽了抽鼻子："我没告密。你跟你的政治小团体，你们对我严守秘密，就算我想告密，也不知道告什么。"

"你好，妮科。"马娅说。她伸出手，拽着妮科，帮她爬上屋脊。

"咱们以前没有实际见过面。"妮科说，"不过你在网上说的那些话，非常有趣。"

"谢谢你能这么说。"

"你那位克劳迪娅小朋友把我的眼圈揍得发紫，现在已经好了。所以我决定，不管怎样我都喜欢你。"

"她跟你大动干戈,你居然还喜欢我,你人真好,亲爱的。"

"好冷啊。"布布勒抱紧胳膊抱怨道,"那'寡妇'居然能迫使咱们躲到这里来,真是太讨厌了。只要给我两马克,我就愿意跑下去抽她大嘴巴子。"

"她为什么被称为'寡妇'?"马娅问。她们现在像四只喜鹊似的蹲坐在屋脊上。这个问题好像问得正当其时。

"这个嘛,"布布勒说,"大多数女人到了晚年都会停止性爱。但'寡妇'不是。她这辈子一直在结婚。"

"她总是嫁给特定类型的男人,"贝妮代塔说,"艺术家。具有强烈自我毁灭倾向的那种艺术家。"

"她嫁给40岁就会死掉的那种人,"妮科说,"每次都是。"

"她很想拯救那些才华横溢的可怜男人。"贝妮代塔说。

"那她成功过吗?"马娅问。

"到目前为止,一共死了六任丈夫。"布布勒说。

"那一定很痛苦。"马娅说。

"我非常赞同她这么做,"贝妮代塔说,"她等到他们快死时才跟他们结婚。而且我认为她确实让他们多工作了一小段时间。"

"每个跟她上床的男人都惧怕死去。"妮科温柔地说。

布布勒点点头:"等他们死后,她就卖掉他们的作品,而且总坚持到能卖出最高价!她让他们在艺术界名声大噪!多么聪明的伎俩啊!你知道吧?"

"我明白了,"马娅说,"那就是 coup de grâce①,是一种慈善行为。"

---

① 法语,意思为:字面意思为"慈悲的一击"。指的是给重伤者施以致命一击,这可能是一种出于仁慈意图的举动,不论是否已经得到受害者的同意。

贝妮代塔打了个喷嚏，然后摆摆手："你一定想知道我今晚为什么把你叫来。"

"快说吧。"马娅托着下巴催促道。

"亲爱的，今晚我们想让你成为我们中的一员。"

"真的吗？"

"但你要先通过一个小小的考验。"

"小小的考验。那是当然。"

贝妮代塔指着屋顶的长边。屋顶轮廓线沿着酒吧的长边伸展开去，在其最远端的边缘处有一个很浅的碗状物体，碗口朝上，里面立着一根粗大的金属柱。那是克劳斯这里的卫星天线。离她们大概二十米远。

"要做什么？"马娅问。

贝妮代塔从头发里拔出触笔。她扭动一个小旋钮，然后小心翼翼地弯下腰，用触笔点了一下陶瓷瓦片。火花飞溅。紧接着，那块瓦片又变得一团漆黑。

"在我们的成员名单上签名。"贝妮代塔说着将触笔递给马娅。

"棒极了。好主意。在哪签？"

"在那根柱子上。"贝妮代塔指着卫星天线说。

"你得走过去。"妮科说。

"你是说，我沿着屋脊从这儿走到那边？"

"她真聪明。"布布勒对妮科说。妮科得意地点点头。

"所以，我要在黑暗中沿着屋脊走二十米，而且这滑溜溜的瓦片屋顶两边都离地面有四层楼的距离。"马娅说，"你们就想让我做这个。对不对？"

"你还记不记得，"贝妮代塔平静地说，"你在罗马的那个年轻朋友？小纳塔莉？"

"纳塔莉。当然记得。她怎么了？"

"你之前叫我照顾照顾你的朋友纳塔莉。"

"是的，我说过。"

"我的确照顾了她。"贝妮代塔说，"现在我已经认识纳塔莉了。她永远不可能通过这个考验。你知道为什么吗？因为她走到中间就会停下来，她会清楚地知道自己走不过去。然后恐惧会将她杀死。黑暗和糟糕的情况会攥住她怦怦跳动的小心脏，她会脚下一滑，掉落下去，滑落屋顶边缘，亲爱的。砰，砰，砰，从瓦片上掉下去，然后狠狠地摔在布拉格冰冷的老街上。如果她运气好，她会脑袋先着地。"

"不过既然你是我们中的一员，"布布勒说，"那就没什么危险的。"

"只是看上去很危险罢了。"妮科欢快地说。

"如果这些瓦片是铺在老城广场上，随便哪个傻瓜都敢在上面走。"贝妮代塔说，"不会有人滑倒或摔倒。瓦片并不危险。危险存在于你的身体里，在你的脑袋里，在你的心里。危险的是你的自我。如果你能掌控你的自我，那么你就去柱子上签下你的名字，然后再走回来。这段路程跟枕头一样安全，跟床一样安全。不，亲爱的，比它们要更安全，因为床上和枕头上有男人。但是在星空下的屋脊上行走——你也许具备这项潜质，也许不具备。"

"去给我们签个名吧，亲爱的。"布布勒说。

"然后回到我们身边，做我们的姐妹。"妮科说。

马娅看着她们。她们看上去十分严肃。她们是认真的。这就是她们的生活方式。

"好吧，但我不会穿高跟鞋走的。"她说。她脱掉鞋子，站起身来。

幸好诺瓦克稍微教过她怎么走猫步。她一边定睛望着远处闪着微光的碗状物，一边沿着屋脊向前走。没有什么能阻止她。她感到非常快乐和自信。走过去之后，她在柱子上写道：

米娅·齐曼到此一游

火花四射。跟其他人的名字在一起，那行字看起来令人愉悦。所以她又画了一幅小画。

回去的路更难走，因为她光着的脚太冷了，而且被瓦片硌得生疼。于是，她比刚才更缓慢地择路而行，这也给了她更多的时间去思考。她不会掉下去，但她在冷冽的黑夜里突然想到，自己可能会故意从屋顶上跳下去。这个想法，有一种苦乐参半的吸引力。如果她的确是米娅·齐曼，就像她刚刚在柱子上宣告的那样，那么，尚有一部分米娅·齐曼仍未能与她和平共处。这是米娅·齐曼的本性中占比更大、埋藏更深的部分，这部分的她真的活腻了，并且发自内心地渴望死去。

不过，她现在比那部分米娅·齐曼要强大得多。

"我们刚才还盼着你能给我们来一个飞吻呢。"贝妮代塔说着挪到一边，给马娅腾出位置。

"我把飞吻留给统治阶层的老人。"马娅说。接着，她把触笔还给了贝妮代塔。

这时活板门打开了一条缝。海伦妮的一条狗扭动着钻了出来。陡峭的瓦片屋顶不是小白狗该来的地方。但它却以一种空前的姿势走起路来。它像壁虎、蝾螈一样匍匐爬行。它发现了她们，惊得它在瓦片上打了个滑，然后呜呜叫起来。

"Voici un raton[①]！"布布勒大喊道，"帕达波夫，de-fends-moi[②]！"

金毛狨猴尖叫了一声，以迅雷不及掩耳之势飞奔过去。灵长类动物比犬科动物更聪明，前者可以像任何动物一样攀爬。那条狗被吓了一跳，绝望地号叫着从屋顶边缘滚落下去。

"哦，可怜的宝贝，"布布勒抱着浑身哆嗦的狨猴说，"你把那顶精美的小帽子弄丢了。"

"没丢，我看见了，"妮科说，"掉到檐沟里了。"她爬下去，把那顶小帽子取了回来。

她们沉默了一会儿，思量着这件事的后果。

"咱们最好别下去了。你知道其他出路吗？"马娅问贝妮代塔。

"我是研究其他出路的专家。"贝妮代塔说。

————————

她们四人登上地铁，分头逃走。这似乎是最明智的做法。马娅带着贝妮代塔回到家里。她跟贝妮代塔有许多事要讨论。深夜两点，她们在女演员满是白毛的公寓里小口吃着烤面包。这时，诺瓦克通过女演员的网络连接器打了过来。是语音通话，屏幕上一片空白。诺瓦克讨厌视频通话。

"你们不要再在'首'里见面了。"他阴沉着脸对她说。

"为什么？"

"海伦妮丧失小狗，痛哭流涕。这很残忍，也很愚蠢。克劳斯不许

[①] 法语：来了一只浣熊。
[②] 法语：保护我。

这样的人进去。"

"我对这次意外深感抱歉,约瑟夫。事情发生得太突然了。"

"你是个可恶又危险的姑娘。"

"我不是故意的。真的。"

"海伦妮对你的理解,远远超过你对她的理解。她一片好意,绝无恶意,可她居然要遭受这样的痛苦!她不会再允许自己出任何意外。"诺瓦克叹了口气,"海伦妮今晚对我很无礼。你能相信吗,姑娘?看到那么一位有声望的贵妇人变得很粗鲁,而且是在公共场合,简直太不幸了!那意味着她很害怕,你明白吗?"

"她对你这么粗鲁,我深感抱歉。"

"马娅,你是不认识年轻时候的她。她那时是一位伟大的艺术资助人,是个很有品位、眼光独到的女人。她别无他求,只想帮助我们。但那些寄生虫却利用这一点,几十年来,一直聚在她周围,吸她的血,始终阴魂不散。他们令她苦不堪言。你应该知道,她是在保护你。她保护你不必经受比海伦妮·沃塞勒-赛吕西耶经历过得更糟糕的事情。她守护着搞'创艺'的年轻人。海伦妮现在依然坚守这种信仰。"

"约瑟夫,"她说,"你是从家里打给我的吗?"

"是啊。"

"你就不怕这条线被窃听吗?"

"海伦妮有这个能力,"诺瓦克压低声音说,"但这并不意味着她会窃听。"

"很抱歉我让你今晚如此狼狈。你现在讨厌我吗,约瑟夫?请不要讨厌我,因为更糟糕的事情恐怕将会来临。"

"亲爱的,我不讨厌你。我很抱歉必须得告诉你这一点:不管你做什么,我都不会讨厌你。我年纪很大了,只剩下讥讽和自尊,以及一丁点儿含混不清的仁慈。我担心你也许正在变得越来越邪恶。但我对这件事并不讨厌,对你也不讨厌。你永远都是我最喜欢的小怪物。"

她不知该如何回应,便挂断了电话。

"他说的那些话真的很让我伤心。"她对贝妮代塔说,然后哭了起来。

"你应该离开那个糟老头子。"贝妮代塔一边说,一边嚼着新烤的面包,"你应该跟我去博洛尼亚。今晚就走。咱们坐火车去。那是全欧洲最棒的城市。那里有柱廊、公社和软式飞艇。你真该去瞧瞧那些拱廊,它们简直太美了。而且咱们在博洛尼亚可以做一些很棒的事。跟我们一起去美学学院吧。我们工作时,你可以看着。"

"那我能给你们的作品拍照吗?"

"呃……"

"我拍得很差劲。"她哀伤地说,"约瑟夫·诺瓦克就不会拍差劲的照片。他有时候拍得非常棒,有时只是拍出来显得很奇怪。但他从来没拍过糟糕的照片,从来没有。他从不失误。而我呢,我从来没拍过好的照片。不是因为我拍照技术不好。技术的东西可以学,我只是仍然没有领会个中精髓。"

贝妮代塔抿了一口酊剂。

"我心灵中的任何部分都不具备领会的能力,贝妮代塔。我可以很美,因为'凡绝色美人,其身体比例必有异于常人之处'①,而我的比例全都异于常人。但长得美并不代表我完美无瑕。我与自己并没有和睦

---

① 出自培根的《谈美》。

共处。我的自我已是一堆碎片,而我开始觉得我将永远保持这样的碎片状态。我的内心是一面破碎的镜子,所以我的'创艺'作品总是一团模糊。艺术无涯,但生命却已不再短暂。"马娅把脸埋在手里。

"你真是个好朋友,马娅。我真正的朋友不多,你是其中一个。逝去的岁月并不像你认为的那般重要。它们的确很重要,但不是你认为的那样重要。请你不要这么伤心。"贝妮代塔在外套口袋里摸索着,"为了庆祝咱们现在成了真正的姐妹,我从博洛尼亚给你带来了一件礼物。"

马娅抬起头:"是吗?"

贝妮代塔在口袋里翻找了一番,最后掏出一个吸盘藤壶。

马娅瞪大眼睛:"这恐怕不是我应该碰的玩意儿。"

"你知道什么是脑脊髓倾析吗?"

"不幸的是,我还真知道。"

"你用一下吧,马娅。让我把它戴在你的脑袋上。"

"贝妮代塔,我真不能戴。你知道我已经不年轻了。这东西可能真的会弄疼我。"

"当然很疼啦。我花了一年的时间来准备这个倾析。我每次用都很疼。每当我有那种特定的感觉——感觉到真我境界的时候……我就把这东西戴在头上。它会把真我吸出来加以储存。很久以后的某个时间,如果我迷失自己的话,我应该会用到它,用它来记起我本真的样子。但我现在就想让你戴上。我想让你了解我本来是什么样的人。"

马娅叹了口气:"活着可不就是冒险嘛。"她摘下假发。

藤壶从它的后脑勺处钻了进去。非常疼。不过疼是好事,因为如果不疼,回到现实就会太过容易。随着灌注血流与藤壶相通,她变得非常平静,头脑不可思议地变得清醒。

她感觉到了另一个女人的心智。不是她的思想,而是她的生命,是自我认同产生的异常愉悦之感,是孤独,还有勇气所带来的一点点痛苦,以及纯真年轻人泰然自若的极致兴奋。那是来自另一个灵魂鬼魅般的光芒。

她闭上眼睛,深深地陷入后人类的狂喜中。意识像另一个世界的黑光一般,悄悄掠过她的脑海。紧接着,她的灰质慢慢吞没另一个灵魂,如饥似渴地将它吸进自己那无数个微小沟回里。

当她回到现实时,藤壶已经不见了。她平躺在地板上。贝妮代塔正在用湿毛巾轻轻擦拭她的脸颊。"你能说话吗?"贝妮代塔问。

她张了张嘴,努力活动舌头:"是的,应该能。"

"你知道你是谁吗?"贝妮代塔急切地说,"告诉我。"

"那感觉太棒了,"她说,"非常神圣。你必须把它藏在神圣的地方。绝不能让任何人触碰或者亵渎它。如果它被人触碰到,那就太可怕、太糟糕了。"

贝妮代塔将她拥在怀里:"对不起,亲爱的。我知道该怎么做。我知道它如何工作。我甚至知道怎么给你用。但我不知道如何掩藏本真的我,以及我所知晓的一切。"

三个星期过去了。春天已经来临,布拉格百花盛开。马娅仍然跟诺瓦克一起工作,但跟之前的情况有所不同。他现在把她当作助手,而非美艳绝伦的流浪儿或陷于困境的精灵。米莱娜能预感到麻烦即将到来。虽然米莱娜讨厌警察,但她依旧对马娅他们抱怨不止,因为比起讨厌警察,米莱娜更讨厌古老的诺瓦克宅邸变得混乱不堪。

马娅乘火车去了一趟米兰,和维耶蒂的一些非常无聊的职员参加了一场非常无聊的拍摄活动。由于这是工作邀约,所以马娅在米兰几乎哪都没去,也没有对安普里奥维耶蒂公司做过进一步了解。维耶蒂本人没有过来。这位大人物到格施塔德煮螃蟹去了。

拍出来的照片完美且浮华,同时却又很糟糕,因为摄影师不是约瑟夫·诺瓦克。她在拍摄期间学到不少东西,但她基本上还是很讨厌这次活动。尽管如此,她认为这么做是明智的。人们一直对诺瓦克的照片感到大惊小怪。网络上到处都是他拍的照片,那些作品实在太美,并且太过于真实了。在她看来,如果她能表现出自己可以是无趣的人,那么看到的人就会更加高兴:只不过又是个普普通通的蠢笨模特,拍了一组高级时装照片罢了。再说,这次拍摄还有钱拿。

她想叫贝妮代塔来米兰帮她管理这笔资金。贝妮代塔并未亲自管理,但她通过层层关系可以联系到有这个能力的人。贝妮代塔给她买了一块米兰设计师设计的方头巾,既漂亮又实用,还给她买了一台印尼产的大型网络服务器,既实用又漂亮。马娅戴着方头巾、提着装有服务器的抗震箱子返回布拉格,回到了女演员的公寓。

那台印尼服务器附带了一套复杂的安装程序,是用十分蹩脚的英语写的。马娅启动服务器,失败,清空记录,重新启动,再次失败。于是她先去喂了女演员的猫。然后,她拧紧所有松动的连接组件,继续启动,比之前的情况还要糟糕。她便去喝了杯碎冰饮料平复一下心情。随后,她再次启动,这下恢复了部分功能,接着搜索了数据处理晶体,以确认机内故障,先后消除了三个恼人的小故障。结果系统却崩溃了。她运行了一次诊断测试,清空了一组不稳定的缓冲区,将主处理器取出来扔掉。在那之后,服务器似乎可以运转了。她在里面设置了一个网络身份,终于接入了网络。

服务器立刻响起来。那是特蕾泽的语音电话。

"你怎么知道我上线了?"马娅问。

"我自有办法。"特蕾泽说,"他们真的因为你杀死一条警犬,从此不再准许你去'首'了吗?"

"消息传得挺快啊。但情况不是那样,不是我干的。我发誓,是别人干的。"

"如果现在消息传播得比光速还慢,那只能说明我们对此毫不留意。"特蕾泽说,"而我一直很留意你的消息。因为我需要你帮我一个大忙。"

"你打给我就是为了上次说的那个大忙吗,特蕾泽?"

"如果你能行事谨慎的话,马娅,我需要你帮我那个大忙。"

"特蕾泽,我现在本身就麻烦缠身,所以我觉得你的事不会对我造成影响。你需要我做什么?"

"我在布拉格需要一个非常私密的房间。"特蕾泽声音阴沉地说,"房间条件必须要好,而且要有一张很舒服的床。不能是酒店,因为酒店会留下记录。我还需要一辆汽车,车不用很好,但必须是私人所有。不能是租来的,因为租来的车会留下记录。房间我需要用一晚,汽车需要用两天。搞定以后,谁都不许跟我打听任何问题,永远都不准。"

"绝不打听,绝不留下记录。没问题。你什么时候需要?"

"星期二。"

"等我消息。"

女演员的公寓肯定不行。诺瓦克家呢?她不能这么做。保罗那儿?也许行,不过,算了,肯定也不行。克劳斯那儿呢?自从她成为"首"的常客后,她才逐渐意识到克劳斯深不可测。在布拉格的各个社会阶层中,克劳斯都有很多人脉资源。克劳斯是个真正的"老资格"。克劳斯在布拉格无人不知,并且广受尊敬。但克劳斯似乎又跟所有人不存在任何利益瓜葛。克劳斯跟谁都不是一路人。而且,克劳斯甚至还挺喜欢她,只可惜……

找埃米尔呢?简直完美。

————————

她竭尽所能满足了特蕾泽的要求。做这些安排需要投入大量时间和精力,不过结果似乎还不错。

星期二的深夜两点,她接到了特蕾泽的优先呼叫:"你醒了吗?"

"现在醒了,亲爱的。"

"你能来陪我喝一杯吗?我在你帮我找的这个大兔笼的第四十七层的希巴咖啡馆里。"

"你还好吧,特蕾泽?"

"不,我一点也不好。"特蕾泽卑微地说,"我现在需要你过来陪我喝一杯。"

马娅连忙穿好衣服,直奔目的地。四十分钟后,当她赶到希巴咖啡馆时,里面已经空无一人。这家咖啡馆十分干净,了无生气,完全自动化运行,正是当你在一栋八十层楼高的现代捷克高楼里遭遇情感危机时,会一直待到凌晨三点的那种地方。鉴于当前一个顾客都没有,看来在高楼里少有人遇到情感危机。埃米尔的父母就居住在这栋高楼里,他们目前正在芬兰——确切地说是 Suomen Tasavalta[①]——通常一

[①] 芬兰语,意思为:芬兰共和国。

待就是一个月。

马娅从一台极为小巧可爱的机器人那里点了一杯矿泉水。她边喝边等。

三点半左右,特蕾泽现身了。她坐在高脚凳的边沿上,试图挤出一个微笑。她刚才一直在哭。

"马娅,"她说着握住她的手,"你成熟了好多啊。"

"这顶假发让我看上去比实际成熟得多。"马娅愉快地撒谎道。

"你真时髦!你真……呃,我都不敢认你了,真的。我还能信任你吗?"

"特蕾泽,你到底遇到了什么样的麻烦,不妨跟我直说。然后我再看看能否弄清楚整体情况。"

"他打了我。"

"他敢打你?跟我去宰了他。"

"他已经在这么做了。"特蕾泽说,然后哭了起来。

特蕾泽的男朋友以前从未打过她,但由于他马上就要自杀,他似乎觉得有必要更凶狠一点,所以他就用皮带抽打她的背部和臀部。特蕾泽的男朋友是个来自科西嘉①的恶棍。

特蕾泽的恶棍男朋友并不迷人。他身上根本就没什么迷人之处。他是个职业罪犯,是黑手党组织里的参谋。他保护骗子、皮条客,以及制作违禁酊剂的人。他洗黑钱手段高超,他以权谋私,贿赂法官,收买警察。他是杀人犯,他会把人的脚埋进水泥桶里。他已经60岁了。当他不叫自己其他名字的时候,他管自己叫布鲁诺。

"你是怎么认识这么个人的?"

---

① 法国最大的岛屿。

"还能怎么认识？我开了一家灰市服装店，跟搞诈骗勒索的人混在一起。黑手党穿得很奢华，有时候他们会偷衣服然后卖掉。服装生意年头久远。你知道吗？它年头久远，而且里边有些见不得人的勾当。我做的事只是稍微违法，但黑手党的违法行为要严重得多。他们有时会伪造时装，有时给人提供保护。我们就这么认识了。反正就是这么认识了。"特蕾泽耸耸肩。

马娅用手指缓缓地敲着吧台。

"他喜欢你帮我们找的公寓。"特蕾泽说，"人生的最后一夜能偷偷在资产阶级人士家里度过，很有意思。"

"这太难以置信了。"马娅说。

"布鲁诺是个真正的男人。"特蕾泽慢吞吞地说，"我倾心于真男人。我喜欢他们粗暴的样子。我喜欢那种……"她思忖片刻，"那种真正地尽情释放雄性气概的男人。"

"这可不是什么健康的嗜好啊，亲爱的。"

"人生就是一场冒险。我就喜欢他们爷们儿的样子。当他们只想做真男人，对其他都不在乎的时候，这太令人兴奋了，真的有一种畅快活着的感觉。我以前不知道他会打我。但今晚不论他想做什么，我都会依了他。就算他想打我又怎样，毕竟这是他生命中的最后一晚了。我不该哭得这么厉害。我不该打给你。我简直跟个孩子似的。"

"特蕾泽，你们这样真的很病态。"

"不，一点也不病态。"特蕾泽难过地说，"只不过这种做法过时了而已。"

"你怎么知道他不是想杀掉你？"

"他是个正人君子。"特蕾泽说，"总之，我明天要帮他一个大忙。"

布鲁诺快要死了。特蕾泽猜测，极有可能是肝癌。因为布鲁诺已经有40年没有用官方的诊断设备做过体检了，所以根本无法确定他患有什么病。他先是由于犯罪记录而无权接受延寿疗法。然后，他开始通过医疗黑市对身体做了一些极其奇葩却又严重违法的事。多出来的那个睾丸显然只是其中最普通的一项操作。

布鲁诺决心要在政府力量所能触及的范围之外死掉。万一当局碰巧把他的尸体置入其中一台尸体乳化机内，那么从都柏林到符拉迪沃斯托克的每一个警铃都会尖叫起来。黑手党建立在古老的"缄默法则"之上：保持缄默直至死亡。现如今，死亡以后保持缄默也同样有必要。

布鲁诺和特蕾泽之间的恋情简单至极。他是在马赛认识的她，那时她20岁。布鲁诺总是衣着鲜亮，神秘感十足，而且看起来异常凶狠。特蕾泽对这样的男人毫无抵抗力。布鲁诺喜欢她，因为她年轻、漂亮、从不给他添麻烦、几乎什么都愿意去做，并且懂得感恩。有时，他会给她买些精美礼品：鞋子、裙子、性感内衣，以及带她去蓝色海岸[①]度个小假。他让她见识到了生活中非常有意思的那一面。

等她开始做服装生意之后，布鲁诺给她的帮助就更大了。有时候买主和供应商会找她的麻烦。如果布鲁诺恰好"性"致勃勃，他就会从城外赶过来，跟冒犯她的人说上几句。他每次都能把矛盾彻底化解。

布鲁诺有时会扇她几下耳光。对于一个完全有能力把她的冒犯者活活打死的男人而言，这种事再正常不过。但这并不是说布鲁诺真的为了特蕾泽杀过人。就算他果真杀过，他也不会告诉她。"他不是纯粹

[①] 度假胜地，位于法国南部地中海沿岸，以灿烂的阳光、蓝色的海岸和宜人的气候著称于世。

为了揍你而动手。"特蕾泽解释道,"他揍你,你才会按他的意思去行事。他有这个权利,他就是老大,凌驾于一切之上。有时候他会逼你做他想做的事。他本来就是这样的人。"

"这样真的很不好。"马娅说。

特蕾泽生气地扬起头:"你以为欧洲的每个罪犯都跟你那个窝囊废扒手男友吉米一样吗?布鲁诺是个战士!他是不折不扣的老大。"

"吉米怎么样了?"马娅说,"我已经很久没有想起他了。"

"他被抓了。"特蕾泽说,"吉米总是那么蠢。他们逮捕了他,还给他洗脑了。"

"哦,不会吧。"马娅说,"可怜的乌尔里希啊。那他的习性有什么改变吗?"

"彻底变了。"特蕾泽沮丧地说,"他以前常常偷女游客的钱包。但现在,他总是往钱包里装满有用的物品,然后趁女游客不注意的时候塞给她们。"

"嗯,好在他们让他保留了无政府主义的政治信仰。"

"哦,如今的政体啊,他们对行为乖张的青年简直大惊小怪。"特蕾泽说,"他们把一些像吉米那样本应被丢到桥下的讨厌鬼逮捕起来,全世界所有的公民自由主义者就开始在网上大发牢骚。说真的,资产阶级人士根本毫无判断力。"

"话说回来,布鲁诺的事怎么安排呢?"

"我们明天开车进入黑森林①。他将会自杀。我要把他埋在一个没人知道的秘密地点。那是我们商量之后的决定。是我们的秘密和私下协定。"

---

① 德国最大的森林山脉。

"小姐,在你变得非常非常年迈之前,你不该埋葬任何一个情人。"

"我一直都很早熟,这一点总是为我惹来麻烦。"特蕾泽叹了口气,"你明天能跟我一起去吗?求你了!"

"听着,你不能对我提出这种请求。那样一个病重、绝望的人,而且决意要自杀,我恐怕很难应付得来。呃——"她犹豫片刻,"呃,事实上,我可能在这方面比你认识的所有人都强。"

"你对我真好,马娅。我就知道你会帮我。不知为什么,反正在看到你的那一刻,我就确信你是个很特别的人。"特蕾泽站起身,她现在高兴多了,"我得回去跟布鲁诺睡觉了。我答应过他,我会留下来过夜。"

"说到就要做到。"

特蕾泽环顾了一下这间空寂的酒吧:"已经很晚了,这里真的好奇怪、好萧然啊……你要不要过来跟我们待一宿?"

"我毫不介意,"马娅说,"但我不觉得那有什么用。"

————————

翌日上午十点,马娅第一次见到布鲁诺。布鲁诺酷似一位20世纪深受女性喜爱的男明星,这令她大为惊奇。他模样里20世纪的感觉主要来源于糟糕的健康状况和粗糙的妆容。布鲁诺的头很宽,坚硬如石,满头卷发,毛孔油腻——这是接受过高剂量类固醇治疗的男性的典型特征。他戴着一顶上漆的草帽,身穿薄款翻领黑西服、褶痕累累却又干净利落的定制便裤,以及一件没有配备网络电话的衬衫。

布鲁诺既没有咆哮,也没有恐吓她。他有点狂妄,但他缺少真正狂练力量的那种人所具有的鼓凸的大块肌肉。布鲁诺之所以吓人,是因为他看起来真的像愿意杀人,并且确实能毫不犹豫地付诸行动,事后也绝不会感到懊悔的人。布鲁诺看上去确实很野蛮。同时,他也显得又老又羸弱,活像一条病入膏肓的狼。他看起来就像会咬断自己的腿,并且将其当作美味享用了似的人。

对于一个奔赴自己的死路之人,布鲁诺显得异常愉快和冷静。死亡令他欣喜若狂,她从未见过哪个人如此渴望死亡。他不停地对特蕾泽说俏皮话,用的是一种法国南部的粗鲁方言,这可把马娅的翻译器彻底难住了。他经常说些下流话。人们早已不再使用这种语言。下流话已经被淘汰,在人际沟通中销声匿迹,像普通感冒一样消失了。但是布鲁诺却乐此不疲地说着污言秽语。这种言语上的越界行为总是令特蕾泽火冒三丈。她每次都会一边责骂布鲁诺,一边愉快地扑上去。这就像他俩在打一场桌球,仿佛是二人之间特有的求爱模式。

他们三人在车上吃了饭。那个将死之人享用了一顿丰盛的午餐。他们终于驶到捷克边境以北的一片密林中。这里好像不是真正的黑森林,但这似乎一点也不重要。春风和煦,树木抽出新芽。在被迫驶进路边的灌木丛中时,这辆属于埃米尔前妻的车显得十分抗拒。于是他们便停下车。

布鲁诺从后备厢里取出一把折叠铲和一个沉重的旅行箱。然后,他们徒步上路。布鲁诺很清楚要去哪里。

他们来到一处小山坡的草地上。布鲁诺展开锋利的陶瓷铲,把帽子和外套整齐地挂在树枝上,开始挖起来。他铲下一大圈草皮,小心地放到一边,然后一边挖一边回忆。

"他说这是一个古老的秘密安息处。"特蕾泽翻译道,"吉卜赛人很久以前就用这里当过墓地。后来还有人把一些捣乱分子埋在了这里。"

布鲁诺擦了擦额头上的汗水,忽然说起了英语。"男人,"他宣称道,"活着的时候,活儿要靠自己干。"他看着马娅说,同时挤出一个动人的微笑。

布鲁诺不停地挖着,直到痛得不能再挖。他面色苍白,坐在地上,对着炮铜吸入器猛吸了几口。特蕾泽接替他继续挖。等她挖不动时,马娅便接过手来。马娅今天穿的是平底鞋、裤子和薄毛衣,穿这身衣服掘墓还算方便。唯一的时尚点缀就是那块方头巾。她将其设定为橄榄绿和卡其色,让它显得不那么引人注意。

根据布鲁诺的指示,他们挖出一个不甚寻常的墓穴。那是一个圆锥形的深坑,开口只有井盖大小。布鲁诺抛出最后几铲泥土,然后向她们解释了暗葬的理论和操作步骤。

诀窍在于腐烂得快速又彻底。腐烂得过快会使尸体迅速膨胀。这一种作用会让坟墓表面明显隆起。因此,有必要将尸体从肋骨处锯开,并给肠道通气。

布鲁诺打开旅行箱。他考虑得很周到,把所有合适的装备都带来了。那些装备看着已经使用过很多年。他有一把电池驱动的老式陶瓷骨锯。他还有一个兽医医治马匹时用到的皮下注射器,钢制针头又粗又长,甚至都能拿来缝合铝板。

布鲁诺脱去衣服。他从脖子到腹股沟都布满了文身:蛇、玫瑰花、手枪、用法语下流话写的箴言。跟他上床时,特蕾泽最起码从来都不缺东西读。

布鲁诺坚定地捏着被冻得起鸡皮疙瘩的皮肤,依次示意针头应该插入的部位。要插进大腿骨、小腿肌肉、肱二头肌,还有臀部。他有一小罐强食腐细菌。细菌会一路狂吃,从注射点向四周扩张,最后把他分解得像一摊动物油脂。

等到将他妥善置入深坑后,她们要把他周围的泥土铲掉,然后把草皮小心翼翼地还原。最好在草皮下多留点土，使其稍稍隆起。这样做起初看起来确实可疑，但从长远来说，沉降之后会显得隐蔽得多。多余的泥土必须分散到森林里。当然，她们还得把他的衣服和工具拿走。暗葬点周围不能留下任何金属物品。所有可能引起他人注意的东西都要一并收走。

"问问他，他体内有没有金属制品。"马娅说，"比如假牙之类的？"

"他说他还没到做金属假牙的年龄。"特蕾泽翻译道，"他说他身上唯一用钢铁做的东西就是他的男子汉气概。"她开始哭起来。

布鲁诺从刚才丢弃的裤子口袋里掏出两个拇指大小的小罐，然后赤身裸体、异常平静地爬进自己的坟墓。

他立在里面，随意地向后一靠，然后攥着第一样东西——拇指大小的小罐——晃了晃。他往右手上喷了厚厚一层黑色物质。他朝特蕾泽招招手，用方言大声喊着什么。她不太情愿地走过去，步履蹒跚，满怀恐惧。他用喷黑的右手轻轻抓住她的手，接着又用力地握了握，把她拉到近前，耳语几句，然后吻了她。

而后，他又叫马娅过去。他也吻了她，那是一个长长的深吻，既专注又异常苦涩。他用左手紧紧抓住她的脖颈。他并未用喷黑的那只手碰她。

他终于放开了她。马娅大口喘气，踉跄后退，险些跟着滑入深坑。布鲁诺凝望了特蕾泽一会儿。他好像在强忍着不落泪。特蕾泽则趴在地上，回望着他，痛哭流涕。

然后，他拿起第二样东西——那个吸入器。他把喷嘴塞进嘴里，按下扳柄，深吸一口。他把那东西像熄灭的雪茄一样丢到一旁，立即浑身抽搐起来，五秒内就死去了。

"把它弄掉！"特蕾泽尖叫道，"把它从我手上弄掉，快！"她用左手抓住沾上黑色物质的右手手腕挥舞着。

马娅迅速用布鲁诺的外套帮她擦拭:"这是什么?"

"催泪素!"

"我的天哪。"她擦得更用力,也更仔细了。

"哦,我真的好爱他。"特蕾泽号啕大哭,立刻陷入歇斯底里的悲痛之中,"哦,我本以为他又会揍我一顿,然后和我在坟墓里做爱。我根本没想到他会用那只黑手碰我。我也不想活了。"她忽然切换成德语,发狂般地说,"那毒药呢?喷到我嘴里。不,我去吻他吧,他的舌头上一定还有,剂量足够杀死一百个女人。"

药物催生的悲痛之情急剧爆发,她开始朝坟墓方向爬去。马娅抓住她的脚踝,将她拖了回去。"离他远一点,我是说真的。离他远一点,不要靠近。我现在要把他锯断。"

"马娅,你怎么能这样做!你怎么能把他锯断,让他烂在这里?这不是随便一块烂肉,而是布鲁诺啊!"

"我很抱歉,亲爱的,但你若是跟我一样经历过那场大瘟疫,你就会切实明白,人死后就是一摊烂肉而已。"如此直言不讳,她恨不能把自己的舌头咬下来,但这并不重要。特蕾泽的心思已经游走,根本听不进去她说了什么。特蕾泽放声痛哭,她感受到一股巨大的丧亲之痛,哀号声在树林里回荡。

马娅在特蕾泽的背包里找到一张阿尔西翁奇贴片。阿尔西翁奇的效力相当温和,所以马娅撕下六片,贴到特蕾泽脖子上时,她丝毫没有反抗。在悲痛的刺激下,她像个胎儿似的蜷缩着,一边呻吟,一边不停地摇晃身体,同时紧紧握住沾染催泪素的那只手。随后,马娅的镇静剂起作用了。

马娅取来最后一点矿泉水,浸湿布料,把特蕾泽手上的物质彻底擦洗掉。催泪素是一种极度危险的东西。它可以杀人于无形。她很难想象还有比这更巧妙的杀人方式。

她走到坟墓边缘。布鲁诺仍旧是死亡状态。要说真有什么区别的话，那就是比刚才死得更透了一些。她合上他的眼睛，然后往注射器里装满细菌。

"好了，大块头，"她对他说，"尽管放心。至少有一个姑娘真心乐意对你做这件事。"

注射完毕时，天已经黑了。这项任务非常棘手。这很像对临床实践的一场恐怖的拙劣模仿。但是，由于她干得努力且认真，所以确实很像是实际的临床实践工作。

特蕾泽的情绪恢复了正常。特蕾泽很年轻，也很强健。年轻人一天内能够转换的情绪比老年人一个月应付的还要多。特蕾泽蹒跚着和马娅回到车旁。

"他的旅行箱呢？"特蕾泽问，她两眼通红，浑身颤抖。

"我把它跟所有的衣服和工具一起放进了后备厢。"

"帮我拿出来。"

特蕾泽发疯似的在布鲁诺的箱子里翻找着。她找出一个用灰色金属玻璃合金制成的长方形盒子，然后打开。

"真不敢相信，"她既惊且喜地看着那东西，"我原以为他是骗我的。"

"我觉得他是想杀了你。"

"不，他不会。那点剂量还远远不够。他只是想有个女人为他哭泣。那么厉害地哭过之后，我现在感觉好多了。我已经好了。我再也不会为他哭泣了。瞧啊，马娅，瞧瞧他给我的这个东西。瞧瞧我那死去的男人给我的绝妙遗物啊。"她让马娅看了看那个铰链式小盒。

"这是贝壳吗？"马娅问。

"是货贝①。"特蕾泽说,"我有钱啦!"她轻轻地扣上小盒,砰的一下关上旅行箱,然后将其踢进后备厢里。"咱们走吧。"她说,双手紧紧抓住盒子,"咱们去喝一杯吧。我刚才哭得太凶,现在好渴啊。哦,真不敢相信我真的把他埋了。"她打开车门,钻了进去。

她们驱车离开,沿路的灌木丛嘎吱嘎吱地刮擦着车身。特蕾泽忽然扭头回望,然后哈哈大笑。"真不敢相信,但是我赢了,我逃过了一劫。从此以后,我的生活将会发生翻天覆地的变化。"

"就是一小盒贝壳而已。"马娅若有所思地说。汽车在漆黑的森林中穿行,向高速公路驶去。

"这可不是什么廉价的垃圾。如今的世界到处都是垃圾,"特蕾泽说着在座椅上坐好,"比如虚拟世界和各式赝品。人类已经把一切都变成了垃圾。钻石和珠宝都不值钱了。硬币,现在是个人就能伪造硬币。还有邮票,更容易伪造,简直成了笑话。钱只是一堆1和0,除此之外什么都不是。但是,马娅,贝壳可不一样!没人能伪造贝壳。"

"也许这些只是廉价的、毫无价值的伪造贝壳呢。"

特蕾泽再次打开盒子,担忧地用手指戳了几下,然后笑了笑:"不,不是的。看看这些生长痕迹,看看这上面的斑纹。唯有经年累月的有机性过程才能形成真正的贝壳。货贝太复杂了,不可能伪造。这些就是真品。是已经灭绝的物种!非常少有!不会再有新增,永远不会。它们价值连城!它们超级值钱,我现在有能力想做什么就做什么。"

"那你具体打算怎么处理它们呢?"

"我当然要先长大啦!我可以离开谷物市场的那个小破店。我可以

---

① 旧时亚非部分地区用作货币的小贝壳。

开一家真正的时装店，在一栋真正的大楼里，一栋高层建筑里！卖给真正的顾客，收真正的钱。我还很年轻，不适合当时装店主，但手里有了这个，我就能办到。我可以雇老人为我工作。我会聘请我自己的会计师和我自己的商业律师。我会合法地重新开始。一切都是光明正大的。我会有真正的商业账簿，而且我还会交税！"

"天哪，这计划听起来很不错。"

"我的梦想终将成真。高级时装圈将会注意到我。我会售卖由专业设计师设计的一系列正儿八经的服装。不再卖年轻人的衣服。年轻人的衣服，年轻人的衣服，年轻人的衣服，哦，我真的、真的受够了年轻人的生活。"

"希望你今后能远离布鲁诺的那些朋友，别再让他们给你惹麻烦。"

"肯定会远离。"特蕾泽说，"不管你对当今政体有何看法，但其实……他们正在让世界变得更美好。千真万确！布鲁诺的那些黑帮兄弟——嗯，已经被警察抓住了。全都要归功于医疗、钱和监视……这很奏效。坏小子们快要灭绝了。他们的数量每年都在减少。犯罪人群濒临消亡。他们已经很老了。他们在过去很长一段时间内都非常强大，但现在，他们就像疾病一样正在逐渐消失。对他们来说，确实有些悲惨，但……但这的确是政府的一项伟大成就。"

马娅疲倦地叹了口气："也许我不该给你贴那么多镇静剂。"

"别这么说。不是这样的。你没看到我现在有多开心吗？你应该为我感到高兴才对。"她看着马娅的脸，"马娅，你怎么变化这么大？为什么你不像在慕尼黑的时候那样开朗了？"

"你目前情绪波动太激烈了，亲爱的。尽量少说话。咱们去休息一下吧。我太累了。"

特蕾泽把身子一缩："你当然很累啦。你刚才真是太勇敢了。真抱歉,马娅……非常感谢你。"

他们沉默了很长时间。特蕾泽又哭了一会儿,终于沉沉睡去。在欧洲乡下的街灯下,特蕾泽的脸上写满了安详。"你已经跃升到了另一阶层,"马娅温柔地对她说,"你现在是一个十足的资产阶级姑娘。真不敢相信它居然会让人产生这样的转变,真不敢相信它竟会这样有效。世界变成这样,有我的功劳。是我干的,是我的错,这正是从前的我想让世界变成的那种样子。这样的世界,我一秒钟都忍受不了,可没承想,你居然如此急切地想投身其中。为了活下去,为了能够喘息,我必须做一个逃犯才行,而我现在已经没有退路。况且'寡妇'已经盯上了我。她知道了实情。不知怎的,我就是确信她知道。若不是她行事耐心且温和,她现在就能逮捕我。你知道'寡妇'的身份吗?"

熟睡中的特蕾泽将小盒子抱得更紧了。

"我永远都不想知道。"马娅说。

————————

修整记忆宫殿简直困难重重。其中最困难的是:记忆宫殿里有活物。贝妮代塔和她的朋友们花了很长时间才查出那个令人不安的东西是什么。那其实是马丁的狗。柏拉图在记忆宫殿里如脱缰的野马。

马丁将柏拉图的有机大脑直接跟他的虚拟世界连接起来。出于各种各样的原因,这项医疗操作并未获批用到人类身上。神经活动是种自发的、高度非线性的现象。大脑发育要靠机体的有机基质进行新陈代谢。当软件增长试图与大脑发育同步时,从来都不会顺利实现思想与计算能力的共生,其结果往往是大脑变得极度混乱。如若放任不管,最终将会导致非自然触发的精神失常。

贝妮代塔带马娅去看了看隐藏在宫殿里的那个侧翼,那条狗的大脑在那里不停地疯长。多年以来,那种赛博有机混合物一直在生长,疙疙瘩瘩、层层叠叠,呈现为庞大的凸起和闪闪发光的沉淀物形状,像一座用珊瑚虫和燕麦片做成的迷宫。神经扩增还在继续,不过她们找到了与狗的湿件①之间的连接,并加以阻塞。里面到处都是巨大的珍珠状物体,旋转不休的巨大结瘤像是永远不会消散的噩梦。

自从沃肖死后,那条狗的思维过程已经冲破了五处地板。恣意生长的心智像海胆一样在地板的破损处喷涌而出。

"在代码形式中,这些看上去会是什么样?"马娅说。

"哦,看上去美极了。就算给你一百万年,你也解析不了这种代码。"

"你真的认为这样能帮助它思考吗?"

"我觉得狗的思考方式跟我们不同,但这绝对是哺乳类动物正在进行着的认知活动。沃肖把他的宫殿与狗脑做了网络连接。这种操作在当时相当复杂。当然,和他们如今在实验动物身上做的精妙处理相比,这不算什么。但相对于21世纪60年代的科技水平,这样的频带和传输速率已经很宽、很快了。狗的脊柱上一定接满了天线。"

"他干吗要这么做?"

"我们推测,他是想在狗脑内藏匿一些数据。可能是把整个宫殿移到狗的神经系统内。这种荒谬幻想在21世纪60年代非常流行。那时候人们什么都信。他们把电脑浪漫化,把虚拟世界神秘化。他们做过很多奇怪的实验。他们认为一切皆有可能,而且基本没有判断力。但沃肖并不是程序员。他只是又老又有钱,并且做事无所顾忌的人罢了。"

---

① 指软件、硬件以外的其他"件",即大脑。

"那条狗还在线吗？"

"这么说是不准确的，马娅。那条狗从来没有戴过小狗爪套或小狗护目镜。它从没有把这里当记忆宫殿来体验，它只是侵占了这里。或者说，宫殿侵占了它……也许沃肖以为他有一天也能住在这里面。抹去他在物理世界的痕迹，消失在纯粹虚拟媒介的构造当中。人们当时认为这是可能的，直到稍微尝试过一下，才知道那有多难。沃肖以前还为此拍摄过一部可笑的电影呢。"

"真的吗？你看过马丁·沃肖的电影？"

"我们已经将挖掘这些资料作为己任。"

"那你喜欢沃肖的电影吗？"

"他拍得很糙。"

"但我看这个地方可一点也不糙。"

"但这里不是电影啊。这是人造生命。连续30年，每天循环数十亿次的人造生命。"

下到宫殿地下室里，她们把圣火机器的一部分添上燃料，然后启动。那些梦幻机器，它们应该会对大脑中的视觉皮层和听觉处理中枢做出一些极其神秘的事。在某种程度上，你会看到、听到它们，但从来不会对此产生什么感觉。人类意识无法感知听觉和视觉系统的深层前意识活动，最多就像你有意识地感觉到有光子撞击你的视网膜，或感觉到微小骨头敲击你耳朵里的耳蜗毛细胞那样。确切地说，那些装置在感知层面并非模糊不清，它们只不过不是真正存在罢了。这种体验就像在水下那般让人平静。仿佛伴随着几个叫闻的音乐，在制衣车间中似醒非醒的那种感觉。

那种体验既不令人惊叹，也不令人惊惧。没有灼热、轰鸣或闪光的感觉。但它并不会让人感到厌倦，而是与之截然相反。这是她们创造的效用极为舒缓的"灵魂小食",专门给新世界中的后人类"食用"。她们还不知道如何做得美味可口。她们在尝试不同的配方,检验各种方法,并对效果进行记录。

马娅并非测试对象,但她们仍然将一切展示给她,因为她们喜欢她。有盒子套盒子再套盒子,每个盒子上都布满了独特的几何图形,像是空间万花筒。有耳花风车,你能听到花儿转动,但你永远不能真正看到它们。还有巨大的挖洞物体,无休止地互相钻着洞。这些都像是精神维生素一般源于本能,且不易察觉。

她不会对圣火产生丝毫厌倦,也不可能对它感到厌倦。它不需要人的注意。它无需注意即可起作用。它是让人被动接受的,而非让人去主动做的事。但是,她最后会被手套和耳夹夹得生疼,或者背部开始疼痛。这时,她就会断线,然后盯着墙壁看。

体验过圣火之后,一堵空白墙壁就变得极具启示性。她可以坐下,对着墙壁冥想,它那纯粹强烈的物理实在性,它那令人惊叹的庄严感和十足的存在性,无不让人喜爱得难以抗拒。这已经不再是意识在起作用了,而是当你从意识中走出来,用眼睛凝望时所产生的感受……

有时,她会平躺在地板上,望着天花板。女演员的白猫会溜过来蹲在她的胸脯上,一边揉搓爪子,一边看着她的脸。它们的眼神中透出对语言和符号的一窍不通。

她们在现实世界里也忙得不可开交。她们对一些明显被遗弃的宫殿发动侵袭,并成功闯入其中三座宫殿。她们已经确认了沃肖宫殿的物理位置,它的数据流是通过太平洋瑙鲁岛上的一系列服务器传输过来的。她们在逐条核对宫殿的数据流,数据从瑙鲁网络出发,途经摩洛哥、博洛尼亚,最终一点一点地汇入布拉格女演员公寓里的水晶服务器中。她们认为,如果将改动后的宫殿储存在一台机器里,它的运行速度就会快很多，运行效率也会更高。宫殿数据将会汇集到一块光学刻蚀的计算钻石晶体里，只有拳头大小。届时，马娅就能单手提着沃肖的宫殿四处走动了。

六月的一天，她在蒸气浓重的汽笛风琴旁待的时间过长，摘下护目镜时，她知道她把自己稍稍弄伤了。当她闭上眼睛时，眼睑内侧的世界已然发生改变。她闭上眼睛之后藏匿起来的那个完全私密的世界，已经被圣火机器触及。人在醒着的时候闭上眼睛，从来不会陷入十足的黑暗中。某种活动在合上眼皮后仍会进行。没有光线时，视觉皮层依然在工作，其灰质会试图以一种"不想变盲"的方式握紧现实。这一生理活动创造出一个小小的世界。人类眼皮后的私密世界充满了毫无定形的柔和蓝色、四处游动的暗淡的紫色闪光，以及暗褐色的光斑。但现在，圣火以某种方式触及到了这个世界，令它发生了改变，让它变成了一种新的东西，而非马娅原本的私密世界。

于是，她便打给了贝妮代塔。给她打电话很麻烦，因为贝妮代塔现在总是被盯得很紧。但她必须找她说一说。

"贝妮代塔，我犯了一个错误。"

"什么样的错误？"

"圣火对我行不通。"

"你必须要很有耐心，"贝妮代塔非常耐心地说，"这个项目短期内不会起作用。"

"它对我不会有用，因为我不再年轻。我已经过了年轻的时候。我在另外一个世界年轻过。里面那个世界是属于你们的。你将要创造出一个我完全无法想象的世界。我可以支持你们，甚至可以帮你们筑造它，但我不能生活在那里，因为我不是你们中的一员。"

"你当然是我们中的一员啊。如果它尚未产生明显效果，你也无须担心。与我们在一百年后要做的事情相比,这根本不算什么。"

"可我活不了一百年了。我不会活着见证奇点到来之后的世界。不是我不想去,只是我出生得太早了。"

"马娅,别放弃啊。不要说得像个失败主义者。你对提振我们的士气至关重要。"

"我爱你们,我愿意不惜一切代价帮你们,但是你们的士气得靠你们自己来提振。我再也不进去了。我开始体会到并且理解了圣火装置所蕴藏的潜能。我永远也抵达不了那么深远的境界。我不想那样,而且鉴于我的身体状况,我甚至不需要那样。它也许能帮你们解决你们的问题,但它不能帮我解决我的问题。它只会让我比死掉更难受。"

"还有比死更难受的事情吗,马娅?"

"哦,我的天啊,当然有。"她挂断了电话。然后,她仰面躺在床上,瞪着平淡无奇的天花板。

不知过了多久,门铃响起,将她唤醒。

马娅像梦游般起身,走过毛茸茸的白色地毯,打开门。

一条棕色大狗松开门铃,然后四肢着地。

紧接着,它猛地冲进门。她踉跄后退。它跑进房间。

"你弄伤了我。"它说。

"进来吧,柏拉图。你的漂亮衣服呢?"

"你弄伤了我。"

"你看上去可不太好。你很久都没好好吃过东西了吧?你应该时刻注意饮食。好好吃饭很重要。"

"你把我伤得很重。"

马娅向厨房走去:"你要不要来点儿吃的?我现在有很多吃的。"

"我很疼。我的脑袋里很疼。"那条狗怒气冲冲地走进房间,蓬乱的脑袋低垂着。它嗅了嗅地板,又晃了晃脏兮兮的脑袋,"是你干的。"它说。

其中一只白猫醒来,惊愕地瞪着它,被吓得浑身毛发竖直。

"猫咪,乖哦!"马娅立刻喊道,"柏拉图,我这就喂你吃的!一切都会好起来的!我会去打几个电话!我现在就好好照顾你!咱们可以好好洗个澡!然后穿好衣服,出门……"

"有猫!"狗号叫一声,发起攻击。

马娅尖叫起来。白毛四处飞扬。房间里猫狗间的仇恨瞬间爆发。柏拉图击碎第一只白猫长有白色尖牙的下颚,后者抽搐着倒在地板上。尖锐的警报声响起。那只猫被打死了。

在它攻击第二只猫的时候,马娅朝狗扑过去,试图抓住它脖子上蓬乱的毛发。而它则灵巧地急速转身,咬了她的小腿一口。腿部就像被一扇带着獠牙的铁门夹住似的。她尖叫一声,摔倒在地。

那只猫竭力攀着墙纸往上爬。狗伸出可怕的爪子,抓住猫的尾巴,一把扯下来,用牙齿咬死了它。

马娅拽开门,跑了出去。

她什么行李都没带,鞋子也没穿。她知道狗会来追她。她的腿在流血,浑身散发着恐惧的味道,恐惧之浓烈,足以粉碎她的整个世界。她跑啊跑,穿过走廊,进入电梯。她站在那里,浑身哆嗦,呻吟不止,直到电梯门关上。

现在没有其他事可做了。于是她坐上了一辆列车。

————————

逃走的第一天,她偷了些衣服。现在偷东西是一件困难的事,因为她很害怕。当你非常快乐自信时，偷东西是很容易的，因为所有人都喜欢快乐自信的漂亮女孩。但是，没人喜欢一头硬发、走路一瘸一拐、痛得龇牙咧嘴、看上去像个瘾君子而且没有携带行李的疯子似的女孩。

那条狗就潜藏在网络里。她不明白自己为什么会觉得网是个好东西。网是用来杀鱼的玩意儿。网络里长出大块大块的狗的意识。它一直萦绕在宫殿里，并且用网络来追查她的下落。它循着线索追踪她。它就像水蒸气一样，遍布在世界上的每个角落。

只要她停止逃跑，警察就会立刻找到她。她疲惫不堪，深感内疚，而且疼痛不已。每当她一动不动地坐着时，无名的恐慌感就会攥住她，使她不得不呕吐。

但在西奈半岛，此时已是夏季。这里不是欧洲。现在，她在旅行中已经找不到放松的感觉。旅行只会让她感到糟糕和不自在。女演员住在红海的一个度假胜地，疲惫的时候去那里可以放松身心。当然，女演员已经下令严禁被人打扰。

马娅说她有女演员家庭成员死亡的消息，工作人员相信了。他们看到她精疲力竭、心神不宁、悲痛欲绝的样子，便信了她的那番话，而且对她感到同情。这里供应淡化海水，四周丛林茂密，这片伊甸园般的小天地中的工作人员都很体贴。他们的工作职责就是关心别人。他们递给她一台笔记本，并告诉她应该循着什么踪迹去找女演员。

女演员像是个毛皮覆身的原始人，长着厚厚的黑色指甲和毛茸茸的起老茧的脚。她赤身裸体，浑身覆盖着粗硬的黑毛。现如今，你可以很方便地激活人体的一些垃圾 DNA，只要你愿意这样做。这不是能够延寿的那种医疗行为，所以人们通常会去温泉疗养地做这种事。

在当前的某些圈子里，人们认为退回到猿人形态能令人非常放松——意识大多都模糊不清、靠狩猎来保持身体结实。疗养地的猿人宾客吃水果,握着棍棒追杀小动物。他们身上戴着追踪装置,每周享用一次腐肉盛宴。

马娅按照笔记本上的提示,终于找到了耶斯科娃小姐。耶斯科娃小姐正在一边凝视大海,一边用手斧敲碎牡蛎。

"您是奥尔加·耶斯科娃吗?"

耶斯科娃小姐大声地吃着牡蛎。笔记本用捷克语说了些什么。马娅调出菜单操作一番。"现在不许打扰我。"那机器含混不清地翻译道。

"耶斯科娃小姐,我叫米娅·齐曼。"她对着笔记本上的嵌入式麦克风说,"很抱歉我们必须以这种方式见面。我从布拉格来,我有一个坏消息要告诉你。"

"坏消息可以等。"笔记本用听着很古怪的英语说道,"坏消息总是可以等。我饿了。"

"我之前住在您的公寓里,照顾您的猫。我是您在布拉格的猫咪保姆。您明白我的意思吗?"

耶斯科娃小姐咬住另一只牡蛎。她的毛皮颤动几下,然后使劲挠了挠自己。"我那些可爱的小猫咪。"笔记本最后来了一嘴。

工作人员提醒过马娅,与耶斯科娃小姐沟通需要耐心。人们去疗养地不是为了聊天,但他们会留出一条心智通道,以防有紧急情况。

"我那些小可爱们怎么了?"笔记本说。

"它们死了。真对不起。您的猫咪被杀死了,还是在我住在您家期间。我对此感到十分抱歉。都是我的错。事情发生后,我便尽快赶来这里,因为我必须亲口告诉您。"

"我的猫都死了?"耶斯科娃小姐说,"我回到家的时候,肯定会非常伤心。"

"一条狗闯进屋,杀死了它们。简直太可怕了。这事都怪我。我必须过来亲口告诉您。我必须这样做。"她剧烈颤抖起来。

耶斯科娃小姐用呆滞的棕色眼睛看着她:"别哭,你看上去糟透了。你一定饿了吧?"

"我想是的。"

"吃点这种石头美食吧,既多汁,口感又好。"她用手斧熟练地敲开一只牡蛎。

马娅从破壳中掏出牡蛎肉,鼓起很大勇气才敢吞下去。牡蛎肉的口感很瘆人,但吃下去会产生一种颇为强烈的感官体验。

马娅凝望着红海。海水如此湛蓝,很难理解为什么它会被称作红海。也许他们对它做过一些怪异之事,从根本上改变了整片海洋的特性。在晴空万里的蓝天下,海浪滚滚而来,用不急不缓的节奏撞击着黑色的岩石。"人们都说,溺水会死得很快。是一种很好的死法。"

"别犯傻了。快吃。"

马娅又吃下一只牡蛎。她的胃从最初的痛苦慢慢转为陶醉。

"我好饿。"她突然说道,"真不敢相信我居然这么饿。天哪,我应该已经好几天没吃东西了。"

"那就快吃。死掉的姑娘比死掉的猫还要糟糕。"

马娅又吃了一只牡蛎,然后望着大海。海浪有节奏地闪着光。一种奇怪的紧张感开始攥住她。全身每个细胞都醒了过来,仿佛她的皮肤变成了一张巨大的眼皮。

世界的光芒涌入她的体内。

她的内心是支离破碎的。此时此地,她非常清楚,她的内心将永远是破碎的。她永远不会成为一个内心完好无损的女人,在她的内心深处,还有十分难以愈合的伤疤。她是一个由碎片和伤痕组成的人,她将永远保持破碎和伤痕累累的状态。

但现在，这些碎片第一次同时凝视着同一个东西。所有的碎片都在被同样炽烈的光芒笼罩，都在感知着外部的世界。

然后，所有的窗户突然尽数消失。她站在了这个世界内部，栖居于这个世界之中，不是穿梭在她自己头脑中断裂的他异性[①]之间，而是在阳光普照的现实世界中生活和呼吸。那并非一种幸福感，与快乐感也不甚相像，而是一种接受光芒照射的体验，那种光芒触及到了她内心的每一个碎片。

阳光下的世界令她大为震惊。那是一个比她自己内心所有小世界都要辽阔、有趣得多的世界，那个世界触摸着她的每个细胞。她只需真正地看上一眼即可。她存在于那个世界中。在明媚的日光下，活着、感知着、清醒着。那个世界真实得如此完全、彻底、不容忽视，她感到一种十足的自由。

"我感觉风穿过了我的身体。"她喃喃道。

奥尔加只是咕哝了一声。

她转身看着那位毛茸茸的同伴："奥尔加，你能明白我跟你说的这些话吗？就连我自己都几乎不明白。我最近的处境很艰难。我想……我想我应该是有什么病发作了。"

"你什么都不懂。"奥尔加说，"活着需要耐心。你粗心大意，说得太多，做事太急。我知道如何保持耐心。悲痛是不好的，但你迟早会恢复；内疚是不好的，但你迟早也会恢复。你只是还不知道而已。这就是为什么哪怕我现在是只猴子也比你睿智。"

---

① 哲学术语。他异性的现象学以胡塞尔的陌异经验理论为典范，以陌异他者之知觉分析为始点，通过层层意向性建构之梳理，显示超越自我如何缔结主体间际社群，建构客观共享的世界。

"对于您那两只小猫,我真的很抱歉。千真万确,我愿意做任何事情补偿您。"

"好吧,那就再多弄点儿石头来吃。"

"这是牡蛎,奥尔加。它们是牡蛎。当然没问题,我再去弄点儿。"阳光洒在红海上,炎热又真实。踩在岩石上蹚水应该会很舒服。游泳会是一件天大的乐事。于是她便开始脱掉衣服。

"牡蛎。"奥尔加大声说,"语言真有趣,对不对?"

————————

与海伦妮的过节使保罗他们不得再踏入"首"的大门。但这并不会难住保罗这样一个足智多谋的人。他给他们在 Helleniki Dimokratia[①] 找到一处碰头地点。他为他们安排了一场盛大的浸浴活动。

初夏的希腊很是宜人。这是一个可以萌生伟大文明的国家,就像在面包上生出霉菌一样容易。度假地在科林斯城外,位于伯罗奔尼撒芬芳四溢的山间密林中。度假地的主人是一位40岁的千万富翁,他曾在德国东部勘察不力的工业荒地上,成功地发动过一次大规模的垃圾场大罢工。作为欧洲最年轻的货真价实的富翁之一,这位古怪的投机分子很喜欢做一些恼人的事。

此时,保罗和三十个年轻的同行者正懒洋洋地躺在度假地那波光粼粼的泳池四周。他们全都皮肤油亮,赤身裸体,只裹着一条长长的浴巾,并用针别住。他们现在身处的麻烦,比他们在其短短一生中遇到的还要多,但他们的精神状态却好到了极点。

---

① 希腊语,意思为:希腊共和国。

"吃点儿葡萄吧。"贝妮代塔说着将一个带把手的上漆的碗递到她跟前。

"天然水果里全是毒素。"马娅说。

"这是敲除掉有害基因的水果。"

"好吧,给我来一串。"她吃下了一颗,很美味,便往嘴里又塞了一把。

"真好吃啊。"她说,"再给我一些。让我变胖,断送我那该死的职业生涯。"

贝妮代塔哈哈大笑。裸体的贝妮代塔大笑起来简直引人注目,魅力十足。她就像一个肌肤油亮的水中仙女。这些当代年轻人,他们举手投足间尽显风情。这些裹在袍子里的人,是用最前沿的科技修饰过的永生者,他们健康得超乎寻常。

"我最近一直很饿。"马娅大口地吃着葡萄说,"这是好事。说明我又属于我的身体了,或者说我的身体又属于我了……"

"分享自己的身体要更有乐趣。"布布勒说着把防晒乳挤到掌心,"我够不着你说的那个,叫啥来着,脚后面的那个部位。叫个男孩过来给我抹腿吧。他们太懒了,只顾着晒太阳,男孩子要多干活。"

"你气色好多了,"贝妮代塔非常严肃地对马娅说,"千万别再逃跑了。现在不要过分紧张,克制自己,紧跟着我们。我们会照顾你。你知道我们会的,马娅。瞧见没?"她指了指泳池四周,"这样是不是很棒?我们不是在照顾你吗?"

"照顾我是件很麻烦的事。"马娅说。

"我才麻烦呢,"布布勒坚持道,"我就是麻烦制造者。你可别跟我抢。"

"麻烦对我们很有好处,"贝妮代塔说,"麻烦让我们名声大振。"

"你们对麻烦还知之甚少。"马娅说。

"但是麻烦让我们出名了。麻烦让我们的创造力无穷。从今往后,'创造活力'由我们说了算。看看我们啊!我们失去了'首'的阵地,但我们此时却在这个美丽的泳池边放松,买单的却是那位白痴大款。他觉得我们很可爱,因为警察说我们很危险。他是个激进的有钱人。世界上居然有有钱的激进分子,是不是很棒?我们是时髦的欧洲年轻人。而他则是时髦的激进者。这样很棒,不是吗?"

"咱们在造反之事上大获成功,"布布勒说,"让那些资产阶级惊愕不已。老把戏才是好把戏。"

"你不看网络吗,马娅?他们给我们这群人起了个好听的名字。"

"'幽灵之子',"妮科没好气地说,"我讨厌这个称呼。"

"用法语说起来很好听。"布布勒说。

"'溺亡者之首'有什么问题吗?"妮科追问道,"我们一直叫自己'溺亡者之首'啊。"

"我们以前怎么称呼自己并不重要。"贝妮代塔说,"我们应该给这个团体起个新名字。我们富有创造力,组织的宣传工作应该掌握在我们自己手中。我喜欢'光明会'。"

"已经有组织叫这个名字了。"妮科说。

"'年轻的永生者'。"布布勒说。

"'拿保罗的话当真的人们'。"马娅说。

"'颠覆世界的无政府主义女神,'"妮科说,"'以及她们的男朋友'。"

"'被调查对象'。"马娅说,"'潜在被告人'。"

"这些称呼都逊毙了。"妮科不悦地说。

"那也没有我的名字逊。"马娅说,"我是个疯狂的统治阶层老人逃犯,把你们所有人引上了犯罪道路。"

贝妮代塔大为震惊，遂坐起来说："这话太蠢了。谁会这么说？"

"每个人都会。因为我现在也出名了。以前没人知道我是谁，所以没人关注我，我想做什么就做什么，只要我不有所作为就行。可现在，你们真的有所作为了，而我也积极参与其中。我是你们的协作者，但我没有你们那么崇高的理由。你们也许是有远见卓识的人，但我只是个盗用宝贵医疗资产的非法外国人。"马娅拍了拍胸脯，"我知道我逃不掉。所以我要让他们逮捕我。我要去自首。"

贝妮代塔想了想。"我想你应该以为自己这样做很崇高吧。"她缓缓地说，"但你其实并未理解我们的策略。的确，他们没收了你的网络服务器，从我们手中夺走了你的宫殿，但那又怎样呢？的确死了几只宠物，那又怎样呢？这些只是小挫折而已，现在我们知道了我们能做到什么事。我们已经进入其他宫殿。我们已经钻到了那些老年统治者的皮肤底下。老人们再也不能揪出我们，也不能忽视我们。让他们放马过来！我们要把他们的世界搅和得天翻地覆。"

"不是这样的，亲爱的，是你们没理解。你们从来没有当过老年统治阶级，但我当过。他们根本不在乎你们的虚拟世界。他们不关心你们的那些愚蠢问题和天马行空的想象。他们假装关心你们怎么想，只是因为承认不关心你们是不礼貌的。但他们真的不在乎什么空想。他们只关心现实，关心责任。他们知道自己迟早会死。他们知道你们会在他们的坟墓上欢呼雀跃。他们会很乐意原谅你们的所作所为，前提是他们待人和善，并且死在你们前面。但是，亲爱的，我不是什么未来派的反政府主义者，我现在是个异端分子。我是在他们的眼皮子底下搞反叛之事的人。"

"马娅，别再用英语谈论糟糕的政治了，就按贝妮代塔说的去做。"布布勒说，"贝妮代塔很聪明。哦，快看！洛德韦克在吻她！"她突然切换成法语，激动地说。

马娅很想念她的翻译假发。她在逃离布拉格女演员的公寓时把它落下了。她在逃跑时落下了拥有的一切。倒不是说她本来就有很多东西，主要是因为失去照片让她颇为痛苦。那些照片其实相当差劲，但那是她拍过的最好的作品。她把它们仔细地存放在了宫殿里。可现在，那座宫殿已为"寡妇"所有。

妮科和布布勒异常兴奋地看到洛德韦克突然和伊冯娜紧紧抱在一起。她俩叽叽喳喳说个不停，时不时地咯咯笑起来，就连贝妮代塔也饶有兴致地加入进来。如果马娅全神贯注地听她们喷涌而出的法语，兴许每十个单词中能听懂一个。如果没有贴在耳边的计算薄膜，那么这些年轻人与她的差异简直大得难以想象。他们是来自另一种文化和另一个大陆的一代人。与她这一代相差了整整八十载。

她通过自己的方式认识了这些人：保罗、贝妮代塔、马塞尔、妮科、布布勒、尤金、拉尔斯、朱莉、埃娃、马克斯、勒妮、费尔南德、巴勃罗、卢妮亚、珍妮、维克托、贝尔特、恩赫杜-安娜（通常被称为海达）、贝尔特的古怪男友（叫什么来着？）洛德韦克、从哥本哈根过来的新家伙、伊冯娜、大概十秒钟之前算是马克斯正式女友的那个女孩、那个长着十二根手指的俄罗斯年轻雕塑家、那个最近经常跟他们混在一起的可能跟布布勒的弟弟有一腿的印度尼西亚少年……她的朋友们都很棒。她非常幸运地赶上了他们短暂的"幼虫期"，在这个阶段，他们多多少少还算是传统意义上的人类。他们爱她，他们也彼此相爱，他们就像朋友和恋人应该并且确实会做的那样爱着彼此，但他们爱她的方式却像爱一套罕见且引人注目的古董肖像照片。

涂完防晒乳、浑身肌肤油亮的布布勒从躺椅上站起来，去挑逗伊冯娜和洛德韦克。妮科随同而去，以确保布布勒不会做得太过分，同时也为了欣赏这出好戏。一切尽在肢体语言当中。在没有穿衣服的情况下，用肢体语言表达简直易如反掌。

贝妮代塔躺在织物躺椅上，伸了伸她那修长的双腿，然后转向马娅。"他送给伊冯娜很多诗，你知道吗？"她解释道，"每当我读诗时，总是忍不住哭出来。真不敢相信，用丹麦语写的诗也能把我感动哭。"

"说真的，贝妮代塔，你用不着跟我解释。丢失掉那顶闪着光泽、头发后拢的漂亮假发翻译器，是我自己的过失。"

"我喜欢解释给你听，马娅。我希望你能理解那些东西。"

"我已经理解得足够多，也足够透彻了。"她想了想，"贝妮代塔，有一件事我确实不理解。为什么保罗没有恋人？我从未看到保罗跟谁在一起过。"

"也许是他考虑得太多了。"贝妮代塔说。

"你说'也许'是什么意思？你是说你现在也不清楚原因吗？"她笑了笑，"跟我聊天的到底是不是贝妮代塔啊？"

"我们不是没试过。"贝妮代塔说，"我们当然都试过勾引保罗。谁不愿意成为'思想家夫人'？谁不想成为那位天才最喜欢的女孩，全身心地陶醉在他英雄气概的光辉中？对不对？我想为保罗洗他的脏袜子。我想为他缝补纽扣。这才是我应该过的生活。难道不是吗？当他对我的同僚们连续十四小时侃侃而谈时，我想默默地、崇拜地凝望着他。我想让他们看着我，然后明白他的心属于我，这样他们就会难过得要死。"

"你是认真的吗，贝妮代塔？哦，你是。你是认真的。哦，亲爱的，这太糟糕了。"

"你有没有和保罗进行过一次真正的畅谈？不管怎么样，反正我有过。"

"是的,我有过。"马娅说,"他以前安慰过我。"

"我觉得他喜欢的是那个警察。这个假设有待论证。'寡妇'才是我们真正的竞争对手,是他的迷恋对象。一个让人讨厌的迷恋对象。在英语里是不是应该叫'迷恋'?总之,是海伦妮。他想要的是海伦妮。他喜欢追求刺激。"

"哦,不会吧?这不可能是真的。"

"他很敬重海伦妮。他对她很上心。他经常跟她交谈,哪怕是在没有这个必要的时候。他想从海伦妮那里得到某种东西。他想得到她的认可。'认可'这个词对不对?他想征服'寡妇',就像征服马特峰一样。他需要让她信赖他。"

"哦,可怜的保罗,可怜的贝妮代塔,可怜的大家伙。"

"这和我有什么关系?"贝妮代塔故作轻松地苦笑道,"我还会活上一千年。如果我跟保罗在一起,哪怕是一百年,那也只是我生命中的一段插曲。如果我现在就跟保罗在一起,等到以后对保罗没有兴趣了,我该拿他怎么办呢?至于'寡妇'嘛,他根本就没戏。海伦妮是个墨守成规的人,她永远不会爱上比她长寿的男人。"

"哦,原来如此,我想很多事就可以解释得通了。"

"所以明白没,马娅?你不是普通人类,我们也不是。但我们可以领悟。我们是'创艺'者。我们一直清楚这一点,即便在我们敢公开表明身份之前,我们也很清楚。我们总是比我们自以为的要通透得多。"

一声锣响声传来。是马塞尔敲的。他用法语喊了几句,又依次切换成德语和英语。浸浴时间到了。

"我不下去。"马娅说。

"你应该跟我们一起游,马娅。这对你有好处。"

"我可不这么认为。"

"这又不是严格意义上的虚拟世界,它不是圣火机器。浸浴泳池只是有钱人的玩具罢了。但浸浴泳池看着很动人,而且体验确实非常棒。"

其他人欢呼着潜入水中,翻涌的水面波光粼粼。没有人浮出水面。

贝妮代塔把她那富有光泽的秀发打成普赛克发髻,并用针别住:"我要进去了。我觉得我今天会做爱。"

"我的天,跟谁啊?"

"呃,如果我找不到愿意一起做的人,也许我会自己解决。"她笑了笑,跑动起来,一头扎了进去。白色泡沫泛起,她便踪影全无。

保罗在泳池边巡视。他凝视着水下,一脸微笑,对此很是满意。

"除了你跟我,其他人都下去了。"他大喊道。

她挥挥手:"别管我,你下去吧。"

他摇摇头,光着脚慢慢走近:"你看上去这么伤心,我不能把你一个人丢在这里。"

"保罗,你为什么不下去?"

"你刚才一直在跟贝妮代塔谈论政治话题。"保罗分析式地总结道,"我们冒这些风险、做这些努力,并不是为了让自己变得更不愉快。否则,那只能意味着我们遭到了道德上的溃败。我们必须充分享受年轻,不然年轻还有何意义呢?所以你明白了吗?你必须跟我们一起下去。"

"我害怕这种东西。"

"我教你。"保罗说,他小心地坐在她躺椅的脚边,"把这片实例化的虚拟环境泳池想象成一种 crème de menthe①,好不好?最上层是一种

---

① 法语,意思为:薄荷奶油。

透气硅油。我们往里面放了一点儿阿南达明，就是为了找乐子。最下层是一种可塑性液体，类似于我们的朋友尤金用来铸造雕塑品的那种可熔化液体。但前者要更高级、对人体更友好，这样我们才能在里面游泳。这是一个有浮力、有触感、能透气、浸入式的虚拟环境。"

马娅一语不发。她尽量让自己看上去像是聚精会神的样子。

"最棒的部分在于它的计算平台。它的平台是一种液体计算机，使用在微型闸门和沟槽内流动的液体形成其逻辑门。你明白吗？潜入池中就能真正地呼吸计算机元件！而且计算机在运行过程中也会自我实例化：软化的液体形成软件，硬化的液体形成硬件，它还能让某些关键部件混为一体。这个方案极具诗意。而且，统治阶层的老人要是钻进来，他们准能癫痫发作。"保罗开心地大笑起来。

"好吧，我现在明白了。这么做非常聪明。请你进去吧。"

他的眼神似乎看穿了她的想法。这还是他头一次如此认真地看着她。

"你是在生我的气吗，马娅？"

"没有。"

"我做过什么伤害你或冒犯你的事吗？请你说实话。"

"没有，你没冒犯我，这是实话。"

"那么当我邀请你跟我们一同分享这种体验时，请不要拒绝我。我们将一起走进浅水区。慢慢走。我会紧挨着你。好吗？"

她轻叹一声："好吧。"

他像是护送公爵夫人去跳方阵舞般地牵住她的手。液体中涌动着无数个棱柱形小薄片，或许是漂浮着的小型传感器。这种传感器小得可以吸入体内。液体温度是人体体温的水平。他们费力地往里走，腿仿佛溶解了。

吸入这种液体比她想象的要容易得多。吸入一口，它在她的舌尖上像雪糕一样融化，当液体触达肺部时，使她产生了一种惊奇的快感，就像酸痛的脚突然得到按摩似的。就连她的眼球也喜欢这种物质。液体没过她的头顶。下面能见度很低，只能看到指尖以内的范围。保罗握着她的手。忽明忽暗间，他的身体斑斑驳驳地映现出来：双手、胳膊肘、裸露的臀部一闪而过。

他们缓慢地游动着往下降。下降到"薄荷奶油"那黏稠的白色表面。它就像智能黏土一般，热情且精确地回应着她的触摸。保罗挖出一捧，只见它在他漂浮的手中分外欢快地翻滚起来，活像一首变成拼图玩具的诗。这东西翻腾着的是机器的智慧。不知怎的，它比血肉之躯更有生气，像巴赫奏鸣曲般在她探寻的手指下延展。物质构成的虚拟。真切可触的梦幻。

有人以蛙泳姿势从她身边经过，一头钻入那团东西里，像个滑雪者愉快地扎进了雪堆。她现在开始摸到其中的门道了。这种感觉超越了情欲，仿佛剥去皮肤一般。她感觉不到皮肤的存在了。接受NTDCD疗法时被除去的记忆浮现出来。极度的怀旧之情涌来，肉体产生一种似曾相识之感，神经系统变得毫无意识。不被允许拥有的记忆，从她不被允许感受的知觉中喷薄而出。

记忆像一把插满针头的锤子一样袭来。丝毫没有疼痛之感。那些知觉远比人格强大。它们是无法被意识容纳的体验。大脑无法理解的凶猛力量，将肉体冲刷得千疮百孔。那是灵魂"软件"的大崩溃。

恢复意识时，她发现自己正平躺在地上。保罗正在将双手摊平，用力按压她的胸脯，以使她尽快苏醒。液体从她的鼻孔和嘴里涌出。她咳出许多液体。

"我感觉自己要炸开了。"她气喘吁吁地说。

"马娅,别说话。"

"我简直太震惊了……"

他把耳朵贴在她的乳房中间,倾听她的心跳声。

"救护车呢?"贝妮代塔问道,"我的天哪,怎么一个小时了还没到。"她裹着一条毛巾,瑟瑟发抖。

保罗说:"我真糊涂。我读过新端粒疗法的资料。他们把你浸泡在一种实体虚拟环境中……我早该想到你会出现这种反应。"他继续按压她的胸部。

马娅转过头,试图查看四周的情况。保罗把她从泳池里拖出来,拽着她经过的冰冷瓷砖上有一道已经干掉的、亮莹莹的黏液痕迹。其他人聚集在远处,一边不安地交谈,一边看向她这边。她的双脚被保罗垫了起来。

她开始剧烈颤抖。

"别再按了,否则她会再次抽搐。"贝妮代塔说。

"抽搐总比停止呼吸要好。"他继续用力按压。

贝妮代塔跪在她身旁,她的脸上写满痛苦。"别按了,保罗。"她说,"她已经呼吸了。我觉得她有意识了。"她抬起头问:"她会死吗?"

"她刚才差点死在我的怀里。我刚把她从池子里拖出来时,她的两个瞳孔都不一样大。"

"她还能再多活10年吗?这点儿时间根本不算什么,对不对?只有10年而已。我知道她终究会死,到时我自然会为她哀悼。但为什么非得是现在呢?"

"生命太短暂。"保罗说,"即便是在未来,生命也总是太过短暂。"

"我也这么想。"贝妮代塔说,"真的,我希望是如此。我真心实意地相信这一点。"

––––––––

医疗警察把马娅抓去了布拉格。这与一项可能对她不利的网络虐待案有关。很明显,大部分证据都在布拉格。

然而,协调网络办事处的人都不愿意逮捕她。捷克协网办的警察对希腊医疗警察显然很鄙视和不信任,他们似乎存在某种奇怪的欧洲军种间的竞争关系。马娅尽力解释自己的情况。等到一楼协网办的警察全面了解过情况之后,他们对她感到相当恼火。他们告诉她,他们之后会跟她联系,并试图说服她离开这里,和护送她过来的人一起回到希腊去。

一想到回去之后还要在医院里待一段时间,马娅就感到糟心,于是她拒绝离开。她请求他们去找海伦妮·沃塞勒-赛吕西耶。他们极不情愿地答应了,并分配给她一个编号。

她和布蕾特坐在一间肘形等候室内的两把脏兮兮的粉红色塑料椅子上。一小时后,海伦妮派来的医疗护卫仔细检查了马娅的追踪手铐和头饰式监视器。他们对检查结果很满意,便离开了。在这之后,几乎再也没人来过。

"天哪,这比我想象的要难得多。"布蕾特说。

"布蕾特,你能陪在我身边,跟我一起经历这一切,真是太好了。我知道待在这里很无聊。"

"不,并没有。"布蕾特说着调整了一下视觉追踪器,"能独家报道你的经历是我的荣幸。你让你朋友打给我,给我这么好的机会,真的很令我感动。这个经历有趣极了。我一直都很害怕当权的人。我原来并不知道,他们对我们的漠视竟如此彻底。他们果真完全没把年轻人放在眼里。"

"不是这样的。每个人都跟他们解释过,我不是年轻人。实际上可能是因为我是美国人。我的意思是,即便是在今天,与来自管辖范围以外的人打交道依然格外麻烦。"

布蕾特摘下视觉追踪器,凝视着地板上磨损的古老瓷砖:"真希望我能讨厌你,马娅。"

"为什么?"她问。

"因为你是我一直以来想成为的那种人。让欧洲'创艺'群体激动不已的人本应该是我。在T台上走猫步的人本应是我。你偷走了本该属于我的生活。更过分的是,你甚至还参与造反了,你甚至让他们不爽了。我做梦都没想过自己能让他们不爽。"

"我很抱歉。"马娅说。

"我幻想过要做很多事。可我从来没有胆量去真正地付诸实践。我本可以有所作为的。也许吧。你觉得呢?你很美,但我和你一样美啊。你随便跟人睡觉,没问题,我也可以随便跟人睡觉。我和你来自同一座城市。我今年20岁,但我跟你20岁的时候一样聪明。对不对?"

"那是当然。"

"我有才华。我会做衣服。你根本不会。你有什么特质是我不具备的?"

马娅叹了口气:"这个嘛,我现在被关在警察局里。你说我有什么独特的特质?"

"你并不年轻。就是因为这个,对吗?你偷走了本该属于我的生活,就因为你比我年长、比我自信。所以对你来说,不论做什么都很容易。我的意思是,也许你会惶恐不安,也许你会饱受内疚的折磨,也许你甚至会被一条联网的狗吓得魂不附体。但哪怕在你忘却自己身份的时候,你在潜意识里仍然对自己有清晰的认知。你的年龄比我大五倍,但同时,你的自信比我强五倍。所以你永远不会让位给我。"

"可'首'里的那帮人也很年轻啊。他们跟你同样年轻。"

"是啊,但他们很爱你,不是吗?你如果在我这个年纪,他们会认为你是个乡巴佬和白痴,就像他们现在认为我是个乡巴佬和白痴一样。因为我只能这样。他们聪明、才华横溢,并且久经世故,而我最多只能躲在他们的大门外,窥视他们,打心眼里嫉妒他们。你在我这个年龄不会比我做得更好,只会做得差劲得多。你甚至不会叫你男朋友带你来欧洲。你会甩掉他,嫁给一个生物技术人员,变成一个官僚主义者,米娅。"

马娅闭上眼睛,身体后仰,靠在椅背上。这把椅子坐着很不舒服。布蕾特的这番话说得很对,但全都没有说到点子上。"我希望你不要叫我米娅。"马娅说。

"我还希望你不要叫我布蕾特呢。"

"呃,好吧……如果你觉得有必要,叫我米娅也行。"

"你居然不会因为我讨厌你而讨厌我,我讨厌你这样。你把我留在身边,只是因为我像是你的小护身符。我就像你的仓鼠。而你甚至无法将它留在身边。"

"那只仓鼠让我毛骨悚然。你也开始让我感到害怕了。"

"你就连说话都很像一百年前的女人。你把全世界所有人都当成十足的白痴了吧!我是说,如果仔细盯着你看,实际情况太过明显!你的头发非常糟糕。你知道你的脖子上有很多粗大的线条吗?我的意思是,那并非皱纹,你也不可能出现皱纹。但是,天哪,它们肯定不是天生的。"

"布蕾特,别说了。你简直一派胡言。你先是说我偷走了本该属于你的生活,然后又说你根本无能为力。那么,你最根本的问题究竟是什么呢?的确,或许在80年前,你会比我做得更好。但是,嘿,你当时并不在场。你不能把我们这种人的经历想得过于浪漫。我就是从那样的过去走过来的,好吗?80年前,我们活得跟野蛮人无异。我们当时有瘟疫,有革命,人类大量死亡,还有席卷全球的金融危机。我年轻的时候,人们拿枪互相射击。与80年前相比,现在简直就是天堂!但你只知道对我恶语相加,而且说的话毫无道理可言。"

"但是米娅,我只有20岁啊,我没法像你那样说得头头是道。"

"哦,老天爷啊,别哭啊。"

"我是个20岁的成年人了,但我根本没什么有价值的事情可做。我甚至连证明自己是个蠢货的机会都没有。我猜我可能是个蠢货,我完全能接受,我发誓我可以。如果我果真是个蠢货,那么我可以去做些别的事,我不会在'创艺'领域工作,我会像只没头脑的小动物一样生活。我会生几个小孩,也许还会在花园里做点琐碎事之类的。但在你这种人为我建立的安全、迷人的世界中,我甚至连这些都办不到。我不可能取得任何成就。"

两名捷克警察来了。他们不是网络警察,也不是医疗警察和"创艺"警察。他们显然只是布拉格的普通警察或保安。他们从粉红色的制服中取出标注了音标的卡片,用口音很重的英语对马娅宣读了一份公民权利的细则清单,然后逮捕了她,并将她登记到当地的法律系统中。她被指控违反移民法和无证工作。

他们把布蕾特赶出大楼。布蕾特用英语破口大骂。捷克警察很有耐心地听她骂完,然后把她丢出去,并掸了掸手上的尘土。马娅被剥光衣服,穿上灰褐色的监狱服。他们在她身上装上了手镯式监视器和头饰式监视器。

布拉格警察将她带到几个街区外的一栋高楼里，把她关在一间非常洁净的牢房内。在那里面，她如释重负地想到自己至今还没被指控以下罪行：(1)滥用网络，(2)医疗欺诈，(3)与向城市下水道系统非法排污者同谋，(4)教唆一名惯犯秘密自杀以逃离监管，(5)多次交通资费欺诈。

接下来的两天，没人再来找她。他们给她提供极其健康的标准医疗饮食。她可以看电视，并得到了一副扑克牌。每隔一小时左右就有轮式机器人过来，用英语与她简短对话。监狱几乎完全被遗弃了，很少有人使用，所以非常安静。在监狱净化区域的某个地方有几个吉卜赛人。一到晚上，她就能听到他们唱歌。

到了第三天，她扔掉了头饰式监控器。但她怎么也解不开手镯。

第四天，海伦妮叫人带她出来审问。海伦妮在协网办顶层有一间很小的办公室。令马娅惊讶的是，她的办公室居然如此狭小和破旧。这肯定是海伦妮自己的办公室，因为墙上整齐地挂着一些装裱精致的小幅手绘原件，这些画作可能比整栋大楼还要值钱。不过，马娅数十年来待过的办公室比这里条件要好得多。

海伦妮今天没穿便服，而是穿着一身非常干练的粉红色束带制服。此外，办公室还有一扇窗户、一把椅子、一张桌子，以及一条小白狗。这时，桌子后面又站起一条棕色大狗。

马娅看着它："你好，柏拉图。"

狗竖起耳朵，一言不发。

"柏拉图现在不能说话，"海伦妮说，"它在休息。"

那条狗仍然骨瘦如柴，但它的皮毛泛着光泽，鼻子也湿乎乎的。它没穿衣服，不过海伦妮给它戴上了一个漂亮的新项圈。"很高兴看到柏拉图已经好多了。"

"请坐吧，齐曼女士。"

"要不咱们还是直接叫对方的名吧，这样我就不必用我糟糕的法语糟蹋你美丽的姓氏了。"

海伦妮考虑片刻："你好，马娅。"

"你好，海伦妮。"她坐下了。

"很抱歉现在才见你，我因为工作出城了好几天。"

"没关系。对咱们这样的人来说，短短几天不算什么。"

"你这么有公德心真好。我真希望你在之前的医疗监视期也能这么有耐心。"

"确实。"马娅低声道。

海伦妮沉默不语，出神地望向窗外。

马娅也没有说话。她检查着自己指甲上剥落的指甲油。

马娅率先打破沉默。"你能等多久，我就能等多久。"马娅突然夸口道，但她其实是在撒谎，"我喜欢你办公室的装饰。"

"你知道给你做延寿疗法花了十万马克吗？"

"十万零三百一十二马克。"

"可你却一心只想赶紧来欧洲度个小假。"

"如果我说我很遗憾，会有用吗？当然，我一点也不遗憾，但如果别人觉得最好这样回答，那我可以表现得很有礼貌。"

"到底什么能让你感到遗憾呢，马娅？"

"基本上没有。呃，我丢失了好些照片，这让我深感遗憾。"

"就这些？"海伦妮在抽屉里翻找了一番，最后拿出一张磁盘，"给你。"

"噢！"马娅迫不及待地抓过磁盘，"你做了拷贝！噢，真不敢相信，我竟然失而复得了。"她亲吻了一下磁盘："太感谢你了！"

"你知道它们拍得很差劲,对吧?"

"是的,我知道。但我在进步。"

"那也没什么用。你模仿到了诺瓦克的一些神韵,但你并没有天赋。"

马娅盯着她:"我认为你没资格做这种论断。"

"我当然有资格。"海伦妮耐心地说,"有谁比我有资格?我认识帕策尔特、保利和贝克尔。我跟卡帕索结过婚。在还没有人认为英格丽德·哈蒙有作画天分时,我就已经认识她了。你不是当艺术家的料,齐曼女士。"

"我觉得对于一个只有四个月大的学生来说,我表现得不算差。"

"新陈代谢营养罐里培养不出艺术天分。如果营养罐里能培养出艺术天分,那简直是对真正的天赋和灵感的十足嘲弄。你那些照片非常平庸。"

"保罗不这么认为。"

"保罗……"她叹了口气,"保罗又不是艺术家。他是个理论家,而且是个非常年轻、非常自恋、非常糟糕的理论家。当他们以为他们可以像把威士忌和苏打水相混合一样,把艺术和科学融合起来时,他们就犯下了一个最基本的错误。这种想法愚不可及,而且狗屁不通。科学不是艺术。科学是一套用来揭示可重复性结果的客观手段。机器也可以从事科学研究。但艺术并非可重复性结果。创造力是一种极其主观的行为。而你是一个主观性受损,甚至四分五裂的女人。"

"我是一个主观性与众不同的女人。而且相较于把艺术批评和警察权威捆绑到自己身上,我肯定宁愿把艺术和科学混合到一起。"

"我不是艺术家。我只是关心他们。"

"如果你如此鄙视科学,为什么你现在还没死?"

海伦妮不置一词。

"你在怕什么？"马娅说，"我不想粉碎你一厢情愿的观点，但是，如果照相机能拍出艺术品，那么营养罐当然能培养出艺术天分。你只是尚未在正确的营养罐里待过。我现在已经拥有了圣火。我觉得这名字很蠢，但它却像泥土一样真实。所以，我干吗要在意你怎么称呼它？"

"那就给我展示一下。"海伦妮手臂交叠，"给我看一件真正优秀的作品。给我看看真正令人印象深刻的作品，你或者你那些年轻朋友们创作的都行。不能是入侵电脑，因为随便哪个白痴都能破解40年前的安全系统。不能是新的媒体形式，因为任何蠢货都能从新的媒介中获得廉价的新奇感。他们很聪明，但没有深度。'溺亡者之首'总爱牢骚和抱怨，但是，如今的艺术家已经占尽了一切优势：教育、闲暇、极好的健康状况、免费食物、免费居所、不限次乘车。他们有充裕的时间完善艺术作品，他们需要什么信息，网络上全都有，世界上还有各种各样的艺术遗产。然而，除了格调极差的作品和行为，他们还回馈给我们什么了？"

"你还想从他们身上得到什么？你们的世界造就了他们。你们的世界造就了我。你们还想从我身上得到什么呢？"

海伦妮耸耸肩："我能怎么处理你？"

"得了吧，海伦妮，别告诉我你还没拿定主意。"

海伦妮双手摊开："年轻人都不懂。他们真的以为这个世界正在僵化。他们根本不知道我们距离混乱有多近。年轻人想要权力，而且是不用负责任、任性妄为的权力。他们想改变自己的大脑！而你还帮助他们去尝试！难道你的大脑被改变得还不够吗？"

"也许吧。我知道他们已经很大程度上成功改变了。相信我，我能感觉得到。但说真的，我不能跟你告发他们。"

"你不能告发。这话多么令人安心啊。想象一下,假如当前世界存在真正的反叛者——丧心病狂的反叛者,传统意义上的那种狂热分子,但他们是从全新的营养罐中爬出来的,你知道你能用最普通的制酊机做出足以毒死整座城市居民的神经毒气吗?瞧瞧你,亲爱的,你戴着漂亮的小方头巾,用不受拘束的力量打破自然规律……他们认为你很迷人。你自己也认为你很迷人。他们以为一切尽在我们的掌控之中,这种掌控令他们感到窒息。但其实,没有什么是在掌控之中的。一半的当代人已经放弃了客观现实。他们疯狂地服用宗教致幻剂,以为自己见到了上帝。但如果不是因为他们热爱并信任他们的政府,他们定会互相残杀。"

"看来你们这帮政府治理方面的人如此讨人喜欢,绝对是件好事。"

"你以前也是政府治理方面的人。你是一位医疗经济学家,对不对?你很清楚我们费了多大的劲,那些巨大的努力需要付出多少心血。你是在欺诈贫穷的老实人,这样你就可以在公众往你身体上投资完以后溜之大吉,四处享乐。难道这就公平吗?我们能够建立一个公正的社会,在这个社会中,富人和有权势的人不会践踏和窃取其他人的生命,这已经是天大的奇迹。"

"是啊,这样的社会我还投了赞成票。"

"对于咱们建立的社会,那些年轻人不知感激。他们认为自己永生不死。他们甚至可能是对的,但他们竟然还以为永生是自己应得的。他们以为人类寿命的延长是因为某种不可思议的技术大爆炸。但这并非不可思议。这里面没有任何不可思议之处。究其原因,是因为有人在非常努力地往前推进。为了发明出新的推迟死亡的方法,人们呕心沥血,不惜一切代价。你虽然不是艺术家,但至少曾经为社会出过一份力。而现在,你却在主动地破坏它。"

"他们真的让你很不爽，是吗？"

"是的，他们已经造成了实质性的伤害。"

"我很高兴他们让你不爽。"

"我很高兴你能这么说。"海伦妮平静地说，"我原本以为你只是疯了，道德能力减退了，但我现在知道了，你就是心怀恶意。"

"你要拿我怎么办？你无法让我再变成米娅。"

"我当然办不到。我希望我能办到，但现在为时已晚。对于失败的实验，我们别无他法。是实验就有失败，这很正常，它们被称为实验就是这个原因。但我们可以中断失败的实验，并且可以尝试其他更有成效的方法。"

"啊哈。"

"你是一位医疗经济学家。你以前的工作就是评估这些过程，对不对？对于一种制造出骗子和疯子的疗法，你会做出何种评估？"

"海伦妮，你的意思是说，其他NTDCD受试者的行为和我一样反常吗？"

"不，我当然不是那个意思。他们中超过一半的人都是模范受试者，我真正同情的正是这些人。他们诚心诚意地接受了这种疗法，履行了对社会的责任。但现在，他们的延寿疗法却将被搁浅，变成'延死区'，全都是因为像你这样不顾后果的叛逆者。"

"真是个好消息。"马娅大笑道，"我对此感到非常开心！知道自己有兄弟姐妹，感觉真好……而且你还把照片还给了我！它们虽然拍得很差劲，但至少为我不是米娅提供了切实证明。"

"它们什么都证明不了。"

"能。将来肯定能证明。我肯定会证明我已经变得比以前好，比米娅更好。你要中断我的延寿疗法，随你便。我会证明我的价值，我会让所有人承认这一点。对这个世界来说,我的价值远非十万马克那点儿破钱所能比。"

"你不会得到我的承认。"

"咱们等着瞧。再说了,你知道什么呢?你有钱又有名,很多男人都崇拜你,而且你是21世纪最大的艺术品收藏家之一。但这有什么了不起?这一切能证明什么?跟我说说,你最喜欢的摄影师是谁。"

"让我想想。"海伦妮思忖片刻,"赫尔穆特·韦斯格伯。"

"什么?就是那个创作北极景观的家伙?那个登山者?你真喜欢韦斯格伯?"

"我对他喜欢得都想以身相许了。"

"你真觉得韦斯格伯比卡帕索强?但埃里克·卡帕索是那么性感、那么活力四射。跟卡帕索在一起一定很有趣。"

"卡帕索很有天赋,但他总是过分情绪化。他在骨子里只是个舞台设计师而已。但韦斯格伯可不一样,没有什么能让优秀的韦斯格伯的情绪大起大落。"

"我得承认,我真的很喜欢韦斯格伯的'死叶'系列。"

"是我委托他创作的。"

"真的吗,海伦妮?那感觉一定很棒吧……"

这时,传来一阵小心翼翼的敲门声。

"我给咱们订了矿泉水,"海伦妮解释说,"这里送货速度很慢。"她提高嗓门,"Entrez[①]。"

门打开。是布蕾特。

"进来吧,布蕾特。我们刚才正在讨论美学问题。"

---

① 法语,意思为:进来吧。

布蕾特将背包放在地板上。

"布蕾特,这位是海伦妮。海伦妮,这位是布蕾特。抱歉,我是说,这位是纳塔莉。"

"这里是限制区,"海伦妮说着从椅子上站起来,"我恐怕不得不请你离开。"

"所以我才闯进来啊。"布蕾特调整了一下视觉追踪器,"我以为你可能会用橡胶管或别的东西殴打她,所以进来做个记录。"

"我们刚才正在谈论摄影的话题。"马娅说。

"她要给你做行为矫正吗?"

"不会。我想她应该会中断我的延寿疗法。这种疗法显然已经给社会造成了很大的麻烦。"

"哦,对啊。一群富有的统治阶层老人和变态的延寿疗法,这才是至关重要的事。这种话题一定非常有趣吧。"布蕾特走到窗前,向外看去,"办公室风景不错。如果你喜欢发电厂的话。"

海伦妮惊讶地瞪着布蕾特:"小姐,警察在审讯犯人,这是要保密的。你无权待在这里。"

"你打算怎么处理那些年轻'创艺'者?"

"还没聊到这个话题。"马娅说。

"你的意思是,他们在胡作非为,而你们这两位老家伙却坐在这里谈论摄影问题?"布蕾特用拇指挑开窗户插销,"果不其然。"

"我必须请你离开了,"海伦妮说,"你不仅无礼,而且还犯法了。"

"我要是有枪,"布蕾特说,"我肯定会杀掉你俩。"她打开窗户。

"布蕾特,你在干什么?"

布蕾特弯腰钻到窗框下,然后把脚迈到窗台上。

"拦住她,"马娅连忙说,"逮捕她!"

"怎么拦?我没有武器。"

"我的天啊,你怎么会没有武器呢?"

"我看起来像是携带武器的那种人吗?"海伦妮走到窗前,"小姑娘,请你立即进来。"

"我要跳了。"布蕾特含混不清地说。

马娅冲到窗前。布蕾特迅速侧身,不让她们抓到。

"布蕾特,这样很蠢。拜托你别这么做。你没有必要自杀。有什么话你可以跟我们谈,布蕾特。快回屋里来吧。"

"你们并不想跟我谈话。我说的话你们根本不会当回事。你们只是不想弄得难堪罢了,仅此而已。"

"拜托你进来吧,"马娅哀求道,"我知道你很勇敢。你无须向我证明什么。"

布蕾特用双手捂住脸。一阵狂风吹来,她的头发随之飘扬。"嘿,大家伙!"她对下面的街道大喊道,"我要跳啦!"

马娅和海伦妮在窗框内互相推搡。"我要跟她一块跳下去。"马娅说着将膝盖放到窗台上。

"不行,你不能出去。你尚在警方拘留期。坐下。"

"我不!"

海伦妮转身用法语对两条狗说了些什么。白狗迈着碎步轻快地跑开,从开着的门里溜了出去。柏拉图站起来,目不转睛地盯着马娅,同时在喉咙深处低声吼叫。马娅见状,坐了回去。

海伦妮将身体探出窗外。

"从我眼前闪开,你这个条子。"布蕾特喊道,"我完全有权自杀。你不能剥夺我这项权利。"

"我同意这是你的公民权利,"海伦妮说,"没人想剥夺你的权利。

但你并没有想清楚。你现在心乱如麻，显然是因为你一直在嗑药。自杀其实什么都改变不了。"

"当然能改变，"布蕾特说，"对我来说，一切都会改变。"

"这么做大错特错，"海伦妮紧张地说，她竭尽所能地劝慰道，"这样会伤害所有爱你的人。如果你是出于某种原因而自杀，那么在所有明智之人的眼里，这种行为只会败坏你的名声。"海伦妮匆忙回头瞥了一眼马娅。"她是保罗那伙人中的一员吗？"她压低嗓音厉声说，"我从来没见过她。"

"她只是个普通年轻人。"马娅说。

"她叫什么来着？"

"纳塔莉。"

海伦妮再次探出头去："纳塔莉，看这里！纳塔莉，别闹了！纳塔莉，跟我说话。"

"我才不想长生不死呢。"纳塔莉说，然后纵身一跃。

马娅冲到窗前。纳塔莉已经坠地，尸体横陈在一小群冷漠的围观者中间。人们对着网络连接器讲着话，或是呼救，或是寻求建议。

"我不敢看。"海伦妮打了个寒噤。她抽回身体，回到屋内，抓住马娅的胳膊。

马娅挣脱开来。

"这种事我已经看过太多次。"海伦妮疲倦地说，"他们经常这样。他们只是非常冷静地结束自己的生命。这种行为需要极大的意志力。"

"你应该让我跟她一起跳下去。"

海伦妮砰的一声关上窗户："你由我负责，你被逮捕了，哪都不能去，也不能自杀。坐下。"

柏拉图站起来，对她汪汪叫。海伦妮抓住它的项圈。"可怜的孩子们,"她说着擦掉泪水,"他们想离开人世,我们只能放手,我们别无选择……可怜的孩子们,他们只不过是普通人罢了。"

马娅扇了她一耳光。

海伦妮一脸震惊地看着她,然后慢慢地将另一边脸颊转向马娅:"你现在感觉好些了吗,亲爱的?再扇另一边吧。"

6

火车始终没有在美国流行起来。美国人一直以来的心头好都是私家车。马娅买不起私家车。如果她愿意,有时可以搭便车。但大多数情况下,她都选择步行。

因此,她此时正在步行穿过宾夕法尼亚州的乡下。把一只脚挪到另一只脚的前面,她开始喜欢上了这般简单重复的身体动作。步行能让思维变得清晰,她喜欢这样。她喜欢步行让人脱离常规,更深入、更直接地感受周遭的环境。一个人步行并不违法。走路不用花钱,也不会留下可被追踪的痕迹。丢掉讨厌的官方地图独自步行,是一种不引起他人注意的绝佳方式。

她头戴遮阳帽,背着背包,包里有一套换洗的衣服。此外,她还随身携带了一台廉价照相机、一只水壶,以及一点儿备用食物——这种食物可以咀嚼很长时间。她足蹬一双精心设计、几乎牢不可破的步行鞋,虽然很陈旧,但样式相当不错。重要的是,没有人打扰她。整个世界仿佛只有她自己。她已经完全地属于了她自己。自从没人监视她、测量她的心跳之后,她可以尽情地欣赏无限真实的世界,随心所欲地掌控自己的日常生活——平凡的日常生活总是时不时地让她略感惊奇,她这才一点点地恢复为最本真的自己。

她喜欢宾夕法尼亚,因为世界上的这个独特角落很少会发生令人激动的事。现在的她更喜欢这类地方,所有令人激动、魅力四射的地方都过于喧嚣。当然,在一个所有警察,以及几乎所有媒介,甚至连大多数艺术品都可以接通电话的时代,很难找到真正的藏身之处。但对于她这样一个稀有的新新人类来说,那些看起来平凡无奇的地方却再好不过。

在欧洲,她在时装店里藏身。而在美国,她则潜行于农场之内。在宾夕法尼亚州的乡下,不时会有人骑着自行车经过。偶尔也有徒步旅行者。但像她这样着魔似的一心只想步行和观赏风景的人并不多。在北美大陆,这里并不是一个受欢迎的旅游地点,不过当地的阿曼门诺派教徒还是吸引了不少游客前来。

在珀卡西行政区外,一辆汽车从她身旁驶过。车子靠边停下,两个穿着考究的印尼游客下了车。他们耸耸肩膀,背好锃亮的新背包,然后朝她走来。他们步履匆匆。而马娅已经不会再被外界的匆忙影响,所以她依然自顾自地慢慢行进。

随着二人渐行渐近,那个男人扯了扯女人的衣袖。紧接着,他们激动地朝马娅挥挥手,然后大声喊着什么。

马娅停下脚步,等他们走近。"你们好。"她有点警惕地说。

"你好?"那女人说。

马娅看着她,顿时大吃一惊。这个陌生人身穿印尼高级时装,闪闪发亮,相当时髦,但她显然是美国人。她看着很眼熟,而且远非眼熟所能概括。她的样子和给人的感觉都像是颇有声望之人,像是个如命运主宰者一般绝对不可抗拒的人物。马娅的意识被超自然的认知充斥,她感到体内涌起一股难以承受的柔情与悲伤。她仿佛亲见天使降临般张大嘴巴。

"你是米娅·齐曼吗?"男人问。

马娅闭上嘴巴,坚决地摇摇头:"不,我是马娅。"

"那你把我妈妈怎么了?"那女人问。

马娅打量着她:"克洛艾!"

克洛艾瞪大眼睛。她稍稍放松了一点,努力挤出一丝微笑:"妈妈,是我啊。"

"难怪我会对你产生如此浓厚的爱意。"马娅欣慰地说,然后笑了起来。

她已经遗忘了太多,但奇怪的是,遗忘得却又如此之少。过往的细节遗忘殆尽,现如今已难以被记忆的触角触及,然而,她对自己的孩子朦朦胧胧的爱意却始终分外强烈。她并不认识眼前这个人,但她对克洛艾的爱却超乎了自己的想象。

那种感觉已非母爱。曾几何时,母爱切实存在且司空见惯,那是一种本能的人伦关系,被奉献、艰难和焦虑充斥着,同时还充满了愤恨的算计和母女间的意愿攻防战。但现在,以上所有的错杂因素都像沙子般被吹散殆尽。眼前陌生女人的存在使她全身充盈着一种无垠的喜悦。而且,克洛艾的存在,亦是广阔无边的喜悦本身。这种感觉就像与一位菩萨同行。

"不知你还记不记得苏哈里?"克洛艾说,"你肯定记得他,对吧?"

"你脸色真不错,米娅。"克洛艾的丈夫殷勤地说。这位印度尼西亚男人跟克洛艾结婚已经40年了——差不多是米娅管束她的时间的两倍之久。当米娅发现女儿与一个印尼人私奔后,她感到异常震惊。直到现在,数十年前的怨恨之情仍然有一丝残留,令她心里生出一阵轻微的刺痛感。在瘟疫年代,生活在那辽阔岛屿上的印尼人轻易地躲过了这一劫。在随后的几十年里,他们极其充分地利用了这一有利条件。

但那都是很久以前的事了。现在,克洛艾和苏哈里已是一对60多岁的中年夫妇。他们时髦且富有,相处得十分融洽。他们来自地球上最富裕的国度,而且看样子他们好像对此也非常自豪。

"你们怎么找到我的?"马娅问。

"噢,这简直太难了,妈妈。我们尝试过网络联系,找过警察,所有的手段都用上了。最后,我们想到可以问问梅赛德丝,你的清洁工。"

"哦,我猜梅赛德丝应该会知道。"

"她有几个合理猜测。梅赛德丝让我们转达给你,她很抱歉把你骂得狗血淋头。她至今仍然认为你的所作所为是完全不道德的,但是,现在有太多人请求她接受采访……呃,你知道那是什么感觉。毕竟你是名人。"

马娅耸耸肩:"不,我恐怕不知道。我的名声最近怎么样?"

"妈妈,"克洛艾说,然后叹了口气,"你这次真的放手去做了,对不对?我一直就知道,你从来都不是表面看上去的那样克制。我看得出来你是假装的。我自始至终都知道,你迟早会绷不住,然后彻底爆发。妈妈,你的问题就在于此:你从来没有接触过真正的灵修体验。"

马娅看了看苏哈里。她的女婿身材粗壮,是个务实的亚洲商人。他的样貌值得信赖,让人一看就甚感安心。苏哈里穿着干净无尘、熨烫平整的齐膝短裤,漫步在异国他乡杂草丛生的路边。马娅突然意识到,苏哈里应该会觉得这一切非常滑稽。他认为他妻子的亲属既好笑又古怪。他是对的。

"你对此怎么看,苏哈里?"她问道。

"米娅,你看上去很漂亮。你就像一朵绽放的玫瑰。你现在跟我第一次见到克洛艾时简直一模一样。"

"你不该跟她说这些,"克洛艾责备道,"这种话听起来至少从五种角度让人感到很不对劲,而且不合时宜。"

苏哈里用马来语说了些逗趣的话,然后开心地笑了起来。

"我们试过去旧金山找你,"克洛艾说,"但医院里的人什么忙也没帮上。"

"是这样的,我,呃,我受够了医院那帮人。"

"妈妈,回去接受精心护理应该是更明智的做法。我是说,尽管作为实验对象,你的价值显然已经大打折扣,但即便如此,回去总比现在这样要好。"

"我想过回去,真的。"马娅说,"我的意思是,如果我回到那些蠢货身边,低声下气地生活在规定的医疗环境下,我很可能会极大地恢复我的医疗评级。但你知道吗,我对他们厌恶至极。他们是资产阶级,他们对文化艺术毫不关心。我受够了他们那种人。并不是说我把发生在自己身上的事怪罪到他们头上,而是……算了……我现在很忙。我还有更重要的事情去做。"

"比如呢?"

"我只是很喜欢四处走走。脚踏大地,仰望天空,观赏星星,晒晒太阳。就是这样。"

"你在跟我开玩笑吧?"

"啊,我还摄影……那些阿曼门诺派教徒,他们是极好的拍摄对象,而且态度非常友善……我的意思是,阿曼门诺派教徒在孩提时期看起来绝对跟正常儿童没什么两样,他们就是正常的孩子,但是,随着你年复一年地追踪他们,到他们70岁左右的时候……你会见证人类自然的衰老过程……那简直令人既惊奇又生畏!然而奇怪的是,那个过程却给人一种很健康的感觉……那些阿曼门诺派教徒都非常棒。他们看得出来，按照他们的标准，我其实是某种令人不可思议的怪物，但他们人很好，对我很友善。他们只是默默地忍受着我们这些后人类的存在，好像是在帮我们其他人一个大忙。"

克洛艾想了想："你拍那些阿曼门诺派教徒的照片到底是想干吗？"

"没想干吗。我拍得依然很烂。我是个糟糕的摄影初学者，我的相机也很糟糕。但没关系。我需要大量练习，尤其是在合理构图方面……"

苏哈里和克洛艾会意地交换了一下眼神。然后，克洛艾开口道："妈妈，苏哈里和我认为你跟我们一起回雅加达住一段时间会比较好。"

"我为什么非要跟你们回去？"

"我们的公寓里有足够的房间，而且，亚洲人在这种事情上处理得更好，他们更善解人意。"

"你先前要是偷跑到印尼就好了，"苏哈里迁就地说，"欧洲人全是疯子。他们从来不知道如何放松休息，即使当他们很有钱的时候也是如此。欧洲人非常不正常。他们根本不知道怎么享受生活。"

"你真愿意跟你这位古怪的丈母娘同住在一个屋檐下吗，苏哈里？"

"你惹不出什么麻烦，"苏哈里和善地说，"我一直都很喜欢你，米娅，哪怕在你非常害怕我的时候。"

"不，我不能这样做。不行。抱歉。"

"妈妈，你需要有人照顾。让我们照顾你一阵子吧。你受之无愧，这你是知道的。过去那么多年来，你为我牺牲了太多。"

"算了吧。"

克洛艾叹了口气："妈妈，你已经快100岁了。再说他们已经中断了你的延寿疗法。"

"你看我像是虚弱的样子吗？说我20岁都不会有人怀疑。的确，如果我回到实验室，跟他们冰释前嫌，我可能会活得更久。但我不想回去。我不会做任何蠢事。我吃得好、睡得香,而且运动量很大。你看到我的腿了吗?瞧瞧这双健壮有力的腿啊!我可以在那边的六边形谷仓上轻易地踢出一个洞来。"

"妈妈,你先打住,听我说。你现在就像个无业游民,跟流浪汉似的,你知道吗?你举止反常,你的行为很不负责任。其他跟你接受过同样延寿疗法的人,他们也都表现得相当怪异。我觉得你们的遭遇已经算是严重的法律案件了。作为被虐待的病人,你们应该站出来,通过正当途径维护自己的权益。发生在你们身上的事根本不是你们的错,从来都不是。你们应当一起站出来。"

"亲爱的,如果我们能一起站出来,那么我们从一开始就不会有反常行为。"

"你应该跟其他人在网上聊聊。"

"我没有网络访问装置。我打赌他们也没有。"

"妈妈,为什么不弄一台呢?你应该给我们打电话。真的,苏哈里和我,我俩都担心死你了。是不是啊,苏哈里?"

"此话不假,米娅。"苏哈里诚实地说,"我们很担心你。"

克洛艾深吸了一口气:"我看得出来,你已经不再是人类[①]了,我可以接受这一点。没关系,这是常有的事。但你仍然是我妈妈。你不能就这么一走了之,让我们担惊受怕。你这样太没良心了。"

"你爸爸就一走了之了。"

"不,他没有。爸爸离开的是你,但他从未离开过我。只要我有需要,爸爸随时都会跟我聊天。而且,我至少总是能知道爸爸身在何处。但照这样下去,我以后永远也不会知道你在哪里。没有人会知道。你

---

① 可能是与"后人类"相对的意思。

知道我们在这些乡间小路上找你找了多久吗?"

"不知道。多久啊?"

"反正足够久了,"苏哈里微笑着说,"也许久得过分了。要知道,你女儿和我都是很有耐心的人。"

"你最起码偶尔给我们打个电话行不行?这样我们就不必那么担心你。求你了,妈妈。如果你想四处走动,我毫不介意。但是,妈妈,你永远都不能从你的达摩①和业力②中彻底脱身。"

"可是,我一点钱也没有。"

苏哈里迅速把那双棕色大手伸进起皱的裤兜里:"钱不是问题。一周给你二十马克如何?会不会太多了?"

"二十马克?……"马娅说,"哇!"

苏哈里高兴地点点头:"收下我们一点钱。这没什么不妥。这点儿钱不会给咱们中的任何一个人造成麻烦。就是一点零用钱罢了,米娅。算是家人间的汇款。你要知道,我们就是你的家人。这样会让我们非常开心。"

"我要做什么才能得到这笔零用钱?"

"什么都不用做!只需要时不时地打给我们,跟我们聊聊天就行。仅此而已。这个要求过分吗?"

克洛艾热切地点头附和:"你需要有人照顾,妈妈。我们现在就能照顾你。我们可以为你开个账户。我们在这方面很拿手。"

"呃……"

"换做是你,你肯定也会为我这么做。对不对?哎呀,妈妈,你以

---

① 指佛教的教法、佛法、一切事物和现象。
② 宗教用语,指不可抗拒的善恶报应之力。

前确实为我这么做过。还记得我在试用期期间你给过我零用钱吗？"

"我给过吗？"马娅停顿片刻，"嗯，好吧，我想这能说得通。行吧，你们想给就给吧。"

克洛艾感动地擦掉眼泪："哦，我现在好开心啊……看到你这么漂亮，真的让我难以置信。"

————————

零用钱还是稍微起了点作用的。马娅现在不太擅长控制花销，不过每周稳定的一点现金流，足以使原本处于流浪汉状态的她获得最基本的社会生活条件。她的私人物品仍然少得完全能随身携带，但她洗澡更频繁，吃得也更好了，有时还会接入网络。

然而，网络也并非没有风险。那条狗就是利用网络在得梅因找到的她。马娅发现得梅因市比其媒体报道中所展示的要有吸引力得多。得梅因有一些非常有趣的建筑，它们颇受印第安纳波利斯地区风格的影响。在现代建筑的问题上，保罗的看法有点愤世嫉俗且目光短浅，她现在能意识到这一点了。一旦你拥有发现现代建筑的眼光，你就能注意到现在的城市结构里一波波地显现出从前建筑结构的影子：要么这里有个檐口，要么那里有一扇门，或者窗台上有一个花盆箱，甚至连下水道井盖也是如此……

正当她准备离开旅馆时，她看到那条后犬类和它的制片人正在吃早餐。她一眼就认出了那条狗，并且为它感到很难过。她敢肯定的是，如果她偷偷溜出旅馆，那条狗依然会对她穷追不舍。不过，她并不怕它。她现在已经天不怕地不怕了。那条狗及其制片人坐在美国艾奥瓦的一家廉价旅馆里，吃着燕麦甜饼，喝着特制的彩色糖水，看上去分外可怜。

她走到他们的卡座前。"你好啊,阿基那。"她说。

"你好。"狗被吓了一跳。它那身通常很笔挺的西装现在看起来皱巴巴的,也许是戴着导盲项圈的缘故。它的制片人是个盲人。

制片人调整了一下夹在耳垂很大的耳朵上的翻译器。他是德国人,年纪很大,彬彬有礼。"请坐,马娅。你吃过了吗?应该说'要吃'还是'吃过'?"

"好的。"马娅坐下。

"我们是来请你接受采访的。"阿基那用无可挑剔的英语轻快地说。

"是吗?"

"我们已经采访过卡巴林先生和巴尔索蒂女士了。"

"谁?"

"保罗和贝妮代塔。"狗说道。

听到这两个名字,她深受触动。她就像思念心跳一样思念他们:"保罗和贝妮代塔怎么样了?"

"当然是出名了。只可惜还是麻烦缠身。"

"但他们具体怎么样了?"

"他们法律上的问题都解决了。他们取得了政治上的巨大成功。但他俩却闹掰了,这事儿搞得尽人皆知。是因为他们在艺术运动上出现了分歧。你没听说吗?"

一个普通人类女服务员走了过来。她的服务是典型的得梅因风格。马娅点了 份华大饼。

"我们可以在镜头前就这件事采访你吗?"

"我从未听说过任何关于他们分歧的事。我很久都没跟他们联系了。我对此没什么可说的。"

"但他俩对你的评价都很高。他们建议我们来找你。他们甚至帮我们确定了你在这里的准确位置。"

"阿基那,你居然能把英语说得这么流利,我深感叹服。我见过你说德语,我甚至听过译制成捷克语的你的节目,但是……"

"那都是配音,"狗谦虚地说,"配音超过了我的智力水平。卡尔给你带来一份礼物,是你的朋友们给你的。去拿吧,卡尔。"

"好主意。"卡尔说。他站起身,拿起一根白色手杖,打开开关,然后一溜小跑,精准闪避着离开了。

"我真不能上你的节目,"马娅说,"我不需要再扮演成别人了。"

"可你已然成了一位偶像。"狗说道。

"我并不觉得自己是偶像。不管怎样,保持偶像光环最好的办法就是避免过度公共曝光,难道不是吗?"

"你这观点跟葛丽泰·嘉宝①太像了。"

"你喜欢看老电影?"马娅惊讶地问。

"坦白讲,我讨厌老电影。我甚至连电视这种承载我那个节目的古老媒介都不喜欢。但我对当名人的历程超级感兴趣。"

"我从来没跟一条狗进行过如此高水平的对话。"马娅说,"我不能出现在你的节目中,阿基那,希望你能明白这一点。不过我确实很喜欢跟你聊天。面对面的时候,你比在电视上看起来要娇小得多。而且你真的很有趣。我不知道你究竟是一条狗还是一个人工智能,抑或是其他什么,但你绝对是非常真诚的。你的思想很有深度。对不对?我认为你应该从流行文化中脱身而出。要不你写本书吧。"

---

① 葛丽泰·嘉宝(1905—1990),瑞典籍好莱坞影视演员,代表作《茶花女》《安娜·卡列尼娜》等。

"我不识字。"狗说道。

马娅点的华夫饼送到了。她大口大口地吃了起来。

"到得梅因白跑一趟,好可惜啊。"那条狗故作失望地说。

"可以采访市长。"马娅边咀嚼边说。

"我觉得行不通。"

"那就回欧洲去采访海伦妮·沃塞勒-赛吕西耶。让她把实情讲给你听。"

"我为什么要采访她?"它竖起毛茸茸的耳朵,"那我该去哪儿找她呢?"

卡尔回来了。那份礼物是保罗和贝妮代塔送的。马娅把华夫饼推到一旁,然后拆开包装盒,又撕开垫料。里面是一台古董照相机,就是那种原先放彩色胶卷的手持式相机。这台古董相机被改造过,换上了数码成像板,还加了一套网络接入插口。它沉甸甸的,既结实又好看。与当下时兴的相机相比,它的手感颇像被凿刻的花岗石。

除相机之外,还有一张卡片。是手写的。

"永远别相信他们说的关于我们的话。"贝妮代塔潦草地写道。

"我们始终都会深爱并且原谅我们的异端分子。"保罗的字迹十分工整。

丹尼尔现在住在爱达荷州。他已经隐居起来了。

马娅能感觉到他那私人小领地的边界。估计得有二十英亩[①]。边界

[①] 1英亩≈4047平方米。——编者注

处并没有什么铁丝网或围栏。他的疆域与其他地方的区别,存在于土壤里的物质之中。也许是微量元素有所不同。也许是他那园艺花木的某些方面有些独特——单凭智慧就能让树木长得更快吗?

这里的树木、灌木丛、鸟儿,甚至还有昆虫,全都让人觉得不大对劲。从它们的状态来看,似乎一直有人精心照料着。树枝有种绘画般的质感;小鸟啁啾歌唱,每个音调犹如歌剧般精准。

她的前夫正在用铁铲挖土。丹尼尔现在大概只有四英尺[①]高。他的骨头已经缩小,脊柱变得短小壮实,小腿和大腿上的肌肉聚集成尼安德特人般的厚实肉团。虽说他已年迈,但身体却非常强壮,好像把铁铲折成两半也轻而易举。

"你好啊,米娅。"他说。他的语言功能因长久不说话而有些退步。

"你好,丹尼尔。"

"你变了。"他眯着眼睛说,"改变得久吗?"

"对我来说很久了。"

"你看起来很像克洛艾。如果我不知道有延寿疗法的话,我肯定以为你是克洛艾。"

"不知道为什么,"她承认道,"我仍然觉得你是丹尼尔。"

丹尼尔没有回应。他退回到小屋内。

她跟着他走进那座简陋的庇护之所。房间里铺满了羽绒、树枝和干树叶,以及也许承载了八千万亿兆字节信息的网状菌丝体。他已经在爱达荷州的这个位置扎下了根。他已经和这片爱达荷州腹地的环境融为一体。他已经变成了该区域的智慧化身,或曰此地的守护神。他不仅仅是在看守这里,从更深刻的意义上来讲,他已经成为这个地方

---

① 约为1.2米。

之本身。他已经变成了爱达荷州的一小部分。到了冬天，他甚至还会冬眠。

"喝点水吗？"丹尼尔用低沉沙哑的嗓音说。

"谢谢，不用了。"

丹尼尔拿起一个树叶状的杯子，抿了抿里面收集到的露水。

"近来有什么新鲜事吗，丹尼尔？"

"新鲜事。"丹尼尔沉吟道，"哦，新鲜事不断。他们说要对天空做点什么事。把污染物清除干净。用孢子。"

"孢子。"她重复道。

他又抿了几口水，擦了擦满是皱纹的额头，似乎重新振作了起来，"是的，在未来一段时间内，天空将会是真菌的颜色。届时夕阳应该会别有一番意境。这种大气层修复技术很管用，非常有远见卓识，也非常明智，是一次不错的耕种实践。"丹尼尔努力用她能听懂的语言跟她说。最起码，他俩都是同一片天空下用双足行走的生物，而且都在白天活动。这也算是他们之间的共同点吧。

"我真不敢相信，政府竟然真的会实施在天上播种真菌这样的计划。我原以为他们没有这么大胆的想象力呢。"

"没错，他们确实没有想象力，但这并非他们的主意。是别人污染了天空在先。这样做就是对此做出的回应，是新怪物对阵旧怪物。我们现在就像上帝一样，而且我们兴许能做得跟上帝一样好。"

"你是怪物吗，丹尼尔？谁跟你说你是上帝的？"

"你觉得呢？"

他转过身，用肌肉隆起的背部对着她，离开小屋，回到刚才的劳作当中。她觉得他的确是一个神明。不过，当他俩还在一起时，他还不是神。那时他只是她的丈夫，一个好丈夫。但他已经不是人类了。

丹尼尔现在是个初期新神,一个神力极小的神,一个原始的蒸汽机之神。作为一个两栖动物之神,他正在为即将到来的爬行类物种尽责地在泥地里耕作。这个神非常之小,也许更像花园地精、树精、矿井小妖[1]之类的小神。他已经在技术允许的范围内做到极限了,但所谓极限也仅能让他达到这样的程度而已。相对于人类寿命而言,机器[2]瞬息即逝。机器在这个世界中飞掠而过,就像上帝大脑短暂的异常放电一般,在那之后,我们不再是原先的人类。但人类仍会继续存活下去。

"我要给你拍照片,丹尼尔。"她对他说,"站在阳光下让我拍吧。"

他似乎毫不介意。她举起新相机,用镜头捕捉到他。她当即便确信,时机已到。这将是她第一张拍得极好的照片。从他坚挺的肩膀上、从他称之为自己脸庞的惊人风景中,她能预感到这张照片不会差。这个有生命的人[3]所具有的无法回避的真实性,已经远远超出拍出佳作所需要的程度。在明亮炽热的阳光下,她忽然全明白了:关于他们两人,以及周身的世界。她第一张真正意义上的照片,将会如此真实、如此美丽。

她咔嚓一声按下了快门。

---

[1] Tommyknocker,出自威尔士、美国等地的民间传说。这个名字来源于矿井崩塌之前矿墙发出的类似于敲击的声音,实际上是塌方前泥土和木材的吱吱声。有些矿工认为这是恶灵的声音,还有人认为是神秘生物的善意警告。

[2] "机器"指一切人造的东西或基础设施。人类可以用技术改变自己,但之后,技术会过时并消失,而人类必须承担这一后果。这也是延寿之后活得过久的问题之一:人的肉体寿命会超过基础设施——周围的人造世界会不断重建。

[3] 典故出自《圣经》:首先的人亚当成了有生命的人;末后的亚当成了赐生命的灵。

图书在版编目（CIP）数据

圣火 / (美) 布鲁斯·斯特林著；刘文元，乔丽译. -- 北京：北京时代华文书局，2024.6
书名原文：Holy Fire
ISBN 978-7-5699-4941-4

Ⅰ.①圣… Ⅱ.①布…②刘… Ⅲ.①幻想小说－美国－现代 Ⅳ.①I712.45

中国国家版本馆CIP数据核字(2023)第106339号

HOLY FIRE by Bruce Sterling
Copyright © 1996 by Bruce Sterling
Simplified Chinese translation copyright © (2024)
by Beijing Time-Chinese Publishing House Co.. Ltd.
Published by arrangement with Writers House, LLC through Bardon-Chinese Media Agency
ALL RIGHTS RESERVED

北京市版权局著作权合同登记号　图字：01-2019-7516

SHENGHUO

出 版 人：	陈　涛
策划编辑：	姜锦赫
责任编辑：	姜锦赫
责任校对：	薛　治
营销编辑：	俞嘉慧　赵莲溪
装帧设计：	尚燕平
责任印制：	訾　敬

出版发行：北京时代华文书局 http://www.bjsdsj.com.cn
　　　　　北京市东城区安定门外大街138号皇城国际大厦A座8层
　　　　　邮编：100011　电话：010-64263661　64261528

印　　刷：	三河市兴博印务有限公司		
开　　本：	880 mm×1230 mm　1/32	成品尺寸：	145 mm×210 mm
印　　张：	12.25	字　　数：	294千字
版　　次：	2024年6月第1版	印　　次：	2024年6月第1次印刷
定　　价：	65.00元		

版权所有，侵权必究
本书如有印刷、装订等质量问题，本社负责调换，电话：010-64267955。